21世纪
世纪
年度散文选

2 0 1 9 散 文

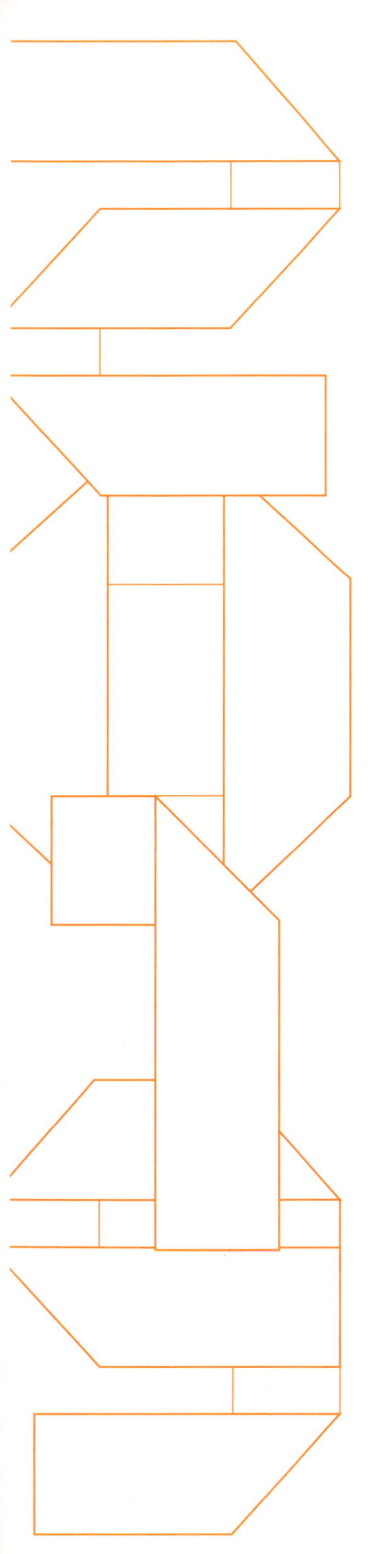

21世纪年度散文选

2019 散文

人民文学出版社编辑部 编

人民文学出版社

图书在版编目(CIP)数据

2019散文/人民文学出版社编辑部编. —北京:人民文学出版社,2020
(21世纪年度散文选)
ISBN 978-7-02-016079-2

Ⅰ.①2… Ⅱ.①人… Ⅲ.①散文集—中国—当代 Ⅳ.①I267

中国版本图书馆CIP数据核字(2020)第025134号

责任编辑　杜　丽　温　淳
装帧设计　李思安
责任印制　任　祎

出版发行　人民文学出版社
社　　址　北京市朝内大街166号
邮政编码　100705
网　　址　http://www.rw-cn.com

印　　刷　三河市宏盛印务有限公司
经　　销　全国新华书店等

字　　数　327千字
开　　本　880毫米×1230毫米　1/32
印　　张　13.75　插页3
印　　数　1—5000
版　　次　2020年5月北京第1版
印　　次　2020年5月第1次印刷

书　　号　978-7-02-016079-2
定　　价　49.00元

如有印装质量问题,请与本社图书销售中心调换。电话:010-65233595

## 出 版 说 明

我社自1980年起，曾经编选和出版过《1980—1984年散文选》《1985—1987年散文选》《1988—1990年散文选》和《1991—1993年散文选》，受到文学界和广大读者的好评。1994年后，这项工作一度中断。进入21世纪，散文创作仍然欣欣向荣、气象万千，成为文学园地一道亮丽的风景。为了及时总结年度散文创作的实绩，向读者集中推荐优秀的散文作品，进而为新世纪的文学积累做出我们的贡献，我社决定恢复年度散文的编选和出版工作。

恢复出版的散文年选总冠名为"21世纪年度散文选"，每年编选一册。编选范围为当年全国各报刊上发表的散文作品，入选篇目以发表时间顺序排列。此项工作得到了许多著名文学评论家和编辑家的支持和帮助，并且提出了很好的编选意见，我们在广泛阅读的基础上，充分参考专家们的意见，严格进行编选。在此，谨向诸位专家深表谢忱。

我们希望读者通过这个选本，不仅能了解本年度散文创作的总体概貌，而且能集中欣赏和阅读这一年里出现的最优秀的散文作品。我们的努力是否达到了这样的效果，真诚地期望得到文学界和读者的批评和建议。

人民文学出版社编辑部

# 目录

- 001· 此生命定，我就是个莫高窟的守护人　樊锦诗 口述　顾春芳 撰写
- 012· 茨维塔耶娃的布拉格　刘文飞
- 040· 心是所有的千山万水　纪尘
- 061· 沧海曾望　虞金星
- 068· 你好，机器　杨瑛
- 078· 劳我一生　孙郁
- 086· 眉宇之间是故乡　戴军
- 091· 我有一匹马　鲍尔吉·原野
- 097· 老在路上　盛可以
- 113· 塬上　王剑冰
- 161· 京都花之什　肖复兴
- 186· 顺流而下　于小芙
- 203· 陶然亭，剪辑的往事　查干
- 215· 那岛像部书　褚福海

- 222 · 峡谷里的那片灯光　陈　果
- 229 · 家住百万庄　　彭　程
- 252 · 母亲与我的十二年　梁鸿鹰
- 265 · 撒拉尔舌尖上的词语密码　撒玛尔罕
- 278 · 穿越乡村的时间　贾樟柯
- 294 · 寻豚记　罗张琴
- 301 · 师　友　鲁若迪基
- 315 · 绿皮火车　羌人六
- 331 · 长短句子　胡竹峰
- 347 · 南海渔家　李焕才
- 363 · 一只燕子在离去　连　亭
- 376 · 古陂的舞者　朝　颜
- 399 · 父亲送我雪豹皮　铁穆尔
- 410 · 优雅的土地　徐晓华

# 此生命定，我就是个莫高窟的守护人

樊锦诗 口述

顾春芳 撰写

## 相识未名湖，相爱珞珈山，相守莫高窟

我和老彭是大学的同班同学，老彭是我们班上的生活委员，同学们给他取了个外号叫"大臣"。

当时男同学住在 36 斋，女同学住在 27 斋，男女生交往比较少。我一直叫他"老彭"，因为他年轻的时候白头发就很多，我心想这个人怎么年纪轻轻就这么多白头发。他和我们班同学的关系都很好，因为他办事认真，有责任心，给人的印象就是个热心诚恳、非常愿意帮助别人的人。这是我对他的第一印象。

老彭对我格外照顾，可我对恋爱非常迟钝。有一回我去图书馆，发现已经没有位子了，我就看见老彭在冲我招手，原来他给我留了个位子。这以后经常是他先到，占了座位就给我留下。但是他也不多说话，我也不多

说话。据他后来说，他认为我这个人学习还不错。其实，他学习比我刻苦多了。

有一天，老彭突然对我说："我想带你去我大哥家，我哥哥住在百万庄。"我这才知道，原来老彭在北京一直和他大哥生活在一起。我心里想，女孩子不能随便去人家家里，但是他提出要带我回家，我就知道他的心意了。其实那时候我们俩还没有正式谈恋爱。

到了他家以后，我感觉他们家的氛围很好，特别是他大哥待人热情、周到、诚恳，给我留下了很好的印象。我意识到老彭的成长受到了他大哥的很大影响。老彭是他大哥拉扯大的，老彭长得也很像他大哥。大哥比他大五岁，念过师范学校，抗日战争期间就参加了革命，退休前是建设部的一个司长。大哥调到北京之后，也带他来了北京。老彭上的是北京四中，大哥出钱出力培养他，一直供他念到大学。他心里很明白，也很感激，所以学习非常下功夫，做事也非常认真，成绩很好。

我和老彭之间没有说过我爱你，你爱我，我们也就是约着去未名湖畔散步，快毕业前我们在未名湖边一起合影留念。毕业分配后，老彭去了武汉大学，我去了敦煌。那时候我们想，先去敦煌一段时间也很好，反正过三四年后学校就可以派人来敦煌替我，到时候还是能去武汉。北大分别的时候，我对他说："很快，也就三四年。"老彭说："我等你。"谁也没有想到，这一分就是十九年。

分开的这段时间，我们每个月都会通信。因为我写的字比较硬，老彭的同事以为来信的是个男同学，不知道他已经有了女朋友，还热心地给他介绍对象。

老彭去武汉大学历史系时，那时的武大还没有考古专业，只有历史专业，他一开始当谭戒甫老先生的助教。1976年武汉大学考古专业创办后，招收了考古专业第一届工农兵学员。老彭当系领导和考古教研室的负责人，主要负责教学，讲夏商周考古，另外还要带学生外出考古实习。他在武汉大学从零开始，建立了考古专业及第一批师资队伍。

1964年秋天，我在张掖地区的公社搞社教工作，老彭所在的武汉大学也在搞社教。社教工作差不多搞了九个月，结束之后我就回上海家里探亲去了。

1965年秋天，老彭主动来敦煌看我。那是毕业之后我们的第一次见面。常书鸿先生十分重视，特地打着武汉大学要来个教授的旗号借了辆车去接老彭。老彭的同事这时候才知道，原来那位敦煌的同学是个"飞天"。我的同事也很关心我，说我们俩还没结婚，就让老彭住到同事他们家里，常书鸿和几位敦煌研究院的老先生对老彭都很好。那些日子，我带着他看了敦煌的许多洞窟。从考古到艺术，我们俩无话不说，一直说到深夜还觉得有说不完的话。但是关于我们的未来，谁也不敢轻易触碰。两个人相距万里，难道将来的每一天都要承受这种两地分离的痛苦吗？就在这种极度的幸福和极度的茫然中，我们两人在一起度过了美好的八天。老彭快走的时候，我还带着他去爬鸣沙山，我们在山上还留了影。

他要回武汉的时候，我去送他。老彭拉起我的手，轻轻地对我说了一句："我等着你……"我流泪了，我知道这句话的分量。我就一直怔怔地看着汽车开走，前方是他的路，背后是我的路。虽然他说"我等着你"，已经明明白白告诉了我他的心意，但是我心里并没有因此而变得舒坦一些，好像有什么东西梗在我的喉咙口。这是我所期盼的，又是我所无法承受、无法给予回报的。

1967年元月，我"串联"到了北京，专门去拜访了他大哥大嫂。大哥大嫂对我说："小樊，你们俩该结婚了。"就这样，在兄嫂的安排下，我到武汉去找老彭。

原定老彭到武昌火车站接我，结果我到站后，左等右等，就是不见他人影。我心里感到很害怕，担心他发生了什么事，心想不能继续等下去，决定自己步行去武大。从大东门摸到武汉大学，走了很长的路，终于看见写着"武汉大学"几个字的那个牌楼。进了校门，一路打听着找到了老彭的湖边五舍的宿舍。结果他不在，原来是到火车站接我去了，我们俩走岔了。我就在宿舍门口等他，南方没有暖气，冻得哆哆嗦嗦。当老彭满身大汗地回来时，我感到非常委屈。进屋后，发现屋里和外面一样冷，于是我就钻到被窝里抱着个热水杯子，一边生着气一边打着哆嗦。他一个劲儿安慰我，说去车站接我，却没有接到，也是急得要命呢。

当时武大的青年教师是两个人一间宿舍，和老彭合住的那位同事当晚把房间让了出来，给我们俩当新房。结婚要买的新床单、新被子，都是老彭张罗，武大的同事还送给我们《毛主席语录》、杯子什么的作为结婚礼物。我们买了糖果、茶叶、香烟，招待同事们。

1967 年 1 月 15 日，我们就这么结婚了。

老彭这个人非常朴素，读书的时候就没什么像样的衣服。我给他准备了一双皮鞋、一条华达呢料子的裤子，结婚那天他就穿上了我给他准备的衣服。后来到上海我又特地找裁缝给他做了一件中式小棉袄。一直到生病离世，他都珍藏着这件小棉袄。结婚当天，我也没怎么打扮，就穿着北京那种条绒系带的棉鞋，蓝布裤子，上衣是一件丝绵棉袄。棉花有点露出来了，我就把它往里面塞一塞缝起来。在棉袄外头罩了件灰布红点和白点的罩衫。罩衫也是旧的，我洗了洗就当新娘子的衣服了。

结婚没几天，我就和老彭一起回上海，这是我第一次带老彭回家。当时，上海家里已经被抄了，我的父母和两个弟弟都被赶到了另外的地方居住，一家人挤在一个房间。因不知情，我和老彭下了船，先到原来父母居住的虹口武进路的家里，刚上楼梯，透过门缝看到屋里全是红卫兵，我当时惊出了一身冷汗，蹑手蹑脚下了楼，拉着老彭直奔二姐家。因为我二姐的家就在不远的地方，等见了二姐才知道家里的情形。那天晚上，我们俩就在二姐家凑合了一夜。

第二天我带着老彭去见父母，家里人看我们俩刚刚结婚，就做了一桌很丰盛的饭菜。父亲听见我叫"老彭"，也叫他"老彭"。我后来想，幸亏那次带老彭回上海，那是他第一次也是最后一次见我父亲。

结婚以后，我和老彭经常通信，我感觉他对我非常关心和体贴，是个可靠、有情的丈夫。后来听他跟别人说，他找我是因为觉得我虽然是上海姑娘，但是身上没有骄娇二气。我们在一起的时候无话不说，我们不在一起的时候也会经常交流，但我们说的都不是家庭琐事，主要谈的都是各自的工作。

当时，军宣队进驻研究所，单位三天两头开会。我父亲刚刚含冤而死，大弟因为父亲的原因不能落实工作，母亲又病倒了，偏偏在这个时候自己又怀孕了。我觉得自己身心俱疲。我往来于敦煌、上海、武汉之间，由于过度劳累，以及精神上的紧张和巨大的悲痛，导致我有流产的迹象。经过及时治疗，才幸运地保住了孩子。

那时候，最强烈的念头就是离开敦煌，到武汉去。我觉得只有到武汉，到老彭身边才能感到安全。显然，在当时是无法解决分居问题的。我们想调到一起，也只是天真的幻想而已。为什么我们俩经过风风雨雨，还能够不离不弃？我觉得那是因为我们就是那个时代的人。我们是同学，互相理解。我们从来不会说"我爱你"，我们就是把最好的东西给对方。老彭知道我喜欢他，他也从来不给我说狠话，也不愿意抛弃我这个人。

我们结婚时，没回老彭河北的老家，直到1970年初，我们要把第一个孩子送回老家抚养时，我才第一次到他河北农村的老家。我的印象中河北老家的房子还算宽敞，但家里最现代的东西就是暖壶，此外再没有什么像样的东西。我们第二个孩子是在武汉出生的，老二出生不同于老大，老彭准备得很好，老彭的大姐把老大从河北老家带到了武汉。大姐可能比我大十几岁，别人总把她当成我婆婆。我在武汉度过五十六天的产假，老彭把我照顾得非常好，给我做饭、炖汤，什么都不让我动手，晚上让我休息，他起来看孩子。我坐完月子就回了敦煌。大姐在武汉又住了几个月，之后她带着老二回了老家。

老大就留在了武汉，那时候他已经五岁了，正是调皮的年龄。老彭要教学、办专业、出差，还要带孩子。他每次出差，就只能把孩子交给同事照顾，这次交给这一位，下次又交给另一位。所以我们家的老大从小是住集体宿舍，吃"百家饭"长大的。那时候老彭又当爹又当妈，辛苦可想而知。

随着时间的推移，1976年年底后，到了解决分居问题的时候了。老彭当时急切希望我尽快调往武汉。儿子也特别希望我调去武汉，因为武大那时盖了一批教工家属楼，符合入住条件的老师都搬到家属楼去了，儿子的小伙伴也都搬了。由于只有老彭一个人的户口在武大，不符合条件，儿子就特别着急，写信抱怨此事。可是这时的我犯了犹豫，既对老彭有感情，想念孩子，想去武汉；又对敦煌产生了感情，想留在敦煌，为敦煌干点事。加上甘肃和武汉大学两方面的组织都坚决不放人，希望对方让步，双方争持了很长时间。不过即便在为调动的漫长拉锯阶段，我们俩都从没有为此红过脸。1986年，为了我们俩谁调动的问题，甘肃省委组织部、宣传部竟各派出一位干部找到了武汉大学的校长刘道玉，后来武汉大学没办法，就让老彭和我自己商量决定。就这样，老彭最后做出了调来敦煌的决定。老彭说："我们两个人，总有一个要动，那就我走吧。"其实，如果老彭坚持不松口，我最后肯定只能妥协了，但他知道我心里离不开敦煌，所以他表示自己愿意离开武汉大学。

我最感激老彭的就是，他在我还没提出来的时候，自己提出调来敦煌。如果他不提出，如果那时候他拿出一家之主的威严，也许我就去了武汉，因为我绝对不会因为这件事情放弃家庭，甚至离婚，我没有那么伟大。但是他没有，他知道我离不开敦煌，他做出了让步，如果没有他的成全，就不会有后来的樊锦诗。

等到我们一家真正聚在一起的时候，已经是1986年了。老大都念高中了，老二也念完小学。老彭调来敦煌研究院，最初一段时间在兰州，因为两个孩子都要在兰州上学，老彭为帮助孩子适应新的环境，他也在兰州待了一段时间。以后，我和孩子虽然也不能天天见面，但至少可以利用到兰州出差的机会多和他们在一起，这个家就像个家了。我对孩子们比较民主，从来也没有强迫过他们。他们念什么大学，找什么工作，都顺其自然。因为我深感自己作为一个母亲，欠他们的太多了。

我有一句话跟好多人说过，我说我们家的先生是打着灯笼都找不到的好人。一般的家庭都会因为这个问题解决不了，最终散了。但是他为我做了让步，放弃了自己热爱的事业，也放弃了自己亲手创立的武汉大学考古专业。

遇上了老彭这样的好人，是我一生的幸运。

## "保护文物也是政绩"

如何平衡经济发展和文化发展，如何协调文化遗产保护和旅游开发，这是我任敦煌研究院院长的职务之后遇到的最棘手的问题。

2014年8月21日，国务院发布的《国务院关于促进旅游业改革发展的若干意见》（国发〔2014〕31号），提出必须树立科学旅游观、增强旅游发展动力、拓展旅游发展空间、优化旅游发展环境、完善旅游发展政策等一系列指导意见。该文件一时间被许多地方的旅游部门当作"尚方宝剑"，许多省市相继提出"大景区"概念，出台相关政策，纷纷成立"旅游管委会",并赋予管委会统一管理包括文化遗产遗址和周边各个景区旅游活动的巨大权力,而不论文化遗产是世界级的、国家级的、省级的或是县级的,其人、财、物均由管委会统一管理。在2014年,很多人都觉得"大景区"模式是发展旅游业在体制方面的创新,势在必行。

正在这个时候,又发生了一件令我感到无法接受的事情。敦煌市政府委托有关单位编制出台了厚厚一大本《敦煌莫高窟—月牙泉大景区建设规划》。整个规划设计目标完全从旅游出发,"大景区"把莫高窟纳入其中,认为莫高窟不应该由敦煌研究院管理,应归到敦煌市管理才合理。该规划认为,应把莫高窟交给当地政府办公室管理,由政府办公室交给当地旅游局协管,再由旅游局交给企业开发。

负责编制规划的是一个名为"北京大学××旅游景观规划设计院"的单位。我见到这个规划之后,非常气愤,心想:"难道连北大也这么糊涂吗?怎么能够不做调查研究,就出台这样一个规划呢?"但转念一想,这个机构以前没有听说过,必须先要了解清楚这个"北京大学××旅游景观规划设计院"和北京大学是个什么关系。我当即给北大校长办公室打了电话。

接听电话的校办工作人员问:"你是谁?"我自报家门说:"我是北京大学的一个老学生,老校友,我的名字叫樊锦诗。我想核实一个情况,北京大学有没有一个'北京大学××旅游景观规划设计院'?这个设计院为甘肃省敦煌市政府设计了一个旅游景区的规划,存在严重问题,我认为这不代表北大的水平。我从爱护母校声誉角度出发,也为了弄清挂着北京大学牌子的这个机构是什么性质,特此求证。"校办工作人员回答说马上进行调查。

然而就在我等待北大方面答复的时候,第二天就接到了一个陌生人的电话。此人在电话中说自己是"北京大学××旅游景观规划设计院"

的负责人。我听电话那头的声音半是道歉半是试探："樊院长，我们早就想向您请教了。您是这方面的专家，我们没有及时请教是我们的问题。"我就回复他："你不用给我戴高帽子。是谁告诉你我的电话的？我不认识你。"就毫不犹豫地挂断了电话。就在挂电话的一瞬间，我突然感到有些后悔，心想应该通过此人了解更多的情况。也是在那个时候，我感到了一种不安。接下来还会发生什么情况？为什么我刚向北大请求调查，就马上有人找上门来？

就在这样的忐忑不安中过了一段时间，北大纪委给我打来了电话，回复说经过他们调查，这个所谓的规划设计院和北京大学没有丝毫关系，是个人冒用北大招牌的机构，北京大学方面已经对其提出警告，要求他不准再打着北大的招牌招摇撞骗。后来据我了解，2015年，该机构已改了名，不再使用北京大学的名号了。

之后，也有人不时提醒我说"大景区"是势在必行，不是旅游局可以左右的，同样也不是敦煌研究院可以左右的。如果不是省里统一的规划，不可能有此推进的速度和规模。果然到了2014年12月21日，《甘肃日报》刊登了《甘肃丝绸之路经济带建设大景区总体规划纲要》。根据规划，到2020年，将计划建成年接待游客三百万人次以上的大景区共二十个。大景区建设将分两步走，第一步计划到2017年，将率先建成八个大景区，其中就有"敦煌莫高窟—月牙泉"景区。

报上公布，网上转发，我只觉得心头特别压抑。像敦煌莫高窟如此珍贵、如此脆弱的世界文化遗产，对其保护应是第一位的，必须有专门的保管机构，不应该和其他的所谓景区按一种模式、一个标准进行管理，甚至不受限制地进行旅游开发。敦煌研究院负责保管莫高窟，这是《中华人民共和国文物保护法》规定的文物管理体制。如果真的改变莫高窟的管理体制，将莫高窟的旅游开发管理权抵押、租赁给企业去经营，这样珍贵脆弱的文化遗产将很快就被破坏，多年辛苦聚集起来的人才队伍也将流失殆尽，前途实在令人担忧！

我作为一名共产党员，为了保护中华民族优秀传统文化，应该向领导如实反映情况和阐明自己的看法。为了不牵连研究院其他人，我决定以个人的名义给省领导写一封汇报信，明确表示旅游发展中应注意保护莫高窟。

汇报信的每一条后面和信后的附件，都引用了法律和事实加以说明。

就在我担忧的时候，国务院参事室的一些参事和中央文史研究馆的一些馆员，正在做一个文化遗产的调查项目，莫高窟是他们调查考察研究的对象之一。他们从网上获知，莫高窟将被并入大景区，交旅游局统一管理。于是他们组织了一个考察团，到兰州找有关管理部门的领导座谈，听取意见。他们也到了莫高窟，和敦煌研究院全体工作人员进行了一次座谈，听取意见，并做了一些调查。考察团经过调研，就莫高窟要成为大景区这件事，形成了一份考察报告，就莫高窟的保护现状向国务院正式提交了这份报告。报告特别强调了在旅游发展中加强莫高窟保护的重要性。这份报告引起了国务院的高度重视，国务院主管领导的批示很快就送到了甘肃省委，省委领导也很快做出了莫高窟管理权属于敦煌研究院的批示。

回想起来，我觉得真是天意，没有这么多同事的支持和专家的帮助，单凭我一己之力，难以力挽狂澜，也无力阻止莫高窟被企业管理的命运。这份报告保住了敦煌研究院负责保护管理莫高窟的职能和权力。

后来《纽约时报》派出记者到敦煌来采访我。我在接受采访时，主要介绍了莫高窟的保护，同时也向记者透露了我的担忧。后来有人认为，我随便接受外国记者采访十分不妥。我回答说："这没有什么不妥，我没有说任何不利于我们国家和民族形象的话，我只是接受海外媒体的采访，说了一些关于莫高窟保护的担忧而已。"

那段时间,我吃不好、睡不好,身体健康也出了问题。从下决心扭转局面、保住莫高窟保管的现行体制的第一天,到事情最后得到圆满解决的那段日子里,我瘦了整整十斤。我一个年近八旬的老人,为什么敢于坚持这样的事情?因为我没有私心杂念,我热爱莫高窟。自然因素对文物的影响是缓慢的,一旦以发展旅游为目的进行开发,很多古城和遗址的历史文化基本生态往往会在一夜之间被"开发"殆尽,包括莫高窟在内,将来就会丧失基本的生态而沦为"盆景"。水和土都坏了,种出的庄稼还能吃吗?

尽管莫高窟是个小地方,但是她对中华民族的意义很重大。我们都是历史的过客。我们这些人走了,莫高窟还会在。人的一生能做的事情本来就很有限,怎么能干上对不起祖宗,下对不起子孙的事情?

2016年4月,在全国文物工作会议上,习近平总书记对文物工作做出的重要指示给我增添了信心。总书记明确提出"保护文物也是政绩"。习近平总书记强调,我国是世界文物大国,又处在城镇化快速发展的历史进程中,文物保护工作依然任重道远。他还强调传承历史文化的重要性,强调通过文化维系民族精神,提出保护文物"功在当代、利在千秋"。我听到这八个字的时候倍感亲切和安慰,深受鼓舞。

(选自2019年9月25日《中华读书报》。原载《我心归处是敦煌:樊锦诗自述》,樊锦诗口述,顾春芳撰写,译林出版社2019年10月第1版)

# 茨维塔耶娃的布拉格

刘文飞

## 一

我们乘坐的 HU7937 航班经过十个小时飞行，于 7 月 16 日清晨抵达布拉格；将近一百年前，1922 年 8 月 1 日，茨维塔耶娃自柏林抵达这座城市，她乘坐的是火车，当时的航空交通还不发达，逃亡中的茨维塔耶娃也买不起机票，她一生从未坐过飞机，她说她害怕飞机，害怕一切高速运动的东西，她在布拉格的友人回忆，她从来不敢独自一人过马路，而总要紧紧抓住同行者的手，东张西望、脚步急促地穿过马路，嘴里还不停地嘀咕："汽车可真是个怪物！"茨维塔耶娃对运动和速度的恐惧，似乎与她永远激荡的内心生活、与她诗歌中无处不在的跌宕和跃进形成了巨大反差。

步出登机桥，看到航站楼上的一行大字："瓦茨拉夫·哈维尔机场"。这可能是世界上唯一以文学家的名字命名的国际机场，不过，我想象着茨维塔耶娃就走在我们身边的人群中,她提着寒酸的行李,牵着十岁的女儿阿丽娅,高傲地昂着诗人的头颅,看到哈维尔的名字后她摇了摇头,有些不屑地说道:"还不是因为这位文学家后来当上了总统。"

此番应十月杂志社和徐晖、韩葵夫妇邀请来十月布拉格作家居住地小住,主要目的就是寻访茨维塔耶娃留在布拉格的痕迹。1922年8月至1925年10月,茨维塔耶娃在布拉格生活了三年多。这是她生活中颠沛流离、捉襟见肘的三年,后来却被她视为一生中最幸福的时光。当年三十多岁的茨维塔耶娃风华正茂,在异国他乡顽强生存,在持家、恋爱、生子的同时不懈地写作,登上了她创作的高峰。三年三个月的时间里,茨维塔耶娃共写下一百三十九首长短诗作,平均每周一首,显示出旺盛的文学创造力,可以说,正是在布拉格,茨维塔耶娃成长为一位世界级的大诗人。

二

布拉格最著名的去处或许就是查理大桥,桥面上终日人流如织,人们踩着古老的石头桥面散步,或凭栏欣赏伏尔塔瓦河两岸的风光,或端详桥上鳞次栉比的巨大雕塑,却很少有人注意到大桥靠近古城堡一端的一尊骑士雕像。这雕像不知为何竟被置于桥墩之上,需俯视方能看见,这便是茨维塔耶娃的"布拉格骑士"。

雕像上的人物是捷克民间传说中的英雄布隆茨维克,石质雕像上的武士穿戴盔甲,左手扶着放在脚边的正方形巨大盾牌,右手持一把笔直细长的利剑,黑色的石头与金色的宝剑构成强烈的明暗对比,一如静立的雕像与其背后流动的河水构成的静动反差。来到布拉格后不久的茨维塔耶娃,一次在友人斯洛尼姆的陪伴下游览查理大桥,斯洛尼姆把藏在桥下的骑士雕像介绍给茨维塔耶娃,女诗人看到后兴奋不已,惊呼道:

他太像我了!

把茨维塔耶娃布拉格时期的照片与这位骑士的面容做比较,老实说,我们很少能看到两者的相像。布拉格骑士脸庞瘦削,眉清目秀,表情安静,而茨维塔耶娃却是宽脸庞,浓眉大眼,五官都洋溢着冲动和激烈。但茨维塔耶娃坚持认为这位骑士像她,一定有着她的逻辑:首先,这位骑士的面容倒是与茨维塔耶娃的丈夫埃夫隆的相貌十分接近,而埃夫隆毕竟是年轻的茨维塔耶娃一见钟情并以身相许的男人,茨维塔耶娃在布拉格疯狂爱上的另一位男人罗德泽维奇长得也很像这尊雕像,也就是说,布拉格骑士长着一副茨维塔耶娃喜欢的男性面容;其次,茨维塔耶娃一贯欣赏女人身上的男性特征和男人身上的女性特征,这位富有阴柔韵味的布拉格骑士,在茨维塔耶娃看来或许就是男女两种性别特征的结合,或曰矛盾组合,是不协调的协调,是对立的统一,这是会让茨维塔耶娃心动的一种组合状态;最后,在茨维塔耶娃对这位骑士的情感中,无疑掺杂着某种同情和怜悯,这位骑士毕竟只是一位骑士,比不上查理大桥栏杆上的高大雕塑,那些雕塑形象不是神话人物、宗教圣人,便是帝王将相,而一位普通的骑士是难以与他们平起平坐的,因此被放在了桥墩上。那些大型雕像需要仰视,即便你不仰视它们,它们也会俯视你,而这位骑士却被所有人俯视着,或者说被忽略着,他的这种处境一定会引起茨维塔耶娃的同情。

在与斯洛尼姆一同散步查理大桥后不久,茨维塔耶娃写出一首题为《布拉格骑士》的诗:

苍白的脸庞,
世纪水声的守卫——
骑士啊,骑士,

紧盯着河水。

(哦我能否在河里找到
嘴唇和手的宁静?!)
守——卫——者,
在离别的岗位。

誓言,戒指……
是啊,但石头扔进河,
我们这样的人有过多少,
在四个世纪!

进入河水的自由
通行证。让玫瑰开放!
他扔出,我冲过去!
就这样报复你!

我们不累——
激情至今尚存!
用大桥复仇。
张开翅膀吧!

向着泥潭,
向着锦缎般的河水!
桥面的错,

如今我不哭!

"从命定的桥上
跳下,别怕!"
我身高与你相同,
布拉格骑士。

无论甜蜜还是忧郁,
你都看得更清楚,
骑士啊,你在守护
岁月的河。

"我身高与你相同。"茨维塔耶娃就这样写出了她与布拉格骑士本质上的相像;在对岁月的河的守护中,在对跃入河水的冲动的不断抑制中,在对命中注定的守护角色既不认同又无法逃避的痛切感受中,她深刻地理解了这位布拉格骑士,或者说,她把自己流亡捷克时的内心感受一股脑儿地投射到了这位布拉格骑士的身上。这首写于1923年9月27日的诗,因此成为茨维塔耶娃最著名的诗作之一,而查理大桥一端的布拉格骑士也由此成为20世纪俄语诗歌中的一处"名胜"。

离开捷克后,茨维塔耶娃始终惦记着查理大桥上这位"守护着河水的小伙子",在寄往布拉格的书信中,她一遍又一遍地重复着:"我的骑士""我的布拉格兄弟""我命中注定的同貌人""我在布拉格有位男朋友,他的脸长得很像我"……她数次求人给她往巴黎邮寄布拉格骑士的照片或肖像:"有没有一幅他的画像,更大一些,更清楚一些,比如版画?我会把它挂在书桌上方。如果我有一位护佑天使,就应该带有他的面孔,他的狮子,他的宝剑。"茨维塔耶娃的捷克友人捷斯科娃后来果真给她寄去了一幅布拉格骑士的画,这幅画被茨维塔耶娃视作最珍贵的艺术品,在颠沛流离的生活中一直带在身边。

三

十月布拉格作家居住地的窗户正对着一座山,即布拉格著名的佩伦山。佩伦是斯拉夫原始宗教中的雷神,这座不高的山因为这个高贵的名称而具有了特别的含义。无论是在茨维塔耶娃的心目中,还是在布拉格的文学地图中,这座并不高大的山都有着超越它自身的海拔高度。

茨维塔耶娃有一部题为《山之诗》的长诗,写的就是这座山,也写于这座山上(此山南坡的一幢小楼),在《山之诗》开篇的"献诗"中茨维塔耶娃写道:

> 颤抖,山从肩头卸下,
> 心却在爬山。
> 让我来歌唱痛苦,
> 歌唱我的山!

> 无论现在还是往后,
> 黑洞我都难以封堵。
> 让我来歌唱痛苦,
> 在山的顶部。

这是一部"山之诗",也是一部"爱之诗",它记录了茨维塔耶娃一生中最刻骨铭心的一场爱情。1923 年 8 月，来到布拉格刚好一年的茨维塔耶娃疯狂地爱上了康斯坦丁·罗德泽维奇，这位风度翩翩的男人是茨维塔耶娃的丈夫埃夫隆在布拉格查理大学的同学。罗德泽维奇生于彼得堡，比茨维塔耶娃小三岁，大学未毕业他便参军，成为黑海舰队水兵，十月革命期间两次转换身份，先成为红军，后随白军流亡海外，在 20 年代初来到布拉格，获捷克政府奖学金，成为查理大学法律系学生。1926 年底，罗德泽维奇来到法国，在巴黎大学继续学习法律，同时接近法国左翼政党；1936 年他投身西班牙内战，在国际纵队任军事专家；"二战"时期他参加法国抵抗运动，曾被关进纳粹集中营，战后留在法国，据说身为苏联特工。晚年，罗德泽维奇成为一位艺术家，曾创作一尊茨维塔耶娃的木雕头像。

罗德泽维奇保存了茨维塔耶娃写给他的所有书信，并在 1960 年把它们转交给茨维塔耶娃的女儿阿丽娅，后者把这些信原封不动地封存起来，但其中两封（9 月 22、23 日）被转交者私自复印，因而流传开来，通过这两封信中的只言片语，我们不难感觉出茨维塔耶娃当时的情感之炽烈：

我第一次爱上有福的人，或许是第一次寻求幸福而非伤害，想获得而非给予，想生存而非毁灭！我在您身上感受到一种力量，这是我从未有过的体验。

您在我的身上创造了奇迹，我第一次感觉到了天和地的统一。

啊，您多么深沉，多么实在！您无比优雅，又极其淳朴！您是教会我人性的游戏高手。我和您在相遇之前似乎不曾活在世上！对于您，我就是灵魂；对于我，您就是生命。

离开您，抑或您不把我放在心上，我就难以活下去。只有通过您,我才能热爱生活。您如果放开手,我就会离开,不过会更加痛苦。您是我第一根、也是最后一根支柱!

您是我的救星,让我把生死置之度外吧,您就是生命!(上帝啊,因为这幸福饶恕我吧!)

我把你黑发的脑袋揽入怀中。我的眼睛,我的睫毛,我的嘴唇。

朋友,记住我吧。

茨维塔耶娃改称爱人的姓氏,称他为"拉德泽维奇"而非"罗德泽维奇",因为"拉德泽维奇"有"欢乐之子"的意思。然而,就像茨维塔耶娃一生中所有火一般的爱情一样,这段始于秋天的罗曼史也仅持续数月,在冬季便开始暗淡了。后来,罗德泽维奇娶俄国宗教哲学家谢尔盖·布尔加科夫的女儿玛丽娅为妻,茨维塔耶娃则留在了丈夫身边。不过,作为这场爱情之文学结晶的《山之诗》(以及另一部长诗《终结之诗》和抒情诗《嫉妒的尝试》等作品),却构成茨维塔耶娃布拉格时期诗歌创作乃至她整个文学创作的巅峰。在茨维塔耶娃与罗德泽维奇热恋的这段时间,茨维塔耶娃租住在佩伦山坡一户人家,两人经常一起爬山,佩伦山于是就成了他俩热烈爱情的见证人,也成了茨维塔耶娃心目中爱情的等价物。

在《山之诗》中,茨维塔耶娃将佩伦山写成情感的高峰,将她与罗德泽维奇的爱情比喻成登山之旅。在长诗的开头,"那山像新兵的胸口,/新兵被弹片击中。/那山渴望少女的唇,/那山在希求/盛大的婚礼",这座山"不是帕那索斯,不是西奈,/只是兵营似的裸丘","为何在我眼中/……/那山竟是天堂?"然而,激情、爱和幸福都像山一样,终归是有顶峰的,"据说,要用深渊的引力/测量山的高度",于是,"山在哀悼(山用苦涩的黏土/哀悼,在离别的时候),/山在哀悼我们无名的清晨/鸽子般的温柔";"山在哀悼，如今的血和酷暑／只会变成愁闷。／山在哀悼，不放走我们，／不让你爱别的女人"！"痛苦从山开始。／那山像墓碑把我压住"，但是，这座山又是"火山口"，蕴藏着愤怒的熔岩，这将是"我""记忆的报复"！

爱情是一座山，需要两个人携手攀爬，但爬到山顶之后却面临两种选择：要么原路返回，这就意味着注定要走下坡路，越来越低；要么追求更高，这就意味着从山头跃起，短暂地飞向高空。如此一来，佩伦山在茨维塔耶娃的诗中便从爱情之山转化为存在之山，构成了关于人类存在之实质的巨大隐喻。或许正因为如此，茨维塔耶娃才在《山之诗》中运用了这对令人震惊的韵脚：山／痛苦。

傍晚，当夕阳渐渐西沉，或粉或金的云彩会在佩伦山背后的天空聚汇成一幅缓慢流动的水彩画；待天完全黑下来，山就会显得雄伟起来，黑压压一片绵延在地平线上，而山坡上此起彼伏的灯火则像一只不知疲倦的眼睛，看向我们住处的窗口；夜深之后，山的轮廓线才渐渐隐去，与夜幕融为一体，于是，山坡上的零星灯火也就与天上的繁星连成了一片。

## 四

佩伦山南坡瑞典街 51/1373 号，是茨维塔耶娃在布拉格市区的故居。1923 年 9 月 2 日，茨维塔耶娃一家租住此处，直到 1924 年 5 月。茨维塔耶娃住进这幢房子后心情愉悦，她在给友人的信中写道："我在布拉格一切都好：一扇巨大的窗户敞向整个城市，敞向整个天空，阶梯构成的街道，远方，火车，雾。"

如今这里像是布拉格的富人区，沿着整洁的坡道向上走去，路边是一幢接一幢风格各异的别墅,绿树掩映着庭院,门前和露台上鲜花盛开,身边不时有几辆高级轿车静静地驶过。茨维塔耶娃一家住了近一年的这幢两层小楼,从外貌上看与当年留下的照片并无二致,绿色的铁皮屋顶像是给小楼扣上一顶硕大的钢盔,淡黄色的外壁与四周的绿树构成色彩上的呼应,房子侧面有一道长长的阶梯,阶梯的末端消失在一片幽静的树林中。房子正中有一个露台,露台四周围着半圆形的铁栏杆,房屋立面的左侧有两个门牌号,较小的蓝色号牌上标明"51",稍大的红色号牌上却写有"1373",据说蓝牌上写的是街道编号,而红牌上写的是布拉格第五区的编号。正门的右侧悬挂着一面纪念铜牌,铜牌右上角有茨维塔耶娃的头像浮雕,浮雕的左侧和下方镌刻着这样几行文字:

### 致 捷 克

人民,你不会死去!
上帝在将你护佑!
让石榴石成为心脏,
让花岗岩成为胸膛。

俄国诗人
玛丽娜·茨维塔耶娃
1923—1924 年曾在此生活和创作

纪念牌上的诗句引自茨维塔耶娃的组诗《致捷克》。1939 年 3 月,纳粹德国吞并捷克斯洛伐克,当时侨居法国的茨维塔耶娃闻之义愤填膺,很快写出对捷克人民饱含深情的组诗《致捷克》。布拉格人为茨维塔耶娃的故居设置纪念牌,并引用此诗,显然是对茨维塔耶娃的"捷克情结"的一种回报。

　　看到这幢"豪宅",人们往往会惊叹于茨维塔耶娃当年流亡生活的舒适和惬意,殊不知茨维塔耶娃一家仅仅租住了这幢房子阁楼上的一个房间,即便如此,茨维塔耶娃当年也满意得不得了;尽管在莫斯科市中心长大的"城里人"茨维塔耶娃曾将这幢小楼所处的区域称为"郊外",可这幢小楼实际上却是她整个捷克流亡期间在布拉格市区的唯一固定住处,其余时间她都落脚在距布拉格数十公里远的真正的郊外;看到这幢房子前的纪念铜牌,人们不禁为布拉格人对茨维塔耶娃的怀念而心生感激,但楼前高高的栏杆和铁门上崭新的电子门锁,以及停在楼前的几辆豪华轿车,却又形成一种拒斥,似乎在有意与茨维塔耶娃当年的生活构成反差,划清界限;楼前有一条路,左拐向山上延伸,这大约就是茨维塔耶娃和罗德泽维奇"登山"时常走的路,而楼的一侧那道通向树林的漫长阶梯,则有可能是茨维塔耶娃独自下山的必经之路,据说她在接到书信后便会走下阶梯,在树林深处找一个地方坐下来仔细阅读。

　　茨维塔耶娃住在这幢楼里的时候,自柏林到布拉格的纳博科夫曾来此造访茨维塔耶娃,看来,纳博科夫对这幢小楼很满意,他后来出资租下这套住宅,让他侨居布拉格的母亲和姐妹住在了这里。

## 五

　　布拉格旧城木炭市场1号是幢三层小楼,这里曾是俄国侨民文学杂志《俄罗斯意志》编辑部的所在地。《俄罗斯意志》由流亡布拉格的俄国社会革命党人创办,起初是日报,后改成周报,到茨维塔耶娃来布拉格时它已为月刊。十月革命之后,大批俄国知识分子流亡境外,他们在异域坚守俄国文学传统,或不懈写作,或创办刊物,使得俄语文学在俄国境外继续开花结果，构成"20世纪俄国侨民文学"这一文学奇观。在所谓"第一浪潮"俄国侨民文学中，布拉格与巴黎、柏林以及我国的哈尔滨等地一样也是一座重镇，而《俄罗斯意志》则是布拉格俄侨文学生活的中心，与这家杂志的合作，是茨维塔耶娃布拉格时期文学生活的主要内容，而她在《俄罗斯意志》上不间断发表的作品，则不仅塑造了她布拉格第一俄侨诗人的身份，也奠定了她最优秀俄侨诗人乃至20世纪最优秀俄语诗人的文学史地位。

茨维塔耶娃与《俄罗斯意志》的关系，得益于该刊文学主编斯洛尼姆。马克·斯洛尼姆生于敖德萨，先后就读于佛罗伦萨大学和彼得堡大学，后加入社会革命党，十月革命期间前往南俄活动，后经海参崴到日本，从日本到欧洲，1922年至1927年侨居布拉格，后去法国，并于1941年定居美国，在纽约劳伦斯学院教授俄国文学，成为美国最重要的俄国文学研究家，他出版多部俄国文学论著，其中的《苏维埃俄罗斯文学》一书在我国影响很大。作者在这部文学史性质的书中写道："茨维塔耶娃是在她创作的全盛时期到欧洲的。在十七年的流亡生活中，她创作了她的最佳诗歌和散文。旅居捷克斯洛伐克的那几年，是她创作最旺盛的时期，也证实了她是有创新天才的诗人。""她像所有真正的诗人一样，致力于使现实理想化，并把最微不足道的小事变为激动人心的事件，变为一种令人振奋、经常是神话式的东西。她把客观的事实、感情和思想加以扩大，不论当时什么样的东西占据她的思想和心灵，她都以非常强烈的手法，用诗歌甚至简单的对话来表达它们，使她的读者和听众都能全神贯注。""无论在东方或西方，人们都普遍地认为茨维塔耶娃是20世纪最伟大的俄罗斯诗人之一。"就是在这部文学史著中，在提及《俄罗斯意志》时，作者还加了这样一个注脚："作为该月刊的文学编辑，笔者1922—1932年间连续发表了茨维塔耶娃的大量诗作、论文和诗剧。"作为《俄罗斯意志》文学编辑的斯洛尼姆，从未拒绝发表茨维塔耶娃的作品，茨维塔耶娃布拉格时期创作的诗文大多首发于《俄罗斯意志》，这家杂志开出的稿费也成了茨维塔耶娃一家布拉格时期生活的重要经济来源之一，甚至可以说，没有《俄罗斯意志》和斯洛尼姆的关注和帮助，茨维塔耶娃布拉格时期的生活和创作都是难以想象的。

斯洛尼姆写有一篇题为《忆玛丽娜·茨维塔耶娃》的长篇回忆录，回忆了他与茨维塔耶娃的交往和合作。斯洛尼姆写了他与茨维塔耶娃的"布拉格散步"，也谈到他对茨维塔耶娃及其创作的理解和认识：

1922年末，尤其是1923年，我常对茨维塔耶娃说，我们的友谊是行走中的友谊。我俩一边在街道和花园漫步，一边相互交谈，我们的散步注定会在咖啡馆结束。茨维塔耶娃曾对安娜·捷斯科娃说，她由于我而熟知了数十家咖啡馆。不过，她也同样熟悉了布拉格。我当年和现在都十分喜爱这座十分出色的、带有几分悲剧色彩的城市，我常领着茨维塔耶娃走过现已成为大学的克莱门特学院附近的胡同，走过布满宫殿和神话的小城，走过狭窄的黄金小巷，传说在15—17世纪，小巷两旁的低矮房屋曾是炼金术师和占星学家的居所，我们还一起漫步于壮观的洛布科维茨宫和华伦斯坦宫，在这些宫殿建筑中，崇高的文艺复兴风格转变成了巴洛克。

在1922年至1925年末的这三年间，我与茨维塔耶娃经常见面，一连数小时地谈话和散步，我们很快亲近起来。文学方面的一致很快转变成私人友谊。这种友谊持续十七年之久，它并不平缓，有些复杂，伴有争执与和解，高潮与低落。有一点我却始终不渝，即我认为她是一位大诗人，非凡的诗人，堪与帕斯捷尔纳克、马雅可夫斯基、曼德施塔姆和阿赫马托娃并列，早在1925年我就写到，在侨民界仅有霍达谢维奇可与她比肩。我至今仍持这一看法。

从斯洛尼姆的文字中不难看出，在布拉格期间，他是茨维塔耶娃诗歌天赋的赏识者，他力排众议，发表了茨维塔耶娃交给他的所有作品。在布拉格时期之后，斯洛尼姆仍在继续研究和宣传茨维塔耶娃，为茨维塔耶娃文学史地位的确立做出了突出贡献，反过来说，斯洛尼姆后来成为一位杰出的俄国文学研究家，他与茨维塔耶娃在布拉格的相识或许也发挥了一定的作用。

斯洛尼姆与茨维塔耶娃的亲近，甚至一度超出了友谊的范畴，斯洛尼姆在回忆录中不无遮掩地写道：茨维塔耶娃在与罗德泽维奇分手后需要"一个友善的肩膀"，她仿佛觉得"我"能够给她这种精神支持，"我"当时与第一任妻子的分手也使两人生出同病相怜的感觉，但两人在个性、激情和追求等方面的差异构成障碍，使"我"最终意识到，"我既不能接受那种暴风雨，也不能接受她那种导致拒绝生活、拒绝自己本人、拒绝自己的道路的绝对现象"。"我知道，我们的生活道路无法汇合，只是有时相互交叉，我俩的命运完全不同。她由此得出错误的看法，似乎我在推开她，而且还看上了一些卑微的女人，我宁肯要'石膏的碎屑，而非卡拉拉的大理石'（她在《嫉妒的尝试》一诗中就是这样写的）"。在《嫉妒的尝试》一诗中，茨维塔耶娃的确曾向离她而去、娶了另一个女子的负心汉发出了嫉妒的质问："在卡拉拉的大理石之后，／您与石膏碎屑过得如何？"然而，斯洛尼姆在这里多少有些自作多情了，因为，无论是茨维塔耶娃的同时代人，还是当今的茨维塔耶娃研究者，大多认为《嫉妒的尝试》一诗的矛头还是指向罗德泽维奇的。

斯洛尼姆第一次向茨维塔耶娃约稿时曾告诉她，《俄罗斯意志》编辑部所在的木炭市场1号曾是莫扎特的下榻之处，据说在1787年，莫扎特在楼上一间阳台朝向内院的房间里写成了歌剧《唐璜》，茨维塔耶娃闻之大为振奋："如果是这样的话，我答应与你们合作。"斯洛尼姆在他的回忆录中一本正经地写道："我直到如今依然坚信，正是莫扎特影响了她的决定。"在这幢小楼的墙面上，如今可以看到一尊不大的莫扎特头像浮雕。

## 六

在茨维塔耶娃布拉格时期的生活中，如果说斯洛尼姆在创作上对她帮助最大，那么在生活上对她搀扶最多的人，无疑就是捷斯科娃。

安娜·捷斯科娃生于布拉格，两岁时便随父母迁居莫斯科，父亲在莫斯科一家啤酒厂任厂长，安娜·捷斯科娃在莫斯科上学，在她十二岁时，父亲在一场车祸中丧生，她和母亲、妹妹后来被迫返回布拉格，中学毕业后成为教师。她终身未嫁，却将情感投向俄国文学，将包括索洛维约夫、陀思妥耶夫斯基、托尔斯泰等人的作品在内的大量俄国文学、哲学著作译成捷克语。茨维塔耶娃来到布拉格时，捷斯科娃是捷俄友好协会负责人，对俄国和俄国文化充满友好感情的捷斯科娃，为在布拉格接待和安置俄国侨民做了大量工作。她对茨维塔耶娃的帮助更是无微不至，她张罗举办茨维塔耶娃诗歌晚会，亲自翻译茨维塔耶娃的作品，对茨维塔耶娃有求必应，提供接济，送去食品和衣物，在茨维塔耶娃离开捷克去巴黎之后，她仍为诗人着想，甚至发起成立了一个"帮助茨维塔耶娃委员会"。

茨维塔耶娃这样描写捷斯科娃的相貌："头发花白，举止端庄，没有欲望的叶卡捷琳娜，不，比叶卡捷琳娜更好！内在的威严。两只平静如水的眼睛像两汪天蓝色的湖水，中间的鹰钩鼻子像是山脊，头发像银色的皇冠（冰川，永恒），高耸的脖子，高耸的胸口，一切都是高耸的。"照片上的捷斯科娃的确相貌端庄，圆圆的脸庞与茨维塔耶娃倒有几分相像。捷斯科娃年长茨维塔耶娃二十岁，她对茨维塔耶娃的关照几乎是带有母性意味的，而茨维塔耶娃对捷斯科娃的态度也十分坦诚，甚至不无撒娇和任性。她们两人的关系能完整地呈现在我们面前，得益于捷斯科娃保留下了茨维塔耶娃写给她的一百四十封信，捷斯科娃在去世之前将这些书信捐给了布拉格的国家文字博物馆。1969 年，这些书信部分面世；2009 年，它们被悉数编辑成书，书名为《感谢长久的爱的记忆：茨维塔耶娃致捷斯科娃书信集》，由莫斯科"俄罗斯道路"出版社出版。茨维塔耶娃给捷斯科娃的第一封信写于 1922 年 11 月 2 日，是对捷斯科娃要求她前来参加文学晚会所做的回应，最后一封信则写于 1939 年 6 月 12 日，是她在返回苏联之前对捷斯科娃的告别，她们两人的通信持续近十七年，而十七年正是茨维塔耶娃流亡生活的总长，也就是说，她俩的通信伴随了茨维塔耶娃流亡生活的始终。

茨维塔耶娃致捷斯科娃的书信如今已成为最珍贵的茨维塔耶娃研究资料，茨维塔耶娃布拉格时期的生活状况和心理活动，茨维塔耶娃离开布拉格之后对这座城市的眷念和"神化"，都集中地体现在这些书信中。在离开布拉格前夕，她在给捷斯科娃的信中这样写道：

> 您来和我们告别吧。我温柔地爱着您。您来自另一个世界，那里只有灵魂才有价值，是梦境或童话的世界。我很想和您漫步在布拉格，因为布拉格就本质而言是那样的城市，那里只有灵魂才有价值。我爱布拉格，仅次于莫斯科，并非因为"亲缘的斯拉夫血统"，而是因为我自己和她的亲缘关系：因为她的混合性和多灵魂性。我想我会在巴黎写布拉格，不是因为感激，而是出于喜爱。（1925 年 10

月1日）

去往法国之后，茨维塔耶娃对布拉格的情感却逐渐增强，她在给捷斯科娃的信中一次又一次地写到布拉格，"布拉格之后"的"布拉格主题"始终贯穿在她的书信中，一如她在"俄罗斯之后"（她一部诗集的名称，也是她生前出版的最后一部诗集）对于俄罗斯的眷念：

布拉格是一座神话般的城市：那里是礼物的世界,是枞树的世界。(1925年12月19日)

我还是更喜欢布拉格，更喜欢它的宁静，尽管有嘈杂，或许是透过嘈杂的宁静。(1925年12月30日)

我非常想去布拉格。您或许能在捷俄友协举办一场我的晚会，把我介绍给我完全不认识的捷克人，我们可以在布拉格漫步，总之，那该有多么美妙啊。(1926年9月24日)

您会来车站接我，想想吧，多么美妙啊！让我们一起来实现这个梦想吧。任何一片海洋都不会让我如此高兴，如同我此刻想到了布拉格。(1927年10月4日,复活节)

布拉格！布拉格！我从未挣脱她的怀抱，我始终在扑向她。……有人（不是您,是其他人！）会对我说："您的布拉格。"而我将狡猾地却又内心坦荡地回答："是的，我的布拉格。"(1927年11月28日)

今天我想起了布拉格，花园。花园和桥。夏日的布拉格。这座城市给了我什么，使得我如此地爱她？(1929年6月19日)

哦，我多么思念布拉格啊，我当初为什么要离开她呢？！原以为只是离开两个星期，可是却离开了十三年，到11月1日就整整

十三年了……（1938年10月24日）

我经常在电影中看到布拉格，始终觉得她是我的故乡城，我更经常地收听她的T.S.F.（电台），永远能听到亲切的话语和音乐。这个地方比地图上任何一个地方都更令我激动。（1939年1月23日）

颠沛流离、居无定所的茨维塔耶娃，自然无法像捷斯科娃那样完整地保存对方的信件，捷斯科娃写给她的信仅留存十一封。茨维塔耶娃应捷斯科娃之邀参加她来到布拉格后的第一场文学晚会，时间在1922年11月20日，地点在哈尔科夫街35号的"俄罗斯恳谈会"，这个地方离我们十月布拉格作家居住地仅百步之遥。茨维塔耶娃和捷斯科娃大约就是在这个地方首次见面的。

# 七

到布拉格之前，徐晖便说要介绍我认识一位布拉格的茨维塔耶娃研究专家，在布拉格一家名叫"雾"的中餐馆里，我终于见到了她。她名叫加琳娜·瓦涅奇科娃，是一位八十多岁的俄国老太太，但刚一见面，她就让我们用俄语中的爱称称她"加里娅"。中餐馆的老板菲利普是加里娅的学生，在查理大学跟她学过俄语，菲利普也曾留学中国，说一口流利的中文。对于"茨维塔耶娃的布拉格"这一话题同样很感兴趣的菲利普，便在他的"文学咖啡馆"里安排了一场报告会，邀请加里娅和我发言。

加里娅兴致勃勃，滔滔不绝，先说起她来到布拉格的原因。当年，在加里娅的故乡乌拉尔，还是少女的她遇见一位留学苏联的捷克小伙子，小伙子生有一双蔚蓝色的眼睛，所学的专业又是不无浪漫色彩的地质学，这两样东西迷倒了加里娅，她便义无反顾地跟随捷克小伙子来到了布拉格。加里娅在发言中多次重复"蔚蓝色的眼睛"和"地质学家"这两个词组,同时把微笑的目光投向听众席里一位满头银发的老头儿,老头儿也每每用微笑的目光做出回应,他的眼睛眯成了一道缝,已很难断定其中的颜色。这就是加里娅的"地质学家",查理大学地质系教授米尔科·瓦涅切克。

来到捷克后,加里娅一直在查理大学教俄语,直到退休。到布拉格后不久,她在查理大学图书馆偶然读到一部茨维塔耶娃诗集,深感震撼,而她之前在苏联居然对这样一位杰出的俄语诗人一无所知。从此,除了地质学家及其蔚蓝色的眼睛之外,她又有了另一个迷恋对象。在捷克的数十年间,她不懈地搜寻一切与茨维塔耶娃的生活和创作相关的资料,遍访茨维塔耶娃的遗迹,研究茨维塔耶娃的创作。她策划了捷克国家博物馆的茨维塔耶娃诞辰一百周年纪念展(1992)、圣因德里赫教堂的"天上的拱门——里尔克、帕斯捷尔纳克和茨维塔耶娃的通信"特展(2003)、斯拉夫图书馆的"捷克人致茨维塔耶娃"特展(2004)、捷克美术学校学生茨维塔耶娃作品插图展(2004)以及"茨维塔耶娃的布拉格"图片展(2012),她发起成立了捷克茨维塔耶娃学会(2001),茨维塔耶娃在布拉格两处故居的纪念铜牌的设立,也都有加里娅的功劳。上面提及的《茨维塔耶娃致捷斯科娃书信集》一书,也是加里娅编辑和资助出版的;她还编了一本"旅游手册",即《茨维塔耶娃的布拉格:旅游指南》。加里娅的作为令人动容,她几乎以一己之力描绘出了茨维塔耶娃的布拉格生活史,也奠基了捷克的茨维塔耶娃学。加里娅还经常参加世界各地与茨维塔耶娃相关的活动,我回到北京后不久接到她的一封电子邮件,说她刚去了一趟俄罗斯,参加在茨维塔耶娃最后的长眠之地叶拉布加举行的一场国际学术研讨会,并在会上荣获俄方颁发的茨维塔耶娃研究贡献奖。

我在加里娅之后发言，称加里娅有一位"布拉格的茨维塔耶娃"，我们同样也有一位"中国的茨维塔耶娃"。我介绍了中国的茨维塔耶娃译介情况，如汪剑钊先生编选的五卷本《茨维塔耶娃文集》、谷羽先生翻译的三卷本《玛丽娜·茨维塔耶娃：生活与创作》、我翻译的《三诗人书简》等，也谈及茨维塔耶娃在中国诗人和普通读者心目中的地位，以及中国学者的茨维塔耶娃研究成果和现状。

加里娅把她编的《指南》带到会上，标明二百捷克朗一本，我们赶紧买了几本。在我们分手时，加里娅主动提出要领我们去看茨维塔耶娃在布拉格郊外的住处。

## 八

一个晴朗的日子里，在加里娅的率领下，我们驱车前往弗舍诺雷。这是位于布拉格西南方的一个村庄，它和周围的若干村庄连成一片，原是布拉格市民的别墅区，布拉格人会在周末或假期来此度假。在茨维塔耶娃来到布拉格时，这里已成为俄国侨民的聚居地。

沿着并不宽敞的高速公路驶向郊外，四周风景如画，公路两边一个接一个的广告牌上千篇一律地张贴着巨幅捷克国旗，开车的小伙子解释说，公路管理部门担心驾驶员开车时看广告分心，从而引发交通事故，便决定用国旗来覆盖所有广告，如此一来，倒是营造出了一片浓烈的爱国主义氛围。

俄国十月革命后，大批俄国贵族、白军和知识分子及其家属流亡境外，当时刚刚摆脱奥匈帝国而独立的年轻的捷克斯洛伐克共和国，却向俄国流亡者敞开了热情的怀抱，1921 年，捷克斯洛伐克政府展开著名的"俄国救助行动"，由国家财政拨出大量资金，即所谓"马萨里克奖学金"（马萨里克是当时的捷克斯洛伐克总统），资助对象不仅有生活困难的难民，也有青年学生，捷克政府甚至在布拉格创办了好几所用俄语教学的大学，使得布拉格一时竟有"俄国的牛津"之别称。据统计，当年约有三万五千名俄国流亡者获得工作机会，四千名俄国大学生获得奖学金，数百名俄国文化人士按月领取津贴，茨维塔耶娃也是其中之一。捷克政府的"俄国救助行动"使布拉格成为俄国流亡者心向往之的福地，而布拉格郊外的弗舍诺雷，则因为相对低廉的生活开支而吸引来大量俄国侨民。

茨维塔耶娃一家的第一个落脚点是诺维德乌尔，1922年8月3日，也就是抵达捷克后的第三天，茨维塔耶娃和女儿被埃夫隆领到了这里，住在一位护林员的农舍里。加里娅领我们走近院门，敲打木栅栏，院里响起狗吠声，女主人应声而出，与加里娅热情拥抱，加里娅显然来过这里多次，与房东已成为熟人。房东就站在栅栏旁与加里娅交谈，不时呵斥一下身边那条黑狗；与女主人交谈的间隙，加里娅也不时转身朝向我们，她指了指正对栅栏的窗户："茨维塔耶娃当年就住那间房。"她指了指远处的山崖，"茨维塔耶娃最喜欢爬这座悬崖。"她指了指村庄四周的树林，"茨维塔耶娃喜欢到林中散步，一走就是好几个小时。"最后，她指了指栅栏门口的一棵树，这棵歪脖子树的根部紧贴着地面，像是一张木凳，"茨维塔耶娃经常坐在这里看书写作。"她俩谈了许久，女房东却丝毫没有让我们进屋的意思，其实，如果茨维塔耶娃当年就难以在这间农舍里拥有一条木凳，那么如今那里面也就的确不会再有她的任何痕迹了。

我们乘车驶向弗舍诺雷车站，沿一条狭窄的道路穿过这座很大的村庄。即便在今天，这座村庄也显得有些萧条，房屋低矮，墙面斑驳，庭院很小，在茨维塔耶娃的时代这里可能更破落，倒是能与俄国侨民的落魄处境构成呼应。加里娅左顾右盼，不停地"导游"："茨维塔耶娃在这里住过，但是房子已经毁了。""快看，就是那间房子，山坡上的那间，茨维塔耶娃在那儿生下了儿子，生下了穆尔！""这就是著名的博仁卡别墅，奇里科夫和安德列耶娃当年的住处，茨维塔耶娃常来这里参加文学晚会。"来到弗舍诺雷车站，加里娅在下车之前又说，"我们刚才走的这段路，就是茨维塔耶娃母女每周送埃夫隆返回布拉格时走过的路。"茨维塔耶娃的丈夫当时在查理大学哲学系学习，每个周末来这里与妻女团聚，周一早晨返回布拉格，茨维塔耶娃和女儿总要把他一直送到车站。我们车行这条路用了十多分钟，茨维塔耶娃母女当年徒步来回，大约要走一两个小时，那时，茨维塔耶娃的女儿阿丽娅只有十岁。

阿丽娅是爱称，她的全名是阿里阿德涅·埃夫隆。阿里阿德涅是希腊神话中克里特王的女儿，她先后与忒修斯和狄奥尼索斯相爱，均遭遗弃，她曾赠忒修斯以线团，帮他逃出迷宫。茨维塔耶娃给女儿取了此名，没想到女儿后来果真在一定程度上重复了那位克里特公主的命运。阿丽娅继承了母亲的文学艺术天赋，很早就开始写诗、记日记。茨维塔耶娃曾在组诗《给女儿》中写道："我是你的第一位诗人，/你是我最好的诗。"阿丽娅与母亲相依为命，从莫斯科到柏林，再从布拉格到巴黎。她在巴黎学习绘画和艺术史，成为一名美术编辑，后在1937年返回苏联，不久被捕，坐牢二十年，20世纪50年代获得自由后，她以整理、宣传母亲的文学遗产为使命，并撰写了大量回忆文字。在回忆录《缅怀玛丽娜·茨维塔耶娃：女儿的回忆》中，阿丽娅在描写了当年她和妈妈一起送爸爸去车站的场景之后深情地写道：

> 我想，在玛丽娜到过的所有车站中，在她送过人或接过人的所有车站中，她最称心的就是这一座，弗舍诺雷小站，这是一座整洁的郊外车站，人很少，遮阳棚下有几个小花坛，花坛里是微微垂首的金

莲花；站台两端有两个路灯；信号灯；铁轨。

　　玛丽娜常乘火车去布拉格。等车的时候，她站在路灯旁在内心与帕斯捷尔纳克交谈。她的思绪随着奔驰的列车飞向病榻上的里尔克，或飞向相距不远却难以抵达的魏玛。

　　在这个站台上，玛丽娜在心中推敲着她的长诗。两条铁轨把她的思绪引向远方。那里是俄罗斯。

　　令人惊讶的是，眼前的铁路小站与阿丽娅的描写、与当年的老照片几乎如出一辙，时间在这座铁路小站上几乎停顿了，就连阿丽娅见过的金莲花也依然在"微微垂首"地开放，似乎就这样一直开放了将近一百年。突然，一列崭新的双层客运列车从我们身边隆隆驶过，丝毫没有减速，列车就像一道彩色的拉链，把茨维塔耶娃的时代和我们所在站台拉合了起来。

　　紧挨着车站，就是弗舍诺雷村的图书馆，与图书馆馆长熟悉的加里娅经多方努力，把她的"茨维塔耶娃博物馆"设在了这里。所谓"博物馆"不过是一间十平方米的方形小屋，看模样像是这家图书馆的门卫室。走进小屋，墙上的茨维塔耶娃肖像让人震撼，这幅占据一面墙一半的照片因为小屋之小而显得更加巨大，茨维塔耶娃的目光似乎充斥着小屋的所有空间。加里娅一一打开巧妙地悬挂在墙上的多个展板，指着上面的照片，向我们介绍茨维塔耶娃的一生，尤其是茨维塔耶娃在弗舍诺雷的生活和创作。若将那些展板同时展开，小屋就绝无任何人的立足之地了。小屋的上方有几层搁架，摆放着加里娅从世界各地收集来的茨维塔耶娃作品或关于茨维塔耶娃的研究著作，其数量之少也令人心酸。这无疑是世界上最小的茨维塔耶娃博物馆，也极有可能是世界上最小的一家文学博物馆！

加里娅打开留言簿让我们留言，我用俄语在上面写道：

尊敬的加里娅：

　　请允许我以茨维塔耶娃的名义向您致敬，感谢您为她所做的一切！

　　　　　　——一位中国的茨维塔耶娃译者

我们在弗舍诺雷的最后一个节目，是去拜谒茨维塔耶娃在这里居住最久的一个住处。茨维塔耶娃一家在这片区域也同样是颠沛流离的，三年时间里租住过的地方就不下七八处，这处故居离车站不远，沿一道山坡上行，也就两三百米。如今这里的住户可能也不喜欢被打扰，加里娅轻轻敲了敲院门，无人应答，她竟然有些如释重负地对我们说："没人！"于是，我们便将所有的注意力投向了悬挂在斑驳院墙上的那块纪念铜牌，铜牌上刻着一幅线条画，画着一头狮子和一只猞猁，这是茨维塔耶娃留给丈夫埃夫隆的一张便条，因为他俩相互为对方取了"狮子"和"猞猁"的绰号。纪念铜牌上用捷克语写着："玛丽娜·茨维塔耶娃1923年曾生活于此。"

乘车返回布拉格市区，汽车的轰鸣声中，耳边却响起了茨维塔耶娃在给捷斯科娃的最后一封信（1939年6月12日）中所说的话。当时，茨维塔耶娃已决定返回苏联，在离开法国前夕，她却在向捷克、向布拉格道别：

　　十七年的生活就要结束了。当时我是多么的幸福啊！我一生中最幸福的时光——请您记住这一点！——就是莫科罗普西和弗舍诺雷，还有我那座亲爱的山。

## 九

布拉格是一座享誉世界的文学城，这里的"文学纪念碑"随处可见：旧城广场上有捷克民族语言文学的奠基人胡斯的巨大雕像，我们住处附近的查理广场上也坐落着多位作家和诗人的造像；大街小巷里，以哈谢克的小说《好兵帅克》命名的连锁餐馆随处可见，赫拉巴尔与克林顿见过面的金虎酒吧人满为患；1984年的诺贝尔文学奖得主塞弗尔特就出生在布拉格的日夫科夫区，由哈维尔、昆德拉、克里玛组成的"捷克文坛三驾马车"自20世纪下半期起更让布拉格成为世界文学的中心之一。在布拉格，一些非捷克语作家也同样受到推崇，其中最突出的就是卡夫卡，卡夫卡几乎成了文学布拉格的符号和象征，这里有卡夫卡博物馆、卡夫卡书店、卡夫卡咖啡馆，各种各样带有卡夫卡头像的旅游纪念品几乎出现在每一家商店、每一个商铺。另一位德语诗人里尔克也在布拉格得到怀念，在他就读过的德语学校旧址的墙壁上就镶嵌着一座他的雕像。

里尔克的这尊雕像，是茨维塔耶娃协会提议建造的，然而，在文学的布拉格，作为诗人的茨维塔耶娃却似乎是被低估的。与里尔克和卡夫卡相比，茨维塔耶娃的确只是布拉格的匆匆过客，里尔克和卡夫卡虽然只用德语写作，但他俩毕竟都是土生土长的布拉格人。早在1916年，茨维塔耶娃的一首诗就被译成了捷克文，这也是茨维塔耶娃的诗作第一次被译成外文；1927年，茨维塔耶娃写给里尔克的《你的死》一文被捷斯科娃译成捷克文，这也是茨维塔耶娃的散文首次被译成外文。然而，茨维塔耶娃似乎始终没有成为一位被捷克读者广泛接受的诗人。或许，茨维塔耶娃的"俄国诗人"身份在一定程度上构成了妨碍。在茨维塔耶娃来到布拉格时，捷克人对俄国是充满好感的，"俄国救助行动"的开展就是一个例证。捷克作为一个中欧小国，却是斯拉夫主义的倡导者和践行者，18、19世纪之交的捷克语言学家约瑟夫·东布罗夫斯基被公认为"斯拉夫学之父"，19、20世纪之交的捷克画家慕夏的巨幅组画《斯拉夫史诗》曾风靡东欧，捷克国家图书馆中的斯拉夫图书馆直到目前仍是世界上最好的斯拉夫学资料库。但是，地处欧洲中部的小国捷克，毕竟像是一个在拉丁文化和斯拉夫文化之间来回摆动的钟摆，时而倾向俄国，时而亲近德国。在被德国吞并之后，德语和德国文化在布拉格占据统治地位，像茨维塔耶娃这样的俄语诗人自然会被排斥；而在捷克斯洛伐克于"二战"后再次赢得独立之时，受苏联体制影响，茨维塔耶娃所属的俄侨文学也不可能在社会主义的捷克斯洛伐克得到官方认可。东欧剧变之后，捷克社会中生发出的仇俄情绪似乎也连累到了茨维塔耶娃。我在网上看到查理大学一位俄国文学专业研究生的学位论文，《玛丽娜·茨维塔耶娃与捷克文学界》，论文作者就对茨维塔耶娃没有学习捷克语、不愿接近捷克文学而颇有微词。我在查理大学的一间酒吧与捷克科学院斯拉夫研究所的两位研究人员交谈，他们无意之间流露出的对于茨维塔耶娃的态度也让我大吃一惊，他们认为：茨维塔耶娃看不起捷克，认为这里是乡下，她有些居高临下；她在捷克的生活其实不太困难，捷克政府的救济足够他们一家生活，只是茨维塔耶娃不会过日子；茨维塔耶娃离开捷克后还一直在领取捷克政府的救济金；茨维塔耶娃在创作中也很少写到捷克人……我忍不住提醒他们：可是她在她的诗歌中写到了布拉格！

是的，单凭茨维塔耶娃写下的《山之诗》和《终结之诗》，她就有权被称为"布拉格诗人"，单凭她的组诗《致捷克》以及她写给捷斯科娃的书信，我们就不难判断出她对捷克和布拉格的一片深情。就对布拉格的文学呈现而言，茨维塔耶娃做了与里尔克、卡夫卡、昆德拉等相同的事情，只不过布拉格人尚未意识到，或暂时还不愿承认这一点。茨维塔耶娃毕竟在布拉格留下了深刻的痕迹，茨维塔耶娃毕竟也让布拉格在她的诗歌中留下了深刻的痕迹，在布拉格的文学神话中，在将布拉格文学化的神话中，茨维塔耶娃应该占有一席之地。

## 十

捷克人的斯拉夫乌托邦意识或多或少也体现在市中心一家咖啡馆的名称上，即斯拉维亚咖啡馆，因为"斯拉维亚"就有"斯拉夫大地"或"斯拉夫国"之意。这座咖啡馆开张于1881年，据说一直保持原样，已成为布拉格最古老的咖啡馆。咖啡馆开在最繁华的商业街，又紧邻布拉格最重要的文化场所——民族剧院，离查理大学和科学院也不远，因而成为布拉格世世代代知识分子、文化人和艺术家的聚会场所。

这座呈L形的咖啡馆位于民族大街与斯美塔那滨河街交会处，一面正对着富丽堂皇的民族剧院，一面敞向风景秀丽的伏尔塔瓦河，而河对岸就是佩伦山，这里无疑是看山看河的绝佳地方。不过，对于一家"咖啡馆"来说，这里似乎过于宽敞明亮、过于色彩缤纷了，巨大的玻璃窗就像一幅幅活动的画面，远处的红顶古堡建筑群和苍翠的佩伦山在近处的伏尔塔瓦河面上留下斑斓的倒影，河上的几座大桥像是摆在镜面上的积木，隆隆驶过的有轨电车的红色车身不时切割着民族剧院的巨大立面，剧院的绿色屋顶和屋顶上的金色雕塑也会在窗玻璃上留下复调般的反光，每个窗口上方悬挂的红色遮阳伞更使咖啡馆内洋溢着一派喜庆，散落的红色光斑似乎随着乐手奏出的钢琴曲在忘情地舞蹈。

茨维塔耶娃当年也来过这里，斯洛尼姆在他的回忆录中就写到他与茨维塔耶娃在这间咖啡馆里一连聊了两个小时。我们坐在咖啡馆里喝啤酒，吃冰激凌，只见不远处临窗的座位上坐着一位中年妇女，她正与对面的中年男性交谈，神情有些激动，幅度很大地做着手势，男子指了指墙上悬挂的哈维尔造访这家咖啡馆的大幅照片，那女子略微转过身来，面容竟有些像布拉格时期的茨维塔耶娃，只见她摇了摇头，似乎在有些不屑地说："还不是因为他后来当上了总统。"

（原载《十月》2019 年第 2 期）

# 心是所有的千山万水

纪 尘

## 1

河流是绝美之物。

异乡人顺着河道前行。那河道,有时流水潺潺,有时则只是绵延数公里的干燥卵石。

这是摩洛哥东南部的某个峡谷,蜿蜒无尽的山路如饥饿的巨蟒,磅礴的崇山峻岭则是被其盘绞的永远吞不下却也永远不肯放手的猎物。

一切都那么深:山峦的阴影、无花果浓密的枝叶,还有那个以手当秤掂量着卖巴旦木的老人的皱纹。

一头身披彩锦的骆驼突然出现在公路上,一个身穿厚袍的男人正吃力地蹬着自行车在后面追赶。每当甩出一段距离,骆驼就停下张望,当快被追上时,骆驼又赶忙跑开。看到这一幕,异乡人笑了,一辆汽车经过,减慢速度,里面的乘客也笑了。

笑声不大,却仿佛是这世界唯一的声音。

车在拐弯处消失了。骆驼终于停下。当男人经过，那粗重的喘息声成了世界唯一的声音。

他和它重回到巨岩下。地面的几堆香料和无花果干，原封不动。

这就是他一天的工作：等待。等车停下，等有人骑上骆驼照一张相，等那些灰扑扑的土特产被人领走。

可这儿不是游人如织的马拉喀什（Marrakech）。这儿甚至不能算是镇子。河道那边，几个古旧村庄零散地分布在谷地，河的这边，几家客栈和一间香烟按根卖的小卖部临街而立，其中那间写着醒目"WIFI"的客栈，三天里只接待了一个中国客人。

但总会等到的，不是吗？等到旺季，等到那些自驾而来、仿佛流动的欧元般的德国人或法国人，甚至，哪怕只等到一个省吃俭用的背包客，也不算虚度——在这荒疏大地，任何一张新鲜面孔都如同一份馈赠。

何况，这世上，谁又不是在等待中度过一生呢？等成长，等一份体面的工作，等一间温暖的房子，等着去爱和被爱……因着希望，人们心甘情愿，因着希望，人们望穿秋水，哪怕，"希望"不过是上帝用以安慰孤独人类的虚拟奖章。

一些黑点在山岗缓缓移动。

它们在那里很久了，由于遥远和缓慢，异乡人过了很久才察觉那些是山羊而非石子。一个骑着毛驴的年轻人出现：头缠白巾，满脸青春痘。

"Bonjour。"异乡人说。

"Bonjour。"年轻人说。驴子慢了下来。

这是法语的"你好"。在这个国度，英语不管用。管用的是法语和阿拉伯语。不过，村里的一些孩子会在"bonjour"之后，随即用也许是他们仅知道的英语说"1欧元""圆珠笔"或是"巧克力"。孩子有时等几分钟后离开，有时会远远跟上好一段路，偶尔，也会有孩子捡起石子充满敌意地投掷。

"Bonjour。"异乡人又说。

"Bonjour。"年轻人又说。驴子停下了。他眼睑低垂,满脸通红,完全不敢正视对方。

"祝你平安。"片刻沉默,异乡人微笑着用英语再说。她会的法语不超出五句。他没吭声,应该是没听懂。毛驴开始缓慢前行。她回了一下头,却发现他正在回头看她,然后,非常突然地,他从驴子背上跳下,目视地面,双手下垂——他以为她想拍照。

异乡人摆摆手,努力想让对方明白自己只是问个好。他羞得眼睛都快合上了。片刻之后,他抬头飞快瞥一眼,然后快速翻身上驴。这回驴子走得快了些。她回了两次头——每次都碰上他正在看她,随即又立即垂下眼帘,扭过头去。

一些孩子的笑声远远传来。

那个村庄,在半山腰,清一色的土黄,清一色的泥巴房。钢筋水泥是不存在的,在这古老山坳,泥浆混合某种干草秆茎,晒成泥砖,亲戚邻里相互帮助,一个个简单的"家"就出现了。

那是一个小卖部,昏暗、窄小,灰扑扑的货架上摆着些鸡蛋和便宜糖饼。异乡人要了一瓶水——瓶身留下她清晰的指痕。是啊,这样的地方,除了偶尔误撞而入的旅人,谁会买水喝呢?就算在非斯(Fes)那样的大城市,普通百姓也不会买矿泉水。许多街巷都有公共饮水处:龙头会有一根绳子拴着个塑料杯。人们渴了,就拿起杯子冲一下,接上一杯。也有老人推着大陶罐——里面盛着清凉山泉。人们要么直接瓢饮,要么拿用过的空瓶装,价格合约人民币五角。

几个孩子和妇女坐在小卖部前,目光谨慎,但没有立即避离——对方不是男性。

"Salamalaykom."异乡人说。

"Alaykomsalam."人们回答。

这回是阿拉伯语。孩子停下来,安静地依在大人身边,黑溜溜的眼睛小草叶尖般不时瞟过来瞟过去。

傍晚的阳光变得可以忍受。人们在温柔的光线里静静坐着,谁也没再开口,谁也没离去。

异乡人掏出杏仁。她展开手心,向人们示意。而其他时候,比如那些用英语说出"1欧元""圆珠笔"或"巧克力"的孩子,她通常摇摇头果断走过。

一位年轻的母亲试探着拿了一颗,接着,另一个女人也上前拿了一颗,接着,每个人都上前拿了一颗。她们在她身边坐下,安静地吃着,目光渐渐柔和。

又坐了一阵,一位中年妇女从小店走出,她笑声朗朗,毫不客气地从异乡人手中拿走最后的几粒杏仁,然后笑着示意:到家里喝茶。

那间房子,光线昏暗,一根没有灯泡的电线孤零零地悬吊在天花板上,两张铺着花毯子的沙发、一张小茶几、一个小木柜。一位面目端庄、穿着得体的柏柏尔老妇人出现。她笑容腼腆,目光明亮。

没有任何一句话是可以相互听懂的,但通过手势,异乡人仍是弄明白了:她们想看看她住的地方,看看她那在遥远国度的家人。

于是她翻出一些相片。人们惊叹着:那些山林和湖泊,那些街道和商铺,是另一个难以置信的世界。

那个下午,异乡人留下了整个摩洛哥期间唯一被允许甚至是被欢迎的妇女影像。她们捂着脸哧哧地笑,相互打趣。她们的眼羞涩清亮如童贞。一位年轻姑娘开始翻箱倒柜——那张小小的身份证,用两层碎花布小心包着。姑娘对着证件一笔一画认真写下了一系列阿拉伯文。

那地址，异乡人最终没用。第二天，她坐班车到一小时之外的镇子，将相片晒了出来。

这一次，人们不仅端来茶，还有面包以及珍贵的黄油。

老妇人怀揣相片，不断地看，然后小心地放进衣兜，过一会儿又拿出来再看，再小心地放进衣兜。这举动她至少重复了五次。异乡人留意到，老人那天的服饰相当华美，头巾也换过了，精心地围绕着苍老的面庞。她甚至坐在同一张椅子上，保持同一角度——照相的人曾表示，从窗棂射进的霞光使她看上去非常美丽。

老人不可能知道异乡人还会再来，但她准备着——为一个毫无把握的隐约期待，一个得以被关注的暮年片刻。


暴雨过后的天空云霞满天。

回客栈的路上，一段路被水淹没。急流从山谷奔下，经过路面，冲下山崖。几位柏柏尔妇女在路边等着，虽然水不过及膝。她们不可能提高裙襟。

几个男孩卷起衣袖，扎起裤脚，从谷地搬来石头然后扔进水里。几个西方人饶有兴趣地看着这一幕，不时举起手中相机。

异乡人放下背包，卷起裤脚，加入搬石头阵列。孩子们因此而更加热情高涨，搬的石头越来越大。

很快，一座"石桥"便搭好了。人们小心地踩着石头走过。几只山羊到来，不知所措地茫然四顾，然后也依次轻灵跳过。然后是一头驴子、一个背负山柴的妇女、一个抱着手鼓的年轻人、一个拎着袋仙人掌果的老人……

月亮升起来了。

异乡人走在空旷的泥土小路上，步伐平稳。

# 2

流水不曾停歇。

溪流两岸，有着许多小食摊。食物是千篇一律的摩洛哥传统食物Tanji。人们把土豆、胡萝卜和洋葱等放在圆锥形的陶罐里煮，蔬菜下面，一般埋有羊肉或鸡肉。每个摊点都从溪流引出一条水管，循环浇灌着塑料桶里的水果，那是为了保持新鲜凉爽。

也有卖首饰的，东西大同小异，但店主永远会对你说，每一个都是纯手工制造并开出不菲的价格。当然，你可以讨价还价，精于此道的话，最终只需出三分之一的价。

山路崎岖无尽，所有东西只能靠人力或驴子运输，但摊点仍是从最初的宽敞入口摆到了几小时脚程外的峡沟深处。

一阵乐声从山林传来。

那个年轻男人的摊点，只有几个冒着热气的Tanji和一小桶水果。他坐在那里，专心致志地盯着手机——音乐正是从那儿传出。当有人经过，他就抬起头，淡而机械地说一声：你好。他的位置非常不好，身边既没有潺潺流水也没有宽敞的平台，就在一棵树下，边上是山石，而其他摊点，大多拥有一段清澈而平缓的水域，人们甚至可以坐在水中吃喝，把脚泡在水里。

几小时后，当人们回头经过，他仍坐在那里，几个Tanji原封不动。他抬头，淡而机械地说"你好"，然后低下头，换了一首歌。

这样寂寞的摊主远不止他一个。那就是他们的一天。他们的许多许多天。这不是旺季，游客稀少。

溪流尽头的那个摊点除外。那是人们费尽苦心抵达的最后之地。即便瀑布的水流小得可怜，并且水潭远不及路上的美丽清洌。

路上的一对情侣，那位女孩怎么也坚持不下去了，她浑身汗湿，面色苍白，摇摇欲坠，可男友却一再鼓励：再坚持一会儿，再坚持一会儿。女孩难受得几乎要哭出来，但为了抵达，她再次强撑着站起。

在瀑布面前，人们终于松懈下来。

他们吃吃喝喝，有说有笑，而那个唯一的遥远的小店，生意火爆。人们不是不饿，但为着这个目的地，人们心甘情愿忍受着，仿佛只有到达，享受才是理所当然。

"目的"总是人努力的强大动力。人们活着就是为了抵达——某个地方、某个身份、某种成就。尽管真正的终点只有一个，而那个绝对的不需任何努力也将抵达的终点，将彻底消解一切的劳碌与期盼、依附与拥有。

很多摩洛哥男人围坐水边，个个浑身湿漉漉：一些刚从水里上来，一些在水里不断用手机自拍。每一个都神情满意。

一个女人突然脱掉外衣。她身材肥胖，双乳丰硕，小小的黑色比基尼几乎什么也包不住。她说西班牙语，是为数不多的几个游客之一。

随着她的挺进，水里的男人纷纷游离开来，拍照的垂下手，不一会儿，水里便只剩下那女人和两个处于青春期的当地男孩。他们坐在浅水里，神情兴奋又紧张。岸上的男人停止了大声聊天，他们默默吃着东西，不时交头接耳、窃窃私语。

一对西方情侣在水边停下脚步。那位女子也已脱下外衣。她的比基尼是蓝色的。但突然，情侣匆匆掉头，回到岩石披上衣裳。从始至终，他们没有下水。

与西班牙女人同行的是两位男性，他们也下了水，但渐渐地，他们的声音也压得越来越低，并有意无意与女伴拉开距离。他们很快就上岸了，神情有着隐约的尴尬，仿佛熟悉的朋友一下变得陌生并令人难以忍受。

女人依然不慌不忙，怡然自得地在水中漂来荡去。十几分钟后，她笑着上岸，视若无睹地经过一个又一个男人。水珠顺着她的丰硕身体不断滴下，莹光闪烁。男人们垂下目光，一言不发地继续吃着食物，缓缓吐出烟圈。

山林清幽，流水潺潺，空气中却隐含着一种莫名的轻微却确凿的压抑。

他们的目光有着微微的愠怒和轻蔑。

她终于离去。离去的时候，她也仅仅是在身上披了一块浴巾。

但却一切都不同了，响亮的说笑又响起，人们又开始接二连三跳进水里，自娱自乐，仿佛随着那具半裸躯体的消失，出了差错的世界又回到正轨。

某种轻微的类似药草的味道飘漾而来。

离瀑布不远处有一片种满果蔬的园地，园地中间的空地，有一个破旧棚子。一位模样端正、举止儒雅的白衫男子正在生火，一位满头白发的老人在捡拾熟了的西红柿。

除了满目果蔬，几块巨石之后还有一片令欧美人士趋之若鹜的植物。植物郁郁葱葱，在充足的阳光下茁壮地舒枝展叶。当它们成熟，那些毛茸茸的花簇就会被摘下，一些直接分包在小塑料袋中，以五六欧一克的价钱卖给来自世界各地有此需要的人。另一些则经过一遍又一遍的揉搓锤敲，让浆液一再浓缩，最后，达到极高纯度的浆液成为深色巧克力般的固体——它们的价格会比原始花簇高得多。尽管如此，与欧美行情相比，仍可算物美价廉。

一些人甚至从孩提时代就开始从事这项工作。他们坐在香气四溢的园地，跟长辈一起日以继夜，重复无尽的单调锤敲声，从童年一直延续到成年、到老年，而那些"巧克力"则以形形色色的方式出现在各个城镇。

几乎每个客栈,都有着些眼神迷离、沉默少言的客人坐在角落,像进行工艺制作般将"巧克力"慢慢掐成碎点,均匀地混洒在烟丝中。他们深深地呼与吸,神情平静放松,仿佛世上所有的烦扰都已随烟而散。游人如织的城市街头,那些卖甜点的流动小贩,他们托盘里十几款成分各异的甜点中,总有着一两款是专卖给"懂行"的客人的——甜点里面,包裹着大麻脂。

老人已在山林独居数年。偶尔,当朋友来访,比如那位白衫男子——他是一位正直的老师。他们会一起喝喝茶,吸上几口,谈天说地。于他而言,山石后的那片植物跟其他果蔬没什么两样:都是生存资料,都是粮食。只是一部分提供给肉体,而另一部分,提供给精神。它们并不比香烟和酒精更罪恶。植物本身从无罪恶可言。它们不过是自古以来就存在的世间万物之一,人类自古以来就不断使用:祈福或疗治。


异乡人经过瀑布、园地,经过一个又一个安寂的村庄。

一片古老的废墟之地,几个男人坐在唯一的一棵橄榄树下吞云吐雾。当她经过,一个男人站起来,笑容热情,但很快,他又重回到树荫下。

她知道他想兜售什么。但她提前给出了答案——早在对方开口之前,便已轻轻摇了摇头。她只是不需要。仅此。

异乡人踏上古堡,安静俯瞰山谷间那座美丽的蓝色之城。

此刻,阳光明媚,万物生长。


# 3

骆驼沉默地列队缓慢前行。

它们背负的,不再是沉甸甸的古老的香料和盐,而是来自世界各地肤色各异的游客。他们背着双肩背包,足蹬运动鞋,头上如骆驼主人般缠着头巾。

这头巾,在千万年的大漠生涯里,就是阳光、风沙、星辰,就是撒哈拉的严酷与壮美。那些围裹着头巾的沙漠子民的脸,粗粝端庄,阴影下的黑色眼瞳,如戈壁般一览无余,又如沙漠之井般深不可测。

但现在,头巾更确切的用途是"异域风情"。它们在那个寂寞的沙漠小镇色彩鲜艳,迎风招展,等着成为那些说德语、法语或是说中文的游客的囊中之物。

沙漠如此古老,小镇却是年轻的。

不足两百米的一条街,挤了十几家饭店和商铺。每天晚上九点左右,就会有一辆从马拉喀什出发的长途大巴抵达。车上的游客大多都已事先订好一晚两天或两晚三天的沙漠之旅。内容包括参观曾被不少电影取景的古老村庄、骑骆驼、夜宿沙漠营地并观摩传统表演。

曾几何时,在约旦玫瑰色的沙漠里,也是如此这般布满了形形色色的营地。不同的是,那里忙碌的经营者是贝都因人,而这里,是柏柏尔人。

贝都因人是古老的。柏柏尔人是古老的。异乡人的民族身份——瑶族,是古老的。

人类如此古老。我们睿智又疯狂的大脑,已历经了几百万年的进程。

晌午,天上仿佛挂着九个太阳。

两个背包客在烈日下慢慢走着。这样不参团也不进行任何预订的旅者不多。这样的旅者意味着——要赚他们的钱并不容易。但那个骑自行车的男人还是停下了。他掉转车头,跟了上去,努力用法语表达:他朋友家有一间便宜空房。

背包客相互看了一眼,点点头,跟在了自行车之后。他们穿街走巷,走了很久很久,终于,他们在一家客栈面前停下——客人不愿再走了。男人快速丢下自行车，跑进客栈，用阿拉伯语急切地向掌柜表达什么。显然，他希望拿一笔中介小费。

但他没成功。背包客又离开了，因为嫌贵，他们重新走在来时的路上并表示：自己找地方就好，不用麻烦了。他们不再跟着他，而是反过来，他跟着他们。沉默而固执。

但这里不是马拉喀什也不是非斯。那些地方，到处都是令人头晕目眩的拥挤和盘旋无尽的迷巷，到处都是缤纷色彩和在生存之缸酝酿已久的人类浓烈的欲望和激情，在那种环境下，那些见缝插针、一路尾随的小贩很容易就令游客心生压力。他们不断拒绝，最终还是摇着头掏出小费，只求清净。

这里只有空空如也的蓝天和一望无际的沙砾。几棵枝叶稀疏的棕榈树下，骆驼们安静伏卧，当傍晚到来，它们便会在主人的吆喝中站起，将那些被烈日晒得筋疲力尽的游客驮到沙漠营地。

背包客在一家饭店坐下。他们满面通红、汗流浃背。一个递给服务员一枚硬币，买了一支香烟，另一个则仔细查看菜单，搜索是否有完全的素食。

男人站在饭店门口，沉默地依靠在破旧的自行车旁。他无法再跟下去了——除了"Merci"（法语"谢谢"），那两个人什么也不会给。他判断失误，白白浪费了一小时。可，没钱为什么要旅行呢？不是有钱人才会千里迢迢跑来看这些一无所有、铺天盖地的沙堆吗？这两个人，背个大包在大太阳下找便宜客栈，连买水都货比三家——没钱的人看这些做什么呢？难道草地和森林不更美吗？难道努力工作赚钱不更重要吗？

男人失望而困惑。他一生的世界就是这片茫茫沙地。他从没热爱过这里，但也从不曾憎恶。他只是顺命而作，就像那些在沙堆留下精致爬纹的沙漠甲虫。朝阳升起之前，甲虫会爬到高高的沙脊上，瑜伽师般久久倒立，等着空气中稀薄珍贵的水汽在壳背上终于凝聚成水滴并滑进口腔。

他和它们一样，每天为生存千篇一律地重复着。

曾几何时，这里有的只是零散的驼毛帐篷。那些疲惫的驼队，在深幽的空旷中点燃篝火，煮茶、弹琴、整理行囊。驼队之所以在此停留，是因为要很多很多天之后才能再遇上绿色和水。

然后，慢慢地，路修好了，慢慢地，车子多了，稀拉平常的骆驼开始被不断捕捉进相机并有了新工作，而一遇狂风就会漏满沙尘的帐篷，则成为游客的新宠。

静谧被打破了，那些来自俄罗斯的旅客一大早就骑着沙地摩托出发。他们全副武装，在烈日下以快于骆驼无数倍的速度在丘陵间飞沙走石，沉醉于西伯利亚不可能有的别样速度与激情。于是，曾经只有动物和人类足迹的沙地，平添许多横七竖八的车辙。

四四方方的水泥房、身下埋着黑色水管的植物、有门卫和狗的星级酒店……荒芜的游牧之地，自此升起日新月异的海市蜃楼。

小镇成了撒哈拉之门。只要愿意，你可以沿着这里一直走到阿尔及利亚、乍得、埃及、利比亚……十一个国家，九百四十万平方公里，沙丘戈壁延绵无尽。

沙漠无垠，那么，生活的尽头又在哪里呢？如果你走得更深一些，会发现不知怎么死掉的骆驼那风干的骨骼，还有一些大小不同、形状各异的石块。在这里，沙子要多少有多少，石块却是稀缺之物。它们东一块西一块斜插在浅浅隆起的人为的沙堆——每一片石块，代表一个逝去的生命。没有鲜花、没有香烛、没有字迹。另一些还未使用的石块则随意堆在一边，等着下一位逝者的到来。

石块是沙漠子民生命的纪念碑，是人们终其一生拥有的最后的献礼。

风吹过，尘沙飘飘荡荡、四面八方——不断叠加的沙层将使沙堆越来越平缓，界限越来越模糊，而石块，被埋得越来越深。

# 4

空气中散发着刺鼻的膻味。

那些马，在四十度的高温下长久站着。它们双眼布满蚊蝇，嘴角白沫渗漏，足踝处勒痕累累，一些甚至深可见肉。为了便于控制，主人会用绳索将它们一前一后两条腿拴绑在一起，使它们无法迈开大步。当一侧的腿被勒伤，主人就换绑另外的一侧。

马车装饰华美，里面常常半躺着昏昏入睡的主人。尽管广场人来人往，但马车那么多，大巴和的士那么多，因此工作的很大一部分内容就是等待。

异乡人走近一匹马。马主人立即从车上跳下，殷切询问。但他失望了——她关心的只是那匹马。她伸手在满是疤痕的马脸上轻轻摩擦，像个遭受良心谴责的罪人般满脸歉疚。很明显，她不会乘坐马车，尽管那个大包看起来相当沉重，而她看起来也已经走了很久。望着那张漂亮的脸，他突然生起一阵无名怒火——生活如此艰难，她却如此矫情地去同情一匹马，同情——一个工具。

这里是马拉喀什，出名的旅游城市。正是那些从四面八方拥来的游客滋生了大量就业机会，同时，也滋生了严酷竞争。没人愿在烈日下整天待着，没人愿意整天跟动物为伍。顾客不是上帝，但他们口袋里的钱，是物质的最高神灵。

他脸色阴沉，冷眼以对。她意识到了他的不悦，停止了动作。他回到马车上，冷眼瞅了瞅伤痕累累的马儿，闭上眼睛。

异乡人穿过德吉玛广场。

大大的遮阳伞下，坐着些身着长衫、头缠布巾的男人，他们面前摆满了倒扣的筐盘。每当有人经过，他们便掀开筐盘——里面的蛇一下立起头部，不安地扭动。尽管模样可怕，但却绝不会使你受伤。它们早已失去了自卫能力。它们被人从沙地洞穴拖出，拔掉毒牙，不停地接受耍蛇人独有的刺激挑逗。

人类喜欢在安全范围观看和戏弄一切令人畏惧的事物。

远远地，一个游客举起相机，但才按下快门，一阵粗暴的呵斥便随之而来。一个身着蓝衫的耍蛇人离开太阳伞，快步迈到游客面前——他必须为相片付钱。游客一再解释并试图证明，他拍的是整个广场。但没用。耍蛇人的工作内容之一便是四处搜索那些朝这个方向举起的相机。他的呵斥声响彻广场，一只手持续强硬地伸在游客面前。他知道这些所谓的来自发达国家的家伙根本没有应付争执的经验。他们只能自认倒霉，只能为自己无心的愚蠢付出代价。

一只小猴子冷不丁蹿到一位中年女游客身上。这份突如其来令她不禁打了一个趔趄。接着，一张笑脸出现在眼前。耍猴人说，来，亲爱的女士，合一个影，很便宜的。

天气那么热，猴子却穿着紧身衣，屁股下包着厚厚的尿不湿。小猴望着它笑容满面的主人，双手神经质地紧揪着脖颈的铁链，眼神满是由惊恐而来的驯服。它，还有广场上众多它的同胞，木笼和铁链就是它们的全部世界。和那些马儿一样，和身边那头随时都可能倒下的骡子一样。那骡子，已病了三天，舌头已完全耷拉出口腔，却仍被迫拉着满车的货艰难行走。

异乡人看着这一切。

在某座深山，她曾在一道宽浅的峡沟与一个牧羊人相遇。那儿有一个用石头围成的整齐的羊圈，一个半人高、面积约为五平方米的窑洞——里面有两张毯子、一个黄色水壶和一袋发黑的无花果干。洞口的土墙边，有一个烧水用的铝壶、一个红色的泡茶壶和三个玻璃杯。

一只小狗在烈日下大声吠叫，但很快那吠叫声就转为婴儿般的持续呜咽。它拼命摇尾巴，一下直立一下匍匐，竭力表现一切可能得到关注的讨好和服从。它瘦弱的脖子上系着根不足一米的绳索，绳索另一头，连着块厚重的垫子。如果它足够强壮，能够拖着垫子一起走，那么就并不算失去自由。但事实上，它根本无力拖动。它瘦小、虚弱、浑身布满吸血的蜱虫。

把垫子弄得沉重不堪，是牧羊人的有意为之。这样它的行动就极其有限，就无法离开这片炎热荒凉，就只能任它不幸的生命消耗在无尽的守候和等待之中。

异乡人在小狗面前蹲下。小狗舔了舔她的手，立即伏倒并翻露出肚皮——那是彻底臣服的表示。环顾四周：除了三个杯子，什么盛水的东西也没有。于是她拿出路上捡的空罐头盒，用石头将锋利的金属开口砸平（为避免割伤小狗舌头），将矿泉水倒进去——极度饥渴的它恨不得将罐头盒都一起吞下！而当它抬起头，眼睛充满了令人痛苦的信任、温柔和毫不悲愁的当下的欢乐。

牧羊人笑看着这一切，随手扔了几颗腐烂发黑的无花果。小狗不顾一切地吞咽，在泥地疯狂搜索嗅闻。那些可怕的甜果，便是支撑它幼小生命的主食。

牧羊人一直在殷切倒茶。一双大眼没有惊讶、没有温存、没有不安也没有解读——很实在坦白的一对视觉器官。他一直在看——她的脸、手臂、小腿。至于小狗，他既不喜欢也不讨厌，也不是存心要伤害。他只是漫不经心，只不过认为那是件会呼吸的工具。而他，只是像使用一件工具一样使用它——就像许多其他人一样。工具的存在价值难道不是只取决于"有用"或"没用"吗？唯一要注意的，就是保证工具还能运转。至于其他的,跟生活有什么关系呢?

而在非斯,你走在路上,常常有殷切的来路不明的人冷不丁出现在眼前,笑容满面地朝你手里塞上几枝薄荷——为了减轻即将闻到的浓烈腐臭:参观那个巨大的、举世闻名的露天皮革染坊,几乎是每个游客到非斯的"打卡点"。

当然,那些莫名其妙接下的薄荷是要收费的。同样,那些热情地邀请你免费到他们家阳台上以更好观看染坊的人,最后也是要收费的——只要你拍下任何一张相片。人们不可能不拍照。这些地方也许一生就来一次,这样"壮观"的工艺操作,一生也许就看这一次。

在那座拥有七千多条街巷的巨大古城,层出不穷的皮具店密若繁星,你甚至看不见那些低头前行的驴子的身体——小山般的动物皮已将它们的身体完全淹没。这些驴子,活着时不断运输皮毛,然后某一天,它们的皮也将以同样方式背负在其他同类身上。

还有身上落满粉尘的挑夫,他们在拥挤的巷子疾速前行,一边大声吆喝"闪开、闪开"。他们也是运输工具——沉甸甸的动物皮使他们弯腰弓背,汗如雨下。

成千上万的死亡、成千上万的血腥恶臭、成千上万不分昼夜的劳作……就为了给人制造一个月甚至一年才用几次的包包或仅是装饰摆设。

购买络绎不绝。参观的人络绎不绝。这世界,从没有任何物种像人类一样对死亡充满恐惧,也从没有任何物种像人类一样如此热衷于观看和参与杀戮。

一个金发碧眼的中年男人停在一头断了只前蹄的驴子面前。"唉,生活真艰难。"他叹息道,像是对驴子又像喃喃自语。他来自德国——最受当地人欢迎的国家。因为德国人鲜少讨价还价,并且从不吝啬给小费。

在德国，你从不可能看到屠杀现场，动物保护法也非常完整。他们只是用干干净净的双手将不计其数的粮食白白扔掉。仅一个小小的乡镇超市，每天扔掉的粮食就达上百公斤。因为一些莫名的数据，因人们无度的囤积。按法律，那些"垃圾食品"是不得给任何人食用的，尽管被扔掉的整盒鸡蛋中，只有一个稍微损裂。水果也一样。肉也一样。而面包，不被允许隔夜。

异乡人目视这一切。这发生在世界各地不同又同样的一切：占有、损耗、浪费。

薄荷被揉碎了。

异乡人转身，一任那个试图领她进染坊的男人千呼万唤。

一条狭窄隐蔽的巷子里，一位女孩倒下一杯薄荷茶。女孩来自美国，已在摩洛哥待了一年半，是客栈的员工。

"无论如何，我爱摩洛哥。"女孩说。年轻的脸满是喜悦激动。

"是的。"沉吟一下，异乡人答。

# 5

长长的海岸线，辽阔得平坦无垠，你可以这样一直走，一小时、两小时，一天、两天……直至几百公里外的另一个城市，甚至，另一个国家。

马儿们静物般立在空旷的沙滩上，随着旅游业兴起，它们的主人心甘情愿脱下长衫，骑着它们离开大山，于是，这片永远吹拂着海风的一望无际成了它们的长久栖地。

日复一日，马儿早已熟知自己的工作路线，知道该在何时撒腿狂奔又该在何时收缓。比如那个岸边丢满塑料瓶的浅湖，总有无数海鸟安静停歇，马儿慢慢从中穿过，鸟儿们依次飞起，湖面便漂荡着成千上万的洁白精灵。湖边有一个古堡废墟,大多时候访客只有一些山羊。它们瞪着纯洁又不带情感的眼,"咩咩"叫着奋力爬上枝干,或是尽可能直起身子,贪婪地啃噬被湖水滋养得碧绿的嫩叶。

有时,在废墟某个隐蔽处,新来者会发现由于有人突然出现而骤然分开的亲密身影。那是某位年轻的马主人与他金发碧眼的女客人,或是年轻的沙地摩托司机和他的女客人。他们神色尴尬,故作镇静,骤然分开的躯体因荷尔蒙而散发着某种强抑的微妙的激烈。

而港口,清晨和傍晚总是忙碌的。那里气味腥浓,地面湿漉,人们将打捞来的鱼虾分箱装集,发送到饭店或是就地零售。成千上万的海鸟与野猫无休止地争夺被扔在地的新鲜鱼肠。港口对面有一座小小的孤岛,岩石因落满鸟粪而斑驳发白。傍晚,鸟儿们那落叶般盘旋的黑色剪影,仿佛受到深不可测的巨型涡流吸附,一队队、一列列,依次消失于天际,不时的孤绝鸣叫像从海底深处一般遥远地传来。

"你从哪里来?"一个皮肤黝黑的男人笑容满面。他礼貌地将经过的女士拦下,礼貌地请求:可不可以看一看她那枚漂亮的戒指,也许对他的设计灵感有所帮助。这一路上,各种商贩已用相同理由把她的耳环、戒指、牛仔裤甚至头巾都赞美了一遍,但真正目的只是让你停下,观看他们的商品并最好买些什么。

你从哪里来——总是这样开始。无论哪里,无论当地人还是外地人,无论十年前还是十年后。

她想起那个瘦削苍白,食量像猫一样小,总是沉默地在角落慢慢卷着烟叶的大学生。一个经过多次漂洗的白色布袋,装着一个老旧的既不能上网也不能拍照的诺基亚,以及一本薄薄的克里希那穆提。在同一个多人间住了很多天以后,他才一点一点告诉她,他来自德国。去年,他的哥哥死在了墨西哥,今年,年已半百的父母开始正式分居。

她想起那个骆驼般吃苦耐劳、已在路上走了几年的背包客。他总是开玩笑,总是希望接近漂亮姑娘。他的眼镜文质彬彬,每天都手洗衣服并把还没干透的衣服穿在身上。他也来自德国,这回要用一年时间从西到东走一圈非洲。"很快就要开始冒险了。"他说。他指的是搭乘毛里塔尼亚那趟无与伦比的世上最长的煤矿火车。

那火车,长达2.5公里,因此也就没有所谓的火车站可供停泊。当然,它开得极慢,所以人们还是可以抓紧时间跳上去或跳下来。火车开在空寂的撒哈拉,十几小时车程,只有茫茫戈壁和沙漠。当然,还有永不改变的璀璨星空。

火车只有头几节有坐,价格便宜,但如果能够忍受剧烈颠簸和无尽尘埃,那么就可以免费睡在煤矿石上。他选择睡在煤矿石上。

出发前,他告诉她,除父母外,他从没跟任何人生活过一周以上。说,他感到有一点紧张,说,他是个孤独的人。

她想起那个圆脸韩国女孩:衣裳总是很宽,烟抽得很凶,国际象棋下得很好,每天大量吃水果,咀嚼响亮。女孩用了两年时间疯狂打工,就为了到埃索维拉(Essaouria)冲几个月浪。女孩说自己已二十八岁了,但从不知道什么是爱情。只能想象。

你从哪里来?——意大利、德国、中国、日本、墨西哥、以色列……人们回答,然后同样发问。

你从哪里来?——这只是一句问候,一个开场白。由此引出的,是一连串各式各样或坦白或隐晦的个人历史。人们将历史打包进行李,扛在肩上;人们期望着,远方的风和阳光能将忧伤吹尽,将故事漂白。人们希望——从此自由。

世界如此辽阔。可无论从哪里来,到哪里去,所有走过的路,都只是内心轮回无尽的版图。可人们依然渴望穿越,以理想、以汗水、以战栗、以我思与我在。

人们于是抵达，在清晨、在晌午、在深夜。在梦里和梦外。他们走进简陋小店，吃着廉价食物，饱览各样风景。他们高谈阔论，或是默默在小本子上书写，他们身携耳机和书籍，滑板和爱人的相片。

他们马不停蹄，身携整个世界。

而另一些——那些叙利亚人、缅甸人、印度人、摩洛哥人……那些鲜少有人发问、永远守在家乡守着粗粝的岩石和贫瘠的玉米地的人们，远方是什么又有什么呢？

曾经的约旦沙漠里，那个认为约旦大得不得了的贝都因人，当某天突然看到世界地图，发现自己的国家竟几乎只是一个点，惊讶难过得几乎要掉下泪来。

曾经的巴基斯坦，那个有着一双美丽绿眼睛的小伙，不停地问每一个碰上的中国人：可不可以写一个邀请函，也许那样他就有机会到国外看一看。多年以后，小伙终于去了一趟圣彼得堡。那段时间，他的 facebook 上，异国的相片铺天盖地——那将成为他平凡生活的长久自豪。

而那位总是神色忧戚的黎巴嫩姑娘，不顾一切地工作，只为了不顾一切地离开。因为曾经，由于宗教信仰不同，她被迫永远地与爱人天各一方。

心是所有的千山万水。

现在，异乡人走到了西属撒哈拉。

南下的路上，至少历经了十几次严格的关卡盘查——即便是在这样一望无际的巨大荒凉中，仍有着人类固执冷漠的对峙分离：西撒人和摩洛哥王国各自寸步不让。

一个足球突然滚到面前。接着,一个小小的身影旋风般骤然显现。

　　"Bonjour."清亮的声音响起,但她还来不及回应那身影就又从身边飞过去了。她甚至没看清他的眉眼,仿佛那问候只是一块不经意甩过的瓷片,仿佛除了那个久经沙砾磨损的足球,这世上再无他物值得关注。

　　一支驼队海市蜃楼般渐渐显现。它们身驮囊包,步伐缓慢沉稳,两个头巾紧裹、只露出双眼的男人身体微弓,长长的白袍旗帜般不断鼓动飘扬——就像千百年前那样。

　　一阵大风刮过。滚滚尘烟中,孩子仍固执地继续着一个人的球队,骆驼稳定地继续朝着东方行进,时隐时现。

　　一种难言的理解,一种莫名却深沉的温柔,芽苞般缓缓在心间膨胀、升起。

　　异乡人抹掉额头的汗水,重编了一遍辫子,将背包加固系紧。

　　一个新足迹出现在沙地上。

（原载《民族文学》2019年第1期）

# 沧海曾望

*虞金星*

## 一

有些意外,会在这东海的海岛上与颜延之"相遇"。

沿着白马古道,从位于这个岛西北部的小朴村出发,由曲折的木栈道向上,穿过密林,经过石阶,来到山巅,就看到了望海楼和楼前的颜延之雕像。他戴冠着袍,长身而立,衣袂翻卷,头顶着高天流云,举目远眺。一手捋着长须,一手握着书卷,这雕像站在明三暗五的望海高楼前,竟丝毫不逊气势。看来,设计与雕刻者,并不打算让他作为望海楼的附庸,而是与这高楼并峙,相互增添光彩。

才知道,原来颜延之还与这洞头海岛、与这海岛上的望海楼亭有渊源。

浙江的第二大江瓯江,自西流向东,在南部的温州入海。瓯江口,也成为我国除长江口、黄河口、珠江口、钱塘江口外的主要河口之一。洞头的四百多岛屿和岛礁,正在瓯江口外。瓯江源源不断入海的江水,似乎在催促着人放眼向东。从洞头举目，视线似乎可以沿东海无限延展，越过第一岛链，直投向浩瀚的太平洋。这或许就是唐人张又新所感叹的"积水沧浪一望中"。

"灵海泓澄匝翠峰，昔贤心赏已成空。今朝亭馆无遗制，积水沧浪一望中。"张又新生活在公元800年前后，这首《青岙山》正是他寻访早他三四百年的前辈诗人颜延之的足迹不见而发出的感叹。

南北朝时，颜延之曾担任刘宋王朝的永嘉太守之职，足迹到处，在如今洞头的海岛上建望海亭以观海景。湿润的海风里，梁木易朽；岁月的剥蚀与掩埋，甚至连柱石也难以幸免；亭台楼阁兴废不停，就像在这临海的山中瞻望过风景的前人一拨拨离去。人，与人们留下的印迹渐渐消失。唯有翠峰灵海依旧，举目望去，沧浪滚滚，随海风浮沉。张又新在"今朝亭馆无遗制""昔贤心赏已成空"里表达的，正是这种遗憾之情。不过，"灵海泓澄匝翠峰""积水沧浪一望中"是不是还有一些"今月曾经照古人"的窃喜呢？

据说，青岙山所在的岛，就是如今被称为大门岛的。如张又新所记述，颜延之的望海亭在他那时就已无存。与张又新寻访颜延之的足迹时隔一千五百年，洞头人在如今政府所在的另一个大岛洞头岛上建起明三暗五的望海楼。

从大门岛到洞头岛，从望海亭到望海楼，在地图上似乎连起了一条线。沿着这条线，似乎能望见时光与文脉的来去。线头当然是颜延之。世间美景常在，但唯有与人联系在一起，才有了无尽的阐释与想象的余地。对洞头而言，颜延之是点燃这片海上风景火把的那个人。

二

也算是"故人"相遇吧。我曾在陈翔鹤的《陶渊明写〈挽歌〉》里一譬他与陶渊明的友情。1961年,作家陈翔鹤在《人民文学》上发表了短篇历史小说《陶渊明写〈挽歌〉》。这篇小说也成了那一时代历史小说的代表作之一。颜延之曾在这篇小说里路过陶渊明的生活：

在六朝时候宋文帝元嘉四年,陶渊明已经满过六十二岁快达六十三岁的高龄了。近三四年来,由于田地接连丰收,今年又是一个平年,陶渊明家里的生活似乎比以前要好过一些。尤其是在去年颜延之被朝廷任命去做始安郡太守,路过浔阳时,给他留下了两万钱,对他生活也不无小补。虽说陶渊明叫儿子把钱全拿去寄存到镇上的几家酒店,记在账上,以便随时取酒来喝,其实那个经营家务的小儿子阿通,却并未照办,只送了半数前去,其余的便添办了些油盐和别的家常日用品；这种情形,陶渊明当然知道,不过在向来不以钱财为意的陶渊明看来,这也算不得什么,因此并不再加过问。(陈翔鹤《陶渊明写〈挽歌〉》)

这段故事,其实出自《宋书·陶潜传》。颜延之赴任始安郡太守,路过浔阳,见到阔别多年的好友陶渊明,便停留了些时日,"日日造潜,每往必酣饮致醉。临去,留二万钱与潜,潜悉送酒家,稍就取酒"。对这送与收,陈翔鹤在他的小说里借陶渊明之口有判断：

"'人生实难,死之如何'！难道这不是我对于生死一事的素常看法吗？哎,脚都站不起来,老了,看来是真正的老了啊！凡事得有个结束。明天得叫庞家儿媳妇回娘家去。请那位书手将我的诗稿多抄两份,好捡一份送给颜延之。他上回送我的二万钱,数目可真不算少呀。他不肯轻易送人,我也不是那种轻易收下赠物的人。"(陈翔鹤《陶渊明写〈挽歌〉》)

虽然是小说的描写,但出自同时是古典文学研究专家陈翔鹤之手,这篇小说却并不仅仅是小说。它同时并不乏"论文"的色彩,是基于历史的同情与理解,对陶渊明与颜延之交往的生动描写。颜延之比陶渊明小近二十岁,两人算得上是真正的忘年交。陶渊明去世后,颜延之作《陶征士诔》。这是一个与陶渊明有过深切交往的人，给后人留下的讲述，也被后人视为研究陶渊明最早的文献。后人称陶渊明为"靖节先生"，也是出于此文。"追往念昔，知己情深，而一种幽闲贞静之致，宣露行间，尤堪讽咏。"（许连《六朝文絜笺注》）陶渊明不为五斗米折腰，对世俗富贵自有其态度。而与之相交莫逆的颜延之，思想性格相近，对世俗的态度，也可想而知。

所以，在世俗富贵里打滚的颜延之，一生的境遇，未必算得上顺利。事实上，他到永嘉任太守，也是一生被贬黜的经历之一。游至洞头，筑望海亭观景，也未必没有悠游山水排遣积郁的成分。这样的做法，他的另一位朋友，中国山水诗的开创者之一谢灵运，早已用过。

对读过中国文学史的人来说，颜延之与谢灵运合称"颜谢"这一章节，也是旧相识。两人曾为同僚，又同与刘宋的庐陵王刘义真交往甚厚，彼此之间关系也十分密切。刘宋少帝即位后，两人相继被贬黜外放，谢灵运先被外放为永嘉太守，颜延之则被外放到如今的广西桂林当年尚荒凉偏远的始安——也正是在这次赴任途中，他去探望陶渊明，留下每往酣饮至醉的交游之景。

不得志而寄情山水，这在中国古代文人中不乏其例。谢灵运素爱山水，因而足迹遍及永嘉郡诸县，写下了许多山水诗篇，看山看水甚至看海，《游岭门山》《登池上楼》《邵东山望海》……这一章，也成为永嘉郡史上最为人津津乐道的一面。数年后，政局变化，两人被同时召还。再相逢，谢灵运写下《还旧园作见颜范二中书》诗，颜延之写《和谢监灵运》作答。

恐怕两人都没想到，再过多年，颜延之会到谢灵运曾踏访任职的旧地，担任永嘉太守。而此时，谢灵运刚刚在广州被以"叛逆"罪名杀害。贬黜之旅，思及友人当年的足迹与如今的命运，颜延之在永嘉短短的一段时间中，不知怀着怎样的心情。或许只有在亭中独坐，举目望海，学当年的谢灵运寄情于美景之间，才能遣怀了吧？颜延之的"代表作"《五君咏》，就诞生在这心有块垒的岁月里。

## 三

"阮公虽沦迹，识密鉴亦洞。沉醉似埋照，寓词类托讽。长啸若怀人，越礼自惊众。物故不可论，途穷能无恸。"（《五君咏·阮步兵》）外放永嘉，对当时的颜延之来说，应该是人生、仕途的挫折，所以《宋书·颜延之传》说他"甚怨愤，乃作《五君咏》"。被贬谪为永嘉太守后，颜延之写了这组五首五言八句的诗，分别吟咏"竹林七贤"中的阮籍、嵇康、刘伶、阮咸、向秀，实际上是借以自况，抒发那种不容于世的愤懑。

古人说，诗穷而后工。当时的挫折时刻，对后世人眼中的颜延之来说，无疑是人生最重要的阶段。《五君咏》，被后人视作颜延之最重要的文学作品之一。对读历史的人来说，见多了生前寂寞、身后声名鹊起的片段。颜延之却恰好是那些相反的历史片段。他称得上是生前声名鼎盛，相比之下身后颇为寂寞的典型。《宋书》称他"好读书，无所不览，文章之美，冠绝当时。……延之与陈郡谢灵运俱以词采齐名，自潘岳、陆机之后，文人莫及也，江左称颜、谢焉。所著并传于世"。一时颜谢，旁人不及。他和鲍照、谢灵运被人合称为"元嘉三大家"。不过，南朝之后，颜延之在文学中的地位陡然降低，历代文人对他的用典繁密与雕琢颇多批评。

历史的淘洗无疑是无情的。生前享尽赫赫声名，也无力阻挡身后的坠落。不过，这种坠落，是从几千年这样的历史眼光来看，仍无碍于他对南朝文学曾经有过的重大影响，无碍于他在漫漫的中国古典文学史上，刻下属于自己的一段文字。几千年，亿万人中，又有多少人能媲美。在这段属于颜延之的文字里，《五君咏》时常占据了重要的一部分。后世的大部分意见,在肯定颜延之的文学成就时,就是以这组诗为论据的。这组人生逆境中的产物,无疑成了他一生光芒聚集的部分。

历史的细节早已被光阴侵蚀,我们已无从得知,他具体在哪里的日光或者烛火中写下这些诗,只能从内容中揣摩他当时的心情,想象当时的情景。"阮公虽沦迹,识密鉴亦洞。"阮籍先生以"口不臧否人物"著称,自隐自晦,但实际上他是见识卓著,对世事有广而深的体察的啊。"物故不可论,途穷能无恸。"时事已不可评论,只能保持沉默,可阮先生途穷而返的故事里,能没有深深的愤懑不满吗?写的是阮籍,却分明可以把颜延之自己代入进去。阮籍驾着车,由车走到哪里就到哪里,直到无路可走,痛苦而返,这个"途穷而返"的故事,在颜延之身上,岂不就是驾舟出海,在青岙山筑亭观海而返?

"物故不可论,途穷能无恸。"对颜延之而言,东海上的这片岛,是不是就是途穷之地?《五君咏》,是不是就是途穷而返的深恸之言?"刘伶善闭关,怀情灭闻见。鼓钟不足欢,荣色岂能眩。韬精日沉饮,谁知非荒宴。颂酒虽短章,深衷自此见。"(《五君咏·刘参军》)刘伶的《酒德颂》,短短两百来字,却画出了他不得已自隐于酒中的"深衷"。《五君咏》这更短的诗章,又何尝不能见出颜延之的"深衷"呢?"向秀甘淡薄,深心托毫素。探道好渊玄,观书鄙章句。交吕既鸿轩,攀嵇亦凤举。流连河里游,恻怆山阳赋。"(《五君咏·向常侍》)嵇康与吕安被杀后,向秀路过他们曾同游的山阳,心中凄怆,写下《思旧赋》。而来到谢灵运曾被贬黜之地的颜延之,想起已被杀的谢灵运,是不是也有同样的恻怆呢?

深含隐衷的《五君咏》,与颜延之的旅迹心路默默对应起来。青岙山巅望海亭前的海潮声,是不是曾作他吟咏的伴声;美景,在这样的时候,不知算不算得上人生的救赎。时光太久太广漠,把旧亭台都化作了残垣断壁,又磨灭在海雨天风里。

百年千年里,也仅有海雨天风依旧。不过,风景倒因为这样的人生足迹,变得意味深长。它不再仅仅是眼前所见的云和海,而让人有了层层回溯探寻的冲动,有了盘桓的余地。如今我们登上望海楼远眺,也不免会想象,几百年后,是不是会有人追念我们今日的登楼远眺,就像我们追念张又新在一千一百多年前登上大门岛的沧浪一望。而当年张又新站在青岙山头,又是如何想象颜延之筑亭观海的历史风景?

　　眼前,是亘古的沧浪。

(原载《群岛》2019 年第 1 期)

# 你好，机器

杨 瑛

从 1992 年到 2003 年，我的职业是微机打字员。

我用的第一台机器不是微机，是一台国产的四通汉字处理机，STONE MS-2401。STONE，石头的意思，也许是一颗从某一个星座降落人间的没有命名的星星。

写这篇文章的时候，我百度了这个机型，才知道这种机型生产量很少。我是很荣幸使用到它的人。如果有一天，我遇到一个也使用过 STONE MS-2401 打字的人，一定像在异乡遇到一位多年不见的老乡，就像说起故乡才有的风物一样，我们一起说起它的操作，它的打印头和键盘发出的声音，它更换色带的方法，它转动手柄卷进白纸和蓝色蜡纸的不同，它使用的 3.5 英寸的存储软盘，它窄窄的蓝色液晶显示屏，能显示五行四十个汉字。

也许我们还都拥有过一本磨掉了封皮的《王码五笔字型使用手册》。在使用 STONE MS-2401 之前，我还曾在白纸上画出键盘练习。白纸上落满了看不见的我的指纹。

办公室里的另一台机器是长城0520CH，装着汉卡的显示汉字的电脑。米色的，或者是乳白色。拿来这台机器时，它已半旧。古老的DOS界面和WPS汉字处理系统。CPU很慢，很安静。它使用的5.25英寸黑色软盘，有点像变成了方形的黑胶唱片。用之前要先格式化，磁盘被分成若干个磁道和扇区。我的打字速度比长城0520的显示速度快，只看到显示屏上的一字光标一直往后走，汉字不出现，要稍微停一下等一下，屏幕上就开始显示汉字了。

之后是IBM 286和386电脑，当时的它们像外星人一样奇妙。这两台电脑的价格是旗里一套房价的二十倍。后来，贵族286沦为网络语，形容蠢笨落后的人。

我在一个以牧业生产为主的旗里，一台一台更换机器的时候，隐约知道距我们县城五百七十公里外的一座古老的城市里，有一个叫"中关村"的地方。那里在不停地走动着充满了思维"二进制"的人，他们的大脑里只有0和1两个数字，他们和生命较劲，要么一无所有，要么"道生一，一生二，二生三，三生万物"。他们把0和1这两个数字无限循环排列，扩展着新一代PC机的内存。

我不会把0和1进行无限的循环和排列，我给它们想象，0是辽阔的圆，1是自由的直线。我把它们想成一根法国长棍和煎鸡蛋，一个圆口火锅和在里面翻动的筷子，或是一列火车和它即将通过的隧道，或是长河落日和大漠孤烟。它们像伸出的双臂和打出的一个浑圆的哈欠。像一次直直的发呆和一个圆圆的寥落。也像一条童年的路和路尽头枝叶繁茂的绿荫。像太极的阴和阳，黑和白，黎明和黑夜，生和死，一个孤独的人站在荒原上或苍穹下。

我对0和1产生幻象的时候，人们对电脑的想象，总是和缝纫机连

069

在一起。电脑桌似两头沉的写字台，台面大一些，两头沉的桌子中间贴着地有一条黑漆铁板，工作时我的脚放在上面。打印机是十六针的针式打印机，声音很大，有时像做木工活，有时像刚学二胡的人奏出的曲子，一进办公楼就能听得见，吱嘎嘎，色带盒像弓箭，打印头在弦上走过去，吱嘎嘎，再走回来，一行字打出来了。一位同事到我那里取材料，我从目录里找出来，开始打印，她惊奇地说，我打字那时候，一个铅字一个铅字地找出来，对准，敲在蜡纸上。现在你双脚一踩，字一行接一行地出来。

后来用的机器是康柏（Compaq）多媒体一体机，像一个胖墩墩的小矮人或是森林里的一个小怪兽。多年后，它被人类的理想和创造压缩成一个薄薄的笔记本电脑。我用的那台里面有一个智力游戏，背景音乐是《胡桃夹子》，每做对一道题，王子就向公主走一步，做对了九道题目，王子就走到了公主面前。

这个游戏有故事有悬念有音乐，与我迷上的第一款电脑游戏俄罗斯方块相比，复杂很多了。

俄罗斯方块像俄罗斯文学一样令我着迷。还没有互联网的时候，加班的深夜，等秘书改好稿子拿给我之前的大量时光，俄罗斯方块一直陪伴着我，游戏升级时背景颜色的每一种变化都给我无限的惊喜。各种不同颜色不同形状的几何方块下落，变形，堆叠，消失。我总会贪心地留出一列的缝隙，等待"1"一样的四格长棍，一次消四行，得分加倍，心底愉悦欢喜。当下落的速度越来越快，搭建的方块越来越高，这样的等待是一种冒险，终于"1"字长棍出现，手一抖，放错了位置，一局游戏结束。再来一局还是果断关掉？这样停顿的瞬间，就像之后在手机上对一款游戏的不断卸载和一次次安装，一款简单的游戏一直出没在我的生活里。

康柏之后的机器是国产的联想，各种各样的联想电脑，从显示器是方方的、呆头呆脑的，到后来的宽屏的液晶显示器，我对机器或新或变化习以为常。上级单位每年都有支援来的电脑，最好的机器总会放在打字室里。

用"四通"打字的时候，我和汉字产生了一种亲缘，不论它们以什么形式出现，在我的大脑里迅速变成七零八碎的字根。

"王旁青头戋五一，土士二干十寸雨"，这像字谜又像古诗一样的句子一共有二十五句，是五笔字型的字根表，我背的时候总把它们当作唐诗，注入想象力和韵律。

当我要打"沉淀"这个词，我敲下"IPIP"，打出的是"深深"。我一边用回格键删除，一边喜悦，觉得这是两个非常有关系的词。

有一次我把一位同事的名字"吉日嘎拉"，误打成了"吉日拉嘎"，这位同事在校对时说，蒙古语里"吉日嘎拉"是幸福的意思，"吉日拉嘎"是理想的意思，感谢你给了我一个新名字。

我在拆解这些汉字的时候常想，这些汉字，我不知道它们的本和源到底是什么，当它们被五笔字型拆解又被重新组合后，它们的生命里有重生的一些东西，不同于《尔雅》和许慎的《说文解字》，也不只是《辞海》和《康熙字典》里的样子。我的手指在键盘上流动的速度越来越快，渐渐地我不会拆字了，最初背下的字根也慢慢忘掉，变成手指记忆了。

坐在电脑前，我双手的食指自动地放在键盘的F和J上，这两个键上有小小的凸起，帮助我不用看键盘，手指就知道每一个按键的位置。我的眼睛盯在手写的文稿上，我的手指毫不迟疑地依次落下，我的眼睛指挥着我的手指机械地流动。从职业术语上说，这是盲打。我的大脑基本空闲下来，像一个机器人一样看着这个世界。世界很简单，只有0和1。世界很简单，只有鼠标和键盘。世界很简单，只有F和J两个键上小小的凸起。F键和J键，它们是只比指甲盖大一点的岛屿，我一直在那里停泊，仿佛没有任何时光流逝。

20世纪整个90年代我都在机器前打字，每天擦掉机器上的灰尘。那些汉字，逐字又逐行，每一个汉字被我的手指敲碎，在电脑屏幕上聚合完整。我双手停在键盘上，就像一只蚂蚁的两只前足认真地停在大地上。

"政府办打字员小杨。"

我介绍自己的时候这样说，别人介绍我的时候也是这样说。这是我的第一个社会角色。我没有学历，什么也不会做，终于有了一份这么美好的工作。我被这份工作迷住了，我可以自食其力，慢慢地又体会到了游刃有余，我不知道世界上还有没有比我更喜欢打字的人，我想我要为打字事业奋斗终生。开始工作时是单休，后来实行了双休制，但我的休息日都是工作日。单位有十二个秘书，十二个主任，十二个旗一级的领导，他们个个都挥笔如剑。旗里有随时发生的大事小情，我要时刻准备着坐在电脑前。那时旗里只有三两个会微机打字的人，遇到停电，单位的同事会迅速把我和机器转移到旗里的宾馆，那里有发电机。

秘书们在刚参加工作的时候，汉字写的是静中有动的行楷，当他们成了老秘书的时候，他们的字比狂草还要抽象简化，笔画连绵得如同一行行心电图，上面再点着几个点。我毫不费力、准确无误地把曲线折线和点阵化成汉字。秘书们修改后的文稿，有各种标记符号，像深山藏宝图，修改它们的时候，我发现了字、词语、句子的无限变化和各种奇妙的关系，仿佛它们并不是行文规矩的公文。

我喜欢加班，尤其是那些加班的深夜。秘书们逐字校对文稿、挠头修改文稿的时间漫长安静，我把喜欢的书打进机器里，或是在机器上写一封长信。

我的办公室里没有能写字的桌子，总有不止一台电脑。后来一台机器连上了网络，在等待秘书拿来稿子打印的加班时间，我用另一台机器上网。那仿佛是打开了一个奇妙的世界。如果没有加班和互联网，我的生命真是另外的样子了。

刚有QQ的时候，我一下子喜欢上了这种沟通方式，沉默得像机器一样的我，可以兴奋地说话。我同时和四个人聊天，四个陌生人。他们一个在北京，一个在上海，一个在伦敦，一个在温哥华。对面的人是模糊的，又是清晰的，聊到没什么可聊的时候，就问一句：你那边是几点？

每一种新的软件我都下载，QQ、MSN、UC，有很多的账号和密码，下载得越多，人却越沉默。即使登录了，也常常隐身着，什么也不说，不知道是开始心疏意懒，还是因为沉默的人终究还是要回归沉默。很多人都在线，也都像我一样，隐身、潜水，一个字也不打，却也不关闭，电脑上蓝色的光标不停闪烁。也许我们都被网络里那个越来越真实的另一个自己吓坏了。

有一个冬天，雪连下了三天，正遇圣诞节，一位网友在QQ对话框里送了我一个礼物，这是一个第一次在网上遇到对我说"夏祺"的人，彼此都隐身了一个季节，现在对我说"冬祺"。

我点开那个软件，电脑屏幕上飘起了雪花，电脑上的图标、鼠标停留的对话框上都一片一片地落满了雪花，QQ小企鹅的身上也落着雪花。我把电脑桌面换成圣诞图案，穿着厚厚衣服的圣诞老人，挂满灯和礼物的圣诞树，驯鹿和雪橇。窗外下着雪，雪花在电脑上一片片落下，积在圣诞树上，飘落在圣诞老人、驯鹿和雪橇上面，我仿佛置身旷野，世界很安静，在等待雪橇的铃声。

"不是我不明白，这世界变化快。"崔健的这句歌声最能代表那些年的心情。那时候，旗政府大院，最里面有一幢青灰色的二层小楼，楼里各种录音机的卡带上常常放着的是这首歌。还有崔健的《一无所有》和《新长征路上的摇滚》。

"我要给你我的追求，还有我的自由，可你却总是笑我，一无所有……"

"一二三四五六七……"

这些歌声从那栋楼每一扇关住的门里传出来。这幢楼很是热闹了一阵子，无论他们曾经有怎样的故事，二层小楼上住的男孩子女孩子们都陆续成家，成了男孩子和女孩子的爸爸和妈妈。再过了两年，没有了大学毕业后分配这回事，青灰色的二层小楼人去楼空。先是搬来了一个新成立的单位，之后二层小楼被拆除了。现在，我依然清晰地记得，楼里住的两位学法律的蒙古族女孩，长长的腿，长长的发，青春飞扬地在政府大院里走过。我站在三楼的微机打字室的窗前，羡慕地望着她们，只有中学毕业的我，不知道外面世界是怎样的，大学里都读哪些书，我自卑得如同角落里的尘埃。我学着她们的样子，也穿着一件白衬衣，长长的浅紫色的裙子，裹着我那掩掩藏藏的青春。

有一天，我的肩剧痛了一下，我拿在手里的一本书掉在地上，这个时刻很短暂，我的手指重新放在键盘上，我的手指在键盘上奔跑。可是，我的心里从此有了一个担忧，我成年累月这样坐着，如果有一天我的肩膀出问题了，腰椎出问题了，我打不动字了，我还能胜任这份工作吗？假如是那样，我就做一个收发员。我很羡慕单位里收发员的工作，他负责分发整栋办公楼里的信件。写信、等信和发信，在我看来都很美好。可是，我的同事告诉我，收发信件这个工作你做不了，因为这个工作需要蒙汉兼通，你不认识蒙古文，就看不懂用蒙古文写的信封。我只能放弃了这个理想。

几年后，我真的就不再打字了，我换了一个工作，新的工作异常空闲。那时家里还没有买电脑，网费也还很贵，于是到了周日，我常和父亲一起去网吧，他学会了五笔字型打字。周围的人不理解我们这对出入网吧的父女，为什么老去上网、打字。

那时的政府大院紧邻着图书馆和新华书店，我在图书馆和新华书店里寻找着那些在 QQ 聊天或是一些网站论坛里知道的书籍。办公室的窗户朝西，风从开着的窗户吹进来，掀动着办公桌上的报纸。我站在窗前发发呆，看落日缓缓落下。

那些书籍使我有了一些勇气，有过几次觉醒，对自己进行过几次"格式化"，"格式化"如同凤凰涅槃，很多次以后也会得到重生。我找到了另外喜欢做的事情。我的手指依然长时间停在键盘上，按键里藏着汉字、细节和命运。

2017 年夏天，我在图书馆看到一张 2005 年夏天的旧报纸，上面刊登了一则"寻人启事"，长城公司在寻找长城 0520 第一位用户。为什么在这一年寻找，是因为 2005 是 0520 的重新排列吗？看着报纸，我也想起了这位老朋友。

时间返回到 1992 年。那时没有苹果手机，没有苹果电脑。比尔·盖茨在微软提出了"指尖的信息"，只要鼠标点击，就可以选择信息。乔布斯正年轻，在 NEXT 电脑公司展示他设计的最新电脑，看到的人说："它太难了，为什么让它这么难用？"

他们是孤独的摸索者。

人对电脑的追求是一种无限。在 2007 年，人的指尖和被咬了一口的苹果标志发生了异常密切的联系。"苹果"店人来人往，电脑和电话早已连在一起，缩小至掌中。双手捧着 iPad，对着屏幕憨笑，不停地更换着手机，两年后一部手机会变慢，会进维修店，五年后会变成零部件被回收，成为一些电子垃圾，深埋进一个荒僻的山沟。人们不再看星空，而是低头盯着屏幕闪烁。一会儿微信叮咚一声，一会儿 QQ 的图标亮了。在停电的瞬间手足无措。

古老的谚语说："一切都在改变，我们随之而变。"

年复一年，我不断升级，也不断老化。有一天，看着镜子里满是皱纹的自己，我想起坑坑洼洼、被换下的灰色的色带。打印针头在它的上面一次次滑过，吸走了乌黑光亮。单调相同的日子，如同被复制粘贴，记忆里是虚无的碎片，时光如重叠的幻影，即使可以用 Word 命令查找，却不能替换。我像一台老机器，等待着一个命令使我恢复到出厂的状态。如果能恢复，也是不合时宜，不珍贵也不稀奇。人到了四十几岁，遗忘忽如冰山，冰冷而巨大地进攻着大脑，手头上的事常常整片地被删除，如同电脑的 E 盘或 F 盘突然消失了。

1992 年，我是一个十九岁的小女孩，细瘦、木讷，曾在一张白纸上画下微机的键盘，常在下班时找不到自行车钥匙。

2017 年春节，回老家过年，我从政府旧办公楼的楼下走过，抬头看了一眼我曾经站立的窗前，空空荡荡，曾经的小女孩已经成了一个站在楼下向楼上张望的异乡人，一个十六岁女孩的母亲，一个四十多岁的微胖女人，爱唠叨，每天早晨都要对女儿说："钥匙，水杯。"我的嗓音像边缘磨损的光盘，有了几道划痕。

故人已成异客，往昔成了异乡。

人生到处知何似。一个人的变化足以令一台机器惊讶。同学朋友多年未见后重逢，在内心惊讶彼此的衰老，却不愿也不肯说出来。我好像又回到了那间老政府楼的打字室里，那些我用过的机器出现在我的面前，它们包围着我。看到似曾相识的我，它们一起启动，我曾敲打过的键盘像智能的无人弹奏钢琴的琴键一样依次起落，速度比时间更快，屏幕上出现了相同的一句话："是你吗？"

这些机器现在散落在何处呢？是否被另存在我找不到的路径下？

曾珍藏在 3.5 英寸软盘里的信，再也找不到地方打开。

那些丢失了密码的邮箱，消失在茫茫网络里。

机器变来变去，唯一不变的是电脑键盘上的字母键，像已排好的日月星辰一样，有序而规律。从一开始就各就各位，各得其所。我的手指从最初的八十三键到现在的一百零八键上滑过多少遍？那些轨迹如果连起来，比天空上的星座还要神秘。

  第一次觉得电脑和星空有关，是很多很多年前了。那时市里也还没有专业的计算机维修机构，旗里更是没有。来修电脑的是一些漂泊的南方人。与北方人相比，他们瘦、白、小，说话低声细语。他们从江南来到塞北，随身背着一个公文包，拎着一只小箱子，不合体的西装从肩膀上松垂下来。我看他拆开了长方体的卧式机箱，里面的排列神秘有序，使我想到了星空。绿色电路板上，无数的小元件、小圆孔和一群群错落有致的小锡点，像一个个星座。

（选自《散文·海外版》2019年第1期，<br>原载《青年文学》2018年第10期）

# 劳我一生

孙 郁

从前看到卡夫卡写给父亲的信,见到其小心翼翼的样子,很为这位天才作家难过。父亲对于他是个残暴的存在,不能在其面前坦然对话,内心的苦楚,自然要多于常人。而我有时候想,卡夫卡后来在写作上的成就,是不是也要感谢父亲的压抑?这是心理学的问题,我们这些门外汉,一时是说不清楚的。

许多人的成长与父亲都有直接的关系,但每个人的情形并不一致。周海婴生前多次和我讲起鲁迅对他的溺爱之情,内心有着无限的感激。但我有时候觉得,鲁迅的舐犊之情,其实也未必没有负面的因素,因为过于随便,便少了戒律,自然影响了孩子寻找陌生化的生存的冲动。周海婴一辈子在父亲的影子里,这幸福中隐含的不幸,也不是没有吧。

在与周海婴二十余年的交往中,我也感到了他有一种无法摆脱父辈影响的焦虑。那种淡淡的哀愁,也许只有身边最熟悉的人才能够了解些许。有一次去香港开会,一路上我与他谈论着早期记忆,他很好奇我的经验,问我的父亲如何管教孩子。我的回答让他吃惊,父亲在我的生活中位置并不重要,而且长期是一个空白。

海婴先生叹道：人真是各自在不同的世界里。

我的父亲与海婴先生同龄,他是没有得到过父爱的人,很小就过继给自己的伯父。不料他自己婚后,随即出现了不正常的生活。我刚刚懂事,他又流放到农场,对于我的教育很少。与一般家庭的孩子比,我是野生的孩子,缺少的是温馨的家族里的氛围。在很长时间里,我的记忆中没有父亲的身影,他处于缺席的地位。而且有一段时间被迫与母亲离异,我们曾天各一方。

关于这一切,我一直想写一篇文章,迟迟没有动笔的原因,是自己的经验也许过于特殊,并没有典型的意义。而且那样的时代的氛围,现在的青年人未必能够了解的。

但终于动起笔来,因了一些现实的刺激。肯定"文革"的论调四起的时候,我的愤愤不平之情油然而生。担心的是噩梦的重演,尤其那些青少年,希望他们不要再过一种非正常的父子生活。他们不知道,"文革"最大的问题之一是,亲情被一种虚假的意识形态代替了。

那一段岁月里的人与事,今人解之定然很难。少年时代的我对于父亲的记忆很少,因为他在离家很远的地方,每两个月才能回到家来一次,一般晚上到,早晨出发,行踪颇有些诡秘。我周围的朋友一直以为我没有父亲,他们偶尔见到那张陌生的面孔,还以为是家里的亲戚。总之,在我的周围人的印象里,我们的家有些稀奇古怪。

父亲中上等个子,清瘦,样子有点蒙古人的气质,一口标准的北京话。他年轻时代是个文艺青年,流浪的时候写过不少诗歌。后来在国民党部队受过训练,不久在长春投诚起义,便成了中国人民解放军沈阳军区前进歌舞团的创作员。因为不满意部队的单一，自己考上了大学，但毕业工作不久，就因为历史问题而被开除了。小城里偶有几个认识他的人，都觉得他不合时宜的样子，斯文的外表，谦逊的目光，好似和大家不在一个时代里。

很长一段时间，对于他的身世我了解不多，觉得与母亲这样红色家庭出身的人比，过于复杂。待到上学的时候，他回来的次数渐多，一般都在节日。他像个客人主动和我聊天，这时候爱讲一点诗词给我，把《唐诗三百首》拿来，他自己先读，然后让我背诵其间的篇什。我完全不懂其间的意思，慢慢才对内蕴有所了解。时间久了，习惯了这种交流，我对于古诗文的感觉，就这样断断续续涌动了出来。

父亲读古诗的时候，是摇着脑袋地吟唱，这是私塾时代养成的习惯。他喜欢杜甫的诗，对于其间苍凉意味的欣赏，伴随了终生。但最初他教我的多是李白、白居易的作品，也许觉得更好理解一些吧。"文革"后期他买来一本郭沫若的《李白与杜甫》，反复翻阅，有些地方写了心得。我翻看他留下痕迹的这本新书，发现他似乎对于郭沫若有点不满，主要是作者把杜甫讲得太低了。那时候他说的一些话，我还不能理解，状态和周围的人颇不一致。这是我读到的第一本关于古代诗人研究的书。自然，多是懵懵懂懂，阅之而不得要领的时候多多。

除了教一点诗，我们之间没有别的深入的联系。父亲一生没有打骂过我，永远都是客客气气的样子。他一直觉得自己的历史问题影响了我的前途，有着强烈的负疚感。这种客气的样子，让我在他的面前很是放松自然，有的时候感到他的可怜。我少年时代建立起的对于父亲的态度，至今依然感到有些奇怪。

1967年他被关进大牢，大约有一个月的时间吧，我每天要去那里送饭。因为怕见到熟人，总是从胡同里穿行。那时候母亲也失去了自由，我和妹妹做的饭很难吃，窝窝头、白菜。看护人说不能带肉蛋，饮食都极为简陋。有一次在牢门口见到父亲，他走过来搂着我，显得异常激动。他知道全家正在难中，一切都与自己有关，痛不欲生的感觉都挂在脸上。

不久他从城里的关押所流放到很远的地方，此后多年没有音信。我的班主任老师为了保护我，给我改了姓名，以为不再随父姓，这样可以与"反革命"的父亲一刀两断。我随了母亲的姓，一生没有更改，但那变化，在那时还是对于我略有一点用处的，因为形式上已经与父亲不再有什么关系。

有一段时间，他偷偷回来看我，那时候他与母亲正是离异的时期。见面的地方在城南的澡堂子，我们泡在弥漫着蒸汽的池子里，彼此都看不清面孔，只能听见他浑厚的男中音。他问这儿问那儿，帮着我搓洗。后来知道，他的时间紧，每次请假回来不能超过半天。洗完澡，还领我到店铺里买一点零食，叮嘱我不要惹妈妈生气。说话的时候，声音有点颤抖。我不喜欢他懦弱的样子，每每见到他忧戚的表情，自己也有些难为情。这个时候他往往塞几块钱给我，摸一下我的头，就坐着公共汽车返回农场了。

这种秘密的见面，也给我带来一种负担。害怕被同学见到，因为说不定会被汇报给学校。但也盼望见到他，在他那里，总能得到一点有趣的东西。我被他的博学吸引，好似肚子里有个万宝箱。在我所认识的老师中，比他儒雅、多才的人不多，只是胆子太小，有时候过于脆弱。我自己的性格里，多少染有类似的遗传。

当他几年后与母亲恢复了关系的时候，我们的家庭才慢慢正常起来。每年春节最渴望的是父亲的归来，他会带来许多山里的特产，烧饭的水平也很高，会炒各种风格的菜肴。我的母亲不会做饭，平时全家在学校食堂对付，自己家的饮食，永远马马虎虎。

他偶尔喝一点酒，喝多了的时候，便有点话多，总愿意讲老家的日子。父亲出生在一个大家族里,小时过着富人的生活。那时候过年,老家人极为讲究,风俗里的隐含,有儒家文化最为本然的东西。他很留恋这些古老的遗存。不过他沉醉在这种讲述的过程时,母亲常常要打断他的话。以为多是封建时代的腐朽之事,还是不提为好吧。这时候感到父亲的扫兴。他好像觉得自己是一个犯人,微笑马上就从脸上消失了。

我的记忆里,父亲总和我谈及自己的死。还在 20 世纪 60 年代中后期,他就暗示过我,死后一定要通知内蒙古的亲人,并把自己的骨灰埋在一棵树底下。那时候我还是个孩子,父亲遗嘱般的叮咛,对于那时候的我多少有些残酷。然而彼时的死人很多,被打死的、自杀的不时出现在小镇上。这样的苦运是否会降临到我们家里,都不能预料。有着心理准备的父亲,其实也有几分坦然的因素在。

农场有一些人因为活不下去,自己了断了人生。父亲常常去帮助料理后事。他懂一点乡下殡葬的规矩,每每将仪式搞得较为得体。从长春被围困时期到朝鲜战争,他身边的朋友死去的很多。而随时可能遇有不测,则是他内心的一种准备。他对于死亡的感受似乎比一般人要强烈,那些复杂之情,恐怕不能用简单的概念描绘的。

有时候,我觉得父亲有点像陀思妥耶夫斯基笔下的受难者,内心极为丰富,但行动上却那么迟疑。他对于自己年轻时代信仰三民主义,有着真心的忏悔,认为自己确实是罪人。但有时候他也常常沉浸在青少年时代生活细节的回味里,似乎那种生活在一生里最为珍贵。他一生都在这种矛盾里摇摆,早先喜爱的小布尔乔亚文学精神渐渐被革命文学意识所取代,并且深受左翼思想的冲击。

在基本的生活态度上,他有一种积极入世的意识。哪怕有一点可能,都会尽力做一些有趣的事情。"文革"后期,形势略有变化,那时候到处是宣传队,农场也组成了剧团。场长知道父亲曾是沈阳前进歌舞团的编剧,便点名要他戴罪工作，希望自编自演，能够在全省农场系统亮出光彩。这是他十八年劳改生涯里最被信任的日子。半年内写出了话剧《珍珠河畔》，在宣传毛泽东思想的热潮里，这剧目一时成了县里较为显赫的精神标志之一。

首演在一个骑兵营的礼堂举行。农场的工人和部队的战士坐满了礼堂。演出的内容很简单，是农场水稻实验的故事，两条道路的斗争。内中不乏说教，还不到半小时，就有人退场，观众的喧哗声也出来了。父亲在广播里喊大家安静，但没有人听。我坐在下面，出了一身冷汗。觉得这样的节目，思想正确，但没有艺术的吸引力。

《珍珠河畔》的失败，父亲一定十分沮丧。但上面的领导，却表扬了农场宣传队的进取精神。据说该剧还在一些分场巡演过，反馈的情况与先前大致一样，父亲的心情真的五味杂陈。我隐隐地觉得，他以这样的方式讨好了时代，但那个时代不属于他。因为在别人的世界里思想，自己的灵魂却是干瘪的。

1978年他正式平反了，终于回到了教育界。将近二十年没有教书，但似乎没有影响他的热情。回到高中之后，全身心投入到教学之中。他的课很受欢迎，尤其关于作文，许多人都信服他的理论。但他对于文学性过于看重，对于应试教育，多少还有一些隔膜。大家都认为他的水平很高，可教出的学生，分数并不都很理想。

他用民国那样的教育理念去思考高中的教学，思路与时代完全不符。几年后，他意识到自己更适合从事文学创作，不久就去了文联，有时间开始自己的创作了。

晚年的父亲在文联十分快乐。这是他一生最为惬意的时期。那时候我已经到了北京工作，对他的具体情况却知之甚少。他的朋友卢全利、林丹、侯德云都在纪念他的文章里说他帮助了许多文学青年，办杂志的时候倾注了诸多心血。其学识和文章，在小县城里一直有不小的影响力的。

他虽然恢复了写作，且出版了几部作品集，但还是谨小慎微，生怕再犯错误。那些作品的力度，自然也打一些折扣。不过他的鉴赏文章水平很高。《文心雕龙》《苏轼集》都是他喜欢的书。一些读书杂记在北京的报刊上也发表了一些。那些文字都沉稳、酣畅，比他的剧本和小说要老到很多。

有时候偶尔打来电话，和我讨论文学界的一些问题，对新出的现象有着好奇之心。有一次他看到我在杂志上的一篇文章，把他吓坏了。写信说：这样的观点是犯忌的，千万不可如此云云。看到这文字的时候，我便想起他在农场劳改时温顺的样子。这个年轻时代以"浪子"为笔名的诗人，到了老年，已经不太敢再放飞自己的思想了。虽然他自己那么欣赏杜甫和鲁迅，而现实生活里，活成杜甫、鲁迅的样子，不妨想想自己的后果。

我知道他内心的复杂性。从心里讲，他对于20世纪80年代涌现出的许多观念是赞同的，但在表述自己的思想的时候，又把这些隐藏起来，用一种大家可以理解的语言行文。这给自己带来了某些安全，但艺术上和思想上要有创建，那就很难了。

父亲在晚年被多种疾病所折磨，看他留下的遗稿，依稀残留着一丝苦味。但先前忧郁的性格似乎有点变化，对于往事不再去纠葛曲折，也原谅了那些整过自己的人。他常常沉浸在对过去的回忆中，写了大量的小说和散文。这些，我都读得不多。他对于我不太过问那些文字，其实有些悲哀。但一面也觉得，两代人的隔膜，总还是正常的吧。

他去世前的几个小时，我带着妻子和女儿匆匆赶回他的身边。他躺在医院病房用微笑的眼光望我们，显得异常平静，衰老的面容里流动着柔和的光，告诉我说，一生没有遗憾，很知足。

这是他留给我的最后一句话，那一年，父亲八十二岁。

我有时候想，我与父亲的关系，好似畸形时代的一种特异的存在。我们没有旧时代的那些规矩，但彼此都很平等。也没有现代家庭那样的正常秩序，是在动荡里互相瞭望的。汪曾祺对于非正常时代的父子关系有过描述，他审视自己的时候，写下了《多年的父子成兄弟》这样的妙文，那是他主导的自由精神的外化。父亲与我，还不是兄弟般的感情，好似朋友一般，有时候甚至像单位的同事。这是一种什么样的父子之情呢？在革命的年代，在生死难保的岁月里，这样的家庭故事，隐含着悲剧的意味，然而年轻一代，对此未必明白的。

许多年后整理父亲的遗物，看到他在《庄子文选》边写的一些批注，才知道其对己身的态度。那些关于生死的文字，他都很认可。庄子谈到生死，以为是天命运行之迹，那看法比我们今人高明。因为他没有用不朽之类的话抚慰后人，显得通脱、大气："夫大块载我以形，劳我以生，佚我以老，息我以死。故善吾生者，乃所以善吾死也。"（《大宗师》）就对于人生的意义而言，我们词语里的虚幻之影，庄子早就察觉，故那语言背后的对于意义的消解，其实是看到存在的虚妄。父亲知道内中的意蕴，他自己在晚年平淡的样子，易让我联想起古人的遗绪。虽然他自己一生逆多顺少，是个失败的人，但"知其不可而安之若命"的古训，他还是深味于心的。

（原载《随笔》2019年第4期）

# 眉宇之间是故乡

戴 军

江南的麦田里是不能跑马的。但是，中国现代美术史上以画马著称的画家，一位是徐悲鸿，另一位是尹瘦石，二人均出自小桥流水的江南宜兴，这确乎令人称奇。其实，吴钩遍地的江南自古便多豪杰，宜兴更是忠义奋发之乡。为什么这两位江南画家偏爱画马？因为中华文化里的龙马精神，是要靠奔腾的马蹄来传递的，还因为马有五德，那恰恰是江南人最崇尚的品质。

1919年1月12日，瘦石先生出生于太湖之滨的宜兴周铁，一个因周朝时朝廷在此设立铁官而得名的古镇。像许多耕读传家的江南小镇一样，因为有了人文的底色，富庶带来的便是从容不迫的气度，以及耽于艺术的执着。贤才俊彦，饱学之士，自是代不乏人，就连镇上的每一块街石，每一扇格窗，都因长久地浸润于这样的乡风中，而有了不一样的面貌。

岁月在这个小镇留下了太多的回响。在这里出生，成长，便如同日日在读着一本厚厚的线装书，历史以一种无处不在的无声力量，将薪火相传的信念与品质镌刻进无数幼小的生命。

想来，孩提时代的先生必定常在城隍庙前的银杏树下玩耍，相传孙权母亲手植的这棵古树虽历千年风雨，却依然虬枝茂叶，那一树金黄所显现的蓬勃与炽热，深深烙进了先生的脑海。多年后，先生用画笔绘其风姿，名曰《乡情》。

想来，当年竺西小学的课堂上，先生一定常听老师们说起岳飞在此屯兵筑城、痛击金兵的壮举，也定然无数次遥想过竺西书院里那个不仕新朝却悲悯天下的孤傲背影。家国情怀，丈夫担当，就这样注入了幼小的心灵，从此化为精神的火烛，秉持一生。

有些人的故乡是用来怀念的，他们年少时离开，从此再没有回来，故乡成为一个地理概念，一段童年记忆；而有些人的故乡是用来膜拜的，他们将故乡融进了血液，无论走到哪里，他们的眉羽间有其神韵，笔墨里有其气象，他们倾其所有，回报故乡，最终，将自己也交还给了故乡。

尹瘦石先生便是后者。

十九岁，日寇自太湖西犯，先生告别家乡，直奔武汉。在几经死地到达汉口后，毅然加入义勇队，在课余积极参加抗战宣传，为保卫武汉奔走呐喊。武汉失守，在迢迢流亡路上，目睹了山河破碎之惨象的瘦石先生常常夜不能寐，感叹千百年来我们这个民族总是那样苦难深重，九死一生；却又那样坚毅顽强，百折不回，于血泊中一次次站立起来，跌跌撞撞走到了今天。于是他相信，只要根植于血脉里的这种精神不死，中华民族定能击溃外辱，获得新生。

多少个秉烛奋笔的夜晚，先生总会想起凄风苦雨中的家乡，想起师长们曾经讲述的英雄故事，那些于民族危亡之际挺身而出的铁骨男儿形象便纷至沓来，点燃先生胸中的火焰。他接连画下《屈原图》《郑成功海师大举规复留都图》《史可法督师扬州图》《文天祥正气歌画意》等一系列作品，一个个鲜活的历史人物筋骨毕现，跃然纸上。先生在桂林两次举办画展，欲以艺术唤起民众，鼓舞斗志。彼时的桂林，乃国统区进步人士集中之地，文化名流亦云集于此，一个二十三岁的青年画家能够脱颖而出，为李济深、沈钧儒、何香凝等诸多爱国人士以及田汉、郭沫若、陶行知等文化大家所盛赞，除了其杰出的艺术才华外，恐怕更因其身上忧国忧民的情怀和不屈的抗争精神深深打动了每一颗报国之心吧。

也是在桂林，瘦石先生与柳亚子先生一见如故，结为忘年挚友。瘦石钦佩亚子先生之风骨，以他为模特创作了《屈原图》，广受好评。亚子先生亦欣赏瘦石的人品与才情，为其众多的画作题赠诗词。一老一少两位艺术家激情唱和，思想与艺术的火花漫天飞溅，缔结成"柳诗尹画"这一现代艺术史上的佳话。

1945年8月，八年抗战宣告胜利，不久，国共两党开启谈判。这一年，山城重庆发生了太多深刻影响中国未来命运的大事。然而，这期间举行的柳亚子与尹瘦石诗画联展，居然受到空前的关注。

在宜兴尹瘦石艺术馆，有一份珍贵的文献资料，那便是当年联展的来宾签名笺。上面密密地签着两百多位来宾的姓名，其中有身份公开的中共党员周恩来、王若飞、王炳南、钱之光、符浩、徐冰等；爱国民主人士郭沫若、沈钧儒、黄炎培、史良、章伯钧等；文化界名人叶绍钧、老舍、冯雪峰、胡绳、潘梓年、张西曼等。当时，《新华日报》出版"柳诗尹画联展特刊"，毛泽东主席亲笔题写刊名，刊出了郭沫若《今屈原》、茅盾《"柳诗""尹画"读后献词》和徐悲鸿《尹瘦石之画》等介绍文章。社会各界蜂拥而至，甚是轰动。

联展上，一幅毛主席的速写像尤为引人注目。当年，来重庆谈判的主席在见到二十六岁的瘦石先生后，竟欣然同意让这位年轻画家为自己绘像。

画中的主席目光如炬，双眉轻蹙，或许他正凝神静思，为国家和民族的未来而殚精竭虑。看过这幅速写像的人都惊叹，能在短短四十多分钟里将一代伟人的风范尽现笔端，年轻的画家该有着怎样的胆魄与自信，才能如此气定神闲，举重若轻啊！只有先生自己知道，这份底气里有故乡的馈赠。

而这四十多分钟终成一段绝唱。据说，主席让人现场画像，此为仅有的一次。至此，先生追随共产党的决心已定，他向周恩来同志提出去延安的请求，得到应允后，即穿过国民党的封锁线，来到晋察冀解放区。不久，又主动要求北上内蒙，在茫茫大草原一待就是十一年。

一个江南水乡长大的书生，却总是怀有"自嫌诗少幽燕气，故作冰天雪地行"的豪情，也许骨子里，江南从来就不是柔弱的，江南书生并不伟岸的身躯里，同样有着一腔热血，几多壮志。

塞上的生活是艰苦的，但在先生看来，与湛蓝的天空、辽阔的草原、成群的骏马、重情的牧民相比，完全可以忽略不计。长年与骏马朝夕相处，先生对这个草原上的精灵倾注了不同寻常的情感。

面对万马奔腾的景象，瘦石先生总会想起太湖的万顷碧波；而当深沉的马头琴声响起，耳边总会响起太湖的阵阵涛声。一样的壮阔与柔情，让他爱上了这个马背上的民族，并读懂了他们的喜乐哀愁。

同乡兼同道，悲鸿与瘦石惺惺相惜，情谊甚笃。"宜兴并代两神工，石瘦鸿悲意境同。"这是先生二十六岁生日那天，田汉写下的贺诗。但在先生心中，悲鸿始终都是让他景仰与追慕的前辈，当年他赴桂林，也确乎是奔悲鸿而去的。而悲鸿对这位品格不凡的小老弟也十分敬重，为其著文力荐，与其书信交流，并多次以《奔马》图相赠；而瘦石则时时关注着悲鸿的动向，为他的成就而骄傲，为其参加革命而欢欣，并将自己心爱的明代广窑笔洗回赠悲鸿。悲鸿如获至宝，一直将之置于案头，直至谢世。

当瘦石提笔画马之际，他一定想到了悲鸿的"奔马"，桀骜，狂放，执着，隐忍。而在内蒙古大草原上，他更多地看到了成群的骏马，磅礴的力量，看到勇敢与坚毅，还有血肉相连的情义。这一切让他笔下的奔马有了不一样的气度与神采，也让他自己在遭遇人生困境和不公待遇之时，始终心怀坦荡，波澜不惊。

故乡宜兴始终如影相随，并且随着年岁的增长，越发令他魂牵梦绕。先生一生数次回乡，特别是晚年，常常听从心的召唤，一次次踏上故土，为乡亲们写字、作画，分文不取，却乐此不疲。有一次，他居然为乡亲们连续写字作画六个小时，最终累倒了，却笑得像个孩子。

面对故乡，先生恨不能捧出肝胆，以照赤子之心。

1994年3月31日是个令人难忘的日子，先生将其诸多书画作品及毕生所藏捐赠给了家乡。今天，在宜兴尹瘦石艺术馆，你依然能看到这些凝聚了先生一生心血与情感的珍品：一百四十多件新石器时代以来的珍贵文物，林则徐、康有为、章太炎、黄宾虹、徐悲鸿、柳亚子等明清以来众多艺术大家的九十多幅书画精品，还有一百多幅先生自己的佳作。据粗略计算，这一切的总市值应在两亿元以上。这在当年绝对是个天文数字。

而在先生看来，与家乡给予他的恩德相比，这些又算得了什么！

遵照先生遗愿，他的骨灰被撒入太湖，从此，他的魂魄日夜伴着家乡，看云帆点点，炊烟袅袅；听渔舟唱晚，田野欢歌。

想象那江南的广袤原野，一匹纯净的白马在尽头处飞奔而来，那是瘦石先生的精神写照，那雄健的马蹄声，踩在时代的鼓点上，鼓舞着当代人奋进的斗志，与我们的生活同步前行。

（原载2019年3月18日《中国艺术报》）

# 我有一匹马

鲍尔吉·原野

今年大年初一早上，窗外雪片飞舞。在我们赤峰这个地方，好几个冬天没下雪了。大街上，人们拜过年还补充一句：下雪了。彼此咧嘴笑。小雪花不止于降落，它们在风中像小蜜蜂一样左右乱钻，最喜欢钻进人的脖子里暖和一下。

这一天是我妈乌云高娃的生日。新中国成立前她就参加革命了，那时她十四岁，如今八十四岁。我妈戴上纸王冠，吹灭生日蜡烛，双手捂着脸，流下眼泪。

雪越下越大，我爸那顺德力格尔看着窗外，说："这时候我们到塔湾了。"他的话很奥妙，像电影独白——"这时候"说的是1948年2月，即七十一年前。这个时间概念包括辽沈战役。"这时候"他是内蒙古骑兵二师的战士。在沈阳西北角的塔湾，他们连接到进攻命令，士兵们扔掉多余的东西，这是要拼命了。我爸脚伤不能行走，连长罗宝把他扶到马车上，给他一百发步枪子弹。说到这，我爸瞪大眼睛，"一百发子弹，从来没发过这么多子弹，这仗不知道多残酷呢。"他眼看着连队全体上马，举刀，隐没在炮火里。作为孤独的伤员，他准备打光所有子弹，死在这里。

我军胜利了。在战场上，士兵用耳朵判断胜负——枪炮声渐弱，周遭宁静，硝烟在雪地上渐渐变淡。我爸今年九十一岁，头发茂密高耸，鼻管挺直。他透过玻璃窗往东看，东边是我姐塔娜住的小区以及他想象中更远处的沈阳塔湾。

这里是阳光小区，我和父母住在这里，我媳妇在沈阳照顾她母亲。我们仨聊天，我说四五十年前的事，他们在说六七十年前的事。而竟日开着的电视机，在播报当下的新闻，比如港珠澳大桥是世界最长的跨海大桥。这场景像话剧，我们轮流上场，讲述时光的往事。时光在某一瞬间重新组合时，平淡的生活会变得庄重起来，你成了历史的讲述人。

父母老了，越来越想念自己的故乡。我不敢带他们外出旅行，我的任务是访问他们的故乡，带回照片和见闻跟他们分享。去年春天，我拜访我妈的出生地——巴林右旗白音他拉乡宝木图村，这里也是著名诗人巴·布林贝赫的故里。村书记孟克白音带我看过我母亲出生的院落，面积二十亩许，当年是她祖父平乐爷爷的宅院。孟克白音说，有人想租这个地方办企业，村里没同意，建成了养老院，叫平乐养老院。我妈听到后十分高兴。她说平乐爷爷一定赞成。她有五十多年没听过这个院子的消息了。今年1月，我到科左后旗的胡四台村探望病中的堂兄朝克巴特尔。这里是我爸的出生地。回来，我跟我爸说："经过胡四台全体村民的不懈努力，把你老家给建设没了。"我告诉他，"你经常回忆的白茫茫的沙坨子没了，现在除了玉米地就是林地，没空地。狼和狐狸也没了，胡四台村五里外就是高速路。现在，你们村跟朝鲁吐镇连上了。"

"咋回事？"他问。

"房子和房子连在一起，变成一个大镇了。"

他表情变化有如云影从草地上滑过，那是几十年的光阴倏然而逝。

我去过一些地方并在那里跑过步，算一下，大概有国内的一百八十八个市县区。我喜欢顺着江水流淌的方向在江边跑步，水快则快跑，水慢就慢点跑。按规律办事。汉江流域的汉中、安康、襄阳和武汉的江边都留下过我的足迹。在汉中的江边，两只朱鹮一前一后从我头顶飞过，它们通体橘红兼带粉色，翅膀和尾羽舞动流苏。朱鹮知道我们这些名为人类的人轻易见不到它们，故不高飞，并慢飞。我想如果我是古代人此刻一定纳头便拜，但那会少看好几眼啊。我看朱鹮融入天际，而它在天空俯瞰到什么呢？明代修造的梯田里长满金黄的稻子，稻子们此刻正隐藏在柔纱一般的白雾当中。在安康的江边，往左首看，莽莽苍苍的大山是秦岭；往右首看，莽莽苍苍的群峰是巴山。巴山秦岭终日对视竟千万年，由此雄浑。我在广州的珠江边上夜跑，被搅碎的灯光在江流里神秘眨眼。江边有卖水果的摊子，情侣们倚着栏杆相互对视。

我把这些见闻讲给父母听，我爸说："嗨，咱们国家大啊。"我妈说："咱们国家好。国家不好，大有啥用？"在谈吐上，我妈每每显出比我爸水平高一些。我爸想半天，说："嗨，就是。"他们说的好是安宁，虽不能囊括当今中国全部的强大，但身为百姓，生于斯土，所求者不过斯民安宁。

中国太大了，走也走不完。我坐车穿越大兴安岭，从车窗看到在森林里捡蘑菇的人，脚穿令人羡慕的高勒红雨靴，左胳膊挎衬蓝布里子的柳条筐。我想下车变成他，从此生活在大兴安岭。有一位诗人说他喜欢抱树，我也是，虽然不会写诗。我见到那些粗壮带红色鳞片的松树，见到长着大眼睛的杨树，就想上前拥抱并跟它们贴一贴脸。

我退休后，母校赤峰学院请我去当特聘教授。当年我是赤峰学院前身的前身赤峰师范学校 1977 年入学的中专生。那时候学校只有两百多个学生。现在它成为有二十三个学院、一万多学生的全日制本科院校。学院与我商议为学生们开什么课,我说讲什么都不过是一个切入口,我们需要给孩子们阐述美。美不软弱,更不虚无,我们通过诗文告诉孩子们国土广阔之美,文章渊深之美,还有人生的刚健之美、善良之美和朴素之美,我觉得这可以是一个持久的话题。在中国行走,放眼高天厚土,万壑群山,我们不能对之无视、无感,不能放弃从中汲取善的力量。

6月上旬,查娜花(芍药花)在牧区开放。雪白的、茶碗大的查娜花像天上的星星收拢翅膀留在草原过夜,忘记回家。七十三岁的牧民班波若指着窗外的山坡对我说,"这么好的花开了,我们的孩子却看不到。城里多了一个大学生,牧区就少一个年轻人。这么辽阔的草原,以后留给谁呢?"说着,他用掌根抹脸上的眼泪。我什么都说不出,屋子里静得像能听到泪水流淌的声音。我听到我的眼泪落在采访本上。牧民们多爱自己的家园啊!他们爱小满时分从南方飞回的小黄鸟,爱芒种时分飞回的小蓝鸟,证明他们的家园美好,小鸟都抢着飞回来。他们忌讳往河水和火里扔脏东西,他们转移蒙古包、拔掉系绳索的木桩时,把留在地上的洞填土踩实,以期明年长出青草。

我在翁牛特旗海拉苏镇采访。镇政府食堂的女厨师给我端来一盘馅饼,说这是她哥哥用野芹菜汁泡软羊肉干和的馅,她烙的饼。"你哥哥怎么来的?""骑马,三十多里路呢。"

我到巴林右旗和阿鲁科尔沁旗采访。几位牧民为我一个人举办赛马,七匹骏马在细雨中嘚嘚跑远变成小黑点,又从小黑点嘚嘚跑来变成骏马,好几圈。我心想快结束吧,感觉愧对马。有一个镇的干部们带家属在美丽的罕山脚下为我举办蒙古语的诗歌朗诵会。有一个村为我办过篝火晚会。从四面八方骑马骑摩托车来到的牧民们,大人孩子,一个一个从我身边走过,借篝火的光亮看我长什么样。我实在忍不住,躲到远处的老榆树的阴影里痛哭不已。是的,我在接过馅饼、听他们朗诵、看到细雨里的奔马时都流下了眼泪。这时候，所谓深入生活，实为生活深入到你心里。像山坡吹来的风、像瓢泼大雨那样抱住你，冲刷你身心的污垢。你会像蒙古黄榆一样坚忍，脸上有牧民那样纯朴的笑。

几天前，我给我爸放了一段《骑兵进行曲》。

我爸说，"嗨，我们这些骑兵，其实只有一匹马，一杆枪，一把哈尔滨生产的战刀。我们哪，1948年冬天围困长春，身上就穿一件单衣服，白土布用黄炸药染的。我们那时候，除了人厉害，别的啥都不厉害。"

我爸总结得多好——"除了人厉害，别的啥都不厉害。"我爸就属于那个时代的人。他念念不忘的，是他的老家胡四台村和他的战马——"夏日拉咩饶"——带一点杂色的白马。1949年10月1日，我爸是开国大典受阅部队之一——内蒙古骑兵白马团方阵的受阅士兵，那年他二十一岁。

近来我脑子里一直有一个东西嗡嗡响，它叫《诺恩吉雅》。这是一首蒙古族民歌的名字，也是一位蒙古族女人的名字。这首流传百年的民歌与《嘎达梅林》堪称双璧，俱为瑰宝。赤峰市正在筹划创作交响曲《诺恩吉雅》，由赤峰交响乐团演出，我来准备文学脚本。我查阅一些资料，把这首曲子听了上百遍。越听越觉得这不只是一个姑娘出嫁的故事，而且是思乡，是依恋父母，是河流与大地。歌者可以在歌声中放入所有美好的怀念。我发现，诺恩吉雅其实也是我，我或我们，同样爱着家乡，爱父母，爱草原上的万物。

下面我要说一说我的马。我有一匹马，这匹鬃发飞扬的蒙古马此刻正在贡格尔草原上吃草或奔跑。去年8月，我的散文集《流水似的走马》获得第七届鲁迅文学奖，赤峰市委宣传部专门召开现场直播的表彰会，对我褒奖。面对直播镜头，我一时慌乱，不知从何说起，只想大哭。我在答谢词中说："我是西拉沐沦河岸边的一株小草，是旭日的光线把小草的影子拉得很长,使它像一棵树。"会上,赤峰市委、市政府授予我"赤峰市百柳文学特别奖"并奖励我一匹克什克腾旗的铁蹄马。后来我看直播的视频,发现我长相开始像马了,窄长脸,眼神机警而有野性。对我来说,马是更好的归宿。作为马,我已没有追风的神勇,我是草原上温驯的老马,低着头,驮着我爸我妈和我的文化使命,慢慢往前走。可庆幸者,这里有让马喜欢的草、风和流水,这里是我可爱的、飞速发展的故乡。这里是我的祖国。

(原载2019年4月8日《人民日报》)

# 老在路上

盛可以

## 一

老在路上，有两个含义，一指人总在路上，二指人边走边老。

近来写作，Word 字号调大了，颜色变重了，写一天出去，外面景象都是模糊的。瓶瓶罐罐上的说明书看不清了，晚上九点多就瞌睡了。羡慕无知无畏的青春，挥霍时间，不疲劳，不厌倦，像野外杂草，总是生机勃勃。如果还我十年青春，仍会用青春的体力疯狂写作，做个有一大笔财富，却不懂消费的傻子。

从小向往远方。好像给过承诺，要带过去那孤独的野丫头见世面。无论走多远，活多老，一回头就看见她还在乡间田野，扎着冲天炮，赤着脚，沉浸在偏僻的生命里，心疼，仿佛那是自己的孩子，满怀怜惜，却无力给予温暖与照顾。小学三年级，裤腿高卷——从家到学校，两公里的泥泞，脚趾丫里都是泥巴——站在校礼堂的舞台，指挥全校学生集体合唱——

《学习雷锋好榜样》。她淘气,挨了柳条的抽打,仍然偷偷在池塘里学会了游泳,获得了下水的自由,那些被警告远离水塘的孩子对她景仰。这是她迎难而上的性格端倪。由是她的世界总是比别人宽一些,涉水采荷花,摘菱角,摸鱼虾,像一尾鱼,在湖泊与河流中游动。

世界宽些,问题也会多些。九岁游过小河,上堤岸发现对面的世界并无不同,遭受人生的首次打击。远方在生活中时隐时现,仿佛一篇文章的夹叙夹议。她到底还是被乡村的生动牵引。穿新裙,看龙舟,奔跑在河堤柳岸。着迷民间花鼓戏,不觉夜半迷路,天亮时母亲来寻,困倦至极,即刻在其背上酣睡。大清早迷迷瞪瞪,扯着母亲的箩筐索走到镇上,吃白粒丸,翻连环画,看城里人挑拣母亲的辣椒。冬日寒冷恋床,母亲只消说一句"昨夜下了雪",便一跃而起。相对于野花遍地的春天,她偏爱含蕴深沉的冬季。这也是为什么她后来要去很北的北方,爱写那荒凉与凋敝、灰烬与悲伤。她没有长大,只是见了更多风景;她没有改变,只是风霜入浸肌肤。

她就是我。

莽撞与野蛮的青春之后,中年的成长并不太平。时间的蛋糕,被切掉了一半,紧迫感让人在时间上变得势利,或吝啬,最不愿将时间慷慨赠人。上了年纪,便如一所老房子,需要做减法,扫灰尘,扔垃圾,清理屋旮旯占据空间的发霉物,灵魂就是这样一个房间,不必奢华,但须远离喧嚣,一尘不染。

向往远方,于是老在路上。从乡村到都市,从南方到北方,从汉语到外语。越来越讨厌舟车劳顿,尤其是长途飞行,遇气流颠簸心脏狂蹦,手心出汗。科学家造出飞机,应该同时制造安全保障,比如遇到麻烦,飞机自动解体,乘客跳伞。作为在路上的一部分,飞机是必要的工具,因为人类只有梦想,没有翅膀。所幸探索世界的兴趣,击败了飞行的恐惧。一切有价值的美好事物,都值得付出。

老在路上,并不是某类虚伪的诗意,而是成长,好比一棵树,因此生长出更多的根茎与枝丫,树叶繁茂,更为茁壮顽强。成长,即不断解放。

## 二

参加悉尼国际作家节,出版人夫妇陪我看展览。知道凡·高、毕加索,但对波洛克、康定斯基、德加等一无所知,安迪·沃霍尔的作品也只是眼熟。出版人难掩失望,我无地自容。这种羞愧远远超过了欣赏大师原作的震撼。那些遥远传说中的杰出作品,那些热烈奔放或暗潮涌动的色彩震颤,被藤蔓般四处攀爬的羞愧缠绞,回国很久,依然深深地刺激我的自尊心,开始接触西方艺术。

现代艺术与文学的关系影响,正如描画出物件的轮廓,同时也是描画出这些物件之间的空无的轮廓一般,相互渗透与注解。在旧金山看野兽派画家马蒂斯,意识到写作上的束缚,必须彻底解放心眼手,也就是解放写作语言、思想、观念、角度,以及所有禁忌。

每到一地,看展便成了首要事件,包括巴黎、纽约、伦敦、旧金山,悉尼、墨尔本、开普敦……一旦获得了这个崭新世界的入门券,它的赠予是慷慨的,就像宝藏,无穷无尽。

拜伦湾(Byron Bay)是一个以沙滩和灯塔闻名的小镇,位于澳洲新南威尔士州东北角的海湾。名字是发现澳洲大陆的库克船长取的,以著名诗人乔治·拜伦祖父的姓命名,他曾以航海的方式周游列国。拜伦湾作家节持续办了二十年。每年8月,世界各地受邀请的作家来到这里进行文学讨论、新书发售、研讨会。巨大的白色帐篷作为演讲场所,蘑菇般长在青草地上。人们倾巢出动，赶集般来参加文学活动。因为文学，连交警都会网开一面。

印象深刻的是，拜伦湾人人都写诗，人人是诗人。戴草帽的农民、腰间赘肉鼓出的主妇、穿红艳超短裙的老太太……每个人上台朗诵自己写的诗，像在家中客厅一样自信大方。一名年轻妇女，似乎手上还沾着面粉，又似乎正在后园里除草，听到抓阄者喊出自己的号码，匆匆赶到，笑眯眯地朗诵自己的诗歌：新娘不高兴／狠狠地踢着那棵大树／新郎说／你不要踢它／因为／我刚在那儿尿过。

在这个小镇，文学、诗歌、音乐、舞蹈随日出日落，融入日常。海边有人在弹吉他，唱歌跳舞。巨大的夕阳落在海面上，暮色暗红，我加入他们，一起变成了海边剪影。

## 三

有年冬天在纽约小住，碰到奇奇怪怪的人。有个地道的美国人，在中国留学，开餐馆，娶中国老婆，后来离婚，不知何事在美国坐过两年牢。谈到中国时他充满欣慰。他说中国好，美景处处有，食品更健康，人比美国人友善，中国政府慷慨仁慈，给了他十年多次往返签证。他是由衷地，并非碍于我是中国人而给予情面。他的话就像高温加热，水近沸点，水壶快要尖叫。水壶很镇定。他进一步解释，哪儿都有问题，哪儿都有人进监狱。他告诉我美国出版的哪几本书，描写了美国的罪恶，他们怎么把无辜的人投进监狱，以至于监狱都装不下了。我给予他良好的祝愿，祝他早日拿到中国护照，脱离苦海。

第二个是纽约生长的第三代移民，不会中文，是个没作品的导演，说他想拍《北妹》，拍中国穷姑娘怎么在工厂受罪。我说《北妹》不是这个意思，主角钱小红是个独特的自我解放者，要拍就得拍她如何在肮脏的社会中波光闪烁。当然，这只是闲聊，真要改拍，随便改，我不会参与计较。接下来，他一阵扼腕长叹，奇怪的是，这个美国人抱怨的是中国政府，说在中国拍电影难，我理解他对中国有特殊情感，却不懂他为何放弃在本国自由施展艺术抱负的机会，舍近求远，作茧自缚。搞电影艺术和借搞电影艺术的名义搞钱意思完全不同，如果要搞中国政府的钱，当然得听他们的，谁会蠢到出钱让别人抹黑自己。

还有个美国白人，华尔街精英，大谈美国教育制度很糟糕，远不如中国，他认为街上年轻的流浪汉，便是教育失败的一种。我不止一次听到这种论调："中国很成功，国家富有，百姓安好。"我很警惕，怀疑他是个特工，企图从一个作家这里挖掘更深的中国内幕。我守口如瓶，内心拂袖而去。

在路上有趣味，也有挫折。第一次在美国打优步，以为和国内一样，司机到达会联络。直到短信提示扣除五美金之后，才知道司机在指定地点，按规定等了两分钟就走了。还有一种拼车，提示到哪个路口，哪个拐角上车，手机 GPS 信号弱，东南西北搞不清，转来转去，错过了时间，钱被冤扣。拼车的好处是便宜，但要到优步提供的就近上车点，有时近在咫尺，却遥不可及。

优步浪费是小事，住宿出现麻烦，解决起来才伤脑筋。预订民宿，房东的描述大多属实，但有次极为荒唐。下午打车到曼哈顿百老汇，司机没到目的地，隔条街就想卸货，我打电话给房东，确认地址，司机又开了两条街，将我扔在星巴克。我没有种族歧视，黑司机倒有。他很没耐心。我猜想他之前可能与亚洲人有过不愉快的经历，也许是中国人出来搞坏了印象，或者他正为下个月的房租焦虑——大把人在纽约活得像老鼠。

101

进星巴克,坐定了,用热奶茶暖了身心,看暮色渐渐浸染百老汇,感觉这一刻的冬景格外凄锐,然而又超然事外,以作家的眼光打量自我与周围,想到某一天可能在小说中描摹这些,便忘了等待的不快。

来接我的,是租赁事务方面的马仔,一个蓝眼睛的中年男人,穿着嬉皮,裤裆垂到膝盖弯,老江湖,说话浮夸,有街痞的流气,像小镇卖狗皮膏药的。他一路吹嘘这地段多好多便捷,夸我会挑地方。

曼哈顿中心寸土寸金。楼道狭窄,空间被充分利用。老楼没电梯,砖实墙厚,装潢艺术,历史悠久,透着不容轻视的帝国威严。进入预订的房间,如遭电击,顿时蒙了。实景与图片天壤之别。原本典雅温馨的小公寓,像个猪圈,塞满四张床,床与床之间用帘子隔开,帘子上搭着脏衣服,床单没有更换,到处皱巴巴的,一片狼藉。

此时天色已黑,疲惫不堪,本想着进房间倒头就睡,不料是这种局面,像一个走投无路的人,情绪崩溃,坐在凳子上哭了起来。

这种状态,于我是从未发生过的。

漂亮的壁炉里正燃着电火。温度偏高。我没有脱下外袄。

蓝眼睛马仔被我的情绪吓着了,紧接着便鼓动唇舌:"没什么不同呀,整个公寓都是你一个人住,其他床不收费。你看,这儿还有厨房,洗手间也是独立的,多方便啊。你想想这是什么地段。"

所谓厨房,就在进门过道里,被一堆杂物覆盖。可以肯定,蓝眼睛们不敢这样忽悠欧洲人。但种族问题没什么好扯的,我只须维护作为消费者的权益。

我说,我一个人,不需要四张床,我订的房间,图片上面是一张床,有沙发,干净漂亮,我不能接受这种拥挤脏乱的房子,你们为什么要骗人?

蓝眼睛说道:"嘻,整个房间还是你的呀,没有人同住。想想你有四张床,随便睡哪一张,夜里还可以轮番睡。再说了,你又不是整天待在房子里,你是要出去参观的,这可是非常好的地段,前面就是百老汇,中央公园也不远,这可是好地段呀,你得知道这一点。"

他言语中透露某种信息,中国游客对于住宿,都这么凑合的,只要有个地方让他们放平身体闭上眼睛就可以了;或者说,他们没什么讲究,房间这样,算顶不错的。

夜里睡觉在四张床上轮番蹦跶,只有疯子才这样。我受不了他的聒噪,大声说,我订的房子不是这样的,我不能接受这样的房子,我也不需要四张床,请不要说了,我要退房退款。

交流上的障碍,仿佛呼吸困难,原本压抑,但气急起来,英语竟比平时流畅。

蓝眼睛没办法,拨通了一个电话,让我接听,电话那头是个女的:"听我说,你订的就是这个房子,没有错。现在,我们可以按你的要求,搬走其他三张床,你看可以吗?"

我拒绝妥协,拍下照片提交给ABNB,申请全额退款。

这件事没造成经济损失,但一直没想明白,当时我为什么那么悲伤。

路口等优步时,可能是脸上有迷茫,一手推婴儿车,一手举着雨伞的人主动问我有什么需要帮助。每次这样站在路边,总有人试图提供帮助。无论如何,纽约是一个充满善意的城市,虽然它也藏污纳垢,然而总体是温暖的。

临时换到布鲁克林的House。房子也是上了年头。推开门屋里一股霉味,气氛诡异。屋里光线昏暗,阴影重重,仿佛到处隐藏着窥视的眼睛。家具是脏污的颜色,两张单人沙发陈旧,和室内倒是谐调,感觉也是祖上传下来的,被三只猫占据。

房东是个白人老鳏夫，毛衣上有许多虫蛀般的窟窿，长呢外套皱巴巴的，沙发一样陈旧，但还能穿出绅士派头。墙上照片显示他年轻时的家庭与生活。他小时候的照片好看。白人就是这样，过了五十岁，就垮得不成样子，尤其爱秃顶。他仿佛正是因为过去的美好，如今才能安享这昏暗的孤独，靠反刍过去的明媚，就能抵挡一切。

房子年久失修，客厅天花板起皮，还有一个大黑洞。他应该没什么退休金，收入来源有限。我忍不住同情他，想着至少应该节约用水用电。HOUSE 三层，老鳏夫住负一楼，一楼是客厅和厨房，楼上有三间房，接待我这样的短期旅客。冬天是淡季。整层楼就我一个人。恐怖片看多了，一进房间就锁上门，四下检查，看窗户外面什么情况。

老鳏夫总是陷在沙发里看电视，膝上一只猫，有时两只。他告诉我每只猫的名字和脾气。听得出他有偏爱。墙上有一幅 20 世纪 30 年代上海美女的复制品。他没到过中国。凭借想象，相比北京，他更喜欢上海。这个虚构者，他有权利喜欢自己创造的任何一座城市、任何一个人物。他去邮局，顺便帮我寄了明信片，而且不肯收邮资。我正好胃里抓狂，闻到奶油面包味心里堵，想着在厨房里大做一顿劲辣的。我说我去买菜，请你吃饭。他说好主意，不错的交换。我买了牛肉、辣椒、蘑菇、洋葱、土豆、胡萝卜、西红柿，做了一锅美味烂炖。没吃过那种橙色的小圆椒，放了四个，没想到巨辣，要命。房东辣得脸色通红，涕泪横流，嘴里喊着"Oh, Mama"，如丧考妣。

夜里十二点，楼下客厅的钟敲响了。一个孤独老鳏夫，住着百年老房子，养着三只阴森的猫，在一面古钟的整点敲打中生活。一个孤独的人，为什么需要时间的提醒？钟声敲出更深的孤独，甚至恐怖。

时差关系睡不着，就着老鳏夫的午夜钟声，写下短篇《偶发艺术》的开头。

坐过几回纽约地铁。哐当哐当，破破烂烂。有的中国人因此浮现民族自豪感，嘲笑纽约地铁与国际大都市的反差。我想到它们已经存在一百多年了，还没瘫痪，便肃然起敬。我恐飞天上，怕钻地下，又是个地铁盲，到北京好几年都不敢坐地铁，学会了才知道地铁的便捷，尤其是在北京那么拥堵的交通条件下，既保证时间，也省下费用。

《蝴蝶君》的编剧黄哲伦也住布鲁克林，只有四五站地，我去拜访，体验生活坐公交，找新鲜感。公交车上有股刺鼻的尿臊味，不知是来自某个人的身体，还是有人在车上撒过尿。放眼一望，车上全是黑人，一声不吭坐在椅子上。我上车时，感觉一阵白光闪烁，好像有很多照相机咔嚓咔嚓——他们看人就像翻白眼，眼白在一片黑色中格外明显。这些衣着低廉显脏、表情带着不如意的人，让我想起国内三四线城市的生活，艰难写在脸上。

人本应生来平等，但是人本生来就不平等。倘若生来平等，也就不需要谈论平等。与其说世界强调人人生而平等，不如说强调文明的同等。没钱难文明，没钱难体面，没钱难有尊严。只这一回坐公交车，我懂了一部分人的生活。这是纽约的另一面，在时代广场灯火灿烂的光芒背后，很多人处在阴影中。乐观、活泼、自由、自信的美国人特征，在公交车上看不到。这些人眉间紧锁着很多问题。

黄哲伦头发花白，胡子拉碴，不修边幅，是布鲁克林穷艺术家的样子，很难联想他是百老汇最活跃的剧作家，功成名就，却如此朴实。他两年前大难不死。晚上七八点钟从超市出来，在回家的路上，被人在脖子上抹了两刀，抢救了四五个小时，差点没命。凶手跑了，案件一直没破。警方侦查人员开始说，从来没有这种被莫名袭击者攻击的情况，除非是抢劫。后来试图调查他和袭击者之间有什么关系，最后得出结论，这可能是个随机攻击事件。很多人都认为这是一桩仇恨犯罪，亚裔很容易被当作袭击目标，因为攻击者认为亚裔会有语言障碍，而且不愿意报警。针对亚裔的攻击事件并不罕见。有亚裔被人从地铁站台推开，在曼哈顿有人专门袭击亚裔妇女。黄哲伦被袭没多久，一个中国女孩在皇后区，被戴着医用手套的蒙面人割伤。

没有哪一个城市像纽约这么错综复杂。

飞巴黎时，在机场买了一瓶水、一盒巧克力。重新打开卡尔维诺的《巴黎隐士》，看到了他的美国日记，写他落地纽约，住在格林威治村。他说纽约既不完全美国，也不完全欧洲，让你感受到无穷的活力，你立刻觉得掌握自如，好像在这里已经生活了一辈子似的。他认为格林威治像巴黎。他描写金斯堡他们垮掉的一代，据说他们其实是过的中产阶级生活，只是出去才换上脏衣服。他又谈到塞林格不再写作，因为他被送进了精神病院。有多少事物，我们看到的只是表象？

## 四

法语翻译杜碧姬到机场接我。她是个地道的法国女人，利索，娇小，明媚，化了妆，仍见得年轻时的活泼可爱，走路像有点野性的小姑娘，挺拔，倔强。她是大学教授，且独自打理一个中国文学网站，推荐中国文学、电视、戏曲。她的中文口语不太好，我们基本用英语交流，为照顾我的英语水平，她常常选择易懂的词汇和描述方式。我到达巴黎那天，是她父亲的葬礼，那个从小教她拉丁语的老教授离开了她。她很伤心，但依旧有序地张罗着第二天的新书推广活动，安排媒体采访，制造神秘惊喜——造访居住在一栋古建筑里的朋友，乘坐极小的二人电梯，在阳台上俯瞰巴黎圣母院广场，以此为背景，开始视频访谈。她还跟我去比利时宣传新书。她是个坚强的女人，且精力旺盛，不知疲倦。

出版人菲利普·毕基埃坐火车到巴黎见面，同时带来法语版《福地》，告知我新书上市便已售罄。腼腆的出版人笑出声音，我们仨都很愉快。

去年到巴黎，父亲病危入院，我取消了巴黎文化中心的演讲，换了机票，连夜赶往机场。昏昧的灯光中，透过疾驶的车窗看到了午夜的巴黎圣母院，宁静神秘，惊鸿一瞥。我知道我还会再来。

在戴高乐机场有过疲惫不堪的经历。拖着大箱子，被工作人员指示从 2F 办理登机，走了二十分钟到达 2F，被告知在 2G。去 2G 不是步行距离，得坐免费大巴。赶到坐车点一问，大巴要二十分钟以后到达。时间紧迫，怕错过航班，于是打了一辆的士。司机是一个白发老头，我一开口，他就说他不懂英文。我说去 2G，又怕自己 G 字没讲好，连讲了几遍。他下车替我搬行李时，裆部拉链处夹着一大团白东西，朦胧灯光下判断是纸巾，也有可能是衬衣摆从拉链处扯出来了。他说要七欧元，他说七欧元时，非常奇怪，但我知道他说的是七欧元。我说我只有美元，我可以给他十美元。他同意了。眼看着他在 2G 和 2D 的分叉路口拐向了 2D，我赶紧说走错了，要去 2G。他说，我知道我知道，2D。很奇怪，他说 G 和 D 的时候完全听不出区别。我在手心写了一个 G 字给他看。他这才明白。可路是封闭的，只能开到 D 再转到 G。我在车上已经急得不行，担心又走错地方，错过航班。下车直奔登机柜台，这时已经是凌晨六点半，七点多的飞机，值机人员还没上班。几个人在排队等着。确认在此办登机手续，心中石头落地。

法国人对说英语总不那么情愿。这里有我见过的唯一以不会英语自豪的人。这种情感似乎要追溯到英法百年战争，第一次英法百年战争长达一百一十六年，最后由法方胜出，第二次百年战争于1815年结束，两个世界强国之间的竞争，并不仅仅是直接的军事冲突，这场决定两个殖民帝国未来的较量，最终由英国取得胜利。认识一个英国教授，说起法国就嗤之以鼻，更瞧不起美国，一个被他称作胆小鬼，一个被他称作没文化。"第二次百年战争"这一名词是英国历史学者发明的，法国学术界并不买账，法国人不接受这种说法，极可能是打输了的心理状态。

人们依赖小说、电影以及宣传视频了解别处的文化与生活。说到巴黎，大多是雨中的浪漫，香气四溢的街道与时尚的女人。其实城市的日常大抵相同。享乐与艰辛同在，光鲜与晦暗并存，而人性更是一样。

在巴黎瞎转，全靠手机导航，导航系统不稳定，目的地显示距离三百米，导得我团团转。进商店问巴黎圣母院在哪个方向，那个有中东或阿拉伯血统的姑娘直接说不知道有这么个地方，我忍不住反问了一句，这么著名的地方你怎么可能不知道呢？但她可能真不知道，一个教堂而已，欧洲到处都是。说实在的，相比之下，白人倒是更友好些。后来吸取教训，总结出一个并非歧视的结论：千万不要问黑人之类的人什么事情，他们可能会嫌你不够黑。

## 五

一直想看欧洲农民的生活。农村如仙境，奶牛，骏马，童话小屋般的民居生长在草地里，觉得这样的乡村生活肯定美好。比利时作家伊莎贝尔圆了我的梦想，也击碎了我的想象。应我的要求，她开车带我去她祖父的农场。她随祖父在农场长大，祖父去世多年，农场已属她叔叔尼古拉所有。

一栋百年尖顶老房，千亩的草地，还有树林，树林里有两只梅花鹿，一头獠牙野猪被铁网圈了起来，猪毛像钢针般扎满身体。一片池塘，鸭子在水里嬉戏，水像稀释的鸭屎，也许因为肥沃，睡莲恐怕是世界上最大的，叶子堪比荷叶，且更肥硕。上百头奶牛在草地里玩耍。我们经过时，领头牛带着牛群冲过来，吓得两个女人尖叫。尼古拉用手朝它们做了一个STOP的姿势，它们便停止不动。牛是逗人玩的。它们聪明顽皮，跟中国牛完全不同。我小时见过的牛木讷、茫然，近乎痴呆，可能是重活苦轭所致。这些不用犁地的奶牛，无忧无虑，吃吃草，产点奶，晒晒太阳，看看远方，哞哞欢叫，脸上天真可爱，不知世间疾苦——人何尝不是一样呢？

这么多田地和牲畜，却并不富裕，我颇为吃惊。房子外面很美，里面简单凌乱，更谈不上审美。蚊蝇在臭气中飞舞。尼古拉带我参观牛棚，乳牛、孕牛、成年牛，各有其所，每头牛耳朵上钉着数字牌。一头巨大丑陋，目光邪恶的白色种牛独霸一栏，像犀牛一样笨重，这种品种叫蓝牛，据说跟日本的神户牛肉一样味美价昂。

牛棚味道刺鼻。蚊子大如蜻蜓，像小型轰炸机在天顶盘旋。尼古拉是一个真正的农民，粗糙的语速，粗糙的双手，白皮肤晒得暗红，布满沧桑。一个人打理农场，从不停歇。为了生活，妻子还得另找一份工作。三个孩子谁也不愿意留下来，都进城去了。因为惦记牲口，尼古拉从不出远门，他热爱他所做的一切。

聪明的牧羊犬将我引向院子里的秋千架，本想坐上去荡一荡，但见其布满蛛网尘土——没有人在这上面打发时光——只好和牧羊犬踢了一阵足球。想起夏天一个人租辆车，专访福克纳故居，从孟菲斯开到牛津小镇，在福克纳故居门口遇到一条金毛狗，这条狗将我引向后院，它的主人——一位老太太正坐在那里读书。我们聊了几句，邀请去她家喝茶小坐，没想到她是司徒雷登的孙媳妇。也许是由于祖辈与中国的感情在先，他们一家非常热情，我们成为朋友。而尼古拉家的牧羊犬带我发现细节，进一步认识生活，有些景色很美，但正如秋千架上的蛛网，不走近，是看不见的。

回布鲁塞尔的路上，伊莎贝尔把车停在路边。夕阳正在沉落，浓烈的橙红笼罩着这个以生产钢铁闻名的小镇。我们站在暮色中。她抽着烟，流着泪，跟我讲了一件伤心事。她想念儿时的农场，她的写作也总与这些有关。很多年前，因为农场的财产纷争，她父亲与叔叔反目，她的父亲离开农场，从此两家断绝关系，多年不通往来，也没再踏进农场半步。

刚进门时，伊莎贝尔与叔叔拥抱，泪流满面，我以为那是一个女作家的多愁善感，原来包含这么多的家事恩怨。不小心卷入其中，不免为自己的鲁莽愧疚。而她诚恳感激，因为我，她重新回到了农场，见到了自小疼爱她的叔叔，儿时的故乡。离开农场的时候，他们相互留下了联系方式，一起照了相。倘若伊莎贝尔真的因我找回了亲情，我想这是我布鲁塞尔之行最大的收获。

# 六

2015年冬天，怀揣帕慕克记忆中的《伊斯坦布尔》，走进了现实的伊斯坦布尔。那时距离土耳其政变及大清洗还有半年时间。出身贫寒市井的总统埃尔多安，这个曾经因背诵诗句"清真寺是我们的兵营，穹顶是我们的钢盔，唤拜塔是我们的匕首，信徒是我们的士兵"而入狱的人，政变之后大清洗，大肆开除、拘留、逮捕、判处近十万人，包括教育界、媒界、军人、知识分子。观察家将此事与1933年德国国会纵火案相提并论，认为两者都是被当权者利用，作为清除政治上反对者的借口。当然，政治家的这种"春秋笔法"并不新鲜。

顺道拜访了暂住伊斯坦布尔的老朋友徐穆实，他翻译过《上海宝贝》和《额尔古纳河右岸》等中国文学作品，热衷于学习各国语言。他给我解释了帕慕克的"呼愁"，土语叫作 Hüzün，ü 跟"于"同音，ü 本身带点伤感的韵味。他也纠正我的说法，清晨清真寺里传出的音乐不是祈祷音乐，而是清真寺传统的 Ezan，是召唤信徒举行聚礼的。即便我不是穆斯林，仍然感觉到那种音乐的召唤力量，灵魂像被刀片舔刮，发出丝丝碧翠的声音。也正是这一年，在博斯普鲁斯海峡的船上，我第一次听说艾丽芙·夏法克——继帕慕克之后最有思想影响力的土耳其作家。生于 1971 年的艾丽芙·夏法克在中国并没有升温。尽管她拥有政治学博士学位，作品翻译成了四十几种语言，用土耳其语和英语写作，获得很多国际奖项。

我看到的伊斯坦布尔平静安详，博斯普鲁斯海峡的海鸥自由勇敢，轮番抢夺我手中的面包，不知道是把我当作入侵者，还是饲养者。

从伊斯坦布尔出发，坐一夜大巴，去卡帕多西亚坐热气球，去到一个叫帕慕克的地方，遇到一只叫帕慕克的猫。奥斯曼帝国化作的 Hüzün 幽灵一直围绕着我。我曾经写过："伊斯坦布尔是最令我心神荡漾的城市，这荡漾和春情无关，也不是神秘，我无法表述。如果一定要说，大约是类似于面对一个曾经苦恋的人，仍有隐约的肝肠寸断。一栋破败的老房子，一堵斑驳的老墙，一种老的室内装潢，一阵夹带海鸥鸣叫声的海风，一个面海垂钓满面风霜的老者……唤醒的竟然是曾经相识相知的苦楚——对一个并不善于相思的人来说，这种感觉非常奇特。"这种感觉依然没变。纽约、巴黎、伦敦，我到过的任何一座城市，都没有像伊斯坦布尔这样，带有给我这种深入骨髓的 Hüzün，或许是我才是伊斯坦布尔，是我灵魂深处的 Hüzün 投射到这座城市，使我与它有着相似的底色。

回想起来，孤身女性在土耳其境内行走，的确潜藏危险，正如我十多年前一个人深入藏区，庆幸我屡次平安的冒险，体验了绝美的、迥异于明信片上的风景。还有很多路上的经验,比如罗马、布拉格、柏林、墨尔本、旧金山、开普敦……倘若有机会,我想细细地描绘出每一条震撼的纹路,捕捉最准确的词汇,像铺开一幅画卷般呈现我的每一寸感受。

老在路上,老值了。

(原载《江南》2019年第2期)

# 塬 上

王剑冰

## 一

我有时候会猛然醒悟,就像梦里突然睁开眼睛。哦,刚才是在发呆。对,我发了好大一会儿呆,在这个坑院上面。我竟然什么也没有做,什么也没有想,就那么直直地站立着,大脑一片空白!

这让人觉得这段时光走失得无意义,起码该想一些词句什么的,或者制订什么计划。但是没有,都没有。这在我是少有的,我总是把自己拧得像发条,没有片刻的消停,更不要说长久的空白。

这是地坑院给我制造的氛围,或者说"呆场"。

而冷静地想的时候,还真的有些明白,这种悠闲中的呆,实为难得。有词叫碌碌无为(有解说碌碌是平庸,我理解为辛苦劳忙),那碌碌有为又如何?陶渊明看来是奔碌碌无为去了,他把自己的位置安放在了南山脚下、桑麻林中。老子过函谷关,骑一头优哉的青牛,一点碌碌的意思都没有，甚至让自己不知所踪。李白、杜甫们倒也曾想投奔一朝干些大事，结果不是孤月沉江即是秋茅风卷。

又经时日，我有心想住下了。是的，我来就是要住下的，我接受了深入生活的安排，到陕塬待一年的时间，甚至更长。从乡间出来已经很久，再回到乡间，而且是不同于以往经验的陌生的乡间，对我来说，是一个新的体验，或者说考验。

## 二

高铁列车出郑州一路往西，不一会儿就把大平原甩在身后。那不断起伏的莽莽黄土，一个接一个的长长隧道，简直不让人有半点喘息，好像你到陕地，就是体验起伏与明暗来了。

让人奇怪，造物主当时发了什么疯，把这么多土堆积在这里。这种堆积带有点随意性，无规无则、无深无浅又无边无际，使黄河南岸这一片地域或裂为一道道沟壑，或隆成一丘丘山塬。

列车又在过一个山洞，那么快的速度竟然钻了好半天。出来后便是三门峡了。

这样，我就想到了那个"陕"字。你知道陕在哪里吗？你或许会说了，陕西，陕西的简称就是陕。哦，我要告诉你，错了，陕在河南的三门峡，古时称为陕州。再往西，就是陕西，所以说陕西的简称是借用的。

于是，这个陕就让人有了诸多兴趣。陕，狭窄逼仄，险崛奇特。陕之地块，在黄河南也只有两条狭路可通，而后相逢于函谷关再莽莽西去。

这样的地方，如何不为兵家所争？皇皇历史，不知有多少卷帙与这里有关。著名的秦晋崤之战，即发生于崤山天险，骄横的秦军，偷袭郑国不成，回来时遭到埋伏在此的晋军覆没性的打击。

从洛阳伸出的丝绸古道，至今在这里留有一段斑驳痕迹，人称崤函古道，是上面提到的两条狭路之一。石道上马蹄踏踏、车辙深深，多少年都在诉说着艰难的交通史。我踏着夕阳和深深的枯草，在几次迷路之后，才找到这条古道。风在每一道车辙间拉着深秋的多弦琴，一步步踩上去，不小心会崴伤脚脖子。现在看这条古道，都有些想不明白，它是怎么由天险深处走来又没入天险的深处。而就是这条古道，秦皇汉武东巡的车辇，骑着青牛的老子，诗人李白、杜甫们，无不在其上蹒跚过。

更为神奇的是，就在这一片险峻无比的陕地，在高高的山峡之上，由于崤山千仞巉岩的挤压、黄河万里怒涛的冲撞，竟然硬生生挤托出三道平平展展的土塬：张汴塬、西张塬和东凡塬。

那塬亦如崤山突兀高耸，同黄河一般浑黄色泽，却是不含任何杂石。虽然干旱少雨，可如何不是造物主送给人类的一块宝地？于是土塬上有了一种奇特的生活和居住方式——地坑院。

所谓地坑院，就是在平坦的土地上下挖一个六七米深的长方形或正方形土坑，然后在土坑的四壁再凿出八到十二孔窑洞。从地面上看，很像一个下沉的四合院。

在这个坑院的一角，有一个窑洞渐渐往上挖开，就是坑院通往外面的通道。通道口就是洞门，外连着一个长长的斜坡，斜坡有直进的、曲尺的或回转形的。斜坡上做成小小的阶梯，一是下雨、下雪不滑，二是牲畜、车子容易进出。

地坑院都是独洞独院，一大家子十几口人也能轻松住下。只有个别人家，兄弟分家后又十分亲近或其他缘由，会将坑院的一孔窑挖通，连起另一个相邻的坑院。

这种向下挖坑、四壁凿洞，与大地融为一体的构建，可谓别具匠心，而且不费什么材料，只费力气就行，还防震、防风、防火、防盗，冬暖夏凉，四季宜居。它的窑洞顶上平于地面，远远望去，一马平川，除了各种各样的树和蓬蓬棵子，再看不到什么，但是地平线以下，却潜伏着成千上万座农家院落。

多少年里，先民们在山上过着封闭而满足的生活，才不管山下发生什么事情什么变化。

可以想见，在古道山峡间不断重复呐喊厮杀时，在黄河波涛一次次淹没城郭与田园时，三道塬上的地坑院一直四平八稳地独安于天地一隅。

"下院子，箍窑子，娶妻子，坐炕子。"这是流传于陕塬的民间小曲，也是无数庄稼汉的理想生活。黄土塬上的人们有了地坑院就有了安定的家，男人在土地上耕作刨食，女人在坑院里生儿育女、绣花纺织，逐渐形成了地坑院的生活方式和民俗风情。

直至我来的那天，三道塬仍有近百个村落。坑院上方冒着的炊烟表明，这里始终延续着民族的文化因子，传递着独有的心灵密码。

这里真该称为塬，它高险平阔，雄踞四野，站立其上，山风扑面，大河入怀，心胸顿开。站在这样的地方，应有诗吟诵。李隆基旅次陕州，很快吟出：境出三秦外，途分二陕中。山川入虞虢，风俗限西东。他当时驻跸哪里呢？想他一定没有住地坑院，如若在地坑院留宿一晚，诗中情怀当更为不同。

多少年来，外界对地坑院这种居住方式知道得并不多，以至听人说起，都会露出惊奇的神情，要找时间来走一走、看一看。而长居于此的人们也不知道，他们的所在，成了祖上的自豪和骄傲。在后来的宣传中，已经有了这样的表述：作为中国六大传统建筑之首的生土建筑，地坑院已是人类居住发展史的实物见证，是人类文明进步的活化石。

## 三

偌大一个坑院，九孔窑的坑院，人们都走了，只留下我一个生命，不，还有老鼠、野虫或其他的活物，只是我看不见。我只看见我自己，在这窑院里让孤单和恐惧发酵。

我本不是塬上人，如果我是从塬上走出去又走回来的，我就不怕了。我对塬不熟悉，正因为我对它不熟悉，彼此间就显得陌生。于是恐惧产生。我必须尽快让这些消失，让亲切来到我们中间。

我不停地走，用脚、用眼睛和呼吸说话。我开始体会到渐变的效果，我的嘴里开始哼出小曲，那实际上是发自内心。我的心已经温暖，温暖迅速向全身蔓延，就像抽血的右臂猛然松开橡皮筋。我的一部分血液，已经流向了这个山塬。

我的眼睛累了，看了一天，一天都不曾停息，我想去睡觉，在那宽大的硬实的炕头上躺一躺，该是多么舒坦。

穹顶的窑洞，给人一种包裹的感觉。我明白，我已钻到了地下。我不能再犹豫，我得进入梦乡，不知道这里的梦会是什么色彩。

窑洞上边是厚实的大地，像一层厚被子，盖在地坑院的上方。在这个坑院的边缘，即是一道深深的沟壑。现在这道沟壑也一定填满黑暗。

无限的厚、无限的重挤压下来。声音还在从四处传来，十分清晰。其实也没有什么声音，无非是些虫儿，再就是树上筛下来的风。在这远离喧嚣的乡间土塬，还能有什么声音？我早已把门窗关严，那些声音爬了一窗栅，虫儿们或许正在恋爱。

我对这个晚上的记忆是如此深刻，那种巨大的安静，让夜溶解得贴切而真实。城里总是寻求静，真的遇到静，却十分不适应。你看，这个时候又来了一声鸟鸣，什么鸟呢？莫非是猫头鹰？我的眼睛再一次睁开，又再一次合上。

却仍然睡不着。

那种静将你的觉打碎了,像一堆碎玻璃,一直拾掇不起来,你甚至忘记是怎么下到这个地坑中来的。哦,是经过了一个入地的拐弯的斜坡,再进入一个窑洞,把门关上,就把一切关在了外面。

四合式的院子里只有一个方井向上,将一片天空收纳进来,同时收进来的,还有一束月光。月光游移,像谁挥着一把笤帚,扫着夜的尘。

如果月没入云层,整个坑院就完全地黑透了,黑成整个的一团,如没有开挖之前的状态,瓷实、浑厚……

什么时候听到了群鸟的鸣唱?叫不出名字的鸟儿未必是将身子挤在一起,却是把声音挤在了一起。你叫我嚷,即使是问话也等不得别人回,一个个只管自说自唱,这就构成了塬上无与伦比的鸟儿大会。

而地坑院,还在塬下沉沉地入睡,一点都没有知觉,只有我这外乡人被搅醒。还睡不着,起身向上走去。

曦光是在早上四点二十分开始出现的,这个时候我已经站立在塬上。我记得我在周庄想成为第一个起早的人,但是站立小桥的时候,一只船正从水中划过,那时刚刚五点。之后我便在四点起床了。

在塬上,我有些恐慌,又有些激动,我真的成了第一个走出地坑院的人吗?我观察着每一处小风的角落,倾听着每一张叶片的声响。真的,我走出了好远,坑院上方,还是我一个人。

## 四

"山有去脉,水有流向,土有层纹。"在塬上,只要你同上点岁数的人聊起来，他们都会告诉你，地坑院也不是随便找块地方挖土就成的。相院、下院、打窑，都要按照严格的要求来做，而它的方位、尺寸、窑屋的数量，也都是十分有讲究的，要与山脉、水势、地气相融合，还要以五行八卦和主人命相来定方位。

看来，地坑院虽说不用一砖一瓦，却有自己的风骨。所建必有遵循，所设必有尊重，所用必有遵守，说到底，还是中原文化、民族文明的结晶。

历史上关于地坑院的文字记载较少，目前仅发现有南宋郑刚中写于绍兴九年的《西征道里记》。书中记载了他去河南、陕西一带安抚时的所见所闻。"自荥阳以西，皆土山，人多穴居。"他点到的河南西部一带的窑洞情况，多少年都是一个不变的存在。而书中专门有陕地的描写："初若掘井，深三丈，即旁穿之。"这种先挖井的掘土方法，以及三丈左右的深浅，以及从旁边打洞，似乎说的就是地坑院了。而在其间"系牛马，置碾磨，积粟凿井，无不可者"，便是说的坑院里的生活。可以想见，郑刚中完全深入到了塬上的生活一线。他细致的笔触，让人知晓了九百年前塬上坑院以及窑洞的情形。

有人说，往前追溯至六千年前，三道塬上的人类就已经不再随便迁徙，因为他们已经有了相对稳定的定居生活。这一判断被考古发掘证实了。1921年，人们发现了新石器时期人类居所仰韶文化遗址，该遗址在渑池县，离陕州不远，同属于三门峡市，也就同属于豫西地区史前人类生活区域。之后对陕州庙底沟以及三道塬的小南塬、庙上村、人马寨、窑头等地遗址的挖掘，又发现了庙底沟文化。庙底沟文化分为仰韶文化晚期和龙山文化初期。从发掘出用于翻土和挖土的石锄，特别是磨制的大型舌形或心形的石铲可以看出，当时用于生产以及地穴式建造的工具，有了巨大的改进。

我看到了庙底沟文化二期遗址中出土的新的挖土工具——双齿木

119

权形木耒。遗址的灰坑壁上就留有这种工具的痕迹，和现今地坑院窑壁修饰的痕迹没有两样。这些遗址，大部分是贮存食物的窖穴和人类的居所，居所均为圆形或方形的地坑式窝棚，都有台阶上下。这些台阶有的是直坡，有的沿坑壁螺旋上升，与现在地坑院门洞构造相近。可以说这种半穴居居所，已经具备了地坑院的基本形态。而从大片的遗址来看，塬上已初步形成了半地坑式村落。

又一次惊喜的发现，是 2005 年 7 月，考古人员在三门峡经济技术开发区发掘出一座西汉晚期至东汉早期的民居墓坑。这座汉墓呈 U 形，U 形的三面分布着多个墓窑，墓顶为穹隆形。从地面向下看，墓葬结构就是一个完整的地坑式院落。也就是说，其反映出的这一带地坑院式的居住方式，距离现在至少已有两千年。

说起人们的居住理念，最初大概就是为了能够遮风挡雨。后来随着条件和地位的变化，才对所居有更高要求，有了由茅庐到瓦屋、再到大的宅院的变化。

但是相对塬上来说，这一点体现得并不明显。即使那些勤俭持家者渐渐获得了更多的土地，家庭增加了更多的人口和劳动力，也就是多挖几孔窑而已。再进一步，就是多造几个地坑院，在窑屋里多铺些好砖，在墙壁上多加些装饰，在门窗上多用些好木料，其他则显不出更为突出的建构。这种不费一砖一石的建筑经受了时间的检验，它几乎没有遇过火灾、水灾，也很少遭遇盗贼。

以诚厚和朴素的心态坚守的坑院，十分值得倾慕。在这三道塬上，相互交织和传递的，也许就是这种简单的安逸感。多少年里，这种坑院式的相处方式和谐友好，没有太大的冲突。这是地坑院的功劳，它把人的等级观念降到了最低程度。

## 五

住在塬上的时候，慢慢会有一个发现，几乎每一个坑院里的人，都喜欢重复一件事情，那就是每天早上都要在坑院转转，坑院里转了以后，再到上面转。

他们也就是转转，并无别的事情，转转才心里踏实。实际上坑院哪里掉了一坯老土、哪里出现个蜘蛛网，他们都是清楚的，只是这并没有影响他们每天的转悠。

我也有了这样的感觉，每天早上不转转心里总是闷得慌，在下面转够了，赶紧到上面去转。转了心里才宽敞、才舒坦，哪怕什么也不做、什么也不说。

当然，在塬上住着的时候，无形中还有一种渴望，就是渴望跟人聊天。遇到每一个人都有这种渴望，哪怕是很小的小孩子，或年岁很长的老人。

有些话我能听懂，也有听不懂的，听不懂也要听，更加认真地听，因为好不容易找到说话的。我不住地点头，送上微笑，是使对方高兴，因为他们的话一定在家里讲完了，在村里也讲完了，没有人再喜欢听。一个外来人却不然，他们就找到了话语的价值，那价值让手也挥舞起来。而我总是依靠想象来消化他们的话语，用微笑来换取那个价值。

其实豫西话还是挺好听的，有一种土塬的瓷实，只是出过门的、见人多的和没有出过门、接触人少的，在表达上还是不一样。当然想象的空间一大，你从那个人的话语中便有了多向度的收获，就像小时候读一部古书，认识的字有限，却在读完最后一页后有一种十分的满足感。在这里，我与对话者都会满足地挥手离去，有时候还会握握手，那更有一种乡里乡亲的感觉。

有人说，真正理想的生活是避开车马的喧嚣。或许你避开了世上的喧嚣，内心却仍然未能安静下来，便也达不到二者的统一。因而，既要怀着一种排斥而来，还要心静神安，才能真正消受这地坑院的孤寥与寂寞。

有人住住就走了，待不住，不知道是因为太安静，还是因为有事情。嫌安静倒是可以理解，人在凡世惯了，猛一到这里，还真会引起神经衰弱。若果是后者，那就不可能放下了，因为人间的事情是忙不完的。你放下了这个，还有那个。我想，现在能够住在地坑院里的人，同庙里人的境界也差不了多少。

一个坑院里渐渐上来一个老人，老人的后面还有一个老人——他的老伴。他和老伴的中间是一辆小型的架子车。老人在前面拉着，他的老伴在后面推，费劲地将那辆车子一点点地弄到了塬上。

两人的头发都白了。老人的孩子一定没有在家，或者没有在这个坑院里，也就只有两位老人干着这个费力的事情。

由于离得远，起初并没有看出前面的老人在做什么，等看到另一个花白脑袋的时候，两人已经将那辆车子弄了上来。随后，后边的老伴就坐到了车子上。

老人拉着车子，走在了平坦的坑院中间的场地上。而后上了村路，再穿过一个个有着拦马墙的坑院、一棵棵蹿出坑院飘洒着芬芳的树冠，一直朝村子外面走去。他的老伴就那么将全部的安妥放在车上，一缕花白的头发柔顺着风。

我的目光像追光灯似的追着他们，追着很幸福的一幅画面。在这个早晨，我自己也有了一种幸福感。真的，那绝对不是晚景凄凉的感觉，那是朝霞四射的感觉。

虽然儿女们不在身边，但在外边只要好好的，不给老人添麻烦，老人就是安心的、快乐。你看他们多安逸呀，他们一大早出门，一定是做什么大事情去了，不然这么早出去干什么？没有孩子照顾也没什么，两个人不是挺好的吗？开始不就是两个人吗？开始不就是这么简单吗？后来才有了孩子，才有了一大家子的事情，有了不厌其烦的劳作和操心。终于又回到了原点，尽管一头青丝变成了华发，但是回到两个人的世界，就该好好享受一下，老来伴的意义也就在这时体现出来。

我想，他们的孩子回家看到这样的场景，也会感动和欣慰的。他们也会站在远处，看着这一对幸福的老人一点点地从坑院里冒上来，一点点地消失在曦光初照的小路上。

太阳已经挂在塬的一头，一切都还是湿漉漉的，益母草、马兰菊、凤仙花上露珠流转。

我又看见一个人远远走来，是一个女人。她手里没有拿什么东西，也不说话，只是在路上走，一直走过我的身边，看了看我，走过去了。

但过一会儿她又出现了，又往来的路上走去。这回她说话了，她的话丢在了身后：天明了再说，天明了再说！

天已经明了呀，她要说什么呢？这让我觉得她是个特别的人。我对这个早晨出现的第三个人关心起来，尽管后来她离开了我的视线。

这时又看到了一个人，还是位老人。他从我左边的地坑院里升上来，他的手里端着一摞塑料筐子。见了我，看着不认识，话语却出了口：你上啊？

我没有听明白他的话，但赶紧回应：你老早啊！这是干啥去？

把桃子摘摘，一会儿人家来收了。

这是我起来一个时辰后说出的第一句话，不，是我自昨天住进坑院后的第一句话。我为我的声音吃惊，那声音里，竟然有一种见到亲人般的亲切与感动。其实，刚才我也想对那个妹子样的女人说话的，只是她的眼神朝我这里瞟了瞟，又滑过去了。

这样我就知道，今天外面的人来收桃子，刚才那一对老人可能也是摘桃子去了。

摘桃子是一个秋天的童话。

后来见到了村主任，我忍不住问起那个女人，原想着村主任不知道我说的是谁，村主任却立时给我讲出了她的事情。她从这村子嫁了出去，过得极不如意，受丈夫虐待，老挨打，就跑回来了。回来男方家也不来人，让家里的小孩牵着她，就看她回不回。她还不是为了那一口气？也就不回去，心里不顺，就激出病来了，这样人家越发不来了。这是个无助的女人，也是让村里无助的女人。

说话间，她又从哪里过来了，仍然是有一句无一句地说着。

天大亮了，仍然在村子里随便走。

又遇到一位老人，老人打招呼说，你上啊？我哦了一下，想起遇到的先一位老人似乎也是说的这句话，当时并没有明白老人的话是什么意思，一般在我生活的农村，或是问你吃了没，或是问去哪里，还真的没有这么简单的话语。后来再见到一个人，他也是说，上啊？我就知道了，他们没有简化什么，完全就是当地的问候语。

于是我见了人也是说这么一句，上啊？人家就会很高兴地同我说话，问我几时来的，是否再住一阵子。当然，他们一定是把我当成这村里谁家的亲戚。这句问候语我到后来才明白，上，是一种行为或者结果，你上啊？那就是你正在上或是你上来了啊。

我知道后心里笑了半天，真的好亲切的话语。

这句话被我在村子里乱用一气，还真没有用错地方。

# 六

地坑院确实比地面上的屋子利于防范，这是豫陕之间或者更为广阔的地域少有的乡间特色。我们平常司空见惯的窑洞，只是在土崖的一面挖洞，当地人把这种窑洞叫靠山窑。这种靠山窑，空间利用率较低，防护性能也不强。有人便考虑，有没有一种可能，以靠山窑的形式，四面集中在一起，成为一个单独的家庭建制？他们最终找出了答案，那就是别无选择地选择一块平塬向下挖坑，然后四面凿洞。

必然有这样一个人，凭着大胆的设想开始了第一镐，向下掘出的第一镐是多么有力而决绝。那种持续叩响大地的声音，比后来长安和洛阳宫殿的金石之声都要响亮。挖出的土方在一点点扩大，一个深坑开始显现。

这位先人的举动，一定不是为一己之私，他是为了整个家族以及整个山塬的传续。这种念想是让人兴奋的，于是有了众人的动手。那是一个为改善居住条件的跃进年代，也是长久的穴居方式的一次革命。

据说有国外的卫星把地坑院与福建的土楼都误作了导弹井之类。巧的是，它们都是出于中原人之手。在战乱频仍的时代，不得已的河洛人迁居他乡，南方多山，无法下挖，只有上垒。

福建的土楼和陕州的坑院运用的是同一类理念——围守、安全、舒适、照应。当然，同样耗时耗力，精打细琢，体现出愚公样的实诚、老子样的智慧。它们一北一南，一个地下一个地上，遥相呼应，构成中国民间建筑的奇观。

# 七

两位年岁不小的老人坐在坑院的拦马墙跟前。

他们并不说话，只是那么呆呆地坐着。但是你能感觉出来，尽管他们不说话，那话却是一直在说着的。他说，上啊？他说，是，上啊。他说，今天的天不错。他说，是，天不错。他说，又活过去一天。他说，是啊，又活过去一天。他说，哎，日子稀稀稠稠就这么过去了。他说，可不是，就这么稀稀稠稠过去了。他说，也不知道是咋个过去的。他说，可不是，也不知道是咋个过去的。

两位老人抽着烟，或者烟也不抽。他们几乎每天都在这里碰面，然后就默默地坐在一起。

他们把话都说完了。自打各自的老伴走后，就说完了。

孩子们出去的时候还没有说完，还有些话唠唠叨叨地跟着这个说说，跟着那个说说。怎么着就那么一致，老伴没有了也就没有了话？不就是些日子、坑院、饭食一类的话吗？都明白，明白得透透的。

于是，两位老人就在拦马墙边坐成了风景。

那是一根几乎老朽的树木棵子，不知道是哪年被谁扔在了那里，成了两位老人的专座。

老人却都记得日本人来的事情。那个时候，也就十来岁。头明时候来的，日本人起得也真早，塬上人还在睡着，他们就来了。那是4月吧，酸枣圪针开花了，小麦也尺把高了，日本人就来了。

可真是把人吓得不轻。来了就盖炮楼子，把人拉去干活儿，挨家挨户要粮食。三个塬上建了三个据点，司令部安在张汴塬。对了，就是张汴塬上的曲村，占了一个好好的地坑院。

日本人爱洗澡，让人给烧水，找大缸当洗澡的家什。老百姓都不敢说啥，只是想，这日本人在东洋，跑到俺这塬上来做啥？塬上能有啥好吃的，就那么点粮食，老百姓还不够糊口，能再给你挤出点？本就是咱庄稼人的，你算老几？就都想法儿藏粮食，办法是有的，守着坑院，还不好说？到处都是黄土，挖个洞藏进去，一般你找不着。

真有不怕事儿的，带着人跟他们干。一天日本人突然就发起狂来，原来他们的人被不知道哪个塬上的人给打死了，就侧棱八拌（野蛮）找事儿，也不管是不是真的找着谁了，就打死了几个人。

那是5月吧？到了9月又来了，这回打死了六十多人，全扔进井里了。

按照老人讲的，我找到了这口井的主人张来旺，这是一位九十有三的老者，井就在他家的坑院不远，现在用铁条封着。他说日本人走了以后，他家雇人从井里捞上来四具尸首，就近埋了。但是当时没有人主张，也就没有再捞。就放了土，填住了。

我后来去了曲村，曲村的老李在前面领着走，走到一口井跟前，他指着说是含恨井。1944年，侵华日军一个师团驻扎在塬上，一次扫荡中逮捕了三十余名抗日民众，杀害后扔进了这口井中。井上已用铁条封住，井旁立着一个水泥标牌，讲说关于这口井的事件。

井旁不远即是田地，一位老者正在砍地里蓬乱的树棵子。我大声同他打招呼，问他要做什么，他说准备栽树。看来这块地闲了有一段时间。一位妇女在一旁看着，一边做着手中的活儿。见我们来看井，就跟过来说话，说的都是老辈人的传说。

这时另一位老者也加入进来，说日本鬼子那个时候可狂，在俺村儿，就安着鬼子的司令部。这位老者叫李西平，同老李一样，属于村里的热心人。

我听了一愣，就问，真的有这个司令部？那两位老人说过司令部的事，但我没有想是不是真的。结果几位在路边聊闲天儿的老人也异口同声地说，有，就在村里，让他领你去。

李西平就在前面带着走，老李在后边说，就在前面不远。在老李心里，可能觉得那个地方没有含恨井重要。

前面是一片麦地，麦苗绿油油的，尚不高。右边是一处集体活动场地，还有一个戏台。那几位老人，就坐在场地边的亭子里。

我问李西平，孩子都做啥？回答说孩子上地了。这是我第一次听说还有没外出的年轻人。我问李西平孩子的情况，说结婚了，有了孩子。我说媳妇也在家？李西平说在哩。我说好啊，一会儿咱去你家里看看。李西平似乎犹豫起来，说要干啥？我说好不容易遇到一个不愿出去的年轻人，想跟她聊聊。李西平听了，就说她不会聊嘛。我说没啥，不问那么多。李西平这才说，其实不是媳妇，是他的女儿。他招了一个上门的女婿，家里买了辆拖拉机，在塬上给人包用犁地、拉东西啥的，另外他包了二百亩地，种花生、玉米啥的也需要人手。他说现在女儿没在家，去锄地了。我问，一亩地承包下来要多少钱？老李说便宜的五十，贵的一百五。看来李西平还是很有能力的。不想让女儿女婿离开家，也是怕跑出去了回不来，就想办法把两个人留住，为二百亩地买辆拖拉机也值得，这村有一千五百亩地，闲了的时候还能帮带着包包活儿。

离开的时候，我看到李西平骑着一辆小三轮车，车上有铁锨、笤帚。原来他还在村里干着保洁。

踩着麦地边上的小道，边走边说，不一会儿就到了地方，是一座废弃的地坑院。坑院的一边被填埋了不少垃圾，成了一面斜坡。坡下边是乱蓬蓬的树棵子，坑院三面还有几个窑洞，留着破旧的门窗。李西平指着说，瞧，这就是鬼子的司令部。

日本人大概也是喜欢这地坑院的，他们本是建了炮楼，但是住在炮楼上的并不是高级军官，指挥机关都选择了地坑院。可能是地坑院冬暖夏凉而且安适的缘由，只要周围把好了岗，钻在地下比住在地上还有安全感。老李说，这老日，也知道哪里住着好受啊，真他妈的鬼！于是有人恨这些侵略者，想着法儿地跟他们斗。这里距离那个杀害村民的井并不远,也就半里左右。

这个时候,又有一个人加入进来,她叫李欢琴,开始还远远地看着我们,后来也沿着地边走了过来,听我们说话,也就有了话说。她家里田地倒是不多,三亩,种的都是麦子。只有一个女儿,已经出嫁,老伴也不在家,在山下打工。家里就她一个人,守着三亩地也是够干的了。她人很乐观,很愿意跟人说话。我知道她不能随着老伴去打工,这个年龄了,也干不动什么,人家也不一定愿意用,就只有在家里,好在还有三亩地要种,也就闲不住。我说你不要老是一个人在家里或地里,要出来同人聊聊天。她说是,是这样想的,人不能太孤独了,那样老想事,会想出病来。

李欢琴随后说出了另一个地方,那就是曲村还有日本人的安乐所,我后来明白了,实际上就是"慰安所"。那个"慰安所"在村路的右边,那里已经没有什么坑院或者地上建筑,有的只是一片桃林,桃树正开着花,纷纷扬扬的蝴蝶在上面缠绕。

这个时候我想起来,在另一个村子的时候,有一位老人说曾经见一个日本人在他们的村子转了半天,打听了很多地方,但是老人都回答不了他的问题,后来才知道这是一个日本人。这个日本人还是走了,走时带了很小的一包土。他是否就是当年在塬上住过的日本人呢?也很难说。如果他曾经在塬上待过,那种不同于日本的生活方式,或许会让他产生某种念想。不知道他当年做过什么,从他在晚年历尽艰辛寻访的事情来看,他的内心同这里是有着关联的,以至想回到这样的地方,寻求精神的慰藉,或是迟到的忏悔。

## 八

在这片塬上,可以说几乎所有人都是天空的关注者,无论早起还是睡前,都会朝天空望一望。他们是霞光与月光的亲密者,没有谁比他们更在意天上的事情。

在那个小小的四方院子里,仰着头朝上望,是塬上人特有的姿势。

我早起走出窑屋的第一件事,也是下意识地朝天上看。

一朵白云一边扭动着身姿一边往前奔;一只鸟在白云下,比白云跑得还快;几片叶子招招摇摇,想落又不想落;一声牛哞从这边开始,哞到那边还没有哞完。

你说,怎能不是小天地、大世界?其实不需要把世界看得那么明白,站在大天地里,你仍然不能把世界看得明白。

在这片小天地里,塬上人活得自在而清醒。

这天早上,塬上起雾了。

塬上好起雾,雾大的时候什么都看不见,就看见一团一团的雾气缠绕在这里那里。而有些雾气是那么凝重,化不开似的,就那么一团一团地凝在那里,那是雾气中的雾气吗?不,等稍稍散开的时候,你才知道那是一棵棵的树。

这些树此刻正在消化那些缠绕的雾气,它们周身要么结了薄薄的白霜,要么就悄悄地滴洒着一些细碎的水珠。

有些不是太浓的雾气,就像是三月的柳絮,一咕嘟一咕嘟地聚在一起飘,飘到哪里就沾到哪里。有时候你觉得是沾到了鸟的翅膀上,那些鸟扑扑棱棱地升不起来,只从这棵树飞到那棵树,就尾巴一翘一翘的,苍苍浪浪地叫,叫的声音也是潮潮的。

最爱凑热闹而又最灵活的是那些麻雀,赶早集似的,沾着潮气,呼呼地一群群地低飞,像乱刮的树叶子。

这样的雾气里人们出去的不多,出去了也干不成事情,都缩在家里,慢吞吞地抽几袋烟,等太阳出来就啥都过去了。

雾气过去以后,再出去看,坑道边上的白茅茅、墙头上的喇叭花、伸出坑院的梨树叶子,还有不知从哪里冒出的南瓜花什么的,都挂了一层油亮的珠珠。那都是雾气留下的,告诉你它早上来过。

城里很少见到这种雾气,这种雾气一般也不去城里逛,它拖带着露水也不方便,或者也是怕被城里的霾纠缠住,毁了清白的名声。

塬上的雾气确实是清净的,不信你走上塬来,冲着雾气吸一口,那是一股清爽的朝露的感觉,绝对不是夹杂着啥子颗粒的粗重的霾。因而塬上的雾气就是带有野性的塬气,同那些黄土那些人一样,具有朴素的本质。

因而塬上人不戴口罩的,塬上人觉得戴口罩的都是医院的人,感觉很神圣,但也很晦气。在塬上吸还吸不够呢,咋能让口罩堵着自己的呼吸,不透透那清净的气息?

塬上人可会在这样的早晨亮一嗓子,让那刚刚散去的雾气揹着走到远处去。那嗓子必然就是塬上的味道,是人们说的黄土高坡的味道。你说是眉户调也好,是锣鼓书也好,反正是那种瓷瓷的、刺刺的、糙糙的嗓音。

那嗓音抻人哩,抻得人的心一扭一扭的,尤其那些坑院里的女子的心。

有人就挑着筶头出来了,走到小路上去,站在地头,冲着唱的人喊着什么。唱的人就越发让那嗓子亮起来,女子也就不再搭话,羞羞地骂一句啥话,往前面去了。

那个时候,爱情往往就是这么产生的。你说塬上人能有啥方法,不就是靠着直觉,靠着感觉?不敢明里说话,只能暗里走心,那心走到了,就全都通透了,然后才是找媒人找说客。

把胆憋大了的,就谁也不找了,干脆爬到拦马墙头,在没人的时候扔土坷垃递暗号。说没有人看见那是假的,都是自己诓自己。成了的是正事，不成的就是歪事。歪事也不是没有，啥时代里都免不了有歪事。歪到最后，不是男女走了他乡，就是男的跑了，女的把个脸面掖进裤裆里，找个远村的人家嫁了拉倒。

没听人家说嘛，林子大了什么鸟都有，塬大啊，大过多少林子？那就什么事也不稀奇了。

跟我絮叨这段话的，是八十五岁的员老爷子，在塬上一辈子，他心里什么都清亮。

## 九

说实在的，在塬上是会寂寞的，寂寞得不知道做什么，就上到坑院顶上，随着一双脚乱走。

这天早上，一群蚂蚁进入了我的视线。

我最初发现它们的时候，以为是谁遗落的一条小绳子。这小绳子很长，歪歪扭扭地扔在地上。等我细看的时候才发现，这条绳子的内部结构有些问题。它在动，它是由一群蚁的物质构成的。

我随即对这根"蚁绳"产生了兴趣。我发现尽管有来有往，但大多是朝向西北移动的，这绝非是随性的旅行，而是一次大规模的移民。它们有的带着自己的细软家什，有的什么也未带，但都表现出决绝的架势。我看见有的几只蚁相缠，前呼后拥，像是扶老携幼，甚至救死扶伤，抬着不能动的同伴。它们似乎不想把谁落下，它们完全发扬了集体主义精神。

有的蚂蚁很奇怪，在滚滚洪流之中，竟然逆流而下，被冲撞得横倒竖歪也矢志不渝，或许是走失了什么亲人。还有的散落在队伍外面，像孤雁离群，走走停停，一副精神恍惚的样子。

毕竟洪流不可阻挡，亿万蚂蚁大军正万水千山疾步向前。它们应该有雄壮的吼声或歌声,只是我听不到。

可笑的好奇心驱使我想知道这条"绳子"从哪里来,到哪里去。

我先顺着它的来路去找寻,走了很远,过了几个地坑院,下了两道沟坎,竟然看到一股变成了两股,一股翻下了塬沟,一股翻上了塬坡。它们是如何进行联络,又是如何达成一致的?最终是谁下了一道命令?这个谜太大,我一时无法解得,而且永远也无法解得。

那么拐回去再看它的所往,这支神圣的队伍,竟然带有宗教色彩。哪怕前面在摸索中拐了好大一个弯儿,后面的也跟着迂回不变初衷,那个弯儿拐上一道高岗,拐上一个拦马墙,拐进一片荒地。而在这些地方,我都看到了队伍中略显混乱,那是有的攀登者失足掉落引起的。而在绕过一棵大柿树的时候,有的以为到了目的地,不少顺着树爬上去,发现不对又爬下来继续追赶队伍。

从那种不辞辛劳的果敢来看,还没有谁想挑头留下打游击的。这群去意已决的蚂蚁,究竟是为了什么?难道真的像人们说的,是为了躲雨?那么原来建窝就没有想到或遇到过雨吗?该会有一场什么样的大雨,使得它们如此行动?可以看出,这绝非一个蚁窝的出动,而像是一个蚁族的集结。

我在离它们稍远的地方站着,生怕惊扰它们,更怕伤害它们。这里没有食蚁动物,它们在塬上该是安全的。正因为安全,它们才产生出如此多的生命,这些生命与坑院共居,而且还将共居下去。

我已经走了好远了,还没有找到这支队伍的尽头。

前面,一定有一只吹着集结号的蚂蚁。

这天,我看见一只狗跟着主人从坑院上来,这狗三条腿,一条前腿显然残废了。少一条后腿可能还好对付,少一条前腿就艰难得多,这是我从这条狗身上现得出的结论。

狗走得很难，我有些不好意思盯着它看，我怕把它的不好意思看出来。

其实它已经不好意思了，它靠着拦马墙根儿晃动，像一个小丑故意弄出的洋相，要引起谁的注意，然后发笑。不，它一点都不想要这种效果，你看它走得多么难为情，它蹒跚一下，抬眼看四周一下，蹒跚一下，看四周一下，它恨不得死了算了。

可主人不想让它死，主人上来是为了遛它，不遛遛，也许真的活不长了。主人在前面走走等等，等等走走。主人走得并不快，但它还是追不上主人的步子，主人是一位老者，腿脚也不大好，拄着一根枣木棍。

我很想上前问问，这狗怎么成了这个样子？我却不好去问，这可能会触动狗的痛点，实际上是触动了老人的痛点。肯定，狗本不想成为这个样子，老人也不想让狗成为这个样子。

老人一定为狗流过眼泪，狗把那眼泪含在眼睛里，又流到心里去了。

一个坑院上边坐着几位中年人，确切地说，是几位中年妇人。她们从各自的坑院走上来，挤坐在一起，唱着一台戏。

没有锣鼓家伙，没有高声亮嗓，那戏却十分团结人，一会儿就把我团结进去了。

由此我知道，正唱的这一折子，是说张嫂家的独生女儿，二十二了，到了让人发愁的年龄，想在家里给她说一个，却找不到个合适人，大家正在东拨拉西挑拣。

而那个闺女性子也强，还不肯回来，一个人在郑州打拼，大专毕业找了个私企，天天干着让张嫂操心的活儿。有人说了，现在的孩子可不是那会儿，那会儿都是守着家的，谁家大人敢让女孩家家的离开半步？不是学这个就是做那个，直到做到大了嫁人，大人也就心里安稳了。现在的孩子是一点点从村子里出去读书，读着读着就离家远了。

有人又说了，那就让孩子自己找一个算了，现在的孩子都是自己做主，大人们操心也白搭。张嫂说那样就再也回不到塬上来了，成了外乡人，要是找个远的，就更看不着了。张嫂说着的时候，露出惝惶的神情，似乎那个事情真的发生了。

有人就接茬儿说，那就跟着闺女去，给她看门做饭抱孩子。张嫂说，那就永远离开坑院了，守了这么多年的坑院，不就荒了？我还舍不得。

我看着张嫂一会儿歪歪身子一会儿伸伸腿的，就问她，怎么了？张嫂说是去年干活的时候摔着了，一直没有治好，做了两次手术，而且还伤及腰，这么坐着都难受。张嫂说，这就更想俺闺女，闺女如果能回到身边，就近找个女婿，也就了了父母的心。

张嫂长得白白的，透出乡间的秀气，想她的独生女儿也差不到哪儿去。可是女大不由娘啊。一群大嫂大妈就不住地加感叹词，这一出也就一直唱不到底。

## 十

在塬上，常常会看天上的云。因为云离你最近，也最容易看到。

那云有时是几匹塬上奔跑的野马，有时是村庄上空放着的群羊，有时开成了一小片一小片的韭花，有时又聚成无边无际的棉田。

遇到快要下雨的时候，云就有些乱，先是像被风吹开了包裹的白絮，到处飘，飘得飞快，接着就见远帐子边上起了硝烟，继而弥漫，使得白云、灰云以及黑云混在了一起。一忽儿灰云打着滚出来，一忽儿黑云打着滚出来，越滚越低。白云只有绲边的份儿。

不知从哪里刮来的蝙蝠，把自己的身形贴上去，一只一只的全张开前肢,这就更好看了。

忽然斜刺里一道闪电,漫漫荒塬猛然一亮。闪电后面紧接着跟来一声炸雷,又一声炸雷,雷跟雷发生了碰撞,雷的碎片散落下来,噼啪噼啪全是水。雨就这么做成了。

雨像小孩似的,哭声一阵大一阵小,哭着哭着不哭了,想起什么,又哇一声哭起来,止都止不住。

雨大的时候,你几乎看不到人,整个塬上就剩下一棵棵的树,在那里迎着雨。就像是一群的伞,这边歪斜一片,那边歪斜一片。最后全成了雨烟。

人们缩进了坑院里,任闪电在那一小块天上闪,雷在窑洞顶上震。反正坑院瓷实得很。

坑院里看雨,你会感到雨的偏好,它们是抱着团都挤到这个方井里来了,往上看的时候,就看到雨珠子扑扑簌簌连在一起,打在地上呼啦啦满院子碎。

没有人能出得去,就挤在一个个窑屋门口,一忽儿朝上看看,一忽儿朝下看看,有一股水流顺着坑院的一角哗哗地流下来,但是很快就被暗井吸进去。

暗井的好处由此显现。人们在建院的时候,就很仔细地挖了暗井,说是院有多深,井就有多深。你原来一定有一个担心,不用问也知道那是每个人都有的疑问。现在你知道了,塬上人是在生活中泡大的,他们能不考虑到这一点?

但也有例外,那是雨过于狂了,连拦马墙的墙沿都不经过,就一股脑儿地从坑院上方倾倒下来。院子里这个时候就显得小了,一院子全起了水泡泡,水泡泡来不及渗下去,就往窑洞里找地方,门口挡不住的,就蛇一般扭动着身子进了窑屋。

大人就叫小儿都躲到炕上去,一边用灶膛里的灰土去堵门口,一边骂着这天日怪了。找了蓑衣顶在身上，拿了铁锨或者撬棍去掀开坑院一角的渗水井，而那个井早满了。坑院里一遇到这样的大雨，也会显得无可奈何。反正也没有什么怕水淹的，就等着天晴了再晾吧。

天晴的时候，家家就都行动起来，查看坑院的上方有没有渗漏的，该修补的修补，该过石磙的过石磙。再就是将渗水井再淘深一些，把潮湿的东西拿到窑屋外边去晒。塬上人有的是对付一场雨的手段。他们说，都经过多少辈子了，还能咋的了？

下过雨之后，塬上更葱绿了。太阳一出来，一切就又显现出了生机。

鸡还是上到高处，昂起头来打鸣，羊还是挤拱着一边叫一边赶忙往嘴里续东西，鸟的翅膀呼扇着的全是欢脆的快乐，似乎在这塬上，就没有它们发愁的事情。

下过雨之后，路上多了一些蚯蚓，这些蚯蚓一条条都好像在赶路。它们要到哪里去呢？雨是否冲毁了它们原来的家？不得而知。但是这样大摇大摆地过马路是很危险的，虽然不大会遭遇车子的碾压，但是闲逛的鸡却会给它们带来灭顶之灾。这些蚯蚓个头都很大，它们先把头伸长一段，然后再把后面的身子拖向前去，就这么一伸一拖地解决着距离问题。它们有目的地吗？是谁为它们找到了新的住宅区？但我慢慢发现它们的行动并不统一，有的中途转向去了别的地方。

在这一大片土塬上，不知道隐居着多少小生命，它们也有它们的生活，它们的生活从容而规范。

# 十一

我终于见到塬上的女子，我这里说的是年轻的女子。

那是真正的塬上人的后生，同坑院有着根根节节的联系的。地坑院里长出来的有梨子，有鲜桃，都是水汪汪的，带着野性的味道。如果不好形容塬上的后生，你想着梨子和鲜桃就可以了。

这个早上，她从坡下渐渐地冒出来，一冒出来就吓了我一跳。在这里好多天了，我还没有见过这样的女子呢。

她穿着的绝对不是城里人的服饰，但也不是塬上人的衣装。那素雅的蓝，怎么就那么属于她自己呢？她一边甩手走着，一边还回头伸一下手，等到走上来的时候，我看到她身后跟着一只小狗。不是城里那样的，就是一只普通的乡间常见的狗。黑色的，脚上带有白色的斑点，倒是同她的衣装比较搭配。

我招呼了一声，我在这里似乎有种优越感，或者说自信，见什么人都敢打招呼。也是职业使然，对什么都敏感，都心存热情，时刻都想着打问些什么。

我知道了，她是回家看姥姥的，姥姥岁数大了，多少年前还跟着女儿到城里去了一阵子，帮着照看女儿的孩子，也就是这个已经长成大姑娘的女子。

那个城离这里很远，女儿远嫁外省，女大由不得娘，娘只有遂了女儿的愿。然后就去照顾女儿的生活，但是那生活实在不同塬上，什么都不习惯，住的、吃的、用的，怎么就那么别扭？一群人住在一个楼里，谁都不说什么话，也不串门子。食物不是辣就是熏，去集贸市场也总是听不懂人家的话。好歹坚持了几年，还是回来了，回来就再也不出门了。女儿就脱身回来看娘，等到年岁长了，事业有成了，就来得少了。好歹是孩子大了，而后就让孩子在学校放假的时间代为回来看看。

女子是医学院的大五的学生，上大学的几年间，每年暑假都会回来看姥姥，毕竟是姥姥从小抱大的。现在姥姥真的老了，女子每次来都有一种感慨，觉得母亲当初的选择有些唐突。

事情都是后来才能看明白的。女子现在还没有明确自己心中的那个人，倒不是没有，就是没有最后认定。一代人有一代人的观念。她也是在南方上大学，离母亲不远，但她倒是想回到姥姥待的中原来，她说她越是回来看姥姥，就越是对这里有一种亲近感，尽管她已经算是南方人。

我说，你那位能同意吗？她笑了笑说，就是因为这个嘛，才下不了决心。

每次来，姥姥见了都会掉泪。走的时候，反而是自己掉泪了，觉得有无数割舍不掉的东西，留在了塬上。

我觉得是找到了一个小说的题材。

我说，你喜欢写东西吗？她不好意思地摇了摇头，说理科的她似乎对感性的东西不敏感。我说你谈的都属于感性的东西，平时会记吗？她同样摇了摇头，说惭愧。

倒是让我一下子把话聊断了，本想着她如果喜欢，会有这方面的关于心绪的记录。

我们聊天的时候，她的姥姥就在下面的坑院里做饭，那是一个架在院子里的小炉子，老人正在往炉子里添柴火，火苗明亮，一些青烟升了起来。她说那些柴是她刚刚劈的，平时姥姥烧火，大都是捡来的细碎的柴火。每次来，她都会给姥姥劈一堆柴火。我说你还挺有本事。她说原来是不会的，不都是慢慢学来的嘛。看着姥姥一个人太难，自己还能有什么难的？她说她要帮着姥姥打点水，她已经会用辘轳了。说着就跑下去了。

我知道这是一个孝顺的孩子，但是她的孝顺最具体的实施，也只能是守着老人的短暂的时光，接触了看到了尽尽孝道，而更长的时间，还是老人一个人为自己忙活。

当然，这些天老人是高兴的。为了能够换回老人的高兴，这个塬上的后代就挤出时间不断地走上塬来。

我还见到了另一个年轻的女子。转过几个坑院，在一片树下，她正带着一个小孩子玩耍。我远远地照了一张照片，镜头里框进了她和孩子，还有麦秸垛、玉蜀黍秆、好看的盘盘花。

小孩子大概一岁七八个月，上前搭话的时候，我先夸赞了那个小孩子。那孩子确实很好看，白白的，一对大眼睛，不像是乡村人。果然，这孩子出生在郑州，孩子爸爸还在郑州打工，本来她也在郑州，只是想孩子想得很，才辞了工作来看孩子。孩子已经丢在老家半年了。

一只狗从孩子身边跑过，孩子似已对这种乡间的活物见怪不怪了，没有躲闪，倒是亲近地想伸手去表达友谊。反倒妈妈慌得很，赶紧把她拉在一旁。

风吹起来，孩子穿得并不多。我说，她是不是冷？女子说没事，她奶奶常常这么给她穿，城里人总怕冻着孩子，都穿得多，在乡下倒好了，没有城里那么娇贵。听她说着这话，好像也接受了塬上养孩子的方法，并且对老人也放心。

她是东凡塬的人，从小也生活在地坑院，和丈夫是在公司的一次聚会上认识的，后来就以老乡相称，以老乡相近，最后以老乡相亲了。因为两人说起地坑院就有了相同的话题，很多的话题都引得人快乐，打场呀、收秋呀、下雨呀、踩雪呀，而后是想念，而后是一次次结伴了却那份想念，再后来就有了爱情的果实。把这果实放在塬上，又有了新的共同的牵挂。

一帘秋雨，湿润了塬上的红叶，那是柿叶。柿叶一红，就该冷了。

秋雨过后，塬下的小路上来了一对年轻人，还带着一个小孩子，不知道是坐长途车还是搭了别人的车子。有人就说了，村里的后生回来了。

后生进村没多远，还没下院子，就对着坑院里喊，他喊的是娘。娘一定在里面答应了，或者没有答应，后生就引着孩子找那条进入坑院的通道。孩子看见了，就急乎乎地跑下去，等跑到了拐弯的门洞里，孩子又极快地跑了回来，叫着好黑、好怕，再也不往里进。

后面跟着后生和女人，就把孩子抱起来，笑着说不怕不怕，进去就亮了，说爸爸小的时候就是这么跑上跑下的。在过那段暗处的时候，孩子还是把爸爸搂得好紧。暗道里堆满、挂满了东西，都是一些不用的老物件，铁镐、镰刀、锄头、蓑衣、草帽、纺车、风箱，老人不舍得扔，就全堆在了这里，也就把那黑堆得更挤，难怪孩子害怕。

后生一家走进去的时候，老人从窑屋里迎出来。老人一边乐呵呵地笑，一边系着新换的衣服扣子，然后不忘用手抹抹蓬乱的白发。

儿子带着媳妇和孙子回来可是天大的好事情，多久没有遇到这等好事情了？怕是有几年了，她是天天想着这一天的。儿子娶了媳妇，后来又生了孙子，可不是忙？忙得连家都顾不上回。你看看，咋着连个招呼都不打就回来了？唉，看着这窑屋脏的乱的。

娘扫扫这里，动动那里，不知道咋个好，后来才想起把媳妇让到炕上，从墙上拽下来一串红柿子给孙子。给了孙子再给儿子、媳妇，给跟过来的人，而后老人就撩起衣裳抹眼泪。老人她哭了，她把多少天的想都流出来了，而后就又笑，骂着自己，而后就对跟进来的村人说话，让他们知道自己的小子带着媳妇和孙子回来了，来看娘来了。然后就去拿了十几个大鸡蛋，从院子里割了韭菜，要去给儿子做饭。

坑院里就响起了热热闹闹的声音，这声音走失了好长时间，现在终于回来了。

一村的人都为这坑院高兴，你上去我下来的，都跑来坑院看，也都是憋闷得好久找不到话了。现在把个坑院堆得满满的，堆满了就拥到坑院上边去，把一个村子都感染了。

## 十二

塬上的黄土正经是本真的黄,那是中原的黄,黄河的黄。

塬上人会说,黄里透着纯正哩,透着本性哩。你就看吧,自打太阳从塬上露出脸来,就映照出了陕塬那一大片的一漫天的朴实颜色,让人看着贴心。

这黄土永远都散发着一种清香,那是本质的土的味道。坑院里的人都这么说,塬上的土活人哩,种什么长什么。磕破了拉伤了,抓把土撒上就好了;有人走远路出远门,老人会让带上一包塬上的黄土,老人说,有个头疼脑热的,烧水熬药时撒上点儿,准会管事儿。

难怪这里的人这么多年都在这里生活,代代相传。似乎有一种根脉,在那黄的深处蔓延,一直蔓延到黄河边,然后同黄河绕在一起,发出轰轰隆隆的响声。

世上大多数的土是靠风和水移动的,风的一时执拗、水的一时冲动,都会让土变换一下位置。

世上还有一种土是乡土,它们从不移动,抱团固守。固守的根结是那些草、那些树、那些庄稼、那些人、那些互相抻拉着的魂。因而塬上也就成了独特的原乡。

我在塬上走,不断地同人说话。这话那话说着的时候,就会有人问你了,吃十碗席了吗?什么时候村里有人办事了,来吃十碗席。

听起来就觉得亲切。

虽然也是客套,但是那客套里含着真情,平时见了,他们会说,来家吃饭吧。但他们不会说你来家吃十碗席吧,十碗席不属于家常宴,那绝对是十分正式场合的大餐。我敢肯定，在很长一段时间里，人们把十碗席当成了一种谈资，谁谁谁家办事了，开了十碗席，谁谁谁家的十碗席场面办得大，甚至有谁刚从十碗席场面上出来，见了人都会觉得光耀三分。

陕州的十碗席是出了名的乡间美食，历经三百年不衰，主要的一个特色，就是使用了地坑院特有的炉灶：穿山灶。穿山灶在别处很是少见，或就是由地坑院发明出来的。

我在一个刚办过大事儿的坑院里见到了穿山灶，那是在院子里垒得像条龙似的一个长长的灶火炉子。它完全利用了地坑院气流向上的原理，在灶火的最前面烧火，后面依次排着七个炉灶，炉灶微微地前低后高，每个炉灶上放着一口大锅，这样烧起来，吸引力在最后面，火从前往后引，一点都不浪费，而且都能受热。第一个炉灶的火当然是最旺的，适合蒸煮，随着火力依次减弱，便有炖、焖、炸、炒等。每一口锅都能加热，既节省了柴火，又节省了时间，十道佳肴几乎同一时间出锅，堪称一绝。如果一口锅里做一种大菜，这个大菜就可以分成很多份，那么，一次开十桌席也没有问题。

可以说，有了穿山灶，才有了十碗席。那个时候你就看吧，烧火的专门烧火，而且烧得十分在行，穿山灶边有掌勺的、有帮厨配菜的，师傅徒弟大呼小叫，勺子铲子叮当作响，那叫一个热闹。不一会儿，一切齐当，只闻着一股股香气满坑院缭绕。

十碗席的食材都是塬上自产，由于当地干旱少雨、气候燥热寒冷两极分化，塬上也就喜欢香辣咸酸、荤素搭配。十碗席最具代表性的特色菜是扣碗肉、小酥肉、炖土鸡、辣豆腐、肉丸子和杂烩菜等。十碗席上桌以后，会另配塬上特有的馒头、窝头、饼子、麻花、蒸糕、面汤，随你喜欢。

现在来看这十碗席，可能觉得不过是一些普通常见的美食，同其他地方的饭菜没有什么大的区别。但是你要想到，过去的塬上食物并不是十分丰富，尤其生活匮乏或季节食材缺少的时候，十碗席简直就是奢侈的代名词。而且热菜用穿山灶烧柴烹制，工艺丰富、有菜有汤，味道也就与众不同。

以前必然是重要的节庆，或者红白喜事，或者来了重要的客人，才会垒砌这穿山灶，做出十碗席。就我所知，2016年4月，庙后村的张强结婚，娶的妻子刘苗是张茅乡南头村的；2017年11月，曲村李雪亮结婚，妻子成倩倩是山西侯马人……都是开的十碗席。让妻子家人见识和享受了一番塬上多少年传承下来的美食与热情，回去后说得绘声绘色，感受到了一种特殊的款待。莫说别的，就看院子里那座现垒的穿山灶，就够让人心里发暖。

我在张春红的地坑院品尝了一次十碗席。穿山灶扣着玉米叶子编的锅笼罩，远处看去，就像一排懒汉帽子，高高地冒着热气。各种香味从笼罩中纷扬而出，让人不免口内生津。

老张说，咱去窑屋里等吧。一会儿工夫，热菜凉菜一起端上。那边上着菜，这边老张就讲，十碗席的座位、摆放、吃法在塬上也有讲究，吃十碗席通常是八个人一桌。上位一般由长辈、媒人或客人来坐，其他桌子也都要由年长者居上。菜的摆放呢，热菜按"上红下白、上酥（酥肉）下丸（肉丸）、上珍（黄花菜）下带（海带）"来摆放，凉菜分别放置在四角。开席的时候，要待主宾发话才可动筷，且随主宾的筷子确定下筷碗次，不能随便去动，而且吃一口必须把筷子放下来，待主宾发话说大家随意后，坐席者方可按照自己的意愿去搛菜；吃馍也不可整个吞咽，要一块一块掰着吃。这样，十碗席的场面才正式而庄重。

好，听着都感觉出了那种混合着乡塬气息的儒家风范。

这顿饭，由于先有了想象，后有了期待，便吃得酣畅舒服，直叫出一个爽来。

## 十三

坑院里的窑屋风门上方，多半都是木制的方格，窗户也是木条勾连的井字方格。装饰这些方格的，就是剪纸窗花了。

陕州区的乔璇说，地坑院的剪纸兼容了北方的粗犷和南方的精巧，技法纤细精致。你看他们的窗花，多是利用宣纸的渗透功能相互洇浸、染色，一次完成，这在后来被认定是填补了中原一带染色剪纸的空白。

我在南沟村见到了喜欢剪纸的黄亮娥。她笑盈盈的，脸上泛着红，一看就是个爽快人。她的剪纸，或是五牛图、伏虎图，或是关公大刀、秦琼掌门的传统图案，也有耕作、读书、欢舞等现代图案，还有恋爱、结婚、生子的喜庆图案。说着话，她又拿起了一张红纸叠拢，让剪刀快速地扭动着。你并不知道会出现一样什么景物，等剪完展开，才真正地揭开谜底。

黄亮娥很健谈，你问她什么她说什么，不问她什么她也知道说什么。只要是跟剪纸有关的，她都会不停口地告诉你。

黄亮娥说，春节和喜庆之日，家家都要在方格上贴窗花，这就使得每家每户都有剪纸的，不必上到坑院去找别人帮忙。尤其刚结婚的新媳妇，需要这时显露一把，不但在腊月二十六前剪好窗花，还要去给左邻右舍赠送交流，实际上是亮亮新人的女红能力。正月初一，人们拜年串门儿的时候，讨论最多的就是家家贴在门窗上的剪纸，尤其新媳妇家。那些大姑娘小媳妇会专门结伴来，欣赏新媳妇剪的窗花。可以说，每年春节都是地坑院剪纸窗花的一次欣赏会，谁家的窗花剪得好、谁家新媳妇的手儿巧，很快就会传遍整个村子，还会被走亲戚的传到更远。

乔璇插话说，亮娥一准儿是在做新媳妇时就出了名的吧？黄亮娥就笑，说那倒是真的，俺嫁过来，带动了一村人呢！所以女孩子在很小的时候，就会在窑屋里好好学习剪纸，以便打下坚实的基本功，大了，便熟能生巧，进行个人的创意创新。

乔璇说，在塬上，结婚是人生大事，剪纸装饰更是这个时候不可缺少的，你多给讲讲。黄亮娥说，我正要说呢，婚前男方家要给女方送日子，带去的衣物、棉花、礼金等都要贴上形状各异的双喜字以及喜庆吉祥的剪纸，就连礼肉上，也要贴上猪头花剪纸。新房窑屋里一定要绑顶棚，裱糊剪贴红、黑色的石榴、莲花等团花，炕上墙壁用白纸裱底贴牡丹、菊花等剪纸花屏，炕对面桌子上方也要贴桌围花。结婚当天，女方带来的陪嫁物上，也都有剪纸，娘家陪送的被子里，往往会剪个"太子耍莲"装进去，而各种大大小小的喜字是最多的剪纸了，让人拿去到处张贴，连一棵树、一块石头也不空下。

乔璇说，我听说，有了孩子，娘家妈就会提前忙起来。先剪出纸样，然后贴到布上仿绣虎头帽、花肚兜等，待到满月，会随着欢喜送过来。孩子满月了，家里人还会用五色纸剪猪头、猫头等模样，摆在供桌上，希望保佑孩子无病无灾。是这样吗？

黄亮娥说，可不是，你对俺们塬上还真了解，难怪是搞宣传的。咱再说白事的剪纸吧，人们好说红白喜事，白事的剪纸也是个手艺，有人专门会这一手。老人临终前，要做安扎纸马，灵堂门框要吊镂空圆状纸幡，儿子送葬要手执招魂纸幡，送葬队伍的孝子贤孙也要手执白纸剪须缠绕的柳棍，出殡沿途要撒外圆内方的纸钱。那个时候，很多人都会在这家帮忙，剪纸不断。塬上除了清明、鬼节、十月一要剪纸钱、纸衣等上坟祭拜，还有六月六给故人坟上剪贴纸花扇的习俗，意思是为死者送扇祛暑。在逝者三周年的时候，普遍剪扎金山、银山、摇钱树等祭拜。黄亮娥说这些都属于一般的剪纸手艺，很多人都会做，细致的剪纸则得是那些能手了。

黄亮娥接着又说出了不少老辈的剪纸艺人，她说塬上人就是这么代代传下来的，现在她又开始带徒弟了。其实那些徒弟也不用怎么带，都是主动地跟着学，而且一学就会。

说到剪纸，我在这里还有新发现：塬上剪纸同外边剪纸的最大区别，是他们不忌讳黑色。

走进一个个坑院，你会发现那种十分显眼的独特的窑屋黑，无论是佳节欢庆之日，还是结婚大喜之日，他们都会用黑色剪纸来表达心意。在一个个坑院转的时候，看到窑屋顶棚、炕围子以及其他物件上的好看的黑色剪纸，我都露出惊奇的神情。那些黑色剪纸是贴在白纸上的，这样反差效果就更加明显，甚至有些扎眼，尤其是新贴上去的时候。

我来到南沟村的任梦仓家，他家窑屋门两边贴着宽宽的对联：和风吹到黄河涌，画卷铺开古陕新。对联是红的，窑屋里贴的却几乎都是黑色的剪纸。

在我极其认真地观看这些剪纸内容的时候，任梦仓老人就会在一旁讲说，并且把新剪出的图案展示给我。说真的，那些剪纸都十分有创意，内容丰富，意义深远，但同那些彩色剪纸比起来，我还是不大能接受这种尚黑艺术。我觉得，这一定同他们的信仰有着某种渊源，同塬上的生活习俗有着某种关联。

陕州区的肖伟说，陕州曾是夏代衍生地，夏代视黑色为国色，以黑色为载体的民俗文化也自然应运而生。因为黑色最跳、最突出，什么颜色都遮不住它，而且也不容易褪色；再者黑剪纸贴在白纸上，色差对比高，图案鲜亮，塬上人相信黑色能驱邪，农村好说黑吃黑，家里贴了黑色剪纸，就什么都不怕了。

不少地方都属于夏代衍生地，为什么尚黑习俗都消失了，崇黑的文化却在这里影响至深呢？这或许表明，在陕塬一带，由于人们深居简出，长期与世隔绝,也就一直坚持着自己的习惯而不管外边怎么变化、怎么论说。任梦仓说,还有一点,按照五行说,黑代表水,咱塬上缺水。哦,这又是一点了,而且是很重要的一点,反映了塬上人对水的渴望。综合来说,也就理解了他们为什么视黑色为高贵、庄重、理性之色,让这黑色渗透到世俗生活的方方面面。这样,黑色剪纸也就如一朵绽放在塬上的黑美之花,在民族艺术中独放异彩。

我在这里还发现,地坑院里的男人会剪纸的不少,有的村子男人剪纸比女人还多,而且他们想象力不同于女人,胆子和气魄更大,也就成为地坑院独特一派。我没有想到任梦仓老人就是一位剪纸能手,他家窑顶上、炕围子的黑色团花和花屏竟然都是他自己剪的。他八十岁了,耳不聋,眼不花,手不抖,他拿起一把银色小剪,几下就剪出了一幅地坑院幸福图。

说起剪纸,他说,别看塬上偏远,生活里的讲究却多,不少的讲究,都要用剪纸来完成。比如腊月二十三祭灶时,要在灶王爷像前挂纸剪的灶王爷门帘,还要烧香祭拜。民间有"正月雷,坟骨堆"的说法,那就剪个雷公符贴在门上,意为躲灾避难;要是下连阴雨,久久不停,就剪个扫天媳妇挂在院里,意思是把雨扫光;若遇到久旱不雨,就剪个棒槌挂在崖上,作蘸水甩水的样子,希望天降甘霖。

他说,家庭对孩子是最上心的,对于孩子的讲究也就最多。比如五月端午要剪蛇蝎五毒动物,贴在墙上,或绣在小孩肚兜上,意避五毒之害;有的小孩长期夜啼不止,便剪个颠倒驴,贴在黄纸上,写上符语张贴,希望驱邪止哭;有的小孩得了红眼病,就剪一些桃子,串绳喊叫,意把红如桃子的眼疾驱除。他说管事不管事的,反正塬上多少年里都是这么做,专家们来了就说这属于民俗文化一类。

我问他,当初为什么要学剪纸?他说,还不是觉得好玩、喜欢?农村人不讲究,喜欢就学。我说最早跟谁学的呢?他说最早跟外奶(外婆)学,跟母亲学,慢慢就会了,连她们也觉得好。剪纸嘛,就是一个心里透亮,心里透亮了,就觉得没有啥,学会了就知道。难的还是按照自己的想法来,不能全照着老辈的花样剪,要在这上边创造想法。

这样也就明白,他在剪纸上有了自己的创新,才在塬上有了名气。他以剪团花、花屏为主,他剪的主要是顶棚花和墙围花。

任梦仓的老伴员月英也是一把剪纸的好手,两个人算是一对好搭档。员月英是张村人,两人1957年结婚。说到当时的印象,员月英老人说,人家一介绍,两人都愿意。老人还记得,那个时候她十八岁,骑个头牯就跟着来了,反正都是住的地坑院,也没有什么不习惯。上百年的老窑屋接纳了这个勤快的女子,直到现在。

让他们回忆往事,他们一下子不知道从何说起,就记起当时日本人修的炮楼很高,俯视着这一片塬,小孩子就不敢乱跑。员老太太那时四五岁,见地上有个小勺子,知道是个稀罕物,捡回来大人却不让要,又扔到原地去。再回忆,就说到了特殊的年代,那个时候,自己家的东西也不能随便卖,卖了就是投机倒把。可也得过年吧,就把自家的剪纸拿到集上,挤在一个角落里悄悄卖。塬上人都喜欢贴门花贴窗花,喜庆啊,家里没吃的不要紧,窗户门上糊得美美的就好,也就有人买。卖了剪纸,就去割肉,买点白面,过个年。任梦仓说,那个时候你要是剪纸,剪动物可以,剪人不行,人才有故事,但可能不合适。

问起出了名之后的事情,两位老人又激动地说开了,说俺们到过北京、广州,到过香港,参加奥运会、亚运会展示呀,我俩都去。在现场,有人问能不能剪一个姚明?想想就上手了,几分钟剪好,人家高高兴兴地拿走了。我们来,任梦仓刚刚参加了省上的剪纸展览回来,是边展览边现场演示。他还拿出了省里给他的奖状。

我再来的时候，两位老人又是刚回来。这次出门是10月14日，参加省上国家非物质文化遗产项目培训。任梦仓说，不定什么时候又出去了。闲了的时候两人也会去赶会，塬上人喜欢什么剪什么，喜欢团花，五十元一大张。也就半晌工夫，带的纸就都剪完了。他说，称斤掂两，卖个功夫。

我要给二老照张合影，任梦仓笑着站了起来，我说坐着就行。员月英听说要照相，先是用手拢拢并不乱的头发，而后又去找了一块手帕蒙在头上，显得很正式，也显得见过世面，知道那影像是要慎重对待。员月英的个子不是太高，倚着个子高高的老伴，幸福地笑着，让人感到她是笑了一辈子的。

问他们，有孩子吗？老人说有，一女三男，都在外打工。过年回来吗？能不回来？回来。

## 十四

已经是秋天了，而且进入了10月。

向日葵已经成熟，在塬上大片地伫立着，发着金黄的光。有些刚被收获，一盘盘堆在地边，堆了好大一片；有些是整个地块都堆满了。盘并不大，不像新疆的丰硕饱满，但是也成气候，是塬上的一种经济作物。进到村子的时候，也就见到了一片片晾晒的葵花子。

环绕在大片葵花周边的，是苹果树。一棵棵苹果树都挺着满满的丰收。塬上的苹果收得晚，但是日照时间长，因而也就汁液饱满、清脆甘甜。这个时候，塬下的那些果贩子早已做好了各种准备，跃跃欲试地等待着一个时刻。现在，那些甘果在睡袋里正做着最后的美梦。

满树都是浅黄色的纸袋。这里的人认真，说可不敢套塑料袋，纸袋虽然贵一些，但是环保。一个个能够防雨的纸袋子，是农家一个个套上去的，像对待孩子一样，没有哪一个孩子是睡在被子外边的。

乔璇说，再有几天就该让它们见光了。她说的见光就是见太阳，把睡袋一个个拿掉，也就是塬上人说的"上色"。那是成熟后的最后一道洗礼了，10月温煦的阳光会将果实染上一层好看的亮釉。这个时候你到塬上，家家都很少留人，大都上园去了，而你在园子周围又看不到什么人。整个塬上，一切仍然是静悄悄的，只有大片的风，随着那些高腰的草在发出飒飒的声响。

想到春天的4月，苹果花刚刚开放，塬上是另一个世界。苹果花虽然不那么艳丽，但是多了就分外惹眼，不由你不多看几眼，因为那大片的粉白，连同着桃花李花核桃花，都缤纷在了一起。人们又是一阵劳忙，浇水、施肥、嫁接，几乎天天陪伴在地里。蜜蜂也是这个时候来，到处都是嘤嘤嗡嗡的声音，农家人顾不上它们，随着它们去闹嚷。也就半年过去，一切都变了样子，但是你想啊，这也是塬上一年的盼望。

我是到人马寨找王驰的。王驰1959年生人，论年龄尚不算大，但他却是塬上有名的澄泥砚传承人。还有一位传承人是王跃泽，王驰是王跃泽的远房叔叔。陕州澄泥砚是全国四大名砚之一，而四大名砚中，端砚、歙砚、洮砚均是石质，唯澄泥砚为黄土泥制作，它是利用内外范模翻制而成。宋代《砚谱》中，有"虢州澄砚，唐人品砚以为第一"，三道塬所在的陕州，以前属于虢州。到了清代，人们都知道澄泥砚的工艺场在张村塬的人马寨村。天津艺术博物馆存有一方清代描金蟾蜍澄泥砚，砚底印款就有"陕州工艺局王玉瑞造"。王玉瑞就是人马寨村人，是王驰的先辈。人马寨村所制澄泥砚曾在1914年巴拿马国际博览会上展出。《西清砚谱》记载，乾隆皇帝曾为澄泥砚题砚铭：抚如石，呵生津。可见其做工细腻，奇态古朴，造型美观，被誉为"砚族之魁"。

有人说，当时的人马寨村子烧窑制砚已经形成了家族之势，一时间窑火之旺，使得与其相邻的窑头村径以"窑"命名。找到窑头，就找到了人马寨。

人马寨王驰的家不大，却到处都是砚台。他制作的砚台很是精细，对王跃泽也有影响，而且想象斐然，比如一池碧荷中，一只青蛙趴在一片荷叶上，栩栩如生，抓住蛙身，就可以打开砚台的盖子，设计十分巧妙。他还大胆地设计了炎黄二帝等有气势而且带有中原特色的款式。我在一个地坑院见到他，他十分健谈，让我这个不大懂澄泥砚的外行，多少知晓了中原人对于一种文化的贡献。

我当时问他，家在哪里？他说是在人马寨，那时听了还是一个十分含糊的概念。他就强调，离庙底沟不远。我就更多了含糊，因为庙底沟虽然有名，但具体地点我并不知道。他就再说，窑头知道吧？挨着窑头。现在我当然清楚了，他的表达很清晰。假如你是一个塬上的人，或者你对这一带并不陌生，那么你就会清楚他说的方位。我问他制作砚台的土从何而来？王驰说当然是天然的土，在火烧阳沟里取的。我当时还反复问了沟的名字，并且记住了它。

火烧阳沟，一定是黄土中特殊的一层，它或是在气候湿热阶段深埋凝结，后来又经过水的长时间冲涤，使得这层泥土细腻柔滑，暗带深红，和成胶泥，十分适合做砚台。现在这道沟干涸了，多年前是什么景象呢？一定连通着哪条河流甚至黄河也未可知。王驰却说，火烧阳沟就是黄河故道，说确切点儿，火烧阳沟以前连通的是黄河支流青龙古涧。

后来我来人马寨找王驰，王驰不在。杨振宇一打电话，王跃泽在，就去了王跃泽的院子。

在王跃泽的院子后面，我看到了不大的炉子，那是专门烧制砚台的炉子。我原以为是一个很大的窑，像烧制砖瓦那样的，却是如此之小，小得像一个个窝窝头状的笼屉。

我细致地问了王跃泽制砚过程。他说做砚要先取火烧阳沟的红胶泥土,经过拣选、捣碎、过筛,然后加水用细布过滤为泥浆,再沉淀成细泥。将细泥揉成泥团,再装入范模,脱模后的砚坯半干时再进行整修、刻画、压印铭、记堂号,干透后放太阳下晒数日,再放置到窑内烧烤。

我知道以前烧瓷器窑是用柴火,后来有了煤也用煤来烧制。那么烧砚窑呢?王跃泽说一定要用柴烧,不能用煤,而且要硬实的柴,这都是古法相传的,烧窑时旺火烧一天,再闷火两天就可以了。至于成品如何,那就要看窑的造化,入炉前是清一色的泥土色,出来后,色泽各不相同,有厚重的黑、鲜亮的黄,更多的是深沉的赭石色。王跃泽说,当然,并不是每窑都能烧好,就像是烧瓷器一样,有时会烧裂、变形。

原来以为文房四宝这类东西一般都是南方热乎,没有想到在这远离世事的塬上,也一直有人热爱着。

我提出让王跃泽带我去看火烧阳沟。我们走了好远,穿过好几片菜地,直走到沟边我都没有意识到,因为到处是高高低低的黄土。有些是土围子,有些是低洼的土坑,还有胡乱生长的植物,有杂草,有树木,更多的是野棵子。

走着走着王跃泽站住了,指着下边说,你看到了吗?赶紧凑上前去,果真是一道深深的长沟,看不到它的底部,底部或许有水,只是看到了深深的黄土和深深的荒芜。王跃泽说,这道沟南北有几十里长,向南便是切开西张村塬的沟头,在这里,五道沟像伸开的五指,撕开了超百万年堆积的巨厚黄土,五道沟中的龙潭沟和水泉沟都有泉水溢出,并夹着一个有着仰韶文化遗址的人马寨和窑头。

这样说,才显出了土塬的实质,要是没有这些深沟的衬托,你很难感觉到塬上是什么样子。自然,如果没有两边土塬的高耸,也就显现不出这些沟壑的深长。

火烧阳，塬上人真会叫名字，叫得形象而富有诗意。王跃泽指着前面说，看到那一片红褐色了吗？像是火烧过似的，附近的百姓就这么叫了下来。

我想找个地方下去看看，但是王跃泽说很难下脚，长时间的荒凉，里面都是荒草棵子。我说是不是做砚台的都到里面取土？王跃泽说，虽然是这么说，但是沟那么深，哪里能取到好土？那都是个人的秘密。我说这么说，你取土的地方也是秘密了？王跃泽就笑。

我找王驰是想看看他家的坑院。上次他说当年他家有十二个窑屋，曾经住过三批知青。那是1970年，村里来了城里的知识青年，要分到各个地坑院去住，于是王驰家里就腾出了四孔窑屋，住进来二女三男，那是第一批高中生。王驰还记得有一个叫翁安福，男的，是个带班的。女知青大名不知道，人们都叫大燕子、小燕子。这些人后来都还来过，来了就回忆，说晚上在窑屋里唱样板戏，你一声我一声，坑院里热闹极了。

那个时候王驰刚上初中，记忆特别深，安静的坑院里一下子住进来一帮年轻人，整天闹闹的，不知道父母是怎么样的心情，但是王驰喜欢，因为孩子都喜欢热闹。没事的时候，他也会站到窑屋门口去凑近乎，想着自己长大了，会不会像他们那样成熟，敢于独立地离开父母，到一个地方去生活。当然，即使王驰是中学毕业，还是回到这人马寨，因为他是农村户口，只能回乡务农。人家叫知识青年，都属于城镇居民，有吃供应的粮本。王驰就有了另一种羡慕。

我问王驰，知青中有恋爱的吗？王驰说，第一批不知道，那个时候小，也觉察不出来，等到住进了第二批知青，就发现了异常，有人好上了。窑屋门是经常偷偷响的，往上走的窑洞过道里，是经常有人影子的，因为那里黑，猛然跑进去的时候，就会发现异样的男女。还有，晚上拦马墙头会有人吹口哨或扔土坷垃，那是一种暗号吧，于是很快就有人开门溜出去。

再有就是传递书看，那个时候书很紧张，谁有好书都是先给喜欢的人，两个人不断地传书，传着传着就传成情人了。有时候还让王驰当传书人，王驰并不知道其中奥秘，只当是做好事，很乐意替人跑腿。有一次半路上忍不住翻看包着书皮的书，里面竟然还夹着纸条，那纸条让王驰脸上发烫了。回去只是汇报任务完成的情况，以及人家回话的内容，却并不说透什么。

我问王驰，还能说出其中一两个人的名字吗？王驰说，我家坑院的还记得，男的叫任建平，女的叫黄彩霞，两人好着好着就好到一起了。我说，怎么好到一起了？王驰说，结婚了呗，回城后，还带着孩子来过。那时父母还在，院还在。

我倒是有些感慨，当年那些住过地坑院的知青，还真是惦记着这土塬和土塬上的人，他们在这里走过了一段不平凡的岁月，独特的坑院生活，必然对他们的人生产生了影响。我当年是去另一个地方，若是来到这塬上，深切的体会当是更不一般，了解的生活内容也更丰富。我相信一定有人留下了这段文字，只是我还没有读到。而且，当他们知道当年那个小王驰，今天已经是很有名气的澄泥砚制砚能手和传承人，会更加兴奋，毕竟有着一场缘分。

王驰领着我看他们曾经生活的也是知青住过的地坑院，由于长久无人居住，坑院有两面都塌了，草和蓬蓬棵子长了半院子。知青们再来时，一定还会跑下去，并指着哪一孔窑屋，说是自己住过的。我对王驰说，应该让坑院留下来，留下一个记忆。

后来我再见到王跃泽，说起王驰家的知青故事，没有想到王跃泽说，我家也住过知青啊。我惊讶了，是哪里的知青呢？他说可能是市里的，或许还有别处。他大概是不大清楚，算算他的年纪，那个时候他也许没有出生或刚出生。

但是王跃泽说，现在不断有人来，寻找到这里就亲切地嚷嚷，并且打电话、拍照、发微信。后来就有人来了要求住一晚的，好像住一晚就找回了当年的乐趣，于是又引来了越来越多当年的知青。

那些知青都老了，顶着花白的头发，张着缺了牙的嘴笑。他们笑什么呢？以前在这里没有吃什么苦吗？不是，他们是笑他们曾经的岁月，笑他们现在的岁月，那是一种接续不是？有的人连这种接续也接不上了。于是有人建议他们家将小院整理出来，就叫知青院，说会有很多的知青喜欢上这个院子的，不一定都在这里住过，只要是在塬上劳动过的，或者在那个年代劳动过的，都会喜欢上这个院子。

王跃泽感受到了某种说不出来的滋味。

## 十五

一晃眼，我在塬上已经经历了四个季节。这四季轮回中，时光从来没有在哪里迟疑过，也许是我的疏忽，让它们就这样眨眼之间过去了。直到有一天，火红的柿子从枝头上掉落下来，才想起它刚开花时的情景。其实它刚开花时也没大顾及，那个时候到处都在开花，都在飘絮，芳香恣意地播撒，也就记忆成了笼统的繁荣。

现在那些柿树连叶子都掉光了，唯剩了一片红在枝上颤，猛然一个把持不住，颤下来便成了一小堆艳艳的软泥。我知道，柿子熟了的时候，冬天就该来了。

冬天是这一年最后的节目，说不上是压轴，但会表现得尽可能完美。有时候落雪了，很多柿子还在树上坚持着，雪就将它们一同装点。其实雪是喜欢这样的,否则雪就太单调了。

我最终确定是下雪的时候,雪猛然间大了起来。初开始它只是一些风的感觉,并没有雪的弥漫性张狂,等我上到塬上,它立时就现出了原形。大把大把的雪不知在哪里埋伏着,此时铺天盖地撒过来,不一会儿,塬上便一片白了。

这是我在塬上遭遇的少有的一场雪,我感到十分幸运和兴奋。我不能把自己憋在坑院里,努着劲儿地走了上来。

雪像一个素描大师,把一个个地坑院勾画得十分仔细,连拦马墙上的瓦楞都勾了出来。谁家瓦楞缝的排烟道散出了缕缕炊烟,而后,那么多的瓦楞间都有了炊烟,雪雾一般,让这张汴塬的黎明顿时活泛起来。

一只狗从地下钻了上来,似无声的画面,雪原上有了一溜儿新的花瓣。这时候听见了鸡鸣,其实勤奋的鸡早就在坑院里叫早了,只是那声音淹没在巨大的沉静中。一些雪花落在塬上,一些雪花走的路更长,它们还要再往下多少米,才能落在坑院的底部。

一个穿着一身红的小女子出现在了地坑上方,她手拿一把扫帚,一下下地想把雪扫向两边。雪太厚了,她回去拿了一把锨,先把雪铲开,然后再动用扫帚。这样,一条小路就显现出来。这是刚结婚不久的小媳妇,来的时候,柿子还在树上,红彤彤地挂满坑院四周。

我一脚一脚地在雪地里跋涉。这个时候的雪还没有上冻,更没有化水,脚下发出了极轻微的沙沙的声响。

我来到了塬的边上,雪后的空气清新得很,能见度也高了。放眼望去,塬下是一道道沟壑,此时,也已经起伏成一片莽莽苍苍的白,更远处,一条大河正蒸腾着雾气静静地流淌。

塬上人说,下雪的时候,塬上也并不会普遍地沾光,有的地方大一些,有的地方会小一些。为什么呢?可能就在那些沟上,沟里上升的气将雪的气势隔开了，那么深的沟，能够隔开三道塬，也能够隔开三道塬的雪。我只能说，映入我眼帘的，是不同的雪的景象。

同张汴塬隔着一道沟的张村塬也下了一场雪，同样是好大的雪，这是近些年少有的事情。小东沟的人从地坑院里上来，感觉整个张村塬的雪都下到小东沟村了。实际上，小东沟人也不会看到，整个张村塬都下满了雪，没有了道路，没有了村子与村子连接的痕迹，全都连在了一起，或者说全都被一张雪的大席盖严了。

高处看，那就是一幅大画，平铺在张村塬上。这里，那里，陷落的地坑院会透出村子的痕迹，那痕迹很有艺术效果。

下了一夜的雪，人们大都在坑院里睡沉实觉，就是醒了的，也就是在灶火里添上几根木柴，然后炕上坐着，望着窗户外边的院子，看雪把一棵树打扮成银伞。说着的话都是，今年的雪可真大。

倒是从塬下上来的媳妇，会有雪把房子压塌的担心。我后来又见到了上次遇到的那个女子，那个时候她正好又到塬上看婆婆。丈夫说自己忙得脱不开身，这么长时间了没有回家去看看娘，她就带着想念来到了塬上。来后没有想到遇到了一场雪，而且是在塬上长大的她从来没有见过的大雪。

初开始还在坑院上面转，感觉有雪花落下来，从树枝间往上望去，就越来越看得分明了。雪下得大时，婆婆就在下面叫了，她这个时候已经能听到落雪的声响。

等到趴在炕上，从窗户里望到院子完全白了，望到飘下来的已是一团团的鹅毛，望到窗台上的白积了厚厚的一层，她就从兴奋变成了担心，念叨着应该到窑顶去扫一下雪。因为她听住在平原庄户的同学说过，如果遇到大的雪，早有人冒雪出去，上到房上去除雪，不尽快地清除，会将房子压塌。现在这么大的雪，会不会把窑压塌呀？该到坑院上面去铲一铲吧?

婆婆听了就说了,塬上可不是外面,没有谁家操心把窑压塌的。越是下雪,在坑院里就越是安全,风刮不着,雪打不着,你就在炕上暖和着吧。婆婆说完就笑。

整个村子,被包裹在厚实的土塬的怀里。

等到雪停了,再上到高处去,会看到一个在平原永远也看不到的景象。雪塬上那一个个地坑院,就像谁用了一个大模坯子,将一块块坯脱在了雪中。怎么那么规矩,大小差不多,一个一个放在那里。

## 十六

天又一次黑了。

黑,其实与人毫不相干,盼也这样,不盼也是这样。

夜晚,地坑院的灯光透不到大地上面去,整个村庄隐没在一种神秘的气氛中,这种气氛显得安详而沉实。偶来的夜行者可能不适应,因为等同于进入了失去航标的黑海,不定哪里会有海沟和旋涡。

地坑院与大地紧紧地拥抱在一起,同呼吸,共冷暖,你说,还有哪一种人类创造与黄土如此亲密?它真正成了大地躯体上的一个深致的部位。头一次住进这坑院时,站立其间,只觉得离天尤其近,轻轻咳一声,声音就直直地蹿了上去。每一个坑院上方都像是一口古代的方鼎。鼎里炒着星星,煮着月亮,有时烟气缭绕,有时云雾迷蒙。

在地坑院里看夜,感到那是一种简单明了的观景框,在这个观景框里,你会看到月亮的变化,"初一一根线,初二看得见,初三初四像蛾眉,十五十六大团圆"。等团圆了就再从头看起,没有人能够比塬上人更熟悉月亮的变化。

这个时候其他坑院的人在干吗？可能也如我一样，院中对空闲坐。他们在那一方世界里，如何不是一种独有的享受？以为自己的这个框里的天空是最美的。

有时会有音乐隐隐传出，是谁在哪个坑院里拉胡琴？并不十分鸣响的丝弦奏的是陕州老调，带动着蛐蛐、知了、咕咕喵的声音，南瓜花、扁豆花、茄子花的声音，形成一种塬上天韵。坑院的上空就越发显得静，这种静里，一定有人暗暗地流着泪水。

天黑严的时候，坑院就成了一种暗物质。我想，这种暗物质虽然各自独立，在塬上它们却是相通的，它们有着几乎相同的空间、相同的门窗和相同的火炕，它们内部所进行的事情也大致相同。所以，第二天走上坑院，见面的第一句话还是：上了？

其实要我说，这些暗物质也有着自己的光亮。是的，它始终映照着塬上不灭的人性与灵魂。

（原载《人民文学》2019年第5期）

# 京都花之什

肖复兴

一

无论老北京，还是新北京，看花的最佳季节，当然在春天。在老北京，花和树一样，一般是在皇家园林、寺庙和四合院里。老北京人赏花，得到这三处去，皇家园林进不去的时候，到寺庙里连烧香拜佛带赏花，便是最佳选择。春节过后，过了春分，二月二十五，有个花朝日，是百花的生日，那一天，人们会到寺庙里去，花事和佛事便紧密地连在一起。因此，在皇家园林还没有开放为公园的年代，到寺庙里赏花，是很多人共有的选择。

过去，老北京坊间有个顺口溜：崇效寺的牡丹，花之寺的海棠，天宁寺的芍药，法源寺的丁香。这四句话，合辙押韵。意思是说，开春赏花，不能不去这四座古老的寺庙，那里有京都春花的代表作。那时候，到这些地方赏花，就跟现在年轻人买东西要去专卖店一样，是老北京人的讲究。可以看出，老北京人赏花，讲究拔出萝卜带出泥，要连带出北京自己悠久又独特的历史和文化的味儿来。就跟讲究牡丹是贵客、芍药是富客、丁香是情客、海棠是愁客一样，每一种花要有一座古寺依托，有浑厚的背景映衬，方才剑鞘相合，鞍马相配，葡萄美酒夜光杯，相得益彰。

崇效寺，在靠近广安门的枣林前街附近，以前，那里曾有枣树林一片，所以崇效寺又叫枣花寺。崇效寺的牡丹，以种植的面积铺展成片而让人赏心悦目。当然，那里的绿牡丹和黑牡丹更是名噪京都，因为那时候开绿色和黑色花瓣的牡丹，满北京只此一家，别无分店。

花之寺，龚自珍曾招饮诸友于此，他有《西郊落花歌》，序中说："出丰宜门一里，海棠大十围者八九十本。"说的就是花之寺。丰宜门就是现在的右安门。花之寺的海棠在清时名气最大，晚清诗人周寿昌为之写的诗，大概可以说是写它最为繁盛时的花容树貌："花之寺里海棠树，老佛坐看三百年；虬舞槎枒俯高阁，燕翻红紫烂诸天。"花之寺的海棠，在五四时期的女作家凌叔华的笔下也有过描述，她特意将自己的小说集命名为《花之寺》，不过她笔下已经是花之寺走向尾声的落魄的海棠了。

不过，海棠繁盛的寺庙，不仅限于花之寺。很多书中说很多寺庙里的海棠，都远胜过花之寺，比如法源寺。洪亮吉有诗："法源寺近称海棠，崇效寺远繁丁香。"据说，乾隆末到嘉庆年间，法源寺并非以丁香而是以海棠出名。即使到了民国，那里的海棠依然非常出名。泰戈尔和徐志摩在法源寺花下吟诗一夜，梁启超集宋词说："此意平生飞动，海棠花下，吹笛到天明。"可见，到了民国，花之寺的海棠，已经让位于法源寺。那时节法源寺的海棠已是主角。

天宁寺的芍药，和寺本身一样历史悠久。作为北魏时的老寺，芍药曾经名重一时，《帝京景物略》引明诗："林花飞绕客，幽鸟语应蝉。"不过，芍药只是天宁寺名花一种。张之洞曾经为天宁寺的花作过一首长诗，不是为芍药，而是为紫藤花。他说："春事如驹不留影，藤花烂漫只俄顷……

密叶张幄已交蔓，细蕊编珠犹附梗……此花虽甜幸不俗，荡魄摄心由自领。"和天宁寺的芍药相比，法源寺的丁香，一度应该更有名一些，看旧书的记载，应是清末时分。清诗有句形容那里的壮观："杰阁丁香四照中，绿荫千丈拥琳宫。"说丁香千丈之长是夸张，但簇拥在悯忠台的一片丁香花海，为京城难见的景观，确实是吸引人们来的主要原因。

有意思的是，这四座古寺都在宣南，应该说和那时候宣南居住的众多文化人相关。花以人名，人传花名，文人的笔，让这里的花代代相传，这四座古寺的花事，连同明清两代文人留下的诗章，便成了宣南文化的一部分。

这四座古寺的花事繁盛，一直延续到民国。从文字记载来看，起码在20世纪20年代，泰戈尔访问北京时的重要活动，一个是和梅兰芳在开明剧院赏京戏，另一个便是和徐志摩到法源寺里看海棠，海棠也好，丁香也罢，便和国粹的京戏平分秋色。读张中行先生的文章，知道20世纪40年代，还能看得到崇效寺施"大肥"（即煮得特别烂的猪头和下水）方能开得茂盛的牡丹。

如今，这四座古寺，仅存天宁和法源两寺。近些年，法源寺的丁香，名声大过天宁寺的芍药，原因在于重修法源寺之后，悯忠台旁、钟鼓楼下、念佛台前，补种有百余株丁香，盛开起来，烂烂漫漫，重现当年的胜景；并年年趁丁香花开之机，举办丁香诗会，尽管诗的水平参差，远不如古人，却聊补古寺花事的遗憾，再现当年有花有诗的盛况。丁香盛开的时候，法源寺花香四溢，人流如鲫，可以说，是当年四大名寺花事繁盛中硕果仅存的一座寺庙。

## 二

不过，盛赞这四寺春时花事，只是一说。还有不同的说法，比如陈康祺在《郎潜纪闻》中就说过："都门花事,以极乐寺之海棠,枣花寺之牡丹,丰台之芍药,什刹海之荷花,宝藏寺之桂花,天宁寺之菊花为盛。"这样的说法,说明花事繁盛在很多寺庙都有,并非只此前所说的崇效、花之、天宁、法源四家。但是,再怎么说,还是前者在民间流传更广,有时候别看只是顺口溜,口头的流传抵过纸上的文字,足见民间口头的力量非凡。

很有意思的是,读《天咫偶闻》,看卷九有一段写道:"……御园,又西北岸极乐寺,明代牡丹最盛。寺东有国花堂,成邸所书。后牡丹渐尽,又以海棠名。树高两三丈,凡数十株。国花堂前后皆海棠,望之如七宝浮屠。"看,清代极乐寺的海棠繁盛之前,在明代则是牡丹。这和崇效寺一样,清初以枣花名,乾隆年以丁香名,光绪以后,才渐渐以牡丹名。京都花事随京都世事沧桑,一直在变化之中,便是再正常不过的事情了。

因此,到老北京寺庙里看花,可赏的确实并不局限于上述四家。说丁香,最早,在社稷坛南,曾经种有七百余丛丁香,浩浩荡荡,一起参与对社稷的祭祀。在长椿寺妙光阁下亦有丁香一片,因为妙光阁是顾横波所建,顾是和董小宛、柳如是等并列的秦淮八艳之一,又是清初大诗人龚鼎孳的爱妾,那丁香便人带花香分外浓,有了别样的意思,趋之者若鹜。

说海棠,《行素斋杂记》中说:"崇文门外法华寺,佛殿前后,海棠数株,独殿右一株,每年春秋两番作花,亦理不可解者。"如此一年春秋两季花开两次的海棠,成为一时之奇与之谜。《日下旧闻》中说清明时圣驾到回龙观赏海棠,想那时回龙观里的海棠,恐怕也是非常可观。

说杏花,大觉寺的杏花,也曾经有过一时的烂漫似海。

说早春赏玉兰,更有大觉寺和潭柘寺。大觉寺的玉兰是明朝的,历史之久,为京城之首,一直绵延至今;潭柘寺的玉兰一株双色,号称"二乔",花和美人一体化,引人遐想。

但大觉寺、潭柘寺和回龙观,毕竟在很远的郊外了,而上述四家古寺却都在今天的城中心附近。就近赏花,跟那时候看戏一样,戏园子就在家附近,抬脚几步就到,看戏就方便,便于一般平民。再美若天仙和富贵骄奢的花,在这时候都要表现得亲民一些,如同旧时王谢堂前燕,飞入寻常百姓家一样,便成为京都花事的一大特色。所以,如今回龙观早已不存,变成一大片社区,慕名前往大觉、潭柘二寺看玉兰的人虽然不少,但更多的人还是到颐和园看玉澜堂的玉兰,毕竟去那里更方便些。

去年春天到劳动人民文化宫,看到太庙大门外两株高大的玉兰,不像别处玉兰,只是在瘦削的干枝上开几朵料峭的花朵,而是花开满树,一朵压一朵,密不透风,盖住了几乎所有的枝条和树干,像是拥来千军万马,陡然擎起一树喷吐着白色火焰的火炬在迎风招展,气势不凡。心想,这两株玉兰的年头也不小了,只是,来这里看玉兰的人,远不如到大觉、潭柘二寺和玉澜堂的人多。人们大多还是慕名,而愿意舍近求远。看玉兰,到这里更近,人也少,格外清静,花和人便各得其所,相看两不厌,应该是个不错的选择。

## 三

老北京的花,除了寺庙,还开在自家的院落里。这是北京人的讲究。真正讲究有花可种、可赏的,得是有权有钱、独门独户居住在那种典型四合院里的人家,这样的人家,不为官宦,起码也得家境殷实。其他讲究种花的,得是小康人家,衣袋里即使没有十足的"兵力",起码也得有些碎银子才行。

鲁迅当年买了八道湾的房子后,在日记里记"晚庭前植丁香两株"。买西三条房子后,又记"种紫白丁香各二,碧桃一"。

张恨水买砖塔胡同的房子后,院子里已经有了两株海棠、两株月季,还是到白塔寺庙会上买了牵牛、凤仙、茉莉和红花豆角回家种上。

看鲁迅和张恨水两位文人买花，可见性格差异。一个愿意种木本，一个愿意种草本。我读到张恨水的女儿回忆她父亲买花的情景，想起我曾经住过的大院里的人家，平民百姓，腰包不鼓，房前隙地不多，一般也只是种些牵牛、凤仙和茉莉花、夜来香。更有多户人家买来或向邻家要点儿扁豆子种上，既可以看那蓝色的花开在风中如翩翩飞舞的蝴蝶，还可以在扁豆熟了时候，为家里餐桌上添一道菜。便更觉得张恨水接地气。

写过《燕都丛考》一书的留日归来的陈宗蕃，也是爱花之人，又另有一番风光。他在地安门内的米粮库胡同，置地十亩，自己设计建造起了一座淑园。他所撰写的《淑园记》记载，光是花木便种有"桃杏李栗葡萄萍婆樱桃，海棠玫瑰蔷薇玉簪木槿紫薇芍药"等，如此众多，尽管他自己说"旅京二十年，节衣缩食，薄有余禄"，除此节衣缩食之外，也得是有钱人家。毕竟他在官府中做事，官员要抵过文人，哪怕是如鲁迅和张恨水这样的大文人。

当时，另一户殷实人家，清光绪年间的进士、晚清的翰林、民国的书法家，又是北京电灯公司的大老板冯恕，一手务实，一手务虚，双管齐下，自然是腰包鼓胀。不说别的，仅是书法已经名噪京城，当时流传这样一则民谚：有匾皆有恕，无腔不学程。程，指的是程砚秋；恕，说的就是他冯恕。当时京城大买卖家的匾额多是请他书写，这润笔的收入自是不薄。他家住西四羊市大街71号，院子里的凌霄花，有百年历史，京城大小四合院里不乏别的名花古木，如此百年凌霄，独此一家。

在老北京，老舍先生写的《柳家大院》里的那种大杂院，连吃窝窝头都犯愁，院子里一般是没有什么花可种、可赏的。

我小时候住在前门楼子西侧的西打磨厂街一个叫作粤东会馆的大院里。这个大院要比柳家大院强许多，是清朝留下的一座老宅院，占地两亩，典型的老北京三进三出有二道门和影壁的大院。尽管年久失修，人多杂乱，不少花木被破坏，但我小时候在院子里还有三株老枣树和两株老丁香。那两株丁香，一株开紫花，一株开白花，开花的时候，一树紫色如云，一树洁白如雪。春天的时候，再破败的院子，有了花开，也让人心里觉得日子有了些朝气和盼头。丁香花的香气，特别浓郁，每天放学，走进院子的大门口，就能闻到那股子香气直钻鼻子。即使如今几十年过去了，那股香气依然萦绕在心。

我们大院里那两棵丁香，在1966年春天，是最后一次开花。那一年的"红八月"，一群戴红袖标的初中女生闯进大院，揪出一位新中国成立前当过舞女的女人不说，还把她的女儿一起揪了出来，让她们娘儿俩就站在她们家前的丁香树下。那女儿和我一般大，长得很漂亮，个子很高。看她那样高的个子，又总是不服气地昂着头，有一个"小将"看着不顺眼，从背后一脚踹上去，踢在她的小腿肚子上，冷不防，她一下子跪倒在地上，个子突然矮了半截。我实在看不下去，扭头跑出大院，一直跑到前门大街，坐上5路公共汽车，来回地坐，一直坐到天黑才回家。那一天丁香树下她突然被踹倒跪在地上的情景，深深地刺激了我，一直到现在仍然难以忘记。我们大院的丁香，总是和这样的一幕，一起浮现在我的记忆里。

那一天之后，没过多久，破四旧，我们大院里的那两棵丁香，连同前院的影壁和后院带月亮门的院墙，一起被除掉了。

## 四

我小时候还没有上学，开春时节，哪儿都不去，看花，一般到中山公园。走着去，过前门楼子的城墙根儿，穿过天安门广场，十几分钟就到。

那时候，家长花五分钱买一张门票，带我到中山公园，为的是看牡丹。如今，哪个公园里都有牡丹，但我敢说哪一处也比不了中山公园的牡丹是出自名门，且年头最为久远，中山公园的牡丹才真正是魏紫姚黄、国色天香。崇效寺的牡丹，就是在那时候，也就是新中国成立初期，都移植到了中山公园。新中国更重视公园的建设，崇效寺的牡丹，也算是找了个好人家。后来，中山公园的牡丹发展到一千余株，算是蔚为壮观。

这几年，再到中山公园，怎么都觉得牡丹少了许多，远不如小时候看到的那样壮观。或许是我的错觉，又或许是这几年引进了郁金香，面积越来越大，喧宾夺主，遮蔽了牡丹昔日的风光。在我看来，再花姿别样的郁金香，也无法和风采绰约的牡丹相比，因为中山公园的牡丹都曾经摇曳在历史的风中，尤其是掩映着新中国成立初期百废俱兴的时代影子。只是，如今的年轻人更愿意在郁金香前摆弄着姿势照相。

在其他的日子里，家长也常带我到中山公园里来，看花是到唐花坞。在我的童年，觉得唐花坞是最漂亮的室内花园了，简直就是我的圣地。因为那时候北京还没有室内植物园，另外，我的见识也少，从来没有见过其他的室内花园。因此，每一次去唐花坞，都让我兴奋，好像去参加花仙子邀请的盛会，总能给我意外的惊喜。尤其是冬天，大雪纷飞的日子，那里温暖如春，会看到很多从来没有见过的花在争奇斗艳，真的是感到神奇无比。

北京有这么一个中山公园和公园里的唐花坞，要感谢朱启钤。他当时任内务部总长兼北京市政督办（应该相当于北京市的市长），有这份权力，1914年，在一个多月的时间里，就将这个皇家的园林建成了平民百姓的公园。如果没有他，不知道北京要晚多少年才能建成一座公园。

当然，除了权力，还得有眼光和公心，将权力化为私利者，从古到今都大有人在。这便越发显得朱启钤的难得了。当时，他向政府各部要求捐款改建这个公园,每个部都捐了一千块银圆,朱启钤一个人捐的也是这个数,足见他这个人和一般的官府之人不尽相同。

朱启钤本人不仅是官员,还是建筑家,中国营造社就是他创建的。中山公园改建之初,他新建了一些亭台楼阁,唐花坞便是其中第一批建筑,中间是一座八角亭,两侧呈扇面式,上铺蓝色琉璃瓦,中西合璧,分外醒目。建了这个唐花坞之后,据说,他家有一株珍贵的昙花,高达五尺,每到花期,他都会让人把昙花搬至唐花坞,供众人观赏昙花一现的珍贵一刻。这也从另一个侧面,反映了朱启钤这个人。

如今唐花坞前的荷花池和荷花池边上的水榭,也都是当年朱启钤主持挖的、建的。尽管有人批评水榭建得太偏于里面,不大显眼,发挥不了作用,但是,当年有这样的设计,为百年后的今天留下这样的景观,也实在是不容易了。

如今,外地游客到故宫的人多,到中山公园来的很少。我几次去,那里都非常清静。在北京市内所有的公园里,我爱去中山公园,独自一个人走走,想着一墙之隔的天安门广场上的人山人海,这里像是远避万丈红尘之外,有别处难有的清静。

每一次来这里,我几乎都会忍不住想起上小学三年级的那一年夏天,我和同院住的小伙伴一起到唐花坞前的荷花池,下到池子的边上偷摘荷花和莲蓬的情景。荷花摘到了,莲蓬没有够着,再探身伸手摘的时候,一脚打滑,落进水中,被公园的工作人员发现后救上,不客气地把浑身湿淋淋的我们带到办公室,一通数落之后,通知家长来公园领人。这成为我童年最羞愧的一件窘事。

但是,这并没有阻挡我去中山公园的兴致,以至后来我上了中学,还常常一个人到唐花坞去看花。记得初三那一年的寒假,我们学校高三的一位学长,取了一个笔名"园墙",写了一篇散文《水仙花开的时候》,发表在当年的《北京文艺》杂志上,很是让我羡慕。他的这篇散文写的就是唐花坞里的水仙花,那水仙花我也见过,好多更好看更新鲜的花,在唐花坞里,我也见过,为什么我写不出这样漂亮的文章,也发表在《北京文艺》上呢?那时候,我仿照着他这篇散文的笔法,又参照着当时正流行的杨朔的散文《雪浪花》和《荔枝蜜》的写法,写了好多篇唐花坞,却没有一篇成功。

从唐花坞中看花,我喜欢上了花。我曾经专门跑到大栅栏南口路西的公兴文具店,买过一本很精致的美术日记本,在扉页上自己题写了"花的随笔"几个美术字,专门记述看花的笔记。那时,我已经不只是到中山公园的唐花坞看花了,哪个公园里举办花展,我都要去看。我有公交车的学生月票,两元钱买一张,每月坐车便不用再花钱了,无形中,拓宽了我看花的半径。记得上高一那一年秋天,北海公园里有菊花展览,我跑去看。各式各样的菊花,几百上千盆,铺铺展展,争奇斗艳,摆放在公园的山上山下、角角落落,简直成了菊花的海洋。我是第一次见到这样多的菊花,叹为观止,回家后在日记本上赶紧写笔记,自以为收获不少。

老来之后,看邓云乡老先生的书。他在一篇文章中写北京的菊花时,说菊花是隐逸之花,然后,他写道:"千百盆摆在一起,并没有什么看头,因为显示不出其风格,况且千百个'隐逸'聚在一起,那还叫'隐逸'吗?弄不好还有聚众闹事、图谋不轨的嫌疑呢。"想起自己中学时代专门跑到北海公园去看菊花展览,不禁哑然失笑。

## 五

在北京所有花中,我对6月盛开的合欢最是情有独钟。

说来也许有些可笑,我刚上小学的时候,在每天清早上学的路上,几乎都能够碰见一个三十来岁的女人，迎面向我走来。我觉得她长得特别漂亮，就像我母亲一样漂亮。那时候，我母亲刚刚去世不久。我知道，这只是我的一种心理上的错觉，甚至是幻觉。但是，错觉也好，幻觉也罢，每天清早上学的路上能够见到她，是我当时最大的愿望。

那时，那条路上种的街树就是合欢。我记得非常清楚，每年1到6月，树上便开满绯红色的花朵，绒毛细细的，很柔软的感觉，像一片红云彩似的，惹人怜爱。这时候，看着她迎面走在这样绯红色的云朵下，感觉她更漂亮了。我想，她一定是感觉到了我在注意看她，每一次和我擦肩而过的时候，她都会冲我和蔼地笑笑。真的，那时候，我特别可笑，甚至有些傻气。每一次和她擦肩而过看到她冲我笑，我都希望她能伸出手，在我的头上轻轻地抚摸一下，就像母亲总爱摸我的头那样。

后来，我知道，她就在我们学校附近的另一所小学当老师，那是一所私立小学。我痴心妄想能够转到那所小学去读书，就可以天天见到她，没准儿，她还能教我呢。可是，这是不可能的，家里没有钱供我去私立学校。读中学的时候，我写过一篇作文，题目就叫作"合欢"，我写了对她、对合欢的想象。如果有什么花可以象征一个人的童年，合欢，几乎成了我童年之花。

还有更可笑的事情，从北大荒插队回到北京，我重回我读小学的学校，因为待业在家，母校的校长好心地邀请我去代课。重新走在这条小时候走过无数次的老路上，我渴望能够像当年每天早晨上学一样，还能够见到她。但是，这样的奇迹，怎么可能会出现呢？那条老街上，我没有能见到她，合欢树，也一棵都没有了。

如今的北京街树中，有名的是夏天南池子的槐荫夹道，秋天钓鱼台的银杏铺地，我再也没见过哪一条街道两旁种有合欢树了。

北京最老的合欢树，我看到书中记载的，大概应是崇效寺里曾经有

171

过的一株合欢,为清初吏部尚书宋牧仲手植,五十年后,有合抱之粗,清诗有专门写它:"五十年来重俯仰,当檐一树马缨花。"马缨花,就是合欢花。起码崇效寺的这棵合欢树长了五十余年。

后来,有人对我说,故宫花园里和宋庆龄故居里的合欢,年头都挺长,长得都不错,花开的时候很好看。这是当然了,那里的树,会有人专门打理,自然比别处的好活,过得滋润了。况且,也不是街树。

再后,读清诗,有说:"前门辇路黄沙软,绿杨垂柳马缨花。"说明种合欢为街树,早在清时就有了。不过,我觉得,那样街头有树的情景是极个别的,甚至我怀疑这仅仅是演绎。

一直到最近,读到清竹枝词:"正阳门外最堪夸,王道平平不少斜;点缀两边风景好,绿杨垂柳马缨花。"又一次提到在前门外的大街两旁是种着合欢树的,大概不是夸张。

又借到一本芥川龙之介写的《中国游记》,在这本书里,他两次提到了合欢树。一次是从辜鸿铭家出来,朝着东单牌楼他住的旅店走的路上,说是"微风吹拂着街边的合欢树"。另一次是他说:"合欢与槐树的大森林紧紧环绕着黄色琉璃瓦的紫禁城。"后者说明当时北京城的合欢树的茂盛,前者则说明东单大街两旁当时是种着合欢树的。

还看到邓云乡先生的文章,说景山前街曾经种的街树也是合欢。

这样就可以佐证,合欢树在北京是有历史的,曾经一度辉煌,而且作为街树,我童年时见过的并非孤例。芥川龙之介是1921年从日本来到北京的,邓云乡说的是20世纪50年代的事,也就是说,合欢树作为街树,曾经从清末民初一直到北京和平解放之后,存在过很长的一段时间,而且是很长一段时间的美丽风景,盛放在北京的夏季。只是不知道为什么如今被冷落在一旁。

我所见到的合欢树作为街树的街道,除了童年的那条小街之外,就是台基厂。可以毫不夸张地说，在我的眼里，这是满北京城最漂亮的一条街道了。特别是每年6月合欢开满一树树绯红色绒花的时候，让你感到北京城有一种别样的色彩，觉得那是北京整个夏天开放的最漂亮的花了。那时，我家离台基厂不远，去王府井，必要穿过台基厂。走在这样开满轻柔的绒花的树下，斑驳的花影洒在身上，人就像踩在绯红的云彩上面一样，有一种梦幻的感觉，仿佛整条街都在这样一片绯红色的花海中飘飘欲飞。也许，这只是青春期似是而非的感觉吧。

在那个特殊的年代，嘈杂喧嚣之中，顾不上看合欢花了。一别北京六年，1974年，从北大荒回到北京，重住进老院，重去王府井，重走台基厂老街，才忽然发现一街的合欢树竟然荡然无存，一棵都不剩了。一下子，心里是那样失落，忙打听，才知道这一街的合欢树就被砍光了，说它们开这么缠绵悱恻的花，是资产阶级的树。这让我分外吃惊。我想起景山的那棵崇祯皇帝上吊的古槐，顺治皇帝看着它不顺眼，说它是"罪树"的陈年往事。莫非树之中真的有什么"罪树"吗？仅仅因为花开得漂亮，开得缠绵，就必须得是"罪花"吗？纵观北京林林总总的花木，再没有比这更荒唐的事情了。台基厂的合欢和景山的古槐，真是一对难兄难弟，相互遥望并沉没在三百年的历史长河里。

如今，在北京，不仅街道上见不到合欢了，就是在老院子里，或在新建的小区里，也很少能见到合欢树。

十多年前的夏天，我的孩子买房子时，看中的是小区里有一片合欢树。去看房时正是夏天，满树毛茸茸绯红色的花朵，看得人赏心悦目，让我想起童年和青春时期难忘的合欢树，便替孩子做了主。如今，那一片合欢树，只剩下两株苟延残喘，树干被锯掉一大截儿，树枝被剪掉的更多，希望能够在抢救中存活。到了夏天，孤零零地开着零散的花朵，再见不到十多年前的风光了。

在离宣武门不远的校场口头条,那是一条闹中取静的小胡同,在这条胡同的47号,是学者也是我们汇文中学的老学长吴晓铃先生的家。他家的小院里,有两株老合欢树,不知道如今是否还活着。那年夏天,我特意去那里,不是为拜访吴先生,因为吴先生已经仙逝,而是为看那两株合欢树。合欢树长得很高,探出墙外,毛茸茸的粉红色的花影,斑斑点点地辉映出大门上一副吴先生手书的金文体的门联"宏文世无匹,大器善为师"。那花和这字,才如剑鞘相配,相得益彰,如诗如画,世上无匹。

不过,这也是十多年前的事情了,如今,不要说不知道吴先生双椿书屋那个小院里的两株合欢是否健在,就是那个小院那条胡同是否还在,都让人隐隐地担忧了。那么美丽却也柔弱的合欢花,能够经得起这样的折腾吗?

## 六

北京一年四季有花。菊花,是秋天的花。以前,宣武门外下斜街土地庙秋天有庙会的时候,会有从丰台花乡来的花农,挑着担子,专门来卖菊花。好花压担买,花光银留犁,成为颇为热闹的都市一景。丰台养菊之名,一直延续至今。乡野陶元亮式的隐逸者之菊,早已步入都市,成了大众之花。当时下斜街土地庙庙会中的花市已成名,难怪朱彝尊会从海波寺街搬家到下斜街,还特别写过这样一句诗:"老去逢春心倍惜,为贪花市住斜街。"

《酌中志》中记载,北京秋天,除了赏菊之外,还有茉莉、栀子兰、桂花、秋海棠、玉簪花之赏。可见,秋天的花,虽比不上春天的花开得灿烂,但也足有一番看头,而且,这种秋天赏花的传统由来已久。不过,《酌中志》里所说的这些花,除了桂花、秋海棠是和菊花同时节开之外,茉莉、玉簪在夏末甚至更早一些就已经开过了。

夏天里的花，在北京开的品种要比秋天多，而且可以从夏天一开始绵延到整个夏季。《帝京岁时纪胜》一书说："榴花似火，家人摘以簪头；凤草飞红，绣女敲而染指；江西腊五色芬芳，虞美人几枝娇艳，则又为端午佳卉也。"

在这里，把这几种花都统统并之于端午名下，也不确切。确切地说，这几种花都是夏天里的花。石榴花，为端午的代言，曾经一度作为女儿花，摘以簪头，应该是没有任何问题的。它是夏初之花，五月端午前后盛开，笼统说花红似火，当然可以，实际是有红白紫粉四色之分。只不过，老北京人更喜欢那种红红的石榴花，象征着日子红火，所以，石榴树成为老北京典型四合院的标配，有民谚为人所熟知：天棚鱼缸石榴树，先生肥狗胖丫头。

其实，老四合院里，和石榴树差不多一样多的，还有夹竹桃，和天棚鱼缸一样为标配。民国时有不少竹枝词写有四合院里的夹竹桃，其中一首："夹竹桃开列中庭，卷篷高覆午梦醒。鱼缸配上数尾鲤，鲜花无语亦清馨。"这是因为那时候的夹竹桃很便宜，而且开花又久。

以前，在我们的大院里，《帝京岁时纪胜》里说的这几种花都有过。凤仙花很多家都养过，或种在墙角，或种在盆里，甚至种在小碗里，很好活。在我的印象里，它和喇叭花、扁豆花一样，是我们大院里种得最多的花了。

江西腊，现在好像种的人家少了，当时，我们大院里有人家专门种这种花，我一直不清楚，为什么叫江西腊。干吗要把一种花和一个地名绑在一起呢？莫非它是来自江西的花吗？江西腊，有点儿像小点儿的菊花，又比那种满天星的小菊花要大。它的颜色有好几种，草本，不值钱，也很好活。

在我们的大院里，除了它，养得多的还有美人蕉、鸡冠花、西番莲，都是夏天晚一些时候里开花，都不值钱，都很好活，又都特别好看。也有人家养夹竹桃，种在挺大的花盆里。大人们说夹竹桃有毒，不让我们摸。当时，我也不知道这话是真的，还是故意吓唬我们，怕碰坏了人家的花。天冷了，人家就把夹竹桃搬进屋子里了，到来年天暖的时候再搬出来。

虞美人，名字透着几分艳丽，甚至暧昧，因为它只是养在我们大院里一位从良的老太太家里。新中国成立初期，共产党把她从妓院里解救出来，她嫁给了一个建筑工人。其实，虞美人就是丽春花，并没有多么特殊，花有单瓣重瓣两种，只是这种花有点儿难伺候，我们大院里没有别的人家养过。我一直猜想，这种花难伺候是原因的一种，更主要的是大家不愿意和她一致或相似，下意识中要和她拉开点儿距离吧。从那位老太太去世之后，我再也没有见过这种花。前几年到法国，专程去巴黎郊外吉维尼的莫奈故居参观，在莫奈花园里才又看到这种花，想起早已经逝去的那位老人，不禁感慨，命运那么凄苦的老太太，偏偏爱养这种娇艳欲滴的花。

冬天里看花，只能到唐花坞。虽然诗里说是"梅花欢喜漫天雪"，但是，真正到了冬天，在北京室外，是很难见到有迎着漫天大雪开放的梅花的。要看梅花，只能到唐花坞，看到的也只能是梅花的盆景。

当然，这是指我小时候。自从香山植物园有了温室，自然可以到那里看梅花。不过，那里太远，不如中山公园的唐花坞近便。前几年，我的一个中学同学，到位于龙潭湖公园西侧的北京教学植物园当园长，邀请我去参观，我才第一次知道在北京闹市里居然闹中取静，也有一座植物园，而且里面也有一个温室，比唐花坞还要大。早在1957年它就在这里了。新中国成立初期，时任北京市市长的彭真指示，在这里辟出十一万多平方米的地方，专门给中小学生建一个植物园，让城市里的孩子们认识并接近大自然。现在大门前的"北京教学植物园"几个大字，还是彭真当年亲笔题写的。想起彭真市长，禁不住想起民国初年的市长朱启钤。如果没有这两位市长，也就没有了眼前的这个植物园和以前的唐花坞。

如今，冬天里看梅花，又多了一个去处。

## 七

在北京，老院子里种海棠和紫藤的居多。我一直不明就里，人们为什么对此两种春花情有独钟？

据说，海棠最早最盛，在如今的公主坟。辽代的某位公主死后埋葬在那里，坟前种植了一片海棠，逐渐繁殖，越来越茂盛，在每年的清明前后争奇斗艳，成为京都海棠花艳和传说凄美的独一处。

可以说，后来步入园林和四合院里的海棠，都是从公主坟来的。久负盛名的海棠有多处：南城有阅微草堂，相传那里的海棠为纪晓岚手植；西城有李释戡院落，在黄羊胡同，原是一座灵官古庙，有海棠两株，年头老矣，花开甚茂，因花命名，李将自己的这个院落称为双棠馆，后来成了中美文化办事处。

如今，李释戡这个名字显得有些陌生，但说起齐如山来，知道的人更多些。民国时期，李和齐同为梅党，都是梅兰芳的文案，为梅兰芳写过很多新派京剧的剧本。当时，李请陈师曾为他的这个双棠馆题写匾额。这帧书法作品后来在2007年以三十万元价格拍卖出去。在"双棠馆"三字后，陈师曾还写了几行小字："释戡所居有海棠两株，犹吾三槐堂也。"让双棠馆和三槐堂为一副有趣的对仗，成一时的佳话。

在老北京的院落里，讲究种植海棠之外，还有讲究种植紫藤的。紫藤和海棠不同，海棠单株而立，紫藤铺展成片，需要搭架、占更大的地方才行。所以讲究种紫藤的,大多出自名人之家,尤其在宣南,似乎更多。所以,龚自珍称之为"宣南掌故花"。

宣南一带,最老最大的一株紫藤,在给孤寺之东一户姓吕的人家。给孤寺的位置在如今珠市口之西,陕西巷南口之东。清人有诗这样形容这株紫藤:"一庭芳草围新绿,十亩藤花落古香。"说其十亩,自然是夸张,但说它是古香,却是实在的。

在宣南,仅我所知道的,就有杨梅竹斜街梁诗正(时任吏部尚书)的清勤堂、虎坊桥纪晓岚的阅微草堂、海柏胡同朱彝尊的古藤书屋、孔尚任的岸堂,以及琉璃厂夹道王渔洋的故居,这五家的紫藤最为出名,据说这五家的紫藤都为主人当时亲手种植。"满架藤荫史局中""庭前十丈藤萝花""藤花红满檐""海柏巷里红尘少,一架紫藤是岸堂""诗人老去迹犹在,古屋藤花认旧门"。这五句诗,分别是写给这五家紫藤的,也是后人遥想当年藤花盛开如锦的凭证。

好多年前,我分别造访过这五处,王渔洋旧居和孔尚任的岸堂已无处可寻,古藤书屋被拆得七零八落,清勤堂的院落虽然破败却还健在,阅微草堂被装点一新,成了晋阳饭店。前些天,我又去那里一趟,阅微草堂的紫藤,因修两广大街时扩道,大门被拆,本来藏在院子里的紫藤亮相在大街上,一架紫色花瓣翩翩欲飞,倚门卖俏,成了一街的盛景。杨梅竹斜街已经改造,焕然一新,只是街东口的清勤堂越发低矮破旧、老态龙钟,大门洼陷下很多,院子里的人家搬空,肯定会被整修,只是不知道会不会补种一株紫藤,再现"满架藤荫史局中"的繁盛。

海棠和紫藤两者皆可食,只不过,一个是食果,一个是食花。有意思的是,海棠花开得越是漂亮的,结出的果越是不好吃。院子里栽的西府海棠,人们一般都不会吃,落在地上,任其烂掉,或者被小孩子捡起来玩。要吃,吃从西山或怀柔、密云的海棠树结的果子,小贩挑着担,穿街走巷卖。

那时候，有专门卖一种熟海棠的，毕竟再好的海棠也有一点儿酸味，用水煮熟，再加一点儿糖，味道和生海棠大不一样。我还喜欢吃用熟海棠果做成的冰糖葫芦，海棠果压得扁扁的，甜酸之中，还有一种面面的感觉，和山里红不一样。

春末时分，蔷薇谢去，荼蘼开罢，紫藤是春天最后的使者了。它的花期比较长，花开之余，用花做藤萝饼，是老北京人的时令食品。如今，老四合院里的藤萝少见了。藤萝饼，以前在春末时遍布京城，很容易买到，并不是什么新鲜的点心。那是京城春天花事舞台的变幻，是花的精魂另一种形式的再现。当然，也可以说人们从观花到吃花，是浪漫主义到实用主义的转移。春天里热热闹闹的京城花事，到此落幕，最后竟吃进肚子里，一点儿都没糟践。

# 八

在北京，有海棠树的四合院很多。其中有一个小院，最让我难忘，便是前辈作家叶圣陶先生家的小院，院子里有两棵西府海棠。几乎每年春天开花的时候，叶圣陶先生都要和冰心、俞平伯等几位老友约好，到小院里一起看海棠花。一时，这两棵海棠树很有名。

我第一次走进东四八条这座西府海棠掩映的小院，是1963年的暑假，我还只是一个初三的学生。那一年，在北京市少年儿童征文比赛中，我的一篇作文获奖而得到叶圣陶先生的亲自批改，并得到先生的接见和教诲。那个下午，是叶至善先生站在门口，因为个子高，他弯着腰，和蔼地掀开竹门帘，带我走进叶圣陶先生的客厅。这个印象很深。那时候，我还不知道，是叶至善先生从二十四篇作文中选了二十篇交给他父亲，其中有我的那一篇，要不我不会和这座小院结缘。

我和叶至善先生的女儿小沫同岁，同属于"老三届"，"文化大革命"中，都去了北大荒，彼此有信件往来。第一次回家探亲，我和她约好，想到她家看望她的父亲和爷爷，因还在"文革"之中，怕给两位老人带来麻烦，谁想到两位欢迎我们的造访。我和我弟弟，还有一位同学一起来到那座熟悉的小院，叶至善先生已经到河南潢川五七干校放牛去了。只有叶圣陶先生在，见到我们，很高兴，要我们每人演一个节目，老人看得津津有味。时值冬日，大雪刚过，白雪红炉，那情景真是难忘。聚会结束，叶圣陶先生还走出小院陪我们照相，就站在西府海棠的下面。只是那海棠已是叶枯干涸，积雪压满枝头，一片肃然。

1972年的冬天，在北大荒得罪了生产队的头头儿，我被发配到猪号喂猪，成天和一群猪八戒厮混，无所事事，一口气写了十篇散文，寄给小沫看，她转给了她的父亲。那时，叶先生刚刚从河南干校回来，赋闲在家，认真地帮我修改了每一篇单薄的习作。我们便有了整整一个冬天的信件往来，他对每篇都提出了具体的意见，有的还帮我一遍遍修改，怕我看不清楚，又特意抄写一份寄我，然后在信中写道："用我们当编辑的行话来说，基本可以'定稿'了。"如他说的一样，我将十篇中的一篇《照相》寄了出去，真的"定稿"了，发表在那年《北方文学》复刊号上。这是我的处女作，可以说，是叶先生鼓励并具体帮助我走上了文学之路。

"四人帮"被粉碎不久，中少社恢复，叶至善先生重新走马上任，着手《儿童文学》杂志复刊的时候，他曾经推荐我去那里当编辑。《儿童文学》杂志的同志找到我，我刚刚考入大学，没有去成。那时我并不知道是他推荐的我，一直到很多年过去了，才知道这件事情，也才体会到他的为人，让我感动的同时，也让我感慨，因为今天这样的人已经越来越少。叶先生地位不可谓不高，但他总是这样平易近人、谦和，严于律己而宽待他人，替别人想却润物无声。在他家的墙上，曾有这样一副篆字联：得失塞翁马，襟怀孺子牛。此联是叶先生撰，请父亲写的。我想这是叶家父子达观的人生态度和一生追求的境界。

叶家小院，我虽不常去，偶尔还是拜访。前些年秋天的一个下午，我去得早了些，走进那座熟悉的小院，又看见了那两株西府海棠。这两株西府海棠很有意思，叶先生说是"很通人性"。"文革"开始时，小沫、小沫的弟弟，还有先生，先后离开了家，海棠枯萎了；后来，家人陆续回来，它们又茂盛了起来。如今的海棠依然绿意葱茏，只是有些苍老，疏枝横斜，筛下斑斑点点的阳光，被风吹得摇曳，似乎将往昔的岁月一并摇曳了起来，有些凄迷。

我的心里有点儿不安，生怕打扰了叶先生的午睡。小沫招呼我进屋，说我爸爸早就醒了，等着你呢！叶先生从他父亲睡过的床上下来，走出卧室，伏在他家的旧餐桌上，和我交谈。坐在我对面的叶先生已经是银髯飘飘，让我才恍然觉得白云苍狗，人老景老，老人的身体已经大不如以前。这些年，他一直疲于忙碌，编完二十五卷《叶圣陶集》，又以每天五百字的速度写关于父亲的回忆录，马不停蹄地整整写了二十个月，一共写了四十万字，慢说是一位八十多岁的老人，就是壮汉又如何？在这部回忆录的自序中，他这样写道："时不我待，传记等着发排，我只好再贾余勇，投入对我来说肯定是规模空前，而且必然绝后的一次大练笔了。"

那天临别，走出屋子，来到院里，我和小沫在那两株熟悉的西府海棠树下站了很久，说了一会儿话。午后的阳光很温暖，能看见枝头上青青的小海棠果在阳光中闪烁。我想起叶圣陶去世之前的春天，叶先生陪着父亲和冰心先生一起在这个小院看海棠花的情景。那天风很大，却在冰心到来的时候停了。那天，海棠花开得很旺。

如今，海棠依旧，年年花开，叶圣陶和叶至善两位老人都已经不在了。

## 九

读中学的时候，非常喜欢看花，由此连带爱读有关花的书，其中对苏州前辈作家周瘦鹃很感兴趣。因为他不仅自己莳弄花木，而且是盆景专家，同时他又能把养花的体会和对花卉的介绍融为一体，写成漂亮的文字。我曾经买过他的《花花草草》几本书，爱不释手。

想起周瘦鹃，便想起北京的文人，从五四时期起，新老几代，似乎都没有一位如周瘦鹃一样，一辈子独守在他的紫兰小筑里，钟情并致力于花木的养殖和书写的作家。以前，看过老舍写的《养花》，只是只言片语；也读过郭沫若的《百花齐放》，每一朵花配一幅木刻画，配一首诗，画不错，诗却近似口号。这多少有些遗憾。大概京派文人，天子脚下，更钟情时代这类宏观的主题，对这些花花草草，有些看不上眼吧。而周瘦鹃却说："愿君休薄闲花草，万园衣冠拜下风。"

一直到读蔡省吾的《燕市货声》一书，看到书后附录有他的学生李霈为他画的肖像，和为他写的传记，方知道北京居然也有和周瘦鹃一样的奇人。尽管他比周瘦鹃要早很多年，是清末民初的人物。小传说他是清世族，八国联军入侵北京城的时候，逃城未果，不忍屈辱，曾经奋不顾身而拔剑自刎，表现了强烈的民族气节。

他后被救活，自此越发偏于爱好花木。他家居于城北柏林寺，走半里地，过一石桥，树林旷野豁然，便于隙地"为菜畦花圃，榜其园曰闲园。尝慕晋陶渊明，故植佳菊数百种，每当金风送爽，篱菊飘香，看花人户限穿其间，雅人深知也"。还说他一生一无所能，别无他好，唯性爱菊，"佳种恐其不传也，则研丹敷粉，坐东篱下为花写照，虽久暴风日不以为苦，积数年得工笔写真菊花百余页。即一筋之微与原花无少异。并按花名各系一诗，分为四巨册，题曰'闲园菊谱'"。

后读《天咫偶闻》，里面有一则逸事，提到蔡省吾，便格外注意。说清末有一个叫德续的镶黄旗人，"少无赖，习市井事，所居与蔡省吾邻。省吾教其为善，且授之书，遂为善事，及闻城破登城持刀作据守状，遂中炮死"。秉承如此善意、爱心与耐心的人，才会对花事这样倾情相投，由人及花，一样的道理、一样的心思。爱花之人，都是有爱心之人。

蔡省吾又号称闲园菊农，写有《燕市货声》之外，还有一部《燕城花木志》。有此一书，可以填补京城文人没有专写花木书籍的空白，也可以和周瘦鹃的《花花草草》相媲美了。稍稍有些遗憾的是，这本书太薄了些，说是书，只是一本很薄的小册子。他本可以写得更多些，却只是如此简约，不过，涉及的面却很广，不仅记录花的品种，连同花木的莳弄栽培方法和注意细节，从种子、分根、压条、培插、粘接、煨熏，都写到了。在此之前，还未曾有人写出京城花事这样的书来。

人们知道更多的是他的《燕市货声》，又叫《一岁货声》，前些年曾经翻印出版，不少谈老北京卖货吆喝的书和文章，都少不了引用这本书中的文字。知道《燕城花木志》一书的人少些，近些年来也未曾见过这本书的出版。因为是从心底里爱花，又有着自己不辞辛苦的亲力亲为，这本书写得很有意思。比如，他介绍说常见的莲花有十种，分为苏州白、苏州红、棉花白、莺莺唤红娘、千叶莲、品字莲、锦边睡莲等，并说这些品种"多自外省各府邸购得"。如今，北海公园每年一度的荷花大会，不知还有没有这些品种。

他说蜀葵花色有五六十种之多，论形状，有马蜂窝、一碟肉、馒头朵等；论颜色，有纯白、荦绿、浓淡红粉、深浅藕荷、紫色白边、粉色红边、深浅黄边、金红褐墨等……不厌其烦，格外细致。如今，北京蜀葵很多，我住的小区里就有野蜀葵自生自灭，不知道在哪里还能看得到这样五六十种花色繁多的蜀葵。

他说石榴中有翻心石榴花，其花红白相间；有百子石榴，小盆栽，一株可得石榴十余枚；有石榴银红色，其果实最大最甜。如今，小区里种植石榴的很多，但我确实没有见过他所说的这几种石榴。市场卖的石榴，大都不是北京本地产的，多是来自山东和云南蒙自。

他说马兰花浅蓝、藕荷两种颜色最为常见，黄色、红碧桃色、翠蓝色、上白下藕、上藕下黄、深元青色，难得一见。为求纯白、深黑如甚两种马兰花，他要跑南苑旧宫去买回家。不是花痴，谁能做得到？

还有一段文字，蔡省吾写得最为有趣："予先茔在东郊孙河花梨坎地，名马家村。蔡家坟马氏皆坟丁也。旧产一种异草，名草木笔，叶似牡丹，花艳绝似辛夷，大至二寸许，蕊中俨然如笔。坟外他处绝无，移之数次不活。庚戌春，命侄友梅傍坡处并方圆尺余连根移置盆内携归，连岁皆开，但不敢分根另置耳。又谓之草辛夷。"

这里所说的辛夷，又叫木笔花，即楚辞里说的"朝饮木兰之坠露兮"的木兰，属于古老的名花。所以，他说那花的花蕊俨然如笔。所谓草辛夷也好，草木笔也好，是他自己的命名。这里所说的他的侄子友梅，是民国时有名的京派小说家蔡友梅。如今，孙河这个地方还在，早已经不是一片坟地，而成了高档社区。世事沧桑之中，想一百多年前，为了一朵野花，奔波那么老远，连挖几次回家养不活，又命自己的侄子去连根带土挖出一大片，直接装入盆中，那盆得有多大才可以将花装下呀？不是骨灰级的爱花之人，谁可以做到如此这般？

民国期间，张江裁先生主持印制蔡省吾著作，在蔡省吾线描绣像后，有张江裁的题词赞曰：静如止水，动若云行；岸然道貌，浑穆心灵；克勤小物，克谨视听；高山仰止，坚贞先生。

想蔡省吾是当得起"坚贞先生"这样的称号。起码在对北京货声和对北京花木这两方面的研究与书写方面，起到了开先河的作用。我理解的"坚贞先生",是对一件事物长时间由始至终而非始乱终弃的坚持。蔡省吾活到了七十九岁,一直钟情于此,不是所有人都能做得到的。

读蔡省吾《燕城花木志》,便想起了周瘦鹃的那句诗:"愿君休薄闲花草,万园衣冠拜下风。"

(原载《人民文学》2019年第5期)

# 顺流而下

于小芙

**尊敬的于之先生：**

那日通话，您说起于氏宗族在淄博相聚之事，要续写宗谱，这事引我深思。我一直在找我们这一支的宗谱，可是没有线索。您提供了散居各地的于氏谱系，差异太大。听父亲讲，他小时候，家中每逢节日要请出家谱来，挂在堂屋里。那张家谱特别阔大，要半面墙，上方当中一个永字，往下呈金字塔形，是一个大家族。永字辈的就是我的太祖父，景字辈的是我的祖父。后来这家谱被人翻出来，烧了。我们当地评说某人办事不牢靠，就说他没谱儿。这也是我时感惶恐的原因，我原也是没谱之人。感谢于之先生的热心，遍查各谱系后，终于有一支的顺序和位置与父亲说的完全吻合了，这支于氏来自安徽。看来，山东登州府只是这支于氏的暂居地，后迁至吉林，从公主岭，再到桦甸。他们的足印由公鸡的腹部出发，由南向北。我时常想象着这样一个不算短的距离，祖辈们所经历的，风餐露宿，朝不保夕。

以我几岁孩童的眼光,我觉察出祖父的不同。笑容总是挂在嘴角,性子不温不火,和这里的粗声大气、吆五喝六的性格完全不同。我还记得那张老黑白照片,他和祖母坐在椅子上,后边站立着儿孙。那一身装束,缅襟黑棉袄,肥腿束脚黑棉裤,手中拿着紫黑色的木手杖,白净的长脸,眼带笑意,嘴角却是忍俊不禁。

并不是只有我怀疑自己的身世,这里的人都一样。这种怀疑超出了户籍簿上的民族登记,汉族,不尽然,满族,不尽然。寿山仙人洞中有古人类的火种和工具,这里有远古血统,如果有谁长得额突眼洼,有人说返古了。有人长得异常丰腴,据说这也是返古了,唐代渤海国的城墙还在,只是越来越矮下去了。如果有人特爱吃肉,有人说也是返古了,契丹人,慢慢结束了游牧生活,在东北建立了大辽。小脚指甲若是两瓣的,会有人说这是长年思乡的缘故。有几个是亘古至今的土著人呢?大多数是游浪至此的。

我所居住的地方,四面环山。以大十街为中心,东南西北任拣一个方向,不出半个时辰就走出了城。倘若手中提着一包瓜子,边走边嗑着,瓜子没吃完,就来到一座山脚下。

母亲说过,他们是如何走向这片山林的,那年她八岁。他们是被驱逐的一群,太阳炙烤,晒煳山东即墨的土地与庄稼,也晒枯江河。曝晒之后就是蝗灾,乌云一样的蝗虫铺天盖地,所经之处,片甲不留。拖家带口,随着人群奔向这片山林。哪里是故乡呢,能活下去的地方便是。于是我的父亲母亲在这里相遇,于是我出生在山林里。

母亲说,外公带来的族谱也被烧了。所以,我更加悷惶。

二

先生,再次感谢您的热心。您让我从家训上找线索,这倒是提醒了我。

祖父似乎从未发过脾气，对待谁都很友善，什么事他都不太计较。母亲说，吃过大苦遭过大罪的人就是这样。

祖父时常画一幅小画，类似于一个人在制作一个比他还高的罐子。祖父说，那是饭盂，是我们于氏的先祖发明的，所以，于姓的人大可做工做匠。他说乌鸟是我们的神，黑色的鸟，是会反哺的一种孝鸟，也叫老鸹，老鸹子。我一直听成老娃子。

祖父时常讲故事给我。

老早的时候，有人做了一个梦，梦到了龙王爷，龙王爷把他带到高处，让他看木头如何顺江流漂走，结成排状运往目的地。木排如何从桦甸出发，绕行额穆（蛟河）永吉，到老船厂，如何避过巨石险滩。这个人有个外号，叫水老鸹。他水性极好，常常模仿一种灰黑色的水鸟。模仿得久了，他真的身轻如鸟。他常能盘坐在江面上，一手拿酒碗，一手提着酒，连饮数碗，不醉不醺。人们常说，淹死天上的水老鸹，淹不死地上的水老鸹。

他几乎包揽了所有的放排活。

其他人不服气，合起伙来把他灌醉，装进麻袋，塞上石头，沉到江里。三日后，打捞上来，他伸了个懒腰说，这一觉睡得真舒坦。众人都服了。

他指挥着将木头连成排筏，择日祭江，启航。他在最前边，其他木排呈扇面排开，沿着辉发河进入松花江，像一支浩荡的军队，过恶（nē）河如履平地。

过了几年，他兄长做了另一个梦，梦到水老鸹给龙王爷做了侍卫。他兄长觉得这个梦不好，忙告诉他不得放排。可他哪肯听呢，他自信得了龙王的真传，无险可以阻住他。

1843年春，他率十三条木排由乳牛哨启程，经忙牛恶河行至老恶河。天气骤变，雾霭翻滚，他的木排与其他木排在急流中相撞，排碎，乱木挤撞之下，水老鸹死了。

死后第三天，他的十几个兄弟同时做了一样的梦，梦见他身披牛毛毯，头戴苇笠，足蹬多耳靰鞡鞋，大步流星，走向四海龙王庙。

祖父说，尽管死后做侍卫，可是活着的人都不希望他死。

以我几岁孩童的智力判断，这不是故事，是真人真事，只不过添些油加些醋而已。

祖父做梦从不请周公解梦，他自己会解。

如果梦到披红挂绿，扭秧歌，唱戏，那么就不能进山了，留下来躲灾。他说梦都是相反的。如果梦到棺材，悲啼哭泣，披麻戴孝，反而会成全好事。

自认做了不吉的梦，他要好生待在家里，不能进山，否则不但误了自家性命，恐怕还会伤及他人。

是的，所有的事，包括做个梦也与进山有关，进山是头等大事。

## 二

祖父带我去认树，就像去拜访亲戚一样。红松、樟子松、落叶松，说起来就像说自家亲人，即便都是松木，也能说出他们的不同来。秋天的深山异香扑鼻，祖父拾起落下的松塔，用木棒敲碎，捡出里面的松子，再用两块石头对砸，取出松仁，松仁又甜又脆，闻着松枝的味道，吃着松仁，我连说好吃，一边吃着一边望着祖父手里的。

祖父说，落叶松要一年落一次叶子，它是最不怕冷的，所以占据了大多数的地盘。红松虽然叫红松，却是四季常绿的，树皮像鱼的鳞片一样，还有细细的绒毛。我用手一摸，果然沾到了一些黄色的小刺。樟子松也是常绿的,也结松子,只是松子没有红松的大,树皮也是鳞片状,是一个个拼接在一起的,而不像红松那样,一片压着一片。它的皮粗糙,但不扎手。

我分不清樟子松和红松,只知道有的是结松塔的,有的是不结的。祖父说好了好了,那就这样,结的就叫它们果子松,不结的就叫它落叶松。我说这样好啊。

火房里有一卷卷的桦树皮,用来引火。因为桦树皮,桦树总是被生擒活剥。树皮一离开树身就痛成一团,卷了起来,这样,剥它的人就更满意了,拾在肩上一扛就走了。

祖父喜欢为熟知的事物起上一个土气的名字。比方说我,我小时候是很任性的,也时常爱哭,可是我一哭的时候,祖父就说,看丫丫乐了,乐了。他叫我小乐。后来,我真的就不爱哭了。

再比如说枫树,就是秋天红叶的那种,他怎肯叫这样不亲切的名字呢,就直接叫它色木算了。色也不念作 sè,念作 shǎi。当然,好色也可以说成是好 shǎi。如见了某树长得曲曲弯弯,就叫拧劲子,某树像骨头一样硬,刀锯斧凿都费力的,就干脆叫它王八骨头。还有,啄木鸟也不叫啄木鸟,叫叼木倌儿。

不但要起名字,还要亲自尝一尝的。种子如松子自不在话下,树木流出的汁也都知道是什么味道的。如色木吧,逢夏天锯开一株色木就会流出玉米青秆味道的汁来,是甜滋滋的。白桦树的汁液甜中略带着些酸,有一点点的冻秋梨味。

树叶子的味道也都尝过,杨树叶子苦,榆树叶子黏,榆钱可下粥,柞树叶子有清香,可以用来包黏耗子。黏米面包着红豆的馅,再用柞树叶子裹好,放在笼屉上蒸,打开锅盖的时候,树叶萎了下去,一群肥壮的灰绿色的耗子妥妥帖帖排着队。有人剥了皮吃,饕餮一点的,和树叶一起咬下去。

每逢春末,榆钱儿结成一嘟噜一嘟噜的,我和祖父摘榆钱。

长在门前的榆树都成了自家财产，别人家门前的榆钱我是不敢去摘的，我试着摘过一次，屋子里立即蹦出一个干瘦的老头儿来，说他要晚上做粥的。

　　我总是爱生病，祖父说，孩子命太弱，得认个干妈来。通常是柳树或榆树，想想不无道理，这些树多生在村头巷尾的，与人亲近。上了年纪的柳树枝干粗壮肥硕，枝条柔顺婆娑，如果是垂柳就更好了，手臂柔软，像是随时准备拥抱谁似的。孩子看了自然有些亲近之感。被认作干妈的树身上总是挂着红色布条的，有的巨树层层叠叠挂了不知多少布条，新的鲜红旧的灰白，像勋章一样垂挂，越是如此人们就越发信任于她。于是带了我，上香摆供品，磕头，叫妈，就算认了亲了。祖父吩咐我的母亲，为我缝制一套褐赭色的衣服，连帽子也是同一色的，还在身上绣些绿色的枝条和树叶，我就是树的孩子了。逢年过节要去看望。有的孩子受了委屈也要抱着大树哭上一场。

　　祖父带我走进山林，教我用指尖和舌尖认领我的世界。黄菠萝树的皮肤摸起来像我盖的毯子，山里红冬天风干的果子像果脯。祖父说他听说这里的山林就来了，没有山就没有我。父亲说，他每天放学都去撸柞树叶子，摘榆钱，剥榆树皮，榆树皮磨成粉可以包饺子，烙饼，那叫一个好吃。他说没有树，就没有我。

　　祖父说，这林子养人，不会让人饿死，他就待在这儿了。他的家训，是不同凡响的，记下的是可以吃的一切，树根、树叶、树皮、草茎、草根，这也是他所有的遗产。

## 三

　　于之先生，如果您来，我会带您去看一棵树。

我在一个冬天看到它。山脚下是一片狗尾草,草高没人,草穗肥硕。那年的冬天,雪小,已经入三九天,却只下两场薄雪,风吹日晒,只留下斑驳的白色。人们开始抱怨,冬天不像个冬天,冬天不冷,叫啥冬天,不下雪更不像话。后来的两场流感,人们也就找到了原因,就是因为这个冬天太不着调了,不下雪,不下雪病毒冻不死,人咋能不感冒呢?不下雪又咋过年呢,没有雪映灯笼,灯笼也不好看。

这狗尾草塘就浩荡地枯黄着,随风鼓摇。

慢慢走上山坡,走进一片灌木丛,枝枝杈杈地障住脚步,遮人视线。祖父说,这些荆棘丛有许多是稠李子树,长不成材的,再往上走就好了,它们追不到山顶。这个追字我觉得太有趣了,难道它们是人,也会跑的吗?

伏下身子,扒开树枝,钻过灌木丛,眼前果然清亮了,所见之处都是笔直的树木。

要看的这棵树终于现在眼前。远远望去,树干中段左右摊开,初看似大肚翩翩,再看,像张开的翅膀。它正怀抱着一块巨大的顽石。它为什么要生在这里呢?它的种子被风吹到石块底部。它为什么要长成这样呢?巨石摊平了它的树干,轧扁了它的身体。高处,它枝叶繁密,与所有的参天大树比肩。

祖父说,每逢不如意他就来看它。一次大雪封山,雪深及腰,一次大雨倾盆,水势汹涌。

我看得出了神,越看这老树越像祖父,满脸都是温和的纹理,甚至还带着笑意。它抱着冰冷的石头,如同抱着孩子,不嫌他们硬,不嫌他们冰冷,不嫌他们无情。

我再次四肢并用攀上另一块巨石,这是山巅的一块巨石,最高点,可以一览众山,也有凛冽的山风。

崖壁上的石花子团团簇簇，看上去她们已经枯萎了，实则她们是睡着了，像冬眠的小动物，蜷缩在一起，静待春天。这种苔类只在石壁上生长，需要不多的土，少量的水。如遇干旱就缩起身子，耐心地等待。

祖父说，慢点，小心！你真灵巧，你真野！

## 四

说山里的孩子野，是因为树的缘故。天做被子，地做床，任你跑来任你闯。说山里的孩子规矩多，也是因为树的缘故。山林有山神爷来护佑。进山已是不敬，如果再伐木，采参，猎飞禽走兽，山神爷肯定不高兴。

山神责罚人的手段很多，轻则麻嗒山（迷路），重则人财两空。

怕归怕，山还是要进。时间久了，人们就把自身琐事与不幸事件联想到一处。比如，孙三让木头砸折了腰了，那孙三为什么被砸折了腰呢？因为他老婆一早与他吵架，诅咒他。

刘四被逆山倒的树木压折了腿脚了，刘四为什么会被压折了腿脚呢？因为吃饭时把筷子插在碗中央了。

蔡五被失控的爬犁刮倒了，他又为什么会被刮倒呢？原因是他昨晚做梦看戏。

做梦不能说做梦，梦，离现实太远了，愿望会化成泡影，一觉醒来，说做了梦，被打了一巴掌还要让你记住，再让你胡说八道，快呸三口，以后再如此说就狠打了，要说观了景儿，记得没？于是那孩子要讲一讲的神游经历都忘得差不多了，几次以后就记得了，全把做梦当成看了一场戏，当时不让讲，要出了三天再讲，好吧，三天后谁还会惦记着梦里的事呢，早忘干净了。

进山要祭山神，下水祭江神。

山神江神,仿佛是看不见的邻居,是有人情味的,勤走动就会有感情。人们就是这样相信着。

儿子听父亲如此说,父亲听父亲的父亲如此说。

祖父常说,宁可信其有,不可信其无。年轻的一代常说,硬的怕横的,横的怕不要命的,豁出去干了。

于是一辈一辈叛逆着,一辈一辈流传着。

## 五

到这儿的人都是奔着山林来的,采金得进山,伐木得进山,打猎也得进山,即便是开荒也得先进山。祖父这一群人被引领着进入山林,来到木营(管理伐木的),他要做的第一件事是签生死状。签了生死状的人,才有入山的资格。

下面,我要从头至尾讲祖父的故事。祖父生于1905年,排行老二,生在七月,乳名小七。

大木帮中,他应该是年纪最小的一个,刚过了十六岁,人黄瘦,长脸,目光有些呆滞,走路跌跌撞撞。也属他的衣服最单薄。他读过两年书,略看得懂生死状的意思,他认认真真,逐字逐句地看了一遍,又看一遍,手中拿着快秃了的毛笔,脸色越发青白。

本人××愿跟随木帮,从事伐木营生,因伐木危险丛生,屡伤性命,本人愿签生死状,生死有命,富贵在天。

签状人:××

保人:××

看什么哪?排在后边的姜海催他。

签完字,放下笔,将食指按到印台上,蘸了红印泥,再印到自己的名字上。

木帮的活他哪样也不会干,只有姜海带他拉锯。

一个不到三十人的木帮,签了生死状,向山林中进发。在生死状上,他们留下的是全名,可是全名有谁记得呢,小七、老九、毛驴、二虎子,他们或依长相脾性,或是叫着对方告知的乳名。大爬犁、二爬犁、大斧头、二斧头、大师傅,是干什么的就叫什么名了。其实这是很严重的,到最后人没了,完全和生死状上的对不上。只有赵枫林和姜海有名字,赵枫林是把头,姜海是靠带徒弟出的名。

他们得在雪来之前挖个菜窖,存上白菜土豆萝卜。砍一些木头,搭个木楞房。再和一些泥,搭一铺大炕,还要挖水井。

赶爬犁的修整牛马爬犁,备草料,拉锯子抡斧头的,打磨锯子斧头。管做饭的大师傅,垒灶台,架上一口大锅。祖父负责拾柴。

姜海没唬弄人,祖父吃上了饱饭。

平时用什么来改善生活呢?下狗子套,挖陷阱。但每次猎到狐狸都会解开套子,放行,还要一边施礼,大仙莫怪,大仙莫怪。

他们都很矛盾,有时觉得自己是这山林的主子,有时候又觉得主子另有其人。看看那些动物的眼神就知道了,他们是不速之客。

# 六

10月刚过就下起雪来了,雪一落就可以伐木了。

"木邦赵枫林等二十七人进山,取良木换钱粮养活家小。山神爷勿惊,弟兄们不坏,山神爷勿怪,弟兄们无害。靠山吃山,近水吃水,山神爷是神,山神爷是保命的仙,好酒好菜侍奉您,求您老护佑,材多人安!"

众人一边和声,材多人安!一边跪下磕头。

我的祖父单膝跪在地上,用全力拉着锯,不时传来姜海的怒斥。他一声不吭,用力抱着锯把至脖颈口,好似那锯把是头猛兽要吞了他似的,又好似那锯子随时会跑了似的。他的手像冻红的鸡爪一样,嘴唇也裂开了口子,变得又肥又厚,渗出紫黑色的血。

姜海瞪着祖父,你个不走运的,几年没遇到这样的树。

那棵树明明已经锯断了,就是直挺挺地立着,不肯倒下来。

老木把儿们就嘀咕着,糟了,坐了殿了,遇到索命树了。

索命树会追着人的方向倒。

姜海双膝跪地,祖父也赶忙把另一边膝盖跪下,磕头。姜海和祖父屏住呼吸,等待树神宣判。僵持了一会儿,祖父突然站起身,向山下跑。也许是祖父的跑动带跑了那棵树,树就朝着祖父砸过去了。那样一棵大树,倒下时哇呀呀怪叫,砸倒了数棵小树,一根较粗壮的树杈压弯了一棵小树,这小树又迅速抽身弹出去,正弹到祖父。

有人说这孩子怕是砸扁了,也有人骂姜海不地道。

不远处的洼坑被雪几乎填平了,那里正发出响动。

大爬犁几步走过去,用一只手一捞,把祖父从雪里提上来。祖父瞪着眼睛,傻愣愣地看着众人,用力嚼着口里的雪,咯吱咯吱地响。

姜海走过来,拍拍祖父的肩膀,为他挖了挖脖领子里的雪。

那根小树救了祖父。

另一对锯手没遇到索命树,遇到擀面树,横着倒下,顺着山坡向下滚,将一个锯手擀倒了。

他伤了腰,是被抬到木楞房里面的。熬了四十多天,死了。

大伙把他抬出来,拢起一个雪堆。脱下帽子,行礼。

木把头儿一声吆喝,木把儿们齐站起身,抡起斧头,举起锯子,抬小杠的扛起杠子,赶爬犁的扬起鞭子。抬木号子再次响起来。

于是这一条命就在晚饭时的酒里渐渐淡去了。

## 七

春天来了，江开了。冰排以排山倒海之势前进，凌汛就要来了，木把节就要来了。

三月十六是山神爷的生日，这一天木把们就下山过节了。

把头们给木把们发了薪，带他们回到家里。前街后院的，七大姑八大姨、三姑六婆，一起张罗着。木把们寂寞了一个冬天，今天重返人间了。杀猪，宰羊，炒菜，蒸馒头，酸菜炖大鹅（né）、盘盘碗碗摆一桌子。

喝酒从来不用杯子，都是用碗的，开席干三碗，中间不算，散席补三碗。女人们个个都是好酒量。大摆筵宴，大宴三天。

赵枫林在夹皮沟开了妓院，饭菜女人都齐了，省心又省事。饭毕，有家的回家，无家的留宿。爱赌的去夜赌。

凤儿呢？被韩家少爷赎走了。小娥呢？得痨病，死了。姜海问了两个人，两个人都不在了，一时不知所措。原来是山中数日，人间百年。

狍子成对跑着，狐狸成对绕着，蜜蜂成群飞舞，乌鸦也一对对飞进飞出，积雪渐渐化了，露出大片枯槁的树木和落叶，冰凌花开了，杏花打苞了。沿流水催开了桃花水，桃花水所经之处命犯桃花。

二月里龙抬头，哎哟嗬，三月里春水流，哎哟嗬，今年的春水多，哎哟嗬，江上木排多，哎哟嗬。一篙撑离岸，二篙离了坡，告别了小妹妹，哥哥闯江河。今年的木头圆，今年的木头多，换回大洋来，给妹暖心窝。绣个缎面枕，绣床棉被窝，哥哥斗风浪，妹妹等着我。

木排浩荡着，漂摇在江面上。

顺着崖下的小路向上，有稀落落的人家，在这里住着他们的老情人。这里的房子不叫房子，叫海台子，或是叫半掩门儿，专门招待这些排手的。

木排一靠崖，果然拥来几个女人，虽刻意打扮了一番，一看仍是穷苦相，衣衫破旧，手上有厚趼，面色萎黄，有的还抱着孩子。她们显然知道自己无姿无色，只得苦苦央求。大爷上俺家坐一会吧，吃口饭再走。大爷俺家孩子棉衣还没有呢，俺家的男人病重啦。

放排人也是穷苦人，见了比自己更穷苦的人就生起几分豪气来，有的抛出几个钱去，有的就跟着上了岸。

姜海说，走，看看咱的儿去。祖父就随他去。一屋子四个孩子，大的十一二，小的两三岁。却没有一个叫爹的，都叫叔叔。

女人穿着褪色的蓝底花夹袄，袖子磨脱了，她麻利地忙活着，一锅水马上开了，热腾腾的。姜海就坐在一个木凳上，贪婪地望着锅上的团团热气，时而闭了眼微笑着。祖父蹲坐在柴火堆旁，满眼暖意。女人先伺候他们吃饭。榆树皮玉米面片汤，里面切了细细的葱末，师徒俩吃得热汗直流，连汤汁都没剩下。菜呢，是小葱蘸酱。女人剥一根，递给姜海，姜海就把小葱一折，伸到酱碗里，兜些酱在上面，一下填到口中，大嚼。祖父也学着那种样子吃，确实是美味啊。饭后女人又烧了热水，每人一盆。女人俯下身，一条又粗又长的辫子垂到胸前，祖父觉得女人的辫子很好看。女人手伸到热水盆里，搓弄姜海的脚。姜海就一声不响地坐着，微闭双眼，嘴角一侧微微颤动着。

祖父独自回到排上，燃起火来驱虫。

第二天一早姜海吆喝着祖父，看到了吧，那个最小的，长得最像俺的就是俺的儿呢。别的排上的人就笑了，你一年来一回怎么知道哪个是你的儿？姜海啐了一口，骂了一句，多管闲事的杂种。我说是俺的儿就是俺的儿，俺有准儿。

又有人问，你留下多少钱啊？别把老本儿都留下了。

都留下的是你，小心半路上饿死你。

那人就不说话了，祖父知道这话是真的，确实有人饿死在排上。

他忙伸手去拉昨夜下的挂子，挂子里网着几条大大小小的鱼。这是他们一天的伙食。

木排队从额穆至永吉后，离吉林船厂越来越近了，越在这时他们越加着小心，稍不留神就前功尽弃。

即使到了船厂还说不上大功告成，还有最后一劫。侥幸捡条命的放排人来到城里，先小庆一回，庆幸劫后余生，再大庆一回，庆幸得了银两，大肆铺张，吃花酒、逛窑子，不出几日钱袋子就见底儿了。

只有这时这些苦命的木把儿们才如梦方醒，明明发誓这是最后一遭放排了。

做什么能赚钱这样快呢，还得再签上一回生死状，进山、下河。

拼命活下来，再拼命地去死，大抵就是这些人的活法了。


我时常看着蚂蚁发呆，在我看来它们都是一个模子出来的，大小、颜色、动作一模一样，无从区分谁是小张谁是小李。蚂蚁一茬一茬地死了，可是，蚂蚁还是那群蚂蚁，全无变化。站在肇大鸡山顶看下面，也是一样的，数千年过去了，人还是那么一群。尽管变了装束，换了交通工具，换了行头，折腾来折腾去，还是那么一群，人多了人又少了，还是那么一群。也同蚁群一样，转来转去，忙里忙外，看似毫无目的，也当然毫无目的。

村子里老人的葬礼，挽幛上通常有一幅白纸的对子，其中总有一句是，人生一场大梦。于是梦就显得挺重要了。做场梦也不错，做梦也要认认真真做。

## 八

这里的人们对梦是很认真的。

有个叫海的人，他反反复复做着一个梦，梦到山坡上数不清的大坑，他就把胡萝卜往坑里栽，可是坑太大，萝卜又太小，填进去就看不到了。第二次梦中，他又换了大红萝卜来，填进坑里又立刻没影了。

他思索了一些时日，就找到梦中那片山坡，山坡上有的地块是荒草，有的种了庄稼。他也不管，就栽起树来。那播种了地块的主人很气愤，来找他，他理直气壮，说坡地就不该种庄稼，应该栽树，这本来就是栽树的地方啊。那个人拗他不过，就铲树，他就去夺那人的锄头。经过几番，对方终是让了步。他就继续拿自己的积蓄出来，买树苗，栽树，这样天天如是地栽着，十几年后就栽满了几座山，树苗有百万株了。狍子回来了，他给狍子们拍照，只要听到相机的咔嚓声，它们立刻停下脚步，回过头望一望。他就笑一句，真是傻狍子。狐狸也多了起来，黄的金黄，白的银白，像精灵一样，行走在草地林间。

有人说他是疯子，有人说他是被狐狸精迷了。

一个干瘦沉默的老人，别人拿他没办法，就任他去了。

他好像并不在意这些，包括政府颁他的奖状他都装在一个柜子里。他只管栽树，似乎什么都不在乎。

他去世的时候，全城的人都知道了，一位爱栽树的老人家死了，大家都惋惜着。后来看到有人写他的传，总觉得缺点什么，只写他的壮举，栽了多少树，我总觉得不够。没有记下他住的小房子，用塑料布挡雨的门，破旧的家具，他老伴手中拿着的一绺青菜。

他对梦是认真的，认真到有些疯傻，这样的人才活得有几分意思。

有好几个人这样说，这人真像早年的小七，那个签过生死状的小七。

## 九

我们这里时常能见到这样的"博物馆"，里面陈列着各式的浪木艺术品，距离十几米外就能闻到熟悉的清香，是木质的纯香。

这是浪木，流浪之木，逐浪之木。多少天，多少年，它们终于接纳了命运，安心下来，沉入泥沙的底部。树皮荡走了，不坚硬的部分荡干净了，剩下最坚硬的部分，它们显露了原形。有的似孔雀开屏，有的如凤凰展翅，有的像观音听海，有的是渔夫垂钓。

又过了多少天，多少年，它们被一波突如其来的水流带上堤岸。第一个发现它的人是谁，无从考证，总之，他们好似久别重逢，一见如故。

浪木为什么会为人们所亲近呢，可能是与自己命运有关。都是不断背离故乡，又一直寻找故乡的人。

我时常想，安徽也许并不是祖辈们的起点，一定另有出处，当然，桦甸也不是后辈的终点。

先生，还有个细节。

祖父很少出汗，即使出汗也没有普通人的汗腥气，他的身上总有缕柏树的清香，在他身边总让我想起一些芳香的树木。

后来接到您的一封信，让我很有信心。您说，这样写家谱中的人物才是有味道的，以后的家谱不能写得干干巴巴的。您说也很喜欢我的祖父，尽管在穷困时，他也迷恋过赌博，尽管他输掉了祖母新绣的鸳鸯枕套，他还爱卖傻呆儿看热闹，可是您仍喜欢他，甚至更喜欢他。他做过长工，扛过劳金,伐过木,放过排,他沉默木讷,时常有人说他像块榆木疙瘩,可是他活下来了。祖父三十一岁成婚,成婚时她是祖母家的长工,大祖母十六岁。祖母的继母陪送十块银圆,一卷铺盖。他敦厚地在这生了根,把这一脉的于氏长成了参天大树。

祖父仙逝时七十六岁。他对祖母说,想吃一碗榆树皮面片汤。祖母说现在谁还吃这些个。他执意要吃,吃了三大碗,后一病未起。我们孙辈十几人站成四排,三人一排,听着大人指挥,向着祖父跪拜。那一年我六岁,头上裹着粗麻白布,一见人哭就跟着哭,一直哭了三天。

我也做了一个梦。

天地间涌绿色光,光中涌出千株宝树,静默如初,曰林曰海。

(原载《延河》2019第5期)

# 陶然亭,剪辑的往事

查 干

## 千里结缘

怀旧,是一种顽症,无药可救。抒写这篇小文,便是病发的一种症状。有些记忆是不宜去触动的,一旦触动便令你的心,即刻沉入深潭,无论你如何挣扎,就是浮不到水面上来。有些记忆则给你插上双翼,海阔天空地飞翔,春风春雨地飞翔。所以,学会剪辑是一种智慧,当然克制在里面。

1980年的秋末,陶然亭公园里草木开始凋萎,风中飘着一些不知所向的叶片,恰同我茫然无助的心。我们这些编创人员,从八方四面汇聚到一起,筹办《民族文学》杂志。草创,这一词语便可替代千言万语。

领命最先住进陶然亭公园慈悲庵的,是我和我的族兄特·达木林。他原先是内蒙古《草原》文学杂志社的主编,兼内蒙古作协的秘书长,他思维敏捷吃苦耐劳,在以后的年月里,他是我们中的一头老黄牛。他蒙汉文字兼通，一手好字，办事果敢爽利，是我们办事人员中的带头人。他和我们同吃同住，亲密无间。他有很好的办刊经验，在刊物的字里行间，都流淌着他辛劳的汗水。他是主任，但从不端架子搞特殊，所以以后的日子里，他被人称作"好人"是名望所归的。

我们二人，住进慈悲庵文昌阁的那一天，秋风落叶遍地皆是，此刻，除了身影别无他物，只借得两张床两个暖水瓶，度过了最初的一夜。老年庙宇那种陈腐的朽木味，使我们的幽梦，充满了出世色彩。他笑着说，嘿，我们两个蒙古"喇嘛"最先住进慈悲庵，有意思有意思。

以后在置办办公用品和生活用品的日子里，我们吃遍了公园周围的小餐馆。方便面充饥，则是常有的事。我们尝尽了白手起家的苦滋味，但也乐在其中。其间，中国作家协会有关领导和工作人员，给予我们的关心和帮助是多方面的，想起来，至今心热。那时我们四顾茫然，人生地也生，一切从零开始。

经过一段时间的忙乱筹措之后，编辑部可以开始运作了。应该提到的是，刊名题写者为文学前辈茅盾先生，这对我们是很大的鼓舞。接着贵州的苗族作家伍略来了。云南大理的白族作家那家伦来了。中央电台国际部的朝鲜族翻译家韩昌熙来了。北京日报郊区版的汉族编辑家王文平来了。著名长篇小说《红岩》的责编汉族老大哥许国荣等人也先后来报到了。这是最初的编辑人员阵容，为了一个共同的事业，我们走到了一起。

我们虽然是作家翻译家编辑家，但当文学编辑，经验都有些不足，好在有达木林和许国荣兄指导，很快进入了角色。这是后话。那时，达木林、伍略、王文平、那家伦和我，就住在慈悲庵里，而年轻的尹汉胤却住在云绘楼，都过着苦行僧的日子。这里是文物保护单位，不能见星火，吃饭要到公园北门外的舞蹈学院。

慈悲庵，始创于元代，又称观音庵，位于湖心岛西南不远处。是公园一处重要景点。清康熙二十四年（1695年）监管窑厂的工部侍郎江藻在慈悲庵内建亭，并取唐代诗人白居易"更待菊黄家酿熟，与君一醉一陶然"的诗意为亭题名"陶然"。因为这里自然景色优美，又颇具野气，渐渐成为文人墨客宴游觞咏之地。园内保存有自战国以来的多个朝代的历史文物和多处古寺观祠，除此之外，这里还是李大钊、毛泽东、周恩来等革命先驱从事过革命活动的纪念圣地。

　　在这样的文物古迹之地办刊物，是意料之外的事，当然，租金也不菲。庵门朝东，离门几百米处，便是湖心岛的最高处，岛上有山、有亭、有树、有花更有迷人的远处风景。云绘楼与清音阁则在庵的西南方向，中间隔一座小桥。慈悲庵地处高地，站在墙内可俯瞰湖面上的千百只游船。船里有人喊，"嗨！看啊！庵里不见尼姑，却见还俗的和尚哎，他们也想谈情说爱吧？"显然，他们是情侣，在调侃我们，这使我们乐不可支。京城有句俗语："成不成，陶然亭。"就是说，谈情说爱者很看重此地，也迷信于此地。山北麓，有革命先驱高君宇与石评梅之墓，这对情侣就长眠于此。常常有年轻情侣们来此游览，并把山上的蓝色小野花采摘下来，祭祀这对先烈，此情颇为感人。

　　夜晚，公园里静极。静得能听得见自己的心跳，甚至能听到一片柳叶的飘落声。月光在湖面上荡起鳞片似的波纹，搅得蛙声此起彼伏。还有蝉歌顺风四散，在枕边，伸手就可抓一把，这是我们的催眠曲，我们苦中取乐。

　　苗族作家伍略兄与我，常常对坐在陶然亭的长廊里，海阔天空地聊，记得他多次谈及与作家沈从文的书信来往之事。他的创作也深受沈老从文的影响，写家乡的人和事，他得心应手，佳作不断。而乡愁，则常挂在他嘴边。他端起白色大茶缸，很有诗意很有节奏地饮茶，动作极富仙风道骨气,他不修边幅,穿着随便,平时寡言,烟抽得凶,中指和食指像是被野火烧过的干枝,几乎没了弹性。我劝他少抽,他只是友爱地笑笑,并不回应。在静夜的慈悲庵中,那一亮一灭的烟火,就属于他。他是一个可信赖的人,绝无小人嘴脸和阴毒肝肠。因了种种原因,几年之后他回贵州去了,后来被选为贵州省作家协会副主席,多年以前他不幸离世,从此与我们烟水相隔,他那一明一灭的烟火,也移到天界去了。

到天界去的,还有特·达木林兄,他离开编辑部之后,任中国作家协会创联部副主任,后来患顽症离世。他这头老黄牛,从此音信全无。很多美好的记忆,却永久留在同事们心中。陶然亭公园里的湖水,一定还记得他,他常常租用一只小游船,带暖水瓶上船,静静地看来稿,他不划船,由微风吹动水面,使船轻轻地摇啊摇。聚精会神的他,很少抬头,有事找他,却无法与他联系,因为他听力极差,我们只好去求助与他相近的游船上的人,去用船桨击打他的船身。

有一次,我们俩被邀去湘西,参加那里的"湘泉笔会"。一天深夜,宾馆附近的农贸市场里,突然传来鸡鸭猪羊们的凄惨叫声,仿佛在相互告别,搅得我一夜无眠,又气又恼。而他,早晨一骨碌爬起来,十分舒心地对我说,好!这里真是安静。气得我只有瞪他的份儿。还有一次,我们在国务院第二招待所同议创办刊物之事,突然楼外雷声大作,惊天动地,震得我们耳膜生疼。他老兄也听见了,却说,嚯咿!有人来敲门呢!就只顾开门去了,让我们哭笑不得。

他耳背,眼力却极好,腿脚也灵便,走起路来脚下生风。有一年,我们去爬黄山,三万九千级石阶,我们爬了八个小时,才到了山顶。而他,中间还去爬了鲫鱼背、莲花峰和天都峰。晚饭后他又去看妙笔生花,而我已经双腿麻木不能动弹了。这样一个精力旺盛又热爱生活的人,不料,先于我们而去,不能不叫人扼腕。

之前，在筹办全国一个大型文学创作会议和创办刊物的那些日子里，只有我们三个人住在国务院第二招待所，星期日夜晚，常去看足球比赛、去看某某的跑马场，街边小餐馆里去吃担担面，早晚玩飞碟。那时的我们，是快乐的不隔膜的，亲如兄弟，这不能不令人怀恋。回首之间，我们都已白发苍然，记忆中留下的，不会仅仅是一生一世的得意往事吧？

如今，如烟往事，大都随风远去了。那一株最先开花的、春二月的连翘，仍在湖心岛的山脚下寂寞地盛开着，花色未改，清芬依旧。我们是老相识，它应该还认得我，虽然我两鬓也已落霜。

今日我独自冒着丝丝小雨，再度前来叩动慈悲庵紫红的大门，一下、两下、三下，轻轻的。哦，陶然亭，你不会闭门谢客，不会不接受我久疏的问候吧？

## 临水闲说慈悲庵

慈悲庵，临水。卧于高台，显得仙风道骨。常有欸乃之声挂于耳际，引人入水乡之梦。从地面仰望，只能望到它的飞檐和瓦片。庵东侧有一宽宽的台阶，台阶右侧有一石碑，刻有《陶然亭记》，一步一步登去，可考验脚力，抬头见一株古树，苍然而立，转身，见两扇朱红大门闭着，需轻轻地叩。这是一处修心养身之地，鲁莽和轻佻，与它的幽境不和。庵里，一片静寂，只有紫燕和麻雀飞来又飞去。假如有风翻墙而入，会掀起一股又一股古刹浓重的朽木味，使你一下子与古时岁月，拉近了距离。

1980年初秋，我与几位来自全国各地的作家同事，在这里参与筹办《民族文学》杂志。住在这里的有六位，其中五人，都是离乡背井者。分别来自贵州、云南、新疆和内蒙古。此庵为古建筑，又是国家级文物保护单位，我们住得提心吊胆，唯恐对它有什么损坏之事发生。庵里只有一个小型锅炉来烧水,有专人负责,火,是严防之例。而每日三餐,则需走二里多地,到北门外的中国舞蹈学院食堂去食用,生活条件相对清苦,笑称自己为胡须尼姑。

办公环境倒很优雅。古香古色、花草树木、湖水扁舟,样样不少,是个看稿、编稿的清静之地。看稿子累了,还可以俯瞰清幽的湖水,以及远处的亭台楼榭。或者,下得庵去,坐于湖边林荫处,看水鸟与小舟,共游涟漪扩散处。

"成不成,陶然亭。"是一句民间俗语,此说不假。观察发现,恋爱中的年轻男女,此处的要比其他园林多很多。因而,也多了几分青春朝气和相依相偎的湖上剪影。湖心岛北,有一石碑静静地立在那里,革命情侣高君宇与石评梅,就长眠于此。慕名而来的情侣们,常常采一些山上小野花,供奉于他们的墓碑前,其中寓意不言自喻。

每当月朗星稀之夜,这个较为偏僻的园林,显得尤为静谧而达雅。时有欸乃之声悦耳,嘈杂的市声,与此隔绝。只有蝉噪此起彼伏,使夜色显得更为空阔、高远。偶尔,从游船里也传来一些歌声,譬如《莫斯科郊外的晚上》《在那遥远的地方》之类。说也奇,每当歌声一起,蝉噪便戛然而止,仿佛有谁突兀摁了一下音箱开关。我疑心,蝉们或许有极丰富的音乐细胞,不但自己善于歌唱,也会醉心他乡音乐。

当夜色深沉,静园,整个公园便沉浸在一片寂静里。月光柔美,树影婆娑,偶有夜鸦横空飞过,嘎嘎,叫两声,飞到湖对岸的树林里,隐去。

我和苗族作家伍略兄,则刚改完将要刊发的一叠文稿,悄然走出居室,左拐,走十步,面对面坐在陶然亭的紫红长廊里,端一杯羊岩勾青,海阔天空地聊将起来。谈资从孔孟老子到李白杜甫,王羲之欧阳修以及艾青巴金和沈从文。想到谁,就说到谁。

伍略兄著作甚丰,尤其写麻风病村落的文章堪称一绝。《麻栗沟》就是其中一篇，此文后来被评为贵州省20世纪二十部最佳文学作品之一。他的另一篇小说《夜渡无人》故事情节迂回曲折，有着诗一般的内在魅力。而他的中篇小说《良家妇女》好像还拍成了电影。他出生于贵州夜郎凯里苗乡。根扎在故土，文字的枝叶当然茂盛。他与苗族前辈作家沈从文，来往甚密，飞鸿不断，可说是忘年交。

当湖风微微然吹来之时，在月光下，见他的头发乱若秋草，鬓角上一闪一闪的，是一片秋霜。时年他仅四十的样子。他不修边幅，衣着随便，烟瘾极大，好饮茶，绿茶为最。饮用时，不是用玻璃杯，而是用军用大白瓷缸。夫人罗星芳是著名艺人，常有电话监督他，嘱咐好好自理生活。他憨憨一笑，说，没关系，放心啦，算是汇（回）报。对此，嫂夫人也无可奈何，万里之外，她的监督鞭长莫及。伍略兄，人善良而敦厚。他信服老聃，《道德经》随口就能背上一段来。这一点上，我们爱好相同。他向往有朝一日去得终南山讲经台下住上几个夜晚，受一些仙风道气熏染。他这一愿望，不知如愿与否，就不得而知了。后来，我倒是登过终南山，在讲经台下，住了一夜。那晚我想到了他，还自言自语地隔空捎话。在天国，他或许有些感应吧。他曾经说，老子的思想，对他的文学创作起着潜移默化的作用。他，大巧若拙，不好为人师，也不夸夸其谈，平时少言寡语，不争强好胜，生活极为简朴。

记得有一天晚上，我俩在陶然亭里依栏而坐，聆听亭外细雨绵绵。他说，这般细雨让他想起《道德经》第八十一章里一段文字："信言不美，美言不信。善者不辩，辩者不善。知者不博，博者不知。"而后他念释文："诚实的话不一定动听，动听的话不一定诚实。世间的好人不会花言巧语，能言善辩的人不一定是好人。聪明的人不一定博学，见识多广的人不一定真正聪明。人生的修行重在于行，而不在于辩。"他说，就像这亭外细雨，老老实实无声无语地下，滋润万物，却无虚浮之态。而狂风暴雨则不然，来势凶猛，易成洪水，百害而无一利。

　　表面上看，有些木讷的他，学识却十分厚重而不张扬，是个真正的知识之人。这与身边一些轻佻张狂，半瓶晃荡之人，形成了鲜明的对照。

　　又有一夜，乌云压城，夜黑无边。风之脚步不知止于何处。空气里除了闷郁就是潮湿。我和伍略兄，坐在陶然亭长廊上，饮茶观天，很少有话，各想各的心事。突然他开腔，说，查干兄，我在构思一篇小说，叫作《黑洞》。就像现在，夜深若洞，仿佛要吞掉整个世界似的。人心里，不也有这样的黑洞吗？假若没有真、善、美来把持这个洞口，人世间将会是黑暗一片。我说，甚好，题材厚实，寓意深邃，假若把握得好，一定是一篇妙文，会对人心产生深远的影响。然而他没来得及完成，就匆匆辞世而去，不能不让人扼腕叹息。这是后来的事。

　　那一年他因工作缘故，离京回黔。后来曾任省作协副主席一职，并主编一家大型文学刊物《南风》。次年，他来参加全国人代会，我还催促他赶快下笔，完成《黑洞》的写作，不宜再拖延。他憨笑，说，大概框架是有了，在琢磨一些细节和人物勾勒。

　　谈话中，他对陶然亭念念不忘。他说，陶然亭那个地方，值得我们一辈子记着。那是一个让人开悟之地。人一旦坐在那里，思维就格外地活跃起来，可上天入地，索古探今。他说得极是，一代一代名士骚客，一代风流：江藻、林则徐、龚自珍、梁启超、谭嗣同、秋瑾、孙中山、李大钊、毛泽东、周恩来、高君宇、石评梅们，前后都曾留于此亭，谈天说地，道古论今，赋诗吟诵，恐怕都不是偶然为之的吧？清诗人龚自珍于1919年，在科举中落第，来陶然亭壁上题诗一首，《题陶然亭壁》："楼阁参差未上灯，菰芦深处有人行。凭君且莫登高台，忽忽中原暮霭中。"来发泄心中的忧郁之情。

　　陶然亭的确是一处可感、可念、可忆的地方。这些年，我几乎每年都去一趟陶然亭，追忆那些清风明月中的倾谈之夜。故人已去，岁月依然，令我伤悲。

前些日子，微信里看到一个获得戛纳奖短片《黑洞》的视频。此片，长不过三分钟，却道出一个深邃的生存道理：主角正在加班，复印机突然坏了，踢它两脚，竟然复印出一个黑洞，一个可以隔空取物的黑洞。他把它放在一边，将饮料纸杯放在上头，出现了一个洞，伸手摸出一杯饮料来。他拿起印有黑洞的这张纸，一捅，竟然可以穿越。他试着贴于门上，门上出现一个洞，可顺手开门。贴在冰箱上可取出冰激凌，贴在钱柜上可取出一沓又一沓的钱币，于是他被贪婪驱动，干脆爬进钱柜里去，想把所有的钱都取出来。不料，钱柜门自动闭合，印有黑洞的纸片掉落下来，他被黑洞永远地吞没了。此片，构思巧妙而寓意深刻，一睹让人惊心动魄。假若，远在天国的伍略兄，也能看到此片，对于他小说《黑洞》的开笔与人物勾勒，一定有所启发，果如斯，不亦一件美事乎？

## 诗人与小花帽

新疆，的确很遥远。古称西域，是有道理的。假如乘 T69 次特快，从北京西站去往乌鲁木齐，得用三十三个小时四十六分钟。全程三千一百零五公里。三十多年前，我第一次飞乌鲁木齐，飞了近四个小时。说是顺地球自转飞，多飞半个小时。据有关资料称：新疆，原始的称呼叫：柱州。新疆大部，自西汉便属于中国。汉称西域，意为中国西部的疆域，这一名称自西汉出现于我国史籍。1757 年，清乾隆帝再次收复故土，把这一片土地命名为：新疆。取"故土新归"之意。

然而，新疆遥远也不遥远。地理距离和心理距离，往往是成反比的。尤其我接触到新疆维吾尔族著名诗人铁依甫江和克里木·霍加之后，心理距离一下子缩短了很多。1981 年，我们创办《民族文学》杂志之后，便收到大量来自新疆的诗稿，当然是翻译稿。译者为：郝关中、王一之、艾克拜尔·吾拉木等。其中"柔巴依"居多。何谓"柔巴依"？它是波斯诗歌的一种形式。"柔巴依"一词，源于阿拉伯文，意为"四的组合"，亦可译为"四行诗"。由于受波斯文的影响，维吾尔等民族中，同样存在"柔巴依"这种形式的诗歌写作。11世纪成书的《突厥语大辞典》里也收录了不少完整的民间四行诗。15世纪之后，代表诗人有：鲁提菲、纳瓦依、克里木·霍加。诗人郭沫若，曾译作"鲁拜"，每一首四行，独立成篇。一般一、二、四行押韵。近似汉族诗歌中的绝句。"柔巴依"虽然只有四行，形式较为简单，但它可以表现出深刻的哲理和崇高的理想。古代诗人鲁提菲、纳瓦依、翟黎里、诺比提，以及当代诗人郑炜、铁依甫江·艾里耶夫、克里木·霍加，多有这一体裁的佳作。

铁依甫江·艾里耶夫（1930—1989），新疆霍城县人。生前他曾任自治区党委宣传部文艺处副处长、自治区文联副主席，自治区作家协会副主席。1979—1983年，任第三届中国作家协会副主席及民族文学创作委员会主任。曾出版诗集《东方之歌》《和平之歌》《唱不完的歌》(后由艾克拜尔·吾拉木译成汉文出版)《祖国颂》《迎接更美丽的春天》《铁依甫江诗选》等多种。他的《爱情抒情诗》和《故乡抒怀》先后荣获全国少数民族文学创作奖。他在60年代创作的《祖国，我生命的土壤》等一批格调雄浑、气势磅礴、充满爱国主义激情的诗篇，标志着他的创作达到了一个新的高度。他被誉为爱国主义诗人，是名望所归的。

我第一次见到他，是在中国作协一次大型会议上。他戴一顶十分精美的维吾尔小花帽，坐在主席台上，眼睛炯炯有神，微笑着，与旁边的人耳语。是啦，诗人与小花帽，这一奇特的印象，就此留在我的心中，至今清晰若新。之前，我已几次编发过他的"柔巴依"，印象极为深刻。他是一位标致型美男子，脸膛宽阔，显得很魁梧，会唱歌，会跳麦西来甫舞，极吸人眼球。

克里木·霍加（1928—1988）。他是维尔族著名文学翻译家、诗人。全称为：阿不都克里木·霍加耶夫。新疆哈密人。曾任新疆作协副主席、翻译刊物《桥》杂志主编。《诗刊》编委、中国作协理事。他的文学生涯，是从文学翻译工作开始的。1956年出版的《黎·穆塔里甫诗选》是他较早的译作。稍后，又将郭沫若、艾青、贺敬之等汉族著名诗人的诗作，译成维吾尔文。而《周恩来青年时代诗选》、《红楼梦》前三十回及《杜诗一百首》皆出自他的译笔。他也多次参加过毛泽东诗词维吾尔文版的翻译工作，并与他人合译《红岩》《李自成》等长篇小说。他自己出版的诗集有：《第十个春天》《春天之歌》《春天、土壤、种子》《春风带来的诗篇》《克里木·霍加诗选》等多种。他在60年代创作的歌颂祖国、歌颂人民的抒情短诗"柔巴依"颇具特色，哲理意味甚浓。后来，我为他编发的"柔巴依"，几次获全国文学创作奖项。他脸膛稍黑，右眼内侧有一颗痣，人很安静、内敛、豁达，不缺乏激情。每次与他约稿，总是如期送稿，并有真诚致谢。他也总戴一顶小花帽，显得很亮丽，也诗意。从他身上，更能看出，诗与小花帽的有机结合，是多么有趣。

在1985年，新疆维吾尔自治区成立三十周年前夕，我与同事朝鲜族诗歌翻译家韩昌熙，赶赴乌鲁木齐，去约有关庆祝自治区成立三十周年的各门类文学作品。自治区作协秘书长张孝华，是一位十分干练的女士。我们商量决定有关各门类作品的体裁以及具体撰稿者人选。当然，首先向诗人铁依甫江和克里木·霍加登门约稿是必须的。然而，患癌医治之后，情况乐观的克里木·霍加，却出国访问去了。当克里木·霍加夫人高哈丽雅，听到我们将专程去看望并约稿时，当即决定，第二天的上午，在乌鲁木齐市的南山牧场，他们的休养地毡房里，接待我们。当日清早，秘书长张孝华，带着作协主席铁依甫江，驱车前来接我们。南山牧场，是乌鲁木齐市有名的天然牧场，也是避暑、疗养、游览的风景区。清代大学者

213

纪晓岚曾有诗："牧场芳草绿萋萋，养得骅骝十万蹄。"这里是雪峰插云，冰川晶莹，群山蜿蜒，峡谷深邃，林草葱郁，溪瀑淙淙的迷人之地。高大的云杉，在这里那里，团团齐步向前，威武而雄壮，让人浮想联翩。

嫂夫人高哈丽雅，早已等候在那里。她是典型的塔塔尔美人，一头金发，白皙的面庞，甚为出众。她微笑着说欢迎欢迎，并优雅地一一握手。她说，昨晚与克里木通电话，说二位是尊贵的客人，也是多年的诗友，从远方来，要热情欢迎他们。毡房的长桌上摆满了新疆特色的各类食品。稍后，高哈丽雅嫂夫人，用维吾尔语不知与铁主席说了一些什么，便走出毡房，张罗宰羊。宰杀剥皮，清除内脏，不到三十分钟，就收拾利落，那个麻利劲儿，看得我们大为惊讶。而后，点火，架羊，开始烧烤。一股肉香，即刻飘满山野。铁主席，亲自主刀，割肉成片，放在我们前面，并幽默地弯腰：请！高哈丽雅嫂夫人，却递来马奶酒，一人一大碗，香气醉人。而后，她与铁主席，以及临近毡房里的朋友，跳起欢快的麦西来甫舞。于是，我们起身，也跳起麦西来甫，动作有些迟钝、滑稽，但嫂夫人，以眼神鼓励我们。我们勉强和着节奏跟着跳，虽然跳出了一身的汗，却非常开心。当我们趁着夜色，离开南山牧场时，嫂夫人送我们每人两顶小花帽，又递来马奶酒，为我们送行。此刻，月光柔柔地照耀着整个南山牧场，以及这一顶白色毡房，如梦如幻。我突然想起李白的诗句："明月出天山，苍茫云海间。"自古至今，无数文人墨客，踏足这一片神奇的土地，留下极多脍炙人口的美好诗文，来赞美它，而本土著名诗人，铁依甫江和克里木·霍加，以及后来的艾克拜尔·吾拉木等年轻歌者，又以他们充满哲思意味的"柔巴依"将生养他们的这一片故土，尽情描摹，热烈赞颂，其情何其感人。

（原载《民族文学》2019年第7期）

# 那岛像部书

褚福海

一

智者无妄语。

在我作出抉择之前,内心是颇为纠结、忐忑的——颠簸上三小时的车,耗费两天半的工夫,大老远地跑去看一座岛屿,究竟值不值,确是个未知数。

但对行者而言,每一处不曾涉足见识过的境地,便是一片新颖绮丽的景象,具有无可抗拒的引力,于是我最终拍板:去!

说来汗颜,在去崇明岛之前,我对那儿是一无所知的,纵使知道有那么个地方存在,可究竟位于何方、哪般模样、有甚特征,我的概念里完全处于虚空苍白状态。

我曾天真地想过当然,崇明并非什么要塞重镇,也不会有多少旖旎风光,故而打心里就没将它当回事,以致错失了屡次亲近它、了解它的机缘。

　　抑或是冥冥之中注定要与它结缘吧，初冬的晌午，我随一行文朋诗友，心怀美意，登上了驶往崇明的旅游巴士，跨桥梁，穿隧道，沿路摇晃敧斜着，去领略那个岛屿上的风土人情。

## 二

　　千万年来，滔滔长江从青藏高原的唐古拉山一泻数千里，跨青、藏、滇、入川、渝、经鄂、皖、苏等十一个省份，一路蜿蜒着，朝辽阔的东海奔腾而来，滚涌之水流裹挟着肉眼不易洞察到的大量泥沙，经长年累月的淤淀，逐渐聚沙成洲，兀立江畔。探究其因，我想，这抑或是崇明地处江尾海口独特的地质、水文使然吧。

　　追溯崇明岛的形成，我们愕然发现，如此庞大的岛屿，居然源于那一颗颗细微柔软的沙粒，让人无不敬畏、惊叹大自然的神功奇力。史料记载，崇明岛肇始于唐代武德年间的东、西二沙。唐万岁通天元年，渔民樵夫登沙谋生、垦荒耕种。至五代十国杨吴时期，西沙设崇明镇。至宋天圣三年，姚刘沙因姚刘两姓率先居住而得名。宋建中靖国元年，三沙由江苏句容朱、陈、张三姓最早迁居而得名。最终于明万历十六年迁建长沙城，亦即今日崇明区政府所在地。

　　雄踞在长江入海口的崇明，从高空俯瞰，宛若一块亦浮亦沉的硕大翡翠，折射出温润的光泽，被世人啧啧称奇。它东濒大海，南与嘉定、宝山、浦东隔江相望，北与江苏海门、启东一衣带水，是长江三角洲的冲积平原，是我国除海南、台湾以外的第三大岛屿，被誉为"长江门户、东海瀛洲"。

## 三

初冬,晨光初露,微风拂面。

我伫立于弧线优美的江堤上,倚栏远眺,白茫茫的江面空旷、岑寂,水天衔接处,长江天际流,看不见鸥鹭翱翔,听不到巨轮鸣笛,周遭祥瑞静谧,唯有细浪轻拍着护坡石,丝丝柔风在我耳畔低吟。

百川东入海,何时复西归?

凝望着浩渺无垠的江水,审视着脚下这片神奇的土地,我不由思索,崇明有今日之繁盛、秀逸,该经历过几多风雨沧桑与上下浮沉?

## 四

崇明一千三百多年的历史,嵌进中华五千年的璀璨文明史里,仅是沧海一粟,甚至可称之为是些无足轻重的零星碎片,可它的每一次律动,每一步奋蹄,恰如史书里的每一个章节,翔实、鲜活,丰满并庄重了华夏的历史进程。

清雅的冬日宜读书,尽管缺泥炉煮茶,无红袖添香,我依然停住脚步,聚神品赏起来。

五代十国时期,襟江枕海的崇明利用得天独厚的自然资源开始制盐。自北宋太平兴国五年起,崇明设立盐官,由发配于岛上的囚犯充当盐丁。至嘉定十余年间,三沙置天赐盐场,延绵百里,场面宏浩,百姓多以煮盐为生,使煮盐业成为当时崇明的一大产业。民俗村里的模拟场景,还原了昔日的风情。直至明清以后,因崇明岛向江中漂移,土质渐趋淡化,盐田日益减少,使盐业渐次萎缩,直至最终销匿。

公元1366年,元末农民军首领张士诚占据苏州,朱元璋令大将军、右丞相徐达发兵征战。时任崇明知州何永孚率部归附，朱元璋书赠"东海瀛洲"四字嘉勉。自此，崇明便尊享"瀛洲"美称。

鸦片战争前，"外捍百岛，内障三吴"的崇明岛首当沿海海防战略中守护江南的重要门户。鸦片战争结束后，曾国藩确认崇明乃"中流砥柱之地"，是守卫长江沿线的关键所在，而守卫崇明重在海防。光绪九年九月二十一日，两江总督左宗棠抵达崇明十港巡视渔团（由官府管理、民间发起的一种军事组织），校阅渔艇五十四艘，在奏折中指出"崇明滨海"是江防"第一重门户"。独特的地域因素，凸显了崇明的区位意义。

崇明人不仅睿智勤劳，而且尊儒重教，崇文尚学成风。素朴端庄、保存完整的崇明学宫始建于元泰定四年，后随县城多次迁建，明天启二年建于县城东南角，一直延续至今。明代洪武四年至崇祯十六年期间举行了八十九次科举考试，崇明中举人三十一名、进士四名；清代顺治三年至光绪三十一年举行了一百一十二次科举考试，崇明中举人一百一十九人、进士三十二名，许多优秀人才脱颖而出，推动了社会发展进步，且产生了深远的影响。

一处景观一页书，字里行间含意蕴。虽属走马观花，难以看透彻，有的尚一知半解，似懂非懂，有的似囫囵吞枣，有待消化，但不妨碍我从崎岖的历程里品味到卓尔，由铿锵的步履中感受出气度。崇明人可歌可泣的非凡业绩，耐人寻味，令尔肃然。

## 五

当年芜杂不堪、人烟罕至的荒凉沙岛，历经多代人的艰辛垦拓耕耘，如今早已蜕变成了民风淳朴、树木蓊郁、让八十余万人安居乐业的东海明珠。

午后的艳阳，予人小阳春之感，我站在江边一隅，凝望着连绵的江堤静卧于温煦的冬阳下，默默地向远方延展过去，伸向迢渺的水天交汇处，勾勒出了一道粗犷、奔放的弧线，我的思绪也随风起伏跌宕。

江堤边，有个挑出去的巨型观景台，与之对称的陆地处，耸立着一块地标性巨石，镌刻有"崇明岛"三个遒劲行书，被宝蓝色油漆描摹得鲜丽夺目，众多游客络绎与之合影，有的兴味盎然摆pose拍照留念，有的凝望着石碑似在追寻当年的足迹。一位戴着墨镜、肩披艳丽丝巾的阿姨，趔趄几次终于登上了座基，一手扶住巨石，绽露欣慰笑容，就在她站稳的瞬间，被我"咔嚓"一声摁进快门，成了永久的定格。从彼此间的攀谈中得知，他们大多数是当年从上海来插队的知青，光阴荏苒，恍若白驹过隙，不觉间如今都已是爷爷奶奶级的人了，物是人非，感慨万端，浓情挚感似江水奔泻。"呜"，伴随着雄浑低沉的汽笛鸣响，一艘银灰色的渡轮徐缓驶离码头，开足马力朝宝山方向航去，船尾翻腾出朵朵水花。几只健硕的江鸥展开双翅，扑棱着追逐嬉戏于水沫浪花上，轻灵翻飞，翩然生姿。凝望得久了，眼睛略感酸涩，我刚收回视线，孰料，心，却被不远处传来的袅袅乐声拽了过去。乳白色的拱门下方，绿树掩映中，一块百八十平方米的水泥坪上，有几十个中老年人正踩着乐曲的节律，欢快地跳交谊舞，愉悦之神色溢于言表。

历经一代又一代人的不懈垦拓，崇明不再是往昔贫瘠枯瘦的荒岛，脱胎换骨为肥沃广袤的绿洲，依循建设生态度假区的全新理念与战略定位，深度开发出了独具特色的旅游资源，亮点频现，景观更迭，崇明民俗村、雷锋纪念馆、奇石馆、东平国家森林公园、知青馆等一批旅游景点相继建成，并投入运营，吸引了八方游客。再次印证了"人民创造历史"的朴素真理。在东平国家森林公园偌大的停车场内，我留意观察到，那儿泊着闽、赣、甘、蒙、豫、皖、鲁、浙、苏、川等地牌照的各种型号私家车，足见其知名度之广远。

一路行来,我们终于抵达当年由插队知青发起筹建、续建了半个世纪的森林公园门前,闪耀着绚烂光芒的巨幅LED显示屏揪住了我的视线,我瞥见,实时播报的负氧离子指数已超过了3200,这让长期栖身于水泥丛林中的尔等望尘莫及。羡慕不如行动。几个同伴相继舒展鼻翼,大口呼吸清新空气,戏言免费洗肺,何乐不为?煞是幽默。鱼贯而入后,大家倏地被园内的葳蕤树木、蔽日浓荫而震撼,视野所及,梧桐、水杉、香樟、棕榈、罗汉松、紫薇、银杏、贵妃竹、紫竹等林林总总,密密麻麻。自感略见过一些植物,却从未见识过那么多品种的树木,堪比植物王国,候鸟天堂。尽管时值初冬,然森林公园里的各种植物依然傲枝展叶,未见萧瑟萎颓之痕,地上苔藓如毯,空中叶密障目,从它们身上散发出来的幽微气息或淡雅清香,潜入鼻腔,醉人心魄。

举步闲逛中,白鹭、青鸟、野鸽子此起彼落,勾勒出动感的画意;红枫、修竹、银杏树沿路挺立,摇曳着醉人的诗情,倘徉其间,大有"我欲穿花寻路"之感,似入仙境,心旷神怡。如此幽静雅致的环境,这般养眼舒心的景致,绝不是任何城市都会拥有的。目睹着粗壮的树干,我仿佛看见了他们矫健的身姿;凝视着静默的叶片,我犹如窥见了他们辛劳的汗滴。园内洁净的黑色小道纵横交织,左右贯通,不时有电动游览车掠过。在一处落满棕色松针的幽径旁,我弯腰捡起了一枚金黄杏叶,夹进随身携带的小本子,如同找回一段逝去的岁月。成排连片的水杉,挺拔,俊秀,被时光染成了浅褐,在丽日晴空下显得甚为醒目,我不禁喟叹:"树木",何止是十年?

奇石馆里格局独特,资源丰沛,效果逼真,陈列着来自全国及东南亚的文化石与硅化木,展厅中央那尊硕大的灵璧石,纹路清晰,晶亮剔透,风骨毕现。人造沙漠间,竖立着一株株色泽各异、高矮有别的硅化木,它们中，有新疆、桂林的，有马来西亚的，也有缅甸的。年份最大的那截硅化木，产于马来西亚，气度威武，周身除了若隐若现的木头纹理，因深埋地下1.8万亿年，已被水土浸润风化成了石头，令人唏嘘不已。更叹为观止的是，一侧横卧的那根长逾八米的木化玉，可谓世间孤品，绝无仅有，弥足珍贵，同伴争相邀我摄影存念。

正值润稿之际，上海方面传来喜讯：2021年第十一届中国花卉博览会选定在崇明举行，届时将再现"彩蝶扑牡丹"之盛景。

# 六

面积一千二百多平方公里的崇明，在祖国的版图上也就是比芝麻还小的那么一个点，却犹如一部内涵丰厚的巨著，让人品读启悟：不仅扼江守海，具有不容低估的战略价值；依靠自身力量，利用本土资源，创建美好家园；而且，早已华丽转型，走生态发展路径，开辟经济增长新模式，演绎成上海乃至周边地区民众休闲度假的令人聚焦的亮点。

崇明是部书，观岛若读史。两天多转悠下来，虽只粗览了个大致，有些意犹未尽，然印象鲜明而深刻，感觉坐三小时车来观瞻，不虚此行，且非常有意义。倘日后得闲，我依然要来，并会待得更久、看得更仔细真切些。

蓦然间，我想，正所谓读万卷书，行万里路，倘若身体、财力许可，且时间宽裕，就该时常出去走走，开阔开阔眼界，因为万里路上的风光，远比万卷书里的铅字更直观、更生动。若长期囿于相对固定、封闭的氛围里，恐将僵化自己的思维，凝滞自己的视野。

（原载《鸭绿江》2019第7期）

# 峡谷里的那片灯光

陈 果

## 变压器上山

一千五百米，如果在高速公路上，这是一段不到一分钟的距离。然而，从山脚来到古路村最靠近公路的六组癞子坪，一台变压器走了八千六百四十分钟。

一米见方，重九百五十公斤。左看右看上看下看，你都不会觉得一台二百千伏安变压器有多高大威猛。但是，对走"钢丝"的人来说，这个块头和重量，有如泰山压顶。

开凿在绝壁上的骡马道宽仅一点五米。从航拍器镜头里俯视，就像一条曲折回环的"钢丝"。山高路陡，"钢丝"每一次弯折，都充满着惊险。

车不可载，马不能驮。变压器上山，只有人抬。

如果是左右横着抬，其中一边儿就得悬在空中；若前后纵向抬，路多陡抬杆就有多陡，绳套根本无法固定住。在三四十度仰角的骡马道上，只能这样一级一级梯步向上攀延。

"一线天"铁路桥上，从山洞里冒出头来的火车吐出一声长啸。受到启发，有人找来两根槽钢。

把变压器抬上钢轨，才发现作业面太窄，一多半人的力气都用在了干着急上。比这更让人泄气的是，槽钢一次次侧翻，引起一次次脱轨。

二十三个人花了九个小时才往前推进了一百六十米，快要五十岁的易斌头一次懂得了什么叫进退两难。把变压器运到癞子坪，古路村就真正实现通电了，这很重要，比夜路上有支电筒还重要。然而，越往上，路越窄、越陡、越险，要是这庞然大物顺着槽钢滑到谁身上，后果不堪设想。

易斌是四川省雅安市汉源县皇木供电所副所长。谁不知道，他和所长任远光也知道，古路村之所以成为全川新一轮农网改造五千九百九十二个中心村的最后一个，就因为它是一块硬骨头，硬得不能再硬。

掐着指头算时间，任远光和易斌手指上都掐出了血印。国庆节前合闸，这是早就定下的计划。这天已是 9 月 12 日，按照眼下进度，再过十天，变压器也上不了山。

## 线路抢修

巍然对峙的大峡谷，只给洒向癞子坪的阳光开了一扇四小时的小窗。易斌全身每一个毛孔却都大张着嘴，仿若在和高喊号子的工人们一起用力。衣角掠过眉心，像手指在屏幕上滑过，易斌闭合的双眼里，跳出来一件往事。

易斌 2016 年 3 月从晒经调到皇木。从河谷到高山，他脸色一点都不好看。比他的脸色还难看的是天色——自 5 月 1 日起，皇木地区天天刮风下雨，6日晚的那场冰雹尤其粗暴。正嘀咕着这场冰雹怎么没完没了，易斌接到命令：古路一台区线路故障，明日抢修，七点出发。

一箱矿泉水和一袋干粮沉甸甸地压在易斌双肩——好家伙，二两的馒头，少说有二三十个！他没忍住跟所长开玩笑：这是重返战斗前线呢，还是要穿越到上甘岭去？！

他的情绪是在骡马道第一个弯道处发生转折的。等爬上"一线天"，到了癞子坪，当心跳如鼓的易斌得知发生险情的一台区在流星岩，而去流星岩的路此时才走了不到六分之一，他再也没有开玩笑的心情了。

下午一点四十五，一行八人终于到达现场，这时的易斌，两只脚已经虚软得不像是自己的了。他知道自己是累坏了，更是吓坏了。

见他一屁股坐在地上半天站不起来，任远光咧嘴笑了：看你这样子，像是刚刚打了三天三夜的仗。

幸亏地上没有缝，要是有，指不定地面上就找不到易斌这人了！

"战斗"很快在山谷间打响。四号杆和五号杆间的电线断了一档，抢通线路，在平原地区或者河谷地带，花不了半个小时。然而，两根电杆间隔四百多米，档距大，施工难度就大。风又是顺着山沟跑的，像河，河面窄，水流急，放线拉线的人，一个个被吹得歪歪斜斜。抢修工作持续了三个小时，这几乎是易斌有生以来感觉流速最缓慢的一段时光。

同样永生难忘的是返回途中遭遇的那一场雨，一行人被浇得里里外外没一寸干的。

回到驻地，见易斌面如土灰，任远光语重心长地说了一段话：小时候，我们村经常停电，那时就想，要是我以后在供电所上班，绝对不长一双懒脚杆。所以现在，凡是抢险我都上。

从任远光话里易斌读出深意，也读出羞惭。

易斌随任远光一路向西。每一根电杆都要走到，每一米线路都要巡查，每一台变压器都要查看，直到四肢并用，来到与乐山市交界的马鞍山，隐藏在变压器上的故障才排查到。找到病灶是下午五点，电灯重现光明在一小时之后。这时才觉出了体力的乏和胃囊的空，当地五组组长兰绍成带着一瓶饮料、半锅红苕赶了过来。

任远光吃了红苕，却说什么也不喝饮料：你们背东西上山要流多少汗，我是共产党的人，怎能喝老百姓的水？！

要是不喝，我就让它顺着山坡，滚进大渡河！是兰绍成的话。

任远光解释：检修线路、排除故障是我们的职责……

## 古路心愿

一支竹篙在古路村燃了三四百年，历史向前一小步，有了煤油灯。然后就是原地踏步。进入新世纪已经八九年，古路还是煤油看家，灯笼火把。

2008年8月，无电区电网建设的巨臂伸到了绝壁峡谷间的古路村。深入骨髓的感受是现场复勘时才有的，攀悬崖走绝壁，爬高山下深涧，确定每一条线路走向、每一根电杆位置，都是一场身体的历险。

人手一部的对讲机充不上电，第二天上山就没法跟工友取得联系，那叫一个急啊。这当口，后来成了村支书、当时还是村妇女主任、白日里和他们一起翻山越岭的骆云莲站了出来：我有一个办法。

"5·12"地震后，湖北省援建汉源县，为古路小学送来一台发电机。这台轮式机组功率不大，夏天里，溪水带动齿轮，教室里的"小太阳"可以发一阵光。一进秋天，溪水变瘦，"小太阳"就把金灿灿的翅膀收起来了。"太阳"重新升起，要借水池一臂之力——这口水池，是古路村三组老老小小近百人的饮用水源。水池闸门义无反顾地打开了，村民们说，只要能把电的"大部队"引上山来，宁愿三天不洗脸，宁愿背着水桶去别的生产队求援！

2010年9月21日夜，星罗棋布的古路人家，第一次被黄澄澄的灯光融为一体。

而守护灯光，成为旷日持久的又一场战役。任远光就是在这场战役中成了伤兵。

作为一所之长，任远光去古路的时候最多。每次冲锋陷阵都有人记录在案——曲折的山路是笔，膝盖是案。"案底"曝光是2017年7月，那天从古路摸黑下山，才走到骡马道上，任远光走不动了——每往前一步，都疼痛难忍。任远光去成都检查，结论是膝关节退行性病变，因为爬山太多、磨损太大。2017年12月25日，作为治疗方案中必不可少的一环，任远光被调离皇木。

战争前线都没把我绊倒，猫耳洞都没把我困住，敌人的子弹都没把我撂翻，却不料输给了一排电杆！交接工作时，任远光那句"最大的利益就是民心"在易斌心里激起层层涟漪。古路村地僻人稀，送电上山不计成本，线路维护同样不惜代价。最典型的要数流星岩，人户本来就少，两次地震后，多数村民易地重建，只剩下申其全、李树全两个人。单身汉的生活简单到连电视都成了摆设，除了给手机充电，申、李二人连电灯拉线都懒得碰一下，每度四毛九的电费，他们俩要是谁用上了半度，这天就算是"高消费"。这样的"赔本生意"，天底下还有第二桩吗？

## 点亮心中的灯

将癞子坪二十二户村民用电纳入中心村农网改造项目，是品质升级，也是责任接力。这一棒若是抓得不牢、跑得不好，用任远光的眼光衡量，那是丢了阵地。

丢了阵地当然丢人。可丢人有啥大不了的呢？——同耽误了古路村脱贫致富的良机相比。

身处大渡河大峡谷国家地质公园核心区，古路村已是名声在外。文旅融合，振兴乡村，古路摘帽"贫困村"，机遇千载难逢。蚂蚁到底拉不了石磙，当初安装的三十千伏安变压器仅能满足电灯电视等简易家电所需，随着电冰箱、电磁炉、电烤炉登堂入室，遇到几个大功率电器打架斗法，跳闸就成了稀松平常之事。饭都煮不熟还接待什么游客——遑论用磨浆机打磨黄豆，制作最受客人青睐的豆花饭。

为古路村接通动力电，"电力扶贫"进入议题。可是，设备运输开局不利，任远光和易斌心急如焚。

已是深夜，心烦意乱的任远光如坐针毡。电视里，两匹马拉着雪橇穿行在林海雪原，看到这一幕，一个创意蓦地闯进他的脑海——给变压器安上"雪橇"，肯定比"轨道"可靠！

两根钢筋被牢牢焊接在变压器底部。"脱轨"问题迎刃而解，"雪橇"前端翘出的弧形，也让台阶造成的阻碍一扫而空。只是陡峻山路不断抬升着作业风险，最初的担心成了绕不过去的死结：一旦前面拉力不足，一旦工友、村民和围观的游客有个三长两短……

易斌灵机一动，想出一计。运送电力设备，以及紧线、立杆，工地上常常用到绞磨机。固定绞绳需要在岩石上打孔，每道弯上打下五六个深孔。绞磨机一开，绞绳一拉，再往前时，变压器的确是不那么磨蹭了。但焊在变压器下的"雪橇"是钢钎，钻到"雪橇"之下撬动钢钎进而撬动整架机器的也是钢钎，工人们得十倍小心以免伤到变压器。每转一个弯，都有七八个工人拿着钢钎小心翼翼地刺、插、挑、拨，不厌其烦地推、拉、摆，对着铁疙瘩"好言相劝"：转过去一点，再转过去一点……

四十三道弯，每一道都是这么转过来的。难怪有路过的游客说易斌他们小心翼翼那个样子，像在绣花。

易斌心头一阵悸动：如果说自己和工友们眼下的工作是在"绣花"，当初工友们踏勘路线、架设电杆，后来前所长陈强和任远光带着大家巡线护线、排危抢险，何尝不是在飞针走线？这绝壁上的"绣花"功夫，其实就是对美丽、富裕、柔和、温暖的不懈追寻……

变压器是9月17日运到癞子坪的。九天后，工人们举起绝缘棒为古路村新增容的变压器合闸，成为当天中央电视台《新闻联播》里一帧历史性的特写画面。

癞子坪所有电器全开，村民李其学家的电灯，眼睛都没眨一下。他家的"农家乐"再也不用担心跳闸，也不用担心客人吃不到豆花饭。他家以前上惯了"夜班"的制砖机也可以上"白班"了，从山下运上来的机砖每块六元，自制只需一元。说"铁疙瘩"变成"金疙瘩"一点都不夸张，说村民们心里乐开了花，就是句大实话。

2018年11月8日，国网汉源县供电公司党支部和古路村党支部结成共建对子。文艺联欢、金秋助学、志愿陪伴……活动越来越多，"亲戚"越走越近，古路又添新动能，文化、文明、亲情、友情的电流源源不断。

于是，大峡谷的褶皱里，人们看见了另一片灯光。

那些灯点在心里。

（原载 2019年07月17日《人民日报》）

# 家住百万庄

彭 程

一

第一次走进这里时,我并没有想到它会有什么不同之处。

那是三十多年前,1987年的春末夏初时节。我在北京已经生活了将近七年,大学四年,然后是工作三年。那时候城区还没有像后来那样膨胀,住集体宿舍的我,周末经常骑着一辆自行车,在京城的大街小巷里闲逛,自认为对很多地方都很熟悉了。

这一带就更是如此。读大学那几年,多次从海淀乘坐332路公交车到动物园总站,再换乘102路,经过二里沟、百万庄、甘家口商场、甘家口,在阜外西口站下车,再步行到解放军报社西边的一条胡同里,表姑家住在那里。因为经过的次数多了,虽然从来没有下过车,我对途中百万庄站马路东侧那一片叫作百万庄的地方,却无端地觉得并不陌生。

但真正走进这里,这是第一次。我是从南城虎坊桥的工作单位附近,乘坐102路来的,走的是和以往相反的方向。车降低速度驶入百万庄站,我看见她站在站台上公交车标牌前面的位置,身着白色运动衫和深蓝色灯芯绒裤子,望着前门,表情中有几分羞涩、紧张,但又努力装得平静。不知为什么,我原本忐忑不安的心情一下子变得轻松了。我故意移到后门下车,从站台后面的自行车道上走到她的身后,本来想拍拍她的肩膀,抬起手又放下了,只是叫出她的名字。

她惊讶地转头,有一点意外,但瞬间笑容浮现。

我跟着她,反身向后走不多远,就是十字街口,然后向东沿着百万庄大街,去百万庄午区她的家里。那时街口东北处是一个公共澡堂。从门前经过时,恰好几个女孩子推开门走出来,脸庞鲜艳红润,头发湿漉漉的,一股雪花膏的浓郁气味扑面而来。

## 二

走进这一片区域之初,就有一种异样的感觉。这有些出乎意料。

前行不久,喧嚣的车水马龙声便隐去了,眼前是一排排的红色小楼。那时,城区内的建筑主要是20世纪70年代以前的楼房和大量的平房,高低错杂。但这一带的楼房样式,和别处居民区那种千篇一律、单调呆板的模样很不一样,都是三层高的楼房,一律红砖墙、坡屋顶,显得沉稳雍容,有一种特别的个性和美感,就像从人群中看到一位气度不凡的人物。

第一次的印象总是特别深刻。

初夏的阳光明亮灿烂,轻风摇动树冠,在地面上洒下跳荡的光影。楼房不是在别处看到的那样横平竖直地排列着,而是纵横围合,错落有致,掩映在绿树丛荫中。每个楼门都是木质门窗,阳光照射在红色的油漆上,格外鲜艳。有的楼门上方的屋檐上长了杂草,随风摇曳。楼门两旁,往往用木棍或者栅栏围起来一个长方形的小园子，里面栽种着花草菜蔬。在楼群中穿行，仿佛处处相似，但又处处不同。记不得转过几个弯，好几次由西向东又由南向北，走到一个楼门口，她停下脚步说：到了。楼门左右有几棵槐树，正值花期，一簇簇洁白的花瓣累累垂垂，挂满了树冠。一阵微风拂过，一股带着甜丝丝味道的浓烈香气扑面而来，让我不禁有片刻的恍惚。

如同它独特的外貌，这一片被命名为百万庄住宅区的小区，的确身世不凡。它于20世纪50年代中期建成，是当时的一机部、二机部、三机部的宿舍，可以说是第一批国家公务员宿舍。这些用数字命名的机构，也就是后来的机械部、电子部、航天部、地质部等部委的前身。这个苏式风格的建筑群，在当时堪称京城最高档住宅区，让无数人羡慕。

当然，这些是我后来才了解的。我还知道，这个小区的设计者是著名建筑设计大师张开济，天安门观礼台、国家历史博物馆、钓鱼台国宾馆、北京天文馆等知名建筑，都出自他之手。作为新中国最早自主设计的居住小区，百万庄住宅区是上了教科书的样板小区，曾对全国的居住区规划产生过深远的影响。

因此，当几年后已经在这里安家时，在一次媒体同行的聚会上，一位北京出生长大的女记者得知我住在百万庄时，表情夸张地表示羡慕，说那里可不得了，那是"北京的曼哈顿"。当时，一本名叫《曼哈顿的中国女人》的书正在畅销。

## 三

第一次后，便是许多次，多到记不清次数。有时是乘坐公交，102路，或者是从小区东边展览路下车的15路，有时则是骑车。小区里的宽街窄道、房前屋后，两个人走过的脚步，总该以十万为基本计数单位吧？有几次看到一个中年人，拿着一个日本产的计步器走路，觉得很稀罕，女友说他是旁边楼门里的邻居，从事外贸工作。终于在两年后，我搬进了这里，从此生命纳入一条新的轨道。

我比大多数同龄人幸运。成家后，即住到了岳父母家提供的一居室单元楼房里，而报社同事那时正在为争取到一间集体宿舍做婚房而煞费苦心。妻子当时大学毕业留校任教，百万庄离位于中关村的大学校园不远，上班方便，岳父母也舍不得女儿搬到外面住，便将他们老两口住的这间房子腾出来给我们，自己搬回去和妻子的外婆一同住，就是我第一次上门时的那个小两居，此前妻子一直住在那里。这个住处离那边不到一百米远，在午区的东边，是20世纪80年代中期建造的那种个性模糊的房子。出了朝北的楼门，隔着一道围墙，就是部里的幼儿园。下一步的事情都不用操心了。

我感恩于这一份命运的眷顾。

20世纪90年代的情形，如今回想起来，就像隔着一层毛玻璃，影影绰绰，又仿佛写意画的境界，细节不甚分明。有两年左右，日子单纯轻松，周末两人一同骑着自行车，去附近的玉渊潭或紫竹院公园游玩，去红塔礼堂看一场新电影，去中国美术馆参观画展。生活和心境，都更像是此前状态的延伸。

然后记忆变得丰富鲜明起来，转折点便是女儿的诞生。一连串的画面烙印在脑海里。得知消息后，母亲第二天就从河北老家乘车来京，从永定门长途汽车站下车，再换乘102路到这里。进门时，她拎着一个很重的帆布包，气喘吁吁。包里装着她自己制作的一个门帘，是将旧挂历纸按照尺寸裁剪开，卷成一个个中间粗两头细的纸卷，用胶水粘牢，再用结实的丝线串起来，当时正流行。门帘很重，我提起来都费劲，何况她还带着别的东西。在开头的两三个月里，女儿放在姥姥家，因为早产，让她自然熟睡是一件困难的事情，常常要一边抱着她来回走动，一边哼着歌谣，才能催眠。看着她睡熟了，才敢小心翼翼地放到床上，但常常刚放下就又惊醒，哭闹起来。那段时间，西昌卫星发射中心有一颗商业卫星未能发射成功，电视直播了现场画面，我们就把这种情况戏称为"发射失败"。

那时，妻子姐姐的男孩也才几岁，每次来时，都像看玩具一样地盯着婴儿看，做鬼脸和怪动作。家里电话一响，他总是抢着去接，奶声奶气地问："您找谁？"有几次我给家里打电话是他接的，告诉他"找你毛毛姨"，他还不会人称转换，"找你毛毛姨啊，您等着啊！"几年前他也已为人父，对待宝贝女儿的耐心和细致，比当年的我可要强上多少倍。

还有姨姥姥，妻子的姨妈。那时她已经退休，数年中多次从新疆来京，因为儿子从北京一所大学毕业后留京工作。每次来都会住上一段时间，陪伴九十多岁的老妈妈，也帮着照料女儿。当年因为家境贫寒，她出生不久就被送给别人抚养，那家人待她很好，几个哥哥像对待亲妹妹一样呵护她。她20世纪50年代中学毕业后，响应支边号召从湖南老家去了新疆，后来丈夫也是湖南人。家里有一张褪色的照片，年轻的她健康秀丽、笑容欢快，穿着洗得发白的列宁装，一条粗壮的大辫子搭在肩膀上。

几年过去，女儿上了家门口的幼儿园。每天早上我们送进去，下午岳父岳母接回自己家，我们下班回来后再过去接，通常都是吃过晚饭才回自己家。岳母做得一手好菜，人又热心，老家湖南江西一带不断有拐弯抹角的亲戚来，带着腊肉和腊鱼，以及有一股烟熏火燎味道的茶叶。

这样一些事件和场景，构成了我对那段时间的个人记忆：电视剧《渴望》热播，人们见面都会谈论它；街上到处跑着黄色的"面的"，十块钱起价；好像每个人都有BP机，蛐蛐般的叫声此起彼伏，公用电话前经常排队；装一部电话机要五千元，为了能尽早安装，托关系给电话局打招呼，还请上门的工人吃了顿饭；大街小巷里都有货摊，南边的百万庄大街上，农贸市场占去了半条街；很少下饭馆，都是在家里招待亲戚朋友，炒一大桌菜；农产品十分便宜，蔬菜水果一买一大堆。

## 四

我还记得一些邻居。

这里是国务院八个部委的宿舍，因此居民主体是机关干部和知识分子，老一辈的人说的是各地的口音。对门的郝伯伯刘阿姨，都是一口浓重的山西话。外孙女跟着老两口住，一个胖乎乎的小丫头，喜欢坐在门槛上吃冰棍。女婿公派到英国读博士后，女儿跟过去陪读，后来开了一家中国餐馆。外孙女小学毕业后去了父母身边，前些年听说已经从剑桥大学毕业了。楼下对门那家，女主人江苏人，是旁边幼儿园的老师，独生女毕业于北京外国语学院，模样有几分像当时走红的歌星程琳，后来全家移民去了澳大利亚。隔着马路，对面就是巳区了，正对着的单元里也住着一家湖南人，那家的老奶奶和外婆年岁仿佛，妻子姐妹几个都称她柳婆婆，前些年手脚还利落的时候，时常过来，纳着鞋底，用家乡话和外婆唠家常。

还有一些记忆是属于在这里长大的妻子的，是她的童年印象。她家住的楼房东边二十米，面对幼儿园，是一栋东西朝向的筒子楼。当年机械部的一位局长，把一儿一女托给一位保姆照看，就住在这栋楼里，夫妻两人经常走路过来看望。两个孩子当时也都是妻子的小伙伴，一同玩过家家游戏。几十年后，这位局长当了大领导。

著名女作家张洁也曾住在这栋楼里，带着母亲和女儿。楼下是一片空地，有几棵大树，是周边几栋楼里的孩子们的天地。那时没有电视，作业负担不重，孩子们玩疯了不肯回家，家长也很少管，但张洁的母亲到时候就会来催：书包，该回家了！书包是张洁女儿的乳名。小伙伴们都知道，书包回家后姥姥就会教她读书。书包后来去了美国，嫁给了美国人，生了一对儿女，而张洁也在多年前移居美国，住在纽约曼哈顿中央公园旁的一处公寓里，我的一位年轻同事几年前去看望过她。听他说，张洁女儿住在新泽西，每周都去看望母亲。如今已经年逾八旬的张洁，是否会经常回忆起她曾经住了多年的这个地方？我还曾经到更南边的辰区，向《林海雪原》的作者曲波约稿，老人站在楼门口等我，黄昏时分的光线照在一个被多种疾病折磨得衰弱疲惫的老人身上，看不到当年小说中英姿勃发的少剑波的影子。

　　人生何处不相逢。妻子工作的单位数年前与中央芭蕾舞团有过合作，觉得对方的联系人似曾相识，聊天时得知，原来她小时候就住在子区，小学也是展览路一小，中学时是学校舞蹈队的，后来考进了中芭，曾经跳过《红色娘子军》中的吴清华；我带孩子在楼前的空场上玩耍，看到一个带着女儿的年轻妈妈，感觉有几分面熟，几天后聊天时得知她在某部委的法律部门工作，再一打听，果然是同一所大学法律系的校友，正是当年经常在男生宿舍楼门口走过的那个人，那个年龄段里我没有理由地留意过的众多异性中的一位。

　　照看女儿的小保姆小傅，一个质朴善良的农家女孩，十七八岁，个子矮矮的，四川巫山人，初中毕业就出来打工了。她照料孩子十分上心，小小年纪就显露了强烈的母性。有一次她从外面回来，气呼呼的，原来是别人家的小阿姨说女儿长得黑。每周她休息一天，回来时常常抱怨我们给孩子喂饭次数不够，或者脸没有洗干净。女儿生日那天，她跑出去用自己的钱买了生日蛋糕。女儿上了幼儿园，她去了别的人家。几年后，一次去紫竹院公园秋游，又看到了她，在给一对年轻夫妇带孩子，自己也要当母亲了，挺着个大肚子。她嫁给一个在北京建筑队上的四川老乡。她已经不像几年前那样活泼欢快了,眉眼间有一种淡淡的忧虑。

这一片住宅区中,还有一种生活,却更多是让人们想象猜测的,虽然近在咫尺。

## 五

真正弄清楚整个住宅区的分布情况,以及相互之间的关系,还是在住了几年后。

那时,百万庄中里一带的平房区拆除,在原址上盖楼,我们便把原来的房子调换了一下,从午区东边向西移动了大约七八百米,搬进了中里新建的房子。楼下自行车棚的东边,一墙之隔,就是展览路第一小学,妻子小时候的学校。又过了两年,女儿也进了这所小学,从楼门走到学校大门只需要五分钟。从房间北面的窗口探出头去,能够望见孩子们列队做早操,校服鲜艳,节奏齐整,口号响亮。

中里是整个百万庄住宅区的中心。

20世纪50年代,一切都向苏联老大哥看齐,包括建筑。张开济在设计这片住宅时,也参考了当时苏联建筑学界流行的被称为"扩大街坊"的思路。实际上,美国同一时期,由社会学家佩里提出的"邻里单位"规划理念也正在盛行,即在不被汽车干道穿越的街区单元之内,通过合适的步行距离,组织起人们日常生活的各种需求,既安全又方便。这两种理论其实是异曲同工,都追求更加完整地满足家庭生活的基本需要,重新找回随着城市增大、交通快速化而消失的亲近感和归属感。这些,在百万庄住宅区的设计中得到了充分的体现。

整个住宅区按照传统文化中的天干地支纪年历法,用十二地支的前九支命名,被划分为"子、丑、寅、卯、辰、巳、午、未、申"九大区域。这些颇有些洋气的房子，命名却又是地道中国式的。以中里为中心，北边是申区，东西方向则对称地分布着其他八个小区，布局上借鉴了古代八卦阵的样式。西边，从北向南依次是子区、丑区、寅区、卯区；东边，从南到北则分别为辰区、巳区、午区和未区。整体上看，是用一种逆时针的方式排序。八个小区，按照今天的说法就是八个组团，分别是前面说到的不同部委的宿舍。为了适应北京的气候特点，每个小区的建筑都被设计成回纹环绕形状，以增加南北向的建筑，减少东西向的房屋。小区外形方正内部宽敞，每一栋楼中的每个单元的楼门，入口都是朝着外侧的公共道路，而内侧则是相对安静私密的院落，每家住户均有两个朝向的房间，分别可以看到外侧公共领域以及在内部庭院里玩耍的孩子。每两个东西对应的小区，楼房和庭院的布局都一样，体现了鲜明的秩序感。

　　根据规划理念，每个住宅区都要配备商场、粮店、理发店、幼儿园、学校、卫生所等设施。住区的核心地带是一片空地，种树植草，作为居民的公共活动空间，这也符合新社会以人民为中心的理念。妻子说过，小时候外婆烙馅饼，和好了面剁好了菜馅，才给她几毛钱去买肉馅，出门走上几分钟，就到了合作社的副食店。

　　我新搬入的这一组几座楼所在的地方，按照当时的规划设计，正是社区中心绿地。其后许多年中，随着单位不断扩大，便在这里建了一些平房，给司机、厨师等后勤服务人员居住，慢慢因为私搭乱建，变得杂乱无章，三四十年后，陆续拆除平房，在原址上盖了几栋楼。楼房是最普通的样式，显然和周边原有建筑不协调，但当时没有人认为这是个问题。

　　我还进一步了解了它更早的历史。

　　这一带早先为北京城的西郊荒地，是城里人埋葬逝者的地方，散布着很多坟茔，俗称"百万坟"。一直到新中国建立之初，周边也还是人迹稀少，只有建设部的大楼孤零零地矗立在一片荒野之上。20世纪50年代的北京城,范围主要还是在老城墙之内,最近的阜成门离此处也有两三公里。建造住宅区施工时,挖出不少无主尸骨,登报请人认领,没有人认领的,听说后来统一拉到更远的地方埋葬了。稍后到了"大跃进"时,还曾挖出过两座辽代的古墓。这就让人感到生命的渺小和飘忽。在漫长的岁月中,这一片土地上发生过什么样的故事,又收纳和封藏起了哪些秘密?我及时地让想象止步,它们总是会让人望见虚无的广阔深渊。

只需要知道这一点就行了:在长久的荒凉死寂之地,新的生活热闹蓬勃地开展起来了。

# 六

住在这里,隐约有一种都市里的村庄的感觉。

这是一幅近景:自中里楼房四层的房间朝下面望,在这座楼和对面楼房之间,是一个茂盛葳蕤的花园,被齐胸高的铁栏杆围成一个完整规则的长方形。花园里有二三十棵大树,有更多的灌木丛,它们之间的空隙则被野草完全覆盖。那种葱茏恣肆的野趣,不像是位于城市楼群之间。有一株高大的桑树,树干粗壮,树冠像一把巨伞,遮住了一大片空间。夏季,树上挂满了紫黑色的桑葚,还有不少掉到地上,引来众多鸟儿啄食、腾跃鸣啭。我猜想它该是栽种于小区初建之时,那时这一片正是中心绿地。

走下楼去,我在小区里大小宽窄不一的各条道路上行走。这个过程长达十年之久。东边的展览路大街、西边的甘家口大街、南边的百万庄大街、北边的车公庄大街,将小区整个围了起来,而每一条街脚步都可以轻松到达。我从一个个组团之间的道路和庭院中穿行,得以完整地掌握了它的样貌,也深切地感受了它的氛围。

那些年,小区的几条主要街道上没有多少汽车,显得很宽敞。街道旁有不少枝干粗壮的大树，远远高出三层的屋顶，我能认出的就有杨树、柳树、槭树、梧桐树等。有风的日子，白杨树叶会哗啦啦作响。到了五六月份，槐树会将浓郁的槐花香气向四处播撒，而被叫作"吊死鬼"的小虫子也会在半空中晃晃悠悠地飘浮，如果落在一个女孩子的头上，就会听到一阵尖叫。

每一组团中围拢着的楼房之间，有一种宽敞疏朗的风致。每个单元的一楼门口两旁，通常都各有一个小小的花园，用松柏矮墙围起来，种植着各色花草。窗台上往往也放着一排小小的花盆，有文竹、鸡冠花和俗称"死不了"的太阳花等等。有的地方种了爬山虎，密密的藤蔓一直爬到三楼的窗子顶端。妻子上小学时有学农课，学习如何养蚕，同学们就向住在斜对过单元一楼的爷爷要桑叶，他家小花园里有一棵桑树，每个孩子都得到了几片。

在这个地方也更容易感受色彩的盛宴。绿树、红墙和蓝天，构成了它的日常色调，而秋天到处飘坠的黄叶，又添加了一抹酣畅秾艳。当冬天来临时，一场大雪会让这里具有一种异域的情调。曾经从网上读到过一位百万庄老住户的文章，当年她谈恋爱时，第一次把男友带到家里那天，正赶上下大雪，白雪红墙就像一幅画，给男友留下了深刻的印象，多年后还提起来过。

记忆中，那些年的雨水比现在要多很多，特别是经常在夜里降下。楼下花园里的树木，被灯光照射得绿幽幽一片，泛着隐约的光亮——来自枝叶上的雨水。邻近光源的地方，绿色显得鲜嫩而透明。将窗子打开一条缝，伴随着淅沥的雨声，会有凉爽清新并略带腥味的空气悄然涌进来。这样的夜晚，总是让我感觉到身体里的活力，生发出对未来的憧憬，想象一些缥缈而美好的事情。

# 七

　　回想起来，那些年也是我的阅读时光。那种沉湎的程度，此前不曾达到，此后也不复能够重现。

　　如果一个人天性不喜欢热闹和交际，不认为觥筹交错是什么荣耀的事情，那么，还有什么能够像读书那样给他带来丰沛的快乐呢？更巧的是，那几年我的工作就是编一份与读书有关的杂志，阅读就理所当然地成了生活的一部分。

　　读书和买书，总是既如影随形又彼此怂恿。周边就有两个常去的书店。南边的百万庄大街上，国家外文局西边，有一家名为"地球村"的书店，是这家单位开办的，名字倒是十分契合它的工作性质。北边，车公庄大街对面，中国建筑设计研究院旁边，有一家"席殊书屋"，造型很是独特，没有书架，书摆放在一个个带轮子可以转动的小车上，寓意"学富五车"。设计者是张开济的儿子张永和，也是一位著名的建筑学家。那时正是实体书店最辉煌的时期，"席殊书屋"在北京就有多家。好几年中，我来这里的次数最多，购书也多，占到了家中藏书的相当部分。此外，甘家口大厦北边路边的一排新旧书摊，也是我时常盘桓的地方。

　　那些年里我读了数量可观的书，就像一个没有明确目标的游客，自由散漫，东张西望。除了因为工作考虑，对当时一些重要的或者走红的书需要留意之外，大多数的阅读是即兴随意的，从个人嗜好和关注出发的。这些书分属不同的类别，彼此之间也并无联系，但在不知不觉中，在经历了时光的发酵后，它们依据某种内在的逻辑线索勾连起来，一部书通向另一部书，构建生成了一个精神的有机体，影响着我对世界和生活的认识。

　　这件事情最突出的作用，我想还是进一步培育了我的文学感受和梦想。文学作品的阅读占了最大的比重，它们以潜移默化的方式，让我获得一种独特的眼光，来看待发生在周边的生活，并与某些书中的内容加以对比。在平静处看出某种波澜，在光亮里发现浅淡的阴影，在庸常中品味到一缕诗意，这样的感受带来的是一种深长的愉悦。我逐渐意识到，每一种感受或者领悟，总是能够获得印证。既然"日光底下无新事"，既然哲人说过"世界是一部大书"，那么世间的诸般形相，都可以在书里的某一页、某一行甚至某一个标点符号中，找到记录或者暗示。

譬如，住在这栋楼最西头单元里的一位年轻母亲，每天早晨领着一个女孩，匆匆走过我住的单元楼门口，去到东边的幼儿园，大约两年中都是如此。在旁边商店里偶然遇到几次，或者是她单独一人，或者带着女儿，不曾看到过第三个人。女儿长得很好看，母亲也是眉目端庄身材窈窕，但脸上从来没有笑容，这就让人觉得反常。曾经有什么故事发生在她的生命中？是关于轻信和失望，还是由于背叛甚至某种意外的灾祸？我曾经联想不已。这样的反应自然是个人化的、纤弱的、无足轻重的，有充分的理由被人嘲笑。后来某次外出培训，半个月后回来，就再也没有看到过这对母女，想来是搬走了。

有一次，到百万庄大街南边不远处一位朋友家聚会，认识了一位同龄人，在某政府部门工作，饭桌上他口才滔滔，为自己勾画种种仕途前景和实现途径，其雄心壮志令我自惭形秽。他的口音和经历，也让我联想到巴尔扎克笔下那个名叫拉斯蒂涅的外省青年。他供职的单位，工作内容与我所在报社的报道范围有一些交集。后来他数次主动电话联系我，要来家里坐坐，也来过一次，但估计是在聊天中意识到了我的迂腐无助于他实现远大目标，此后再无联系。这种消失，显然是他主动的选择。

更有一些感受缺乏具体的附着物。在周边的建筑和风景变得无比熟悉后，有一天我意识到，我行走时偶尔会张望那一个个狭窄的窗口，想象其中的人物和故事。某个房间里传出的钢琴声,随着某一扇玻璃窗推开而瞬间闪现出的一张俏丽的面孔,会让我多年前经常体验的某种情绪,得到片刻的复苏。而从我四楼窗口的眺望,则更多具有主动的意味。探头出去,能够看到东边午区、巳区的一部分屋顶,连绵错落。目光掠过这些屋顶向前方伸延,直到被远处的高楼阻断。

在搬离这里几年后,我读到葡萄牙作家费尔南多·佩索阿的作品,有一种深切的会心之感。我意识到,其实那段时间,我是最接近于他所描写的那种内心状态的。这样一些句子让我沉醉,目光久久不肯挪移开来——

我们中的每一个人都是若干人,是很多人,是丰富的自我,比我们自己每一个人的无限增值更为丰富。

一个人为了摆脱单调,必须使存在单调化。一个人必须使每一天都如此平常不觉,那么在最微小的事故中,才有欢娱可供探测。……我一直被这种单调佑护。一样的日子乏味雷同,我不可区分的今天和昨天,使我得以开心地享乐于迷人的时间飞逝,还有眼前人世间任意的流变,还有大街下面什么地方源源送来的笑浪,夜间办公室关闭时巨大的自由感,我余生岁月的无穷无尽。

我们周围的一切,成为了我们的一部分,成为渗透我们血肉和生命的一切经验,就像巨大蜘蛛之神布下的网,在我们轻摇于风中的地方,轻轻地缚住我们,用柔弱的陷阱诱捕我们,以便我们慢慢地死去。一切就是我们,而我们就是一切。

……

它们不正是我能够意识到但没有能力分析清楚尤其是无法清晰表

达出来的东西吗？当时那些颇为飘忽的感受和意念，实际上有着自己的指向——试图窥测和捕捉生活的某种本质，那种平静掩盖下的悸动，狭小连接着的广阔，单纯后的复杂，清晰中的混沌，具象里的抽象……我沉溺于自己的思绪和梦幻中，时而慵倦烦闷，时而欢悦振奋。

## 八

生老病死，人生这一场戏剧中的不同章节，在这里也像在任何别的地方一样，轮番地上演。房屋本质上是一种生活的容器，彼此之间尽管有着外在形态上的差异，但其中展开的内容，却没有明显不同。"在这黑暗的或者光亮的洞穴里，生命在延长，生命在梦想，生命在受苦。"在《巴黎的忧郁》中，波德莱尔从阁楼上眺望高低远近的一个个窗口，写下了这样的句子。

平淡庸常的生活中，最能掀起一些波澜的，无过于死亡了。与这里安宁静谧的环境相称，发生在小区里的死亡也是悄无声息的。譬如某一天你忽然意识到，那个经常遇到的坐在轮椅上被人推着行走的老人已经好久不见了——这是生命消失的惯常方式。家人的悲伤哭泣，也总是在关闭着的房间内，好像死亡是一件私密的、羞于告人的事情。

一天深夜，岳父母被急促的敲门声惊醒，开门一看是对门阿姨，神色惊慌。伯伯起来上厕所，心脏病发作倒地，昏迷不醒。赶紧拨打120，不得要领地忙乱一番，一直到望着急救车闪烁着蓝色顶灯疾驰而去。黎明时分传来了消息，伯伯未能抢救过来。不久后，阿姨从小带大的外孙女去远在英国的父母身边读书，她也搬到了百万庄中里我的住处南边的那一栋楼房，单独一人住，儿子每周来一次。我和妻子去看望过她，房间在一层，南窗外有个小小花园，树木藤蔓遮挡了光线，屋子里有些昏暗。她参加了社区的老年国画班，画了不少花鸟虫鱼，散乱地堆放在餐桌上。暮年岁月在缓缓流逝，就像日光在房间里慢慢移动。

几年后，姥姥以九十六岁高龄去世。在那之前很长一段时间，衰弱以极其缓慢的步伐悄悄地逼近，直到有一天她无法下床。意识到她的日子不多了，家里人便时常坐在床头陪伴。头一天，姥姥招手把她带大的三姐妹叫到床边，挨个儿摸着每个人的手，说我喜欢你们。第二天，也是同样的时间，三姐妹正围坐在她身边聊天，忽然意识到什么，转眼看时，老人已经永远地睡过去了，神情平和安详。

我们离开百万庄几年后，岳父一家也搬到郊区，此后也就很少再来。但十年生活的经历执拗地存于记忆中，时常会像阳光下的玻璃碎片一样地闪亮。有关这个地方的各种消息，也总是更能够让我留意。

妻子是家里的老小，上面有两个姐姐。三姐妹都有自己幼儿园、小学和中学的同学和伙伴，因此涉及许多人。如今大多数人都已经退休，有了时间，联络也开始多起来，时常相聚，还建了微信群，主题便是怀旧，追忆这个大家共同出生和成长的地方。家人聚会时，听三姐妹说起各自的发小辈的命运遭际，仿佛看到了一出出浓缩了的人生悲喜剧——

某某终身未婚，如今也快七十了，一直与已过百岁的老母亲相依为伴。某某当年另寻新欢，现在身患重病孤身一人，儿女不怎么理他，十分凄凉。某某当上了副部级的领导。某某全家多年前就移民了。某某因经济犯罪关了几年，不久前刚出狱。某某最忧虑患重度自闭症的儿子，自己过世后他怎么办。还有某某死于疾病，某某车祸去世，某某得了抑郁症⋯⋯

"从一粒沙看世界，从一朵花看天堂，把永恒纳进一个时辰，把无限握在自己手心。"威廉·布莱克这首名诗，早晚有一天会让你产生共鸣。生活的普遍性本质，都可以通过有限的现象获得体现，就仿佛一个小小的器官切片中，有着身体状况的丰富信息。

时光的不断伸延，让我关于这个地方的记忆，重重叠叠地增加，今天与昨天的穿插闪回，更使它们变得纷乱驳杂。

一些人不再需要回忆，他们也成为亲人记忆的一部分。三年前，岳父因病去世。他们于 20 世纪 50 年代初从武汉调到北京，推辞了单位分给的三居室，在两间房子里一住就是半个世纪。岳父最后的归宿是昌平南口的一处陵园，那个三人墓穴里，姥姥已经提前几年住进。他一生对自己的岳母至爱至孝，一如伺奉亲生母亲。

不久前，女儿的姨姥姥也在广州辞世。她的儿子——我妻子的表弟后来去广州创业和置业，数年后，她卖掉了回龙观的房子，搬去南方照看孙女。儿子给她买的墓地，在郊区的一座山坡上。记得很多年前，有一次她抱怨母亲，不该在她小时候把她送人，脾气倔强的姥姥气呼呼地反驳：不送人你早就活不成了！那个时代生活的艰难贫穷难以想象。她退休后来京居住的几年，终于有时间与母亲厮守了。如今，母女两人却又是关山阻隔迢遥相望，如同生前的大部分时光。

我望着一张多年前的大合影。岳母的一个粤北韶关的表亲，全家来京旅游，岳父母招待了他们，并将在京的几个远近亲戚叫到家里聚会。照片上将近二十人挤在一起。姥姥当时还很壮实，岳父母更是神采奕奕。我头发乱蓬蓬的，女儿还没有出生。如今，这个合影中已经有多人辞别人世，几个抱在怀里的孩童也都已经为人父母了。

每个人的离去，都带走了一部分有关的记忆。早晚有一天，所有这些记忆，终将无所附着。

一切都在消亡，一切都是丧失，不曾改变的只有变化本身。但有一个地方作为固定的背景，这种意味就更容易得到凸显和认知。因此，物是人非便成为人们经常的感慨。

# 九

物是人非——这当然只是个修辞。实际上，物并非一成不变，它同样也在演化、衰老，一步步走向自己的暮年。

人的衰老体现为一系列生理指标：血液黏稠、钙质流失、感觉迟钝、步履蹒跚等等。建筑物也有自己的生命体征。各种老化了的管线，是不是很像淤塞了的血管？因渗漏而发霉的墙体，是不是仿佛脸上晦暗的老年斑？

我在百万庄住了十年，离开它至今又已经过了二十年。记得住在那里的后几年中，就已经在传说小区的房子老旧了，即将拆掉重建。的确，即使在二十多年前，也已经能够明显地看出它的老态。

在 20 世纪 50 年代，作为国家重点建设项目、"首都第一住宅区"，百万庄小区有着令人艳羡的充足理由。除了少量三居室，大部分都是六十平方米的两居，有独立的厨房和厕所，这在当时的住宅中还很罕见。房间里不仅都是统一装修好的，并且配好了家具、厨具、电灯和窗帘，可谓是拎包入住。建筑材料也十分讲究，用的是烧制良好的上等红砖，门窗木料都是东北的红杉木，经过高温处理，不变形不生虫。门把手、合页、水管、龙头、淋浴喷头以及马桶上的金属部件，都是苏联铸造的黄铜。甚至细节也十分讲究，譬如深红色的木楼门和楼梯间的外窗，采用同色系的中国传统回字形装饰，而白色的楼门挑梁、阳台栏板和楼梯间隔墙，则采用同色云纹装饰。

这样的比喻想来不会有人反对：当年的百万庄就仿佛一位风姿绰约的新嫁娘，容光焕发，楚楚动人。

当时虽然设计超前，但随着时光推移，一些当年不曾想到的不足之处也显现了：室内没有客厅，室外也没有规划停车的地方。另外就是岁月造成的磨蚀,市政设施老化,电线老旧,屋顶漏水,木质檐口掉皮。外来人口的租住及私搭乱建、迅速增多的私家车,侵占了原来的绿地和庭院。因为室内狭窄,一些旧家具随意堆放在室外。就连当年栽种的杨树,尽管长得比楼还高,有的也因树干中空而摇摇欲倒。因为二十多年来一直传说要拆迁,公共设施只是很被动地维护,住户也是将就着住,不敢装修更新,舒适程度、生活质量都受到了明显的影响。曾经风华绝代的丽人,已经步入迟暮之年,粗服蓬头,邋遢不堪。今天如果一个外人走进这里,他的目光中恐怕更多的是一种同情怜悯。

由于在中国建筑史和规划史上具有重要影响力,百万庄小区自诞生之日起,就成了建筑规划学界的研究对象,曾经作为经典案例,被收入高等学校教材《城市规划原理》,并被若干建筑学方面的著作收录。在接下来的几十年中,百万庄社区居民换了几茬,城市环境也发生了巨变,累积了丰富的社区记忆、历史遗存和建筑多样性,形成一种独特的社区生态。它让人想到一种经历丰富的人生。

这种浓重的历史感,是它的光荣,也是它的负担。在实用和美学之间,应该如何取舍?而且,在随处可见的破败芜杂的后面,它的美是否仍然完整自足?

对于后一点倒没有太多的分歧。整个小区的整体格局尚属完好,地基依然坚固,已经发生的变化,也都被限制在张开济当年设计的区块网格之中。这种规划结构,预设了对于变化的极大的容忍度,也因而具有更强的生命力,耐住了岁月的消磨。后来的种种局部的变动,并没有影响整体的骨架。那种从容悠闲、波澜不惊的气度,仍然能够鲜明地感觉出来。在光怪陆离纷纭嘈杂的都市喧嚣中,在面貌雷同难分彼此的楼宇群落里,这种气质越来越成为空谷足音。

这些难以替代的品质,凸显出小区的重要和独特,也为在原地进行保护性改建提供了充分的理由和可能性。

我从报刊网络上了解到,一个以清华大学建筑学院毕业的青年建筑师为主体的专业团队,从几年前就开始关注小区的前景。这些年轻人大多是80后,敏锐地认识到了它的文化价值和诗意蕴涵,希望能够将小区的"九区八卦阵"布局完整地保留下来,在不损伤其肌理的前提下,对各项设施进行升级更新,使之能够满足现代生活的需求,并且拿出了详细完备的改造方案。其实不仅仅是他们和许多中老年建筑学家在努力,小区住户、文化学者、城市管理者等许多不同身份和行业的人,多少年来,也都在关注这个地方,形成了很多共识。而一年多前发布的一条消息,更是让人感到鼓舞:它被列入由中国文物学会、中国建筑学会确定的第二批20世纪中国建筑遗产项目名录。

当然,所有这些信息,也只是允诺着某种可能性。它未来的命运如何,现在还不明朗。它将被彻底拆除,在旧址上建造全新的建筑,还是得以存续下去,见证传统风致与新时代脉动的交汇融合?

我当然希望是后者。将那些赘肉割掉,将那些黑斑祛除,让松弛的肌肤绷紧,让伛偻的躯体挺直。就像在童话中,落叶飞回树上,老妪变作少女,目光明亮,秀发飘洒,步态轻盈。

十

不久前的一天,并没有特别的理由,我忽然想到回百万庄看看。

西三环外我现在住的地方,20世纪70年代末还是农村,妻子上中学时,曾经走很长时间的路来这里学农。我离开家门,步行近二十分钟,进入地铁6号线花园桥站乘车,在车公庄西站下车。两地之间的空间距离只有两站,但从搬离这里算起,时间上的跨度却是整整二十年。

出了地铁口，向东不远就是展览路大街，南行百米，就向右拐上了一条小路。当年住百万庄时，骑车或者坐公交车上下班，这是每天必经之路，离开后，这一带每年也总会来若干次，但都是开车走百万庄大街，很少再走这条路，最近的一次大概也是三年前了。小路前方不远，一个直角拐弯处，右边就是我最早住过的那一栋楼房，左边本来是一个由防空洞改建的收费低廉的地下小旅馆的入口，如今却是铁门密封紧闭。当年时常有旅客半夜投宿，敲门和大声喊叫的声音能把人吵醒。继续前行，小路左边那一道低矮的围墙里面，是一所小学校园，当年是几排火柴盒一样排列的平房，如今却是一幢体量巨大的十几层高楼了。

我拐进宿舍楼的前面。原先一墙之隔的幼儿园被拆除了，盖成了堂皇气派的楼房，门口有门卫。听说当年围绕是否拆除幼儿园有过不小的争论，但最终还是没能留住。论起百万庄小区保存最好的公共建筑，应当首推这所幼儿园，没有居民区里的种种私搭乱建，完整地保持了20世纪50年代建造时的格局，空间疏朗，设备完好，大树、灌木丛和草地高低错落井然有序。记得滑梯旁边挂着一张用粗大的绳子编织成的大网，孩子们可以攀着绳结爬上去玩耍，女儿刚进幼儿园时，有一次大着胆子爬上去了，却再也不敢下来，岳父去接她，只好找个凳子站上去把她抱了下来。

场景清晰如在眼前，但分明是二十多年前的时期了。有一首歌曲怅惘地唱道：时间都去哪儿了？

小路走到尽头，接续上一条名为百万庄北街的道路，便进入百万庄午区了。岳父母当年住的地方，也是我第一次来时进入的房子，就在十几米外，街的北边。从初次登门的胆怯忐忑，到成为家庭一分子后的坦然平静，再到今天与家庭几代成员之间牢固亲密的情感，这个过程也该是一部微型的情感发展史，无关宏旨，微渺无比，却关涉具体生命存在的感受和意义。

这条百万庄北街，将巳区和午区南北分隔开来。两侧都停满了车，将原先颇为宽敞的道路挤成狭窄的一条，映衬得房屋也好像比当年低矮了。我在南北两边的庭院中无目的地穿行，视野里的景观和当年没有明显不同，只是更为破旧。在好几处都看到服装上有电力公司标志的工人，好像是在更换电线线路，是又有临时险情需要解决，还是为即将到来的夏季用电负荷高峰作准备？

街的尽头就是展览路第一小学，妻子和女儿共同的母校。从校门向北，走过一段弧形的弯路，就是申区的范围了，平行的几排两层房屋，很像今天的连体别墅。这里明显地比别处要整齐幽静。当年我散步时，经常从它们之间穿行，如今这里却被铁栏杆整体围了起来，只在西边的街道上留了一个开口。

我走到了中里的楼房下，我在这里居住时后几年的住处。楼前花园的铁围栏已经除掉，毫无遮挡，可以随意进入，但花园里的树木却稀疏杂乱，不复当年蓬勃茂盛的模样。最令我惊讶的，是我原来居住的四楼房间朝北的窗户外面，垫在防护窗底部的几根铁栏上的，依然是原来的那几片瓷砖——一点没错，我记得它那粉红得有些特别的颜色。

从这里向东边走，当年的自行车棚还在。几十米后，眼前又是展览路一小门口南边的一段弧形道路，与刚才通向申区的那段路相对称。是下午快要放学的时间，路边聚集了不少等着接孩子的家长。二十年前我也经常站在这里，那一页早已翻过。我沿着南北方向的百万庄中街，一直走到百万庄大街上，街口的东北角，还是那个头发卷曲、长相有几分像西北少数民族的安徽籍师傅，修鞋、修拉锁、换锁芯、配门卡等等，一把遮阳伞下便是他的工作空间。多年过去，当年的小伙子也成了中年人。对面的顺天府超市，记得是我搬走之前不久开张的，也是地下防空洞改建而成，为周边居民提供日常生活的基本需求。

　　沿着百万庄大街，向西，朝甘家口方向走去。因为是主街，便显得宽敞整洁了许多。这里是卯区，西斜的阳光泼洒在人行道灰色的方砖地面上。一位老人扶着助步车迎面走来，步履蹒跚，旁边跟着一个中年保姆。一只白猫飞快地跑过去，消失在一丛冬青后面。头顶上方吱呀的一声，循着声音的方向扭头望去，二楼的一扇窗户刚被推开，玻璃上一片阳光倏地闪亮。一个老妇人探头向下面看，满头白发，年龄和外婆当年仿佛。

　　再向前，就是热闹的甘家口大街了。十字路口，绿灯亮了，两边的人群匆匆相向而行。两辆送快递的小车眼看着就要相撞，戛然停住，发出嘶哑的刹车声音，但没有人多看一眼。

　　春末夏初，阳光明亮，树叶绿得闪光，清风拂面的感觉十分惬意，天地间喧响着一种欢快的声音。我忽然意识到，我此时站着的地方，正是当年的澡堂。三十多年前，也是这个时节，我从它的门口经过时，与几位刚刚沐浴完的少女擦身而过，鼻腔中霎时盈满了馥郁的气息。

　　一对年轻恋人迎面走来，步态矫健，笑声清朗。树叶细碎的光影，在他们的脸上肩上，跳荡晃动。一瞬间，曾经刻骨铭心的青春感受，久已消逝的美和梦想，从记忆的深处飞快地上升、浮现，就仿佛身旁正在开花的梧桐树的浓郁香味，骤然间充塞了全部感官。

　　我泪眼模糊。

（原载《人民文学》2019 年第 7 期）

# 母亲与我的十二年

梁鸿鹰

我与母亲共同生活于这个世界上的时间只有十二年。

在一个小镇上,能够活在人们心里的女性很少。母亲像一支风中的褪色玫瑰,鲜丽的色彩已不复存在,零余的气质,经受的苦难却让人久久怀想和同情。长久的疾病迫使她三十七岁便辞别尘世,过早卸下人生重担,将纷扰、苦痛、遗忘留给他人,任凭十二岁的儿子,十一岁的女儿,三十六岁的丈夫悲伤、思念。

## 1

母亲罹患肺结核是在20世纪的50年代,那时,肺结核尚有相当高的死亡率,人们对它谈虎色变。

母亲像法国作家亨利·巴比塞描写露易丝·米歇尔时形容过的,"长得像线一般纤细,头发和眼睛都是乌黑的。"这种"纤细"似乎就是肺病的一个表征。她的父亲同样细瘦,得的同样是肺病,我出生之前即已去世。母亲是家里的独生女,有五个哥哥弟弟。部分家人曾于1957年8月11日在北京展览馆前拍过一张合影,那是母亲到北京求医问药时留下的。母亲当时二十岁。短发短裙、线袜皮鞋,青春年少,意气风发,从她侧着的脸庞上不难看出,她仍然带着少年不知愁滋味的凛然。此时,她的病正在传染期和活跃期,看病时住在我大舅家,一家人该冒着多大的风险,所有这一切倒被扛过去了。然而很快,她将卷入一场不被多数人看好的恋爱,继而是结婚、生下我,一年后又生下我的妹妹。

当我听得懂大人们有所避讳的隐秘议论的时候,妈妈年仅三十岁出头,已经两肺空洞多处,病情严重到无法工作,只能在家休息。她不得不克制着自己,回避主动亲近自己的孩子。亲吻、拥抱、溺爱、游戏,在别人家是日常的主要内容,在我们家里却是不言而喻的禁忌。新生命唤起母亲对未来的美好想象,每年春天她都张罗着买小鸡、小鸭,有年还接纳了朋友送的小兔子。她喜欢这些小鸭、小鸡、小兔子,给最初来到家里的几个小鸡起了大白、二黄、小花和豆豆等名字,风和日丽之时,就坐在它们旁边,听这些小动物发出的声响,体察它们之间的诡计与争吵,时时露出会意的笑容。周遭的苦恼或不快,因为小动物们的存在而变得微不足道的。她喜欢安静,她不能忍受嘈杂、争吵和辩论,她钟情于安宁、静谧,而这些富于生机的嘈杂,却使她放逐思绪,怡然自得,坠入梦想。梦是生命的解释,收纳生活的遗骸。明月、星空、微风,无始无终,草生、鸟飞、虫鸣,轮回永恒。

画作的美丽不在于其题材,而在于线条、构图、色彩自身所放射出来的光亮。母亲的价值,不完全在于对自己孩子的意义,而在于她摆脱自身私念时所做的一切。母亲倔强无畏,她于苦苦挣扎中体现出来的坚忍,勇敢抗争反复无常的命运,从不放弃生活些许希望的执着,活在小镇上人们的记忆里。

不要埋怨记忆的不完整，更不要视永恒的思念为累赘吧，我们在这个险恶的世界里丢失了太多珍贵的东西，即使无时不在想念自己的母亲，也难以弥补她的所有爱恋与不舍。她失却你远比拥有你的时间长。她并没有准备好与这个世界告别，正如波兰女诗人安娜·卡斯明斯所说，死像别的任务一样，它是人之为人的一项任务，而它超过了我们的能力。她离去得并不从容，上帝让一个正值盛年的女性告别这个世界，她的不情愿是深重的。

请原谅她过早的毫无准备的离去吧，她不打搅我们，她不指望我们永久记住她，随时能够回忆起她的音容，她过早化为尘埃的一部分实为无奈。

## 2

姥爷王竹心新中国成立后在内蒙古巴彦淖尔五原县汽车运输站当会计，仍信奉耶稣教，可能还是教会长，只因为年龄大，被推举为白尽义务不挣钱的耶稣教会诸多负责人当中的一个。作为城市里的外来户，他们所能依靠的，只有自己的双手和耐心。姥爷家有几辆纺车，母亲的四个哥哥一个弟弟，都是安静的人，规规矩矩，回到家里一声不吭地纺线。只有纺线能给他们带来学费、衣食、零用钱，让他们变得沉稳、耐心和细致。妈妈一家人都坐得住，都能持续专注在一件事情上。小时候我也绕过毛线，那长长的，永无尽头的浅色羊毛线、驼毛线，源源不断地来到两只手上，我撑着，听任姥姥和妈妈传递过来的体温和约束，领受这一家人持久的耐心。

贫寒影响人的气色，卸掉人的脂肪，让人便于思索、拷问内心。人由自己所缺乏的出发，找寻更多的不足，匮乏通向反省，反省通向希望，使心性得到塑造、安抚和填充。大脑回路多，卸载而非装填，便于灵活思考。选择节俭，更能让大脑灵活运转。听我的舅舅们说，姥爷清瘦寡言，笃行自我约束,他与孩子们在家纺线,带大家思考:自己的缺失,自己的饱满,均拜上天所赐,要多想想,自己到底能做什么。《圣经》上说,素来饱足的,反作用人求食;不生育的,生了多个儿子;多有儿女的,反倒衰微。耶和华使人死,也使人活;使人下阴间,也使人往上升。他使人卑微,也使人高贵。他从灰尘里抬举贫寒之人,从粪堆中提拔穷乏之人,使他们与王子同坐,得着荣耀的座位。姥爷的义人之家得了五个好学的儿子,一个美玉般的女儿,上帝如此的酬答,还不够满意吗?

上天不断告诉这家人,别把眼睛生在头顶上,用自己的脚,踏坏了想得之于天的东西。凡你手中所应当做的事情,要尽力去做,因为在你所必去的阴间,没有工作,没有谋算,没有知识,也没有智慧。历史像个温顺的孩子,等待后人梳洗打扮,或俊秀,或丑陋,迟早面目模糊,踪影难寻,好在时光是正直的,让德行流芳人间。

## 3

母亲小学在呼和浩特,初中在五原,考到包头读高中。不管到什么地方,她都能很快引起人们的注意。美丽如无声的流言,走到哪里传到哪里,她的美貌从未被加冕,却是普遍共识。她脸部轮廓清晰,高鼻深眼,举止娴雅,气质卓异,每到一地都令人难忘。三舅在八十多岁的时候给我写信时说,现在流行的什么"青春靓丽"等等词汇,用在妹妹身上实在太单调太贫乏,与她给人的感觉不沾边儿。妈妈不爱言谈,为人沉静,心性高傲。周围人们的关注、他人经常落在她身上的目光,她并非一无所知,但向来不以为意。

人们都说我母亲身上有种超脱于俗世的清新之气,爱思考,凡事不刻意,从不知道什么叫刻意,无论什么样的举止、穿着,只要出自她,都会带来天然去雕饰的效果。她不爱打扮自己,她的傲然、随性,想被描写出来,会像朱利安·巴恩斯写下"居斯塔夫独自和一条金鱼吃午餐"一样无聊。我无法回到妈妈那个时代,即使尽情遥想,同样会无功而返。所有的灯关上了就会是黑暗的,所有的门打开迎来的不一定是光明。

风沙是我年幼时几乎每日相伴的朋友,对母亲来说又何尝不是如此呢?妈妈一家迁居到五原不久便迎来了全国解放。五原我从来没有去过,这里只是河套茫茫大地上的一个小圆点。相传四千多年前,天下洪水泛滥,大禹取疏导之法根治洪水,待水势减退,高埠之处首先出现若干个丘状原所,其中有五个较大的原所,人们在原所之上辟田、造屋、繁衍、生息、耕作,五原的称谓就是这样来的。在五原,这个多子女家庭新中国成立后的生活进入正轨,灿烂阳光之下,妈妈的四个哥哥健康成长,工作的工作,成家的成家。只有妈妈和一个比她小一岁的弟弟,尚处求学阶段。

妈妈无忧无虑,学习品行无可挑剔,不缺同伴,不缺友情。同伴如补品,时间长了,大家都受滋润。几个上学一起走放学一起回的女孩子里,妈妈身材匀称,个头高挑,为人和善,说话轻声细语,得到大家佩服,听她的主意,大家一路上总是有说有笑,无拘无束。成了好朋友之后,大家经常串门,到对方家学习。但妈妈从来不在别人家吃饭,这与别的孩子不大一样。

## 4

妈妈的幸福是我爸爸带来的,她的不幸我爸爸同样难辞其咎。就在踏入青春期门槛的高中后期,妈妈的肺结核开始展露异常狰狞的一面。她在上天的呵护之下,顺利进入为青春骚动所困扰的年华——皮下脂肪生长,大脑垂体喧嚣,容光焕发,飘逸优雅。姣好的面容,浓密的黑发,修长的四肢,文质彬彬的气质,吸引着艳羡渴慕的目光。诸多异性的目光,只有来自我爸爸的凝视，她最在意。"当一个女人能使男人着迷时，她是幸福的，并能获得她想获得的一切。"托尔斯泰在《克莱采奏鸣曲》中的这段话，适用于处于青春期的母亲。她学习成绩好，性情高傲，是包头第一中学的名人。包头，一个有鹿的地方，美丽妖娆的鹿，像体态轻盈的母亲，她就是在这个有鹿的地方体验了少女之心"鹿撞"的神奇，来自两个美好少年最初心心相印的喜悦，让他们充满自信。

包头冬季严酷，春季燥热，夏季短暂，秋季沉静，四时更替之分明，提醒着人生节序的严整。宽阔通衢的苏式大街，严谨对称的俄式建筑，处处宣示着钢都的威严、自信、慷慨。草原晨曲、花的原野、哈达、敖包、骏马、奶茶，只是包头这个被大工业塑造的城市的显性方面，是外部一厢情愿的想象。城市的本质是动力、聚集、提升、释放、扩散，妈妈在这里得到的是教育，教育的目的是装载、分享、浇灌、竞争、筛选，是青春的竞赛，是听命于智力马拉松的发令枪响，让充沛的精力有所安顿。

"希俟过来，你看看我的手凉不凉？"这大概是妈妈给后人留下的唯一一句情话，是与爸爸同龄的二姑父转述给我的，作为爸爸曾经的同伴，他敢对此话的真实性打保票，两次说起，都斩钉截铁。大概就是在那个非凡的有故事的5月，沾衣欲湿杏花雨，吹面不寒杨柳风，5月的鲜花，开遍了原野，神奇季节造就神奇故事，一场喧闹的运动会，让两个怀春的高中生碰撞出了火花。我只能想象，驿寄梅花，鱼传尺素，小桥流水，佳人相思，当年明月，空照无眠，敕勒川苍穹之下，热烈而单纯的少男少女，敞开彼此的内心，靠近彼此的灵魂，填写着人生新空白。

5

爱情如同人间的诗歌，是在稀有或意外的瞬间偶然地降临到人们身上的生活的胜利。爱是生活的前提，是幸福的基石，是陶醉、战栗、痉挛、发呆，是情欲的爱抚，是巨澜般的波动，是风暴般的席卷。正如司汤达所说，"爱情就好像是热病；它来去的全过程都不容意志参与。这就是同情的爱和激情的爱之间存在的主要差别之一；即使你所爱的人，品质出众，你也不过应当庆幸自己运气好罢了。"爱情是自然的，同时不也是盲目的随机的吗？

两个处于美好年华的少年，在运动会后迅速开始畅饮爱情的甘露，他们像傻瓜般如胶似漆，大家普遍对承真如此快速地献出自己的芳心难以理解。在恋爱这件事情上，据说爸爸反应迟钝，属于慢热型，还有每个男性易患的忽冷忽热症。接纳了妈妈等于接纳了一个众所周知的珍宝，但他的接纳有些缓慢。妈妈以高傲少女的姿态，真诚而不失审慎，热烈而不失克制，她被爸爸吸引，同样吸引着爸爸，使他由低热转为高烧，爆发出的热情差点儿将他们烧毁。

不过，爱情的甜蜜难以抵扣他们的现实困局。差半年就要高中毕业了，妈妈的肺病此时露出远比生活本身更严酷的面目。多处诊断的结论高度一致，求医问药所听到的告诫如出一辙。结婚可能导致恶果，毫不客气地摆在两个情侣眼前。当此甜蜜与痛苦交织之时，妈妈遭到了来自爸爸家的全面反对。1956年，学习似乎并不怎么刻苦的爸爸如愿考上大学。大概就在此时，他们俩确定了关系。还有几个月高中就要毕业了，恰在此时，妈妈因病不得不提前退学。不知道托了多少关系，才回到爸爸家所在的巴彦淖尔磴口县，在第三完全小学当了一名语文教师。

爱情是一种永难治愈的疾病，一如口渴的人想在梦中寻到水喝，没能获得用以消除体内严重灼热的半滴水，徒劳无功地耗费着自己的体力精力，只追逐到水的幻象。即使终于得以居于在河流之中，把头伸到水里鲸吞虎咽，仍难免感到日甚一日的口渴——爱神维纳斯就这样用爱情的幻象愚弄人们。肉体再丰盈，情人们的双眼也无法曲尽其妙，双手再灵巧，漫无目的的抚摸也终将一无所获，只有完全合二为一，如饥似渴，尽情享受激情，爱神播撒种子，整个肉体渗入对方肉体，四肢为之瘫软，瞬间强烈的快感来袭，他们才得到些许安慰。但很快，同样的疯狂欲望又会开始新的轮回，人类就是在这种轮回中消耗、追寻、再消耗、再追寻。

处于爱情炽热期的爸爸1958年大学毕业后，毅然回到磴口与妈妈团聚。当他在电话里向大姐（我的大姑）报告即将与妈妈结婚时，大姐勃然大怒，愤然摔掉电话。大姑父是放射科大夫，早已经知道承真肺上有了空洞，此时根本不能结婚。不过，据我的四叔说，对父母这桩婚姻，爷爷的态度倒非常开明，这是大家始料未及的。

## 6

母亲以自己的贫病之躯生育了我。或许，是在父亲的蜜语甜言之下，她祭献出自己的身体；或者，她屈服于蓬勃的热情，沉浸于鱼水之欢，置自己将要面临的一切惩罚于不顾，在热烈的冲动之中献出自己——夜晚的无意，白昼的盲目，令神奇的游弋物以宇宙大爆炸般的威力，不失时机穿透壁垒，进驻细胞核，化合为复杂分子，在迅速膨胀聚变中，着床、发芽、生长，让母亲承受宿命般的恶果。

母亲是我的绝对前提，我激发出她所有慷慨而无奈的赐予，她的一切的一切，她的坚毅与痛苦，均以牺牲自己为代价。她未曾清楚了解自己的命运，正如未曾了解自己疾患的严重，即使想象再发达，她也难以明白，在"大爆炸"之后，她与这个世界的缘分开始了倒计时，与死神发起了最激烈的竞赛。从一岁到十二岁，我每长大一岁，她便减去一岁。我混沌未开，没有来得及具备理解母亲所有苦痛的资质，即使全天张开眼睛，也难以看得清人间拥有的巨大残酷，一如我那个欲望充沛、精力旺盛的父亲。我不用辩白，母亲远比别人更能隐忍、牺牲、奉献，对她背负着疾患的苦痛，如何躲避宿命的惩罚，在孤寂中喘息、煎熬、挣扎、前行，我根本无法参透，即使亲眼见证，也有太大局限，何况，更多的真相早已烟消云散。

# 7

四舅妈是妇产科大夫，她曾多次告诫我妈妈，千万不能再生孩子了。但爱情结晶的不期而至，大大升华了父母的感情，两人在爱情海洋中流连忘返。福祸双至，乐极生悲，或许措施不当，或许频次过多，仅仅一年零两周之后，妈妈又生下了妹妹。妹妹的诞生对妈妈健康造成的影响是灾难性的。重蹈覆辙的结果是，襁褓中的女婴除了送给农村的奶妈，没有别的选择。后来，妈妈被迫来到呼市郊外的红山口结核病院疗养，一走便是三年。

我没有见过自己的母亲赤着的脚，没有记得她穿过凉鞋。无疑，我需要穿越遥远的记忆才能抵达真实的母亲，除了照片上被固定的面容，其他的早已模糊不清。清瘦的面庞，高高的颧骨，细瘦的胳膊，指关节突出的双手，一双不小的脚，我几乎没有机会见她别的不被衣服覆盖的部位。她穿过的袜子什么颜色图案，穿过的鞋什么款式颜色，我根本想不起来。在我、妹妹与她那张唯一的三人合影里，我左手拿着一块饼干，妈妈则戴着一条带格的小围脖，她留着长发，笑容可掬，牙齿洁白整齐，拍照时我和妹妹都不乖，幸好柜台边上阿姨有饼干，才好不容易把我俩哄住了。为什么要拍这张照片？为什么没有爸爸？同样是永久无解的谜。

妈妈从红山口疗养回来之后，病情出现良好转机，她感觉有精神了，咳嗽减轻了许多，她一度忘我地投入到工作中，上讲台，搞四清，参加政治学习。1966年4月21号，妈妈在给我三舅那封信里就说："我们现在也很忙，因为四清正在进行，除了上课就（还）要开会，有时星期日也要（工）作。"忙碌的生活节奏使她抵抗力下降，直到身体扛不住，再度告病回家。这次回家之后，妈妈就再也没能上过班。

休养在家的妈妈，终于拥有了与我和妹妹朝夕相处的宝贵时光，我的文学启蒙期自这个时候开始。妈妈读书多，是个故事大王，红楼西游三国水浒，安徒生童话高尔基童年在人间我的大学，小兵张嘎林海雪原吕梁英雄，她可以无穷无尽讲下去。她毫不掩饰自己对《西游记》的热爱对《红楼梦》的厌倦，她觉得《红楼梦》里的人婆婆妈妈病病歪歪，远不如《西游记》里面的那些上天入地走南闯北的人物有意思。有时候，姥姥也给我们讲故事，她用胶东话唠唠叨叨地讲的一些大路货民间传说，同样吸引着我俩。故事让我和妹妹上瘾，我们贪婪地听着这些故事，高高兴兴地把孙悟空卖火柴的小女孩豌豆公主小兵张嘎一股脑儿地全吸收到脑子里。

## 8

童年时候的我是县医院的常客，爸爸则几乎是缺席的——直到妈妈住院。

久病成医，生的强烈欲望使妈妈学会了给自己打针、给自己输液，甚至给自己扎针。她从报纸、收音机，或者从别人的口耳相传中捕捉治疗肺结核的药物和方法，写信从外地邮购药物，用微薄的工资，尝试与凶悍的疾病展开抗争。我多次看到邮局寄来一包一包的药粉，或者体积很占地方的草药。对寄来的这些药品，妈妈总是会很认真地服用，家里永远弥漫着浓浓的中草药味道。

常规的西药也是每天必须吃的，妈妈经常派我到医院为她开药。每隔半个月吧，妈妈必定工工整整地在一张纸上写下"王承真开药"，列出雷米封、利福平、鱼肝油、钙片、几种维生素，以及链霉素针剂等等，交给我去医院开回来。县医院离家并不远，步行用不了多少时间。我带着这张纸条一路小跑来到医院，轻车熟路地挂号，到内科找到白桂兰或仰焕珍大夫。看到递过来的纸条，两人几乎不假思索，会立刻照着纸上写的如数开药。白桂兰是妈妈的同学，她经常关切地问长问短。仰焕珍大夫有县医院里大菩萨之称，他有时会用口音很重的河北话反复交代如何吃药，悲悯地目送我离开。划价交钱后，西药房小小的窗口里很快便传出带有浓重胶东口音的呼叫："王永真取药，王永真取药。"等我来到窗口前，里面那个浓眉毛、黑嘴唇、面目姣好的瘦阿姨才改口："啊，对了，是王承真，是王承真"。她一双小眯缝眼很妩媚很迷人，从白帽子里露出带卷儿的黑发，两耳上垂着当时很少见的耳环，人们说她是院长的夫人，但看她那天真快活的顽皮样子，我一点都不相信。

我到医院的另外一个任务是在妇产科取胎盘和"绒毛"。不到十岁就知道医院有个神秘的地方叫妇产科，在当时的孩子里大概还是不多的。妇产科门诊室永远挂着大大的白帘子，上面印着"妇产科"三个红色大字，这格外庄重醒目的字体，适用于标题口号，成年之后我才知道叫"黑体"。妇产科走廊两边的长椅上，永远坐着一些神色怪异的男人，他们身边缺乏女性陪伴时如孤魂野鬼异常羞愧难堪，有女性陪伴时则常常趾高气扬志在必得稳如泰山。

大概每隔一两个月，我会照妈妈的交代，到妇产科，从不同的护士那里得到"绒毛"和胎盘。好像一切都约好了，无须什么手续，没有任何阻碍，自然会有和蔼的护士把这两样东西交给我。护士们都戴着口罩，每次我见到的都是不同的眼睛、不同的脖子、不同的耳朵，但能感觉到她们对妈妈一致的熟悉和善意。"绒毛"看上去如同浸过水的棉团，有大有小。大的说是在母亲体内长得时间长，小的则是过早被移出的。这原来是每个人必定经历过的阶段。经过"刮宫"这道残酷的程序，人的生命变成"绒毛"被裸露在光天化日之下，柔软无助地泡在水里。胎盘是一团巨大的肉块，紫粉色，有血管在上面隐约可见，我隐约知道胎盘与胎儿和产妇有关。

塑料袋是稀罕物，装"绒毛"和胎盘的器具一般是方形白色搪瓷托盘。我会小心翼翼地端着、看护着。胎盘是又滑腻又腥气的大肉团，很容易溜掉。由于报功心切脚步加快，有次我让胎盘滑出搪瓷盘，掉在炉渣马路上，回家后妈妈倒没有责备，但脸色很难看。胎盘被洗净切碎放在搪瓷盘子里置于火炉上慢烤，烤到近乎完全干了，妈妈才分多次用水喝下去。"绒毛"在搪瓷盘子里烤干后呈金黄色，同样用水冲服。烤干的过程不漫长，只是会发出很腥很腥的味道，弥漫整个屋子，极难散去。我从这些味道断定，这两样东西肯定都很不好吃，但妈妈依然得定期吃。

我曾到野地里为妈妈采过马齿苋，这种草的叶子是绿色的，饱饱的，枝淡绿色或带暗红色，叶片像马的牙齿，印象中背面略带浅紫色。马齿苋全草供药用，能够清热利湿、解毒消肿、消炎、止渴、利尿，种子还可以明目。我不知道母亲何以需要此药。这种草多在田埂边、树根下，甚至长在墙角。长大了，只要见到马齿苋，当年采药的情景就会浮现在眼前。

我和妹妹还冒着风险到兵团4927果园为母亲偷过李子，被一个扎小辫的瘦弱女知青当场抓住，我和妹妹急得快要哭了，说妈妈病了，吃不下饭，用李子开胃，央求她一定把我俩放了。看着我们可怜兮兮的样子，女知青顿时心软了，她睁着大大的眼睛听着我们的诉说，放了我们，还把一大把青绿的李子塞给我们。

1972年底或1973年初吧，爸爸出差到过一次北京，给妈妈买了一件深蓝色、有人造毛里子、带栽绒领的棉大衣，面对妈妈期待的目光，爸爸有些闪烁其词轻描淡写语焉不详地说：承真，我专门跑了北京通县的结核病疗养院，找医生看了你的X光片子，大夫说，是大面积空洞，疗养不解决问题。

  我忘记听了这话妈妈有多凄婉和哀怨了。一个多世纪前相当长的日子里，除了将患者隔离在疗养院以避免疾病扩散，医疗对结核病束手无策。后来出现了结核病克星链霉素等。经常听人说妈妈是被耽误的，关键期因贫困没有及时治疗，接连生育两个孩子等于飞蛾扑火。营养不佳气候恶劣更雪上加霜。情绪低落郁郁寡欢火上浇油。我清晰地记得，妈妈只是打开大衣，手在衣服上面抚摸着，幽幽然地说："这下好了，这下好了，再冷我也能去外面散步了，大夫说散步对肺很有好处。希侯你见大哥、四哥了吧，前些时四哥还给我寄来了一本《俄华大辞典》，可苏联笔友早就没有了，咱们不靠苏联。我要每天都去外面散步，我要照顾好自己，我能照顾好自己。"

  遗憾的是，这件大衣妈妈没能穿多久。

  1986年冬，二十四岁的我回家乡支教，经常穿着那件大衣上课、外出。衣服很暖和，很合我身，高高的衣领，设计合理的衣兜，样式依然不过时。

  1987年初，从小抚养我和妹妹的姥姥病危，我俩到北京的四舅家看望。不久姥姥辞世。办完丧事，我们坐火车返回。四舅在送我们到车站的公共汽车上问我：你妈妈是什么时候去世的？我不假思索地答道：1974年1月11号上午。我自然不用告诉他，妈妈逝世的时候只有三十七岁。我没有告诉他，妈妈死后我哭不出来，只有喉咙里发出的声音，没有眼泪。而妹妹和爸爸则哭得撕心裂肺。

（节选自《钟山》2019年第4期）

# 撒拉尔舌尖上的词语密码

撒玛尔罕

## 清洁的火焰

火焰是燃烧的、热烈的，是焚毁的。

在撒拉人的生活中，当"奥特卡玛"（撒拉语里是喻词，是"火焰般"的意思）这个词从他们的舌尖上发出来时，火就是耀眼的美、清洁的美，更是仇恨的目光、锋利的剑。

有一年秋天，我驱车赶往循化参加一位堂兄的新房落成贺宴，撒拉人生活的这块川地，正好处在青藏高原边缘地带的小积石山下，发源于巴彦喀拉的黄河犹如奔腾的马群，扬鬃奋蹄，嘶鸣着从山下泻涌而过，撒拉人就生活在这条河流两岸。他们的村庄与北方大地上所有的农户人家一样，大都是坐北朝南的土木结构房子。这种房子冬暖夏凉，宽敞明亮，深得撒拉人喜爱。这天前来贺房的人很多，年岁相仿的亲戚们聚集在院子里，谈论新房的地基，几十道花槽及木工的雕技，有人不断地竖起大拇指赞叹"奥特卡玛,奥特卡玛"。这是我从小就经常听到的一个词,我周围的男子,只要平常看到美丽的值得赞美的事物,总是这么赞叹。相信这种既不夸张又恰到好处的赞美之词像夏季凉爽的泉水,从祖先的唇齿之间一直连绵到了今天。当他们窥望俊俏的女子时这么说,看到美丽的景色,绝伦的技艺,包括房屋和桥梁,甚至一把锋利的刀,或者一座高山都会这么说。总是把一切美好的东西或者棱角分明的东西,时时刻刻与火焰联系在一块儿。"奥特卡玛"到底是怎样的一个词呢?它源自哪里?我从内心深处感到一种莫名的疑惑,那是怎样的一团谜?

还是一次婚礼现场,前往女方家送礼念"尼卡亥"(撒拉人举办婚礼时的证婚词)的年轻人们,一路上都在谈论新娘的美艳容貌,"奥特卡玛"不断地从年轻小伙子们的嘴里蹦出来。这时候,如果你仔细观察这群年轻人说出这个词时的表情,那种满满的幸福感,从心底里如潮水般翻涌而来的羡慕感,撒拉少年特有的那种欲说还休的羞涩感和相视即能会意的神秘感,在他们的脸上绽放开来,一种复杂的抑制不住的青春激情从眼神、嘴角荡漾而来。

"奥特卡玛"这个从唇齿间喷射出来的火焰,从古至今,始终燃烧在人类文明发展历史的高空,照耀人类的探索之路。在古希腊的神话里,宙斯为报复普罗米修斯拒绝向人类播撒火种,妄图使人类永远生活在黑暗里。普罗米修斯机敏地找来一根茴香秆,把它伸到驰来的太阳车上,带着闪烁的火种回到下界,造福人类。远古突厥人认为火是万物之神的创造,是祖先力量的体现,他们相信火是清洁者的神圣力量,保护人类的生息繁衍。7世纪初叶玄奘大师路经西域时就有记载:"王及百姓,不信佛法,以事火为道。"这一段记述,记载了突厥尚火的事实。蒙古人更是坚信万物万事是被火净化的,无论王公贵族还是平民百姓,礼尚往来的礼物都得从两堆火之间通过,以示净化,避免邪恶和巫术。而哈萨克人举行婚礼时，新娘要往毡房正中的火炉里洒一碗酥油或者羊油，以火焰满室为吉祥。塔吉克人遇重要节日会在门口点燃芨芨草堆，穿新戴花，众人唱震撼人心的火之赞歌，跳舞姿奇异的火舞。

火给人类带来光明和热量。它是光明、幸福、洁净和慈爱的神，是驱散黑暗和一切邪恶的力量源泉。在撒拉人的眼里，火是至净至美的目光，是清洁所有污秽的泉水，是美丽端庄的新娘，更是刀锋般锋利的仇恨、愤怒中吞噬和摧毁一切的灾难。

当有一位身材高挑、穿着时髦、长发飘逸、羞涩漫漫的女子用纱巾捂着嘴角从巷口惊鹿般跃过时，年轻的男子会说：啊，真是火焰般的女子。这个火焰是美丽的、贞洁的、青春的，更是一种扑向男子心灵的情感豹子，是浸润男子心扉的清泉，或者是一场期望中的细雨，是追求的渴望。当看到一座建造考究、雕技纯熟、高大阔气的房子，男人们准会说：火焰般的房子。这种火焰是端庄的、令人赞叹的，是对匠人技艺的赞美，更是对主人家的精心设计和苦心修建付出的劳动汗水的赞颂。

撒拉人会把锋利的刀锋赞美地说成是火焰，把男子的仇恨和愤怒的目光形容成喷射的火焰。当遇到难以解决的棘手问题时，他们就说手心里捧上了火焰。当有灾难降临或者惹上口舌是非，就说某人头上点着了火焰。

我想起远古苍茫的历史。撒拉人祖先的那段故事不得不从欧亚大陆的中心撒马尔罕讲起。

撒马尔罕的历史最早可追溯到公元前5世纪，善于经商的粟特人把这座城市建造成了一座梦幻般的都城。粟特人在撒马尔罕的历史上留下了灿烂的文化和辉煌的艺术，他们信仰袄教，崇拜火的图腾。他们把辉煌鲜活的艺术雕入壁画，把信仰和文化一点点渗入周边民族，也深深地融入了撒拉人祖先的血缘和骨髓，撒拉人尊崇火、敬畏火的精神元素也跟粟特人崇拜火的信仰有一定关系，无论撒拉人的祖先是否崇拜过火，但在精神层面一定受到过祆教的深远影响。

记得很小的时候，孩子们总是喜欢在午夜的巷子深处，聚集在一起玩一种游戏。吃过晚饭，领头的孩子准时站在巷子中央的土堆上唱一首古老的民歌："小伙伴们，快来呀，今天来玩的给一双鞋子，明天来玩的给一双袜子，快来呀，快来呀……"玩的游戏，就是小伙伴们先分头捡些树木干枝或者干草破布，堆到一起把它点燃，然后排成长队摆出很多种姿态，按顺序在火堆上跳来跳去。或者，在空旷的打麦场上点起一堆篝火，围成一圈，讲述从祖母那里听来的遥远故事，唱着从老人屋里学来的歌谣。故事大都与迁徙有关，与战天斗地的英雄和王子有关，与情伤肝烂的爱情有关，与火焰有关。讲完唱完故事的小伙伴们深夜回家，必须先站在院子里的炕洞前熏熏烟火，驱驱邪恶才能进屋睡觉。这是千年的规矩，也是撒拉人从小就铭记在心，与火焰的一种契约，俗成的一种约定。

他们还用火来驱邪，叫魂。

我见过一次驱邪，同学半夜从亲戚家里带回几张油饼子和肉份子，回到家里就歇斯底里地又吼又叫。大多有经历的撒拉人都知道这是中邪，缠上了不干净的东西。同学的母亲赶忙点燃了破布破鞋，用烟熏烤同学的脸，嘴里还念诵着经文。她说："熏一熏就会好。"果然第二天就好了。我自己还经历过叫魂，我小时候面黄肌瘦，身体非常虚弱，祖母断定我邪恶缠身，选定皓月当空的午夜时分，点燃我穿旧的衣服，嘴里念叨着，从大门口一直把冒烟的破衣服拖到我的炕前，她说："回了魂才能长得更结实。"

撒拉人绝对不会往神圣的火焰里丢弃粮食或者其他食物，说那是对火的一种亵渎，是对食物的不恭不敬；更不会往火堆里撒尿或者泼洒不洁净的东西，说那是对火的一种蔑视，是对清洁的污染。在撒拉人眼里，火永远都是清洁纯粹的,它不仅焚烧罪恶与邪念,还把最美好的认知和愿望燃烧成诗意的梦幻,理想的境界,把最美好的一切都说成"奥特卡玛"。

奥特卡玛,撒拉人最清洁的词。

## 火心要空

撒拉人有一句谚语叫"火心要空,人心要实"。

我从小就喜欢帮做饭的祖母捡柴烧火,喜欢看祖母厨房里升起的每一缕炊烟。其实,我也有自己的目的,就是想尽情地玩一次火。那时候,小朋友们都有一只自己的"小火炉",他们先在家里,或是到村子的水渠边凡是有垃圾的地方,寻找一种能够制作"小火炉"的铁皮罐。制作方法非常简单:就是在铁皮罐下端用铁钉打开十多个通气孔,再用铁丝安个提手就可完工。我老是钻祖母的厨房,就是想多掏点火种,燃起自己的"小火炉"。我喜欢看一簇簇微微燃起的火苗,那些星星点点的火种,只要留点空隙给它,只要有风,闪闪烁烁,呼呼燃烧,令人振奋不已,引人无限遐思。

祖母从不让我在灶膛里多放一根柴火,她说:"祖父三更上山打柴艰难,要节约用柴。"她又说:"把火心掏空,火心空了,火势才旺。"成年后,祖母的这句话一直萦绕在我的脑海里,火心到底能空几何?人心到底还能空几何?

在中国人的处世哲学里,空则清,清则灵,囤则积,实为满。中国书法、篆刻、国画、建筑等领域,都非常注重空与实的艺术变化。就像书法中空笔与实笔的艺术运用,空与实同样具有艺术表现的魅力,大都根据创作需要,欲灵秀超脱则空大于实,欲浑然厚重则实大于空。一个字里有空实，一幅作品中有空实，一场人生和整个社会历史也有空与实。

撒拉人对"火心要空，人心要实"的命题思考，随着时间的推移，在不断的变迁演绎中走过了千百年。尽管付出了鲜血和生命的代价，却在苦难和悲壮中成就了撒拉人的生活态度和繁衍艺术。假如细细地品读，又有多少壮美的故事在空与实的变幻中书写和疼痛？当撒拉尔面临是民族灭亡还是迁徙东方的严峻选择时，智慧的三位长者为求得部族安全，名义上以工匠身份通融议和，随入蒙古大军举族东迁，实则保全部族血脉，以求日后兴旺发达。他们失去了苦难的家园，长途跋涉，历经艰难险阻，尝尽人间苦头，在青海省循化县安下新家。他们用勤劳的双手开疆拓土，征服黄河，与藏族、汉族求同存异，繁衍子孙，写下了可歌可泣的悲壮历史。他们在这段历史的转折取舍上，究竟为撒拉尔空出了怎样的空间，又为撒拉尔填满了怎样的实呢？

我在挖掘撒拉尔历史时发现，祖先们定居循化街子之后，跟随驼队东迁而来的女子因路途遥远，途中大半劳累而亡，部族的女子越来越少。怎么办？向周边的其他民族求婚！但他们面临的最大难题就是信仰，周边的藏族、蒙古族大都信仰佛教，与撒拉人的信仰格格不入。祖先们三番五次地上门求见部落头人，用智慧和人格赢得信任，用善良和真诚铺开道路，甚至鼓励英俊少年私会美丽藏女，攻取情感堡垒，最终以只接受习俗不改变信仰为契约条件，娶得第一位藏女，撒拉人从此真正成为中国今天的撒拉族。

祖先们空出的不只是祖先清洁无瑕的目光，掠夺者污浊不堪的贪婪，不只是情窦初开四月怀春的姑娘小伙的爱情，不只是猛兽般向天咆哮，桀骜不驯望而生畏的风暴。在那方狭小的心空里，空出了一条穿透的通道，空出了回旋的余地，使撒拉人的心，世界的心，一点点变得清灵豁达。

火心是纯粹的，它宁愿为悦己者烧净自身的血肉与骨骼，也要在火焰的燃烧中看到涅槃的凤凰，远古神话的舞蹈。在火焰华丽转身的瞬间，火心变得天宇般浩荡，仙女般妩媚。把愤怒化作焰舌吞噬你的村庄，孤独你的午夜。它伸开进溅火花的五指，把痛苦和死亡逼进你的喉咙和身体。

火心里有爱，爱得干净彻底。

火心里有恨，恨得粉身碎骨。

只要你给它留点空间，只要点燃，它就会熊熊燃烧。只要它能够燃起，就能迅速形成燎原之势，任由自己千姿百态地肆意蔓延，狂傲不羁并且所向披靡。当撒马尔罕的天空被火焰烧红的时候，他们向着东方，一路跋涉逶迤而来，心怀东迁的使命；当面临清朝政府灭族的威胁，他们心怀民族的未来，流下屈辱的泪水，宁愿发配边地也不甘于苟且偷生。撒拉人在自己悲惨的历史峭壁上，用胆识和魂魄留出了一片转身舞蹈的空间，燃起了民族兴旺的火焰。

是啊，火焰。在天上也是无数恒星高擎自己的火焰遨游宇宙，它们也有自己的燃烧，需要空空的火心，它们孜孜不倦地运行，是寻找燃烧的空间还是失散的伴侣？整个夜空就是一段美丽的神话，每一颗星星都在宇宙空旷的心宇间旋转，在空空的心宇上燃烧。

哦，我找到了火心的秘密！

撒拉人的火心，空出的是容纳天地的旷达，汇聚江河的疆域，空出的是胸怀的宽广与眼光的辽远。撒拉人的人心，实的是宁可为正义头破血流，也不愿玷污真理的旗帜，实的是宁愿舍去性命也不愿违背自己的承诺，实的是为求生存也能隐忍求全。

撒拉人心里的那条火心，目光里的那束光花，始终伴随着那遥远的、清脆的、响彻撒拉尔天空的驼铃声：叮当，叮当，叮当……

激荡撒拉人的心！

## 谚语里的生活

年少时，我生性顽皮，祖父怕我去河边游泳，总是在耳边唠叨："好水手淌在黄河，好猎手绊在山崖。"尽管我不懂其中的道理，却也知道，离家一公里之外的黄河确实淌走了很多村庄里的俊朗青年，两岸的山上也绊死了不少捕猎石羊香獐的人。

好水手，好猎手。我陷入深深的沉思。仿佛看到东迁途中，祖先正在经历帝国骑士的追踪，神圣的经典正在面临部落盗徒的掠夺、血雨腥风的浸泡。仿佛看到突厥王奥古斯汗正在千人大帐奖赏自己的孙子撒鲁尔，馈赠改变整个部落命运的永世纪念。仿佛看到民族英雄苏四十三揭竿而起，连破河州数城，围攻兰州数月，两千义军重创数万清军，宁求一份尊严而牺牲生命，也绝不求全，一代英主乾隆皇帝曾为撒拉人的精神深感震惊。日本侵略祖国，也是撒拉人的这一帮好水手、好猎手们跟随马彪师长挥戈东下，跃马中原，驰骋沙场，日寇闻风丧胆，多少民族英烈为国捐躯！

从战争的血泊和迁徙的苦难中走来的撒拉人，在别人慷慨赠予的土地上苦苦挣扎，顽强求生，他们用征服沙漠戈壁的勇气和胆魄，与汹涌澎湃的黄河较量，与险象环生的森林比试。在拼搏的瞬间，欢腾的午夜，那浪尖上、河岸边、田野树林里、小巷灯盏下曾发生过怎样的爱恨情仇？

这是个与苦难与使命与诺言有关，与缥缈的红纱巾和浪尖上的舞姿有关的民族。他们的爱恨情仇，痛苦与欢乐，深深的失望和重燃的希望，与静静流淌的黄河有关，与羊肠小道与跋涉与成功的喜悦和呐喊有关。

我时常在想，假如把时间的指针往前再推五百多年，撒拉人又是一幅怎样的生活图景呢？他们应该过着靠水吃水、靠山吃山的恬静生活，依旧是这条河流，是这波浪……

依旧是这河流，在波涛间沉寂。黄昏的夕阳如一滴鲜血染红了西边的天空，两岸的村庄在四月的季节里盛开着杏花、梨花和桃花。村庄沿着黄河两岸依次排开，在树木和花海的映衬下显得错落有致，别有一番情致。村庄的巷口，白衬衫黑夹袄的男子和花衣裳绿盖头的女子，拖着长长的影子，相互嘱托祝安，正在依依道别。

男子即将远行，女子情断肝肠。

一群"好水手"陆续从清凉的土巷子里拥出来。月亮还是那前半夜朦胧的月亮，像刚刚哭泣的女子的眼睛，些微泛红。他们背负娇艳女子的目光和期待，腰间别一把锋利的斧头，披一身夜色，深入孟达山的森林，把最长最直最粗的松木砍下来。他们哼着古老的无词之谣，把一根根原木运到黄河岸边，迎着积石峡的晨光，用皮绳或者牛毛绳把木头扎成木排。凭一身胆气，跳上浪尖，把性命系给木筏，把一排又一排木筏运往下游，舞出了撒拉尔的勇气和豪气。

一群"好猎手"也从村口走来，沿途一遍遍低声诵读着忏悔词。他们说最见不得血，听不得婴儿般的呻吟，心里的那根弦啊总是阵阵发紧。他们一点点感悟生活的经纬，血与火的苦难，用悟出的道理织成狩猎的大网。他们用曲张有度的处世哲学和诚实耿直的秉性，削成猎杀的箭追逐黄羊、獐子，狩猎于茂密繁盛的森林深处。他们捕捉山鸡、锦鸡和野兔，安身于青石林立的河滩边地，把家人全部的欢乐和希望系在网上，注在箭上。

我曾在青藏天路的施工现场，采访过一位撒拉族小伙，他是青藏铁路建设队伍的一名技术员。当我们说起知识、技术和困惑时，他眼含激动的泪水跟我说：祖先说得好啊！好水手不只是耍个浪尖子，还要探个水深哩；好猎手不光爬个山尖子，还要量个崖宽哩。也曾在广州翻腾着热

273

浪的街巷深处,看到过撒拉族女子撩起绿盖头,甩开膀子拉拉面的情景,那青丝下滴淌汗水的脸,令人顿生怜悯。但她说:把拉面拉成丝线那才叫个撒拉艳姑!

我缄默无语。为创造光荣与梦想的撒拉人缄默,为大都市里的辛勤劳作、角逐场上挥洒汗水、孤独与辉煌的撒拉人深深缄默。

撒拉人啊!男子的气概里依然遗存突厥的风骨,血管里奔涌黄河的韧性,骨子里融透王者的气质与智慧。女子的心灵里依然流淌泉水般的圣洁,高雅的举止里渗透柳条般的柔灵,葡萄般的眼睛里满是水灵灵的情意。

岁月是一条长河。只要有一条延绵流淌波涛汹涌的河流,有一条荆棘丛生幽静延伸的山路,撒拉人的好水手、好猎手层出不穷,他们将创造更加灿烂的辉煌。在先人用爱情、鲜血和死亡铸就的一句又一句千年传承的谚语里,我沉入午夜的灯光,心怀莫名的感激,更有一种无言的尊崇和敬畏,一颗浮躁的心顷刻间归于处子的安宁和圣洁。

## 撒拉尔民歌

每每听到这种悠扬绵长的撒拉尔民歌,就像站在积石峡夏季的黄河岸边,蓝天白日,波浪轻轻地拍打着心灵,田地里灌浆的庄稼俨然幸福的花朵,在大地散发一种诱人的味道……

我从小就喜欢在宁静的长夜里,躺在自家的屋顶聆听录音机里播放的撒拉尔民歌。从峡口吹来的风空空地掠过身边,闭上眼睛仿佛就能闻到从古色古香的篱笆楼里飘出的浓浓的熬茶味,月光斜斜地照亮一棵老榆树和悬挂在木房子里的一把老弓箭,白冠男子轻托着耳腮坐在树下唱起悠悠情歌,绿盖头的女子舞动身姿,羞涩像一抹晚霞漫上脸颊,村庄中央,静静地弥漫着老祖母竖起的炊烟……

也许我的血管里流淌的血液与黄河有着某种契约,某种与生俱来的渊源,只要听撒拉尔民歌,就仿佛回到了祖先的家园,那种扑面而来的亲切感、幸福感、满足感就像祖先的目光一般温暖地照在我的脊背上。

聆听撒拉尔民歌,眼前总会浮现一幅画面:错落有致绿苗如茵的田园,三五成群拔草的艳姑,瓦罐里烧茶的男子,镰刀和木犁的日子。最让人着迷的还是撒拉男子眯着眼睛凝望的神情,真是与先天的血缘传承和后天黄河波涛的塑造不无关系。

撒拉人的民歌是忧郁的。旋律优柔舒缓,悠远而惆怅。朋友总说那是一种蓝色浪漫的忧郁,心怀忧郁的人总有淡淡的怀想,初涉人世的天真懵懂,情窦初开的青涩甘美,还有遭受伤痛的苦味回忆,都是富有生活、富有故事的人。夜深人静的时候,撒拉尔男子就坐到村头的大树下或者田埂上,用带有磁性浑厚的歌喉倾诉心中的思念和爱意:"阿里玛,开开的花儿是白白的,长哈的叶子是青青的,结哈的果子是红红的,阿里玛,才是个哥哥的阿里玛呀……"相信此刻,村里某家的北房阁楼里,姑娘眉宇间泛起一丝淡淡的红晕,正在缎面上刺绣戏水鸳鸯的针线,在半空停留了一下。

撒拉人的民歌又是忧伤的。那是从滔滔黄河和汩汩骆驼泉水的苍凉里奔流出来的调子,那是撒拉尔这个苦难的民族在岁月的折叠中深深烙印在额头上的民族密码和朴素哲理。忧伤的民歌带着泥土浓香,略带粗犷豪迈的声音在积石峡谷连绵不绝。忧伤的民歌里有筏子客挥手远去的背影,有撒拉女子圣洁的凄凉、淡淡的忧愁。撒拉人有一首哭嫁的民歌叫《撒赫斯》。过去的年代,待嫁的姑娘都要专门抽出一定的时间跟老人学唱《撒赫斯》。出嫁那天,新娘被众人簇拥出大门扶上马时,都要哭唱这首民歌。哭歌中埋怨父母嫁她过早,哭求婶嫂们为她说话,间接地诅咒媒人的心肠。那歌声如怨似诉,断断续续中伴有长时间的抽泣声,颇有感染力,往往令送亲的亲人们抹泪自责。

我的诗人朋友马丁在众人聚会的场合,总是唱起一首传唱了六百多年的撒拉尔民歌《榆树》:"……半夜以来啊,半夜以来,总是睡不着啊,睡不着。为什么睡不着啊?是因为你那竹子般的身段,你身上那独有的气息,是因为你那葡萄般的眼睛,樱桃般嘴唇,睡不着啊,睡不着。"马丁每当唱起这首歌,都会清清嗓子,定定神韵,闭起眼睛身临其境般缓缓唱起,歌词带来的情绪好像一下子触碰到他最敏感的那根神经,歌声里有伤感,有忧愁,有划入肌肤的爱,更有望穿天涯的渴望和思念。他唱歌的表情极为凝重,似乎承载了六百年来撒拉族男女封建专制恋爱婚姻的痛苦和无奈,那歌声如泣如诉,如痴如醉,引得全场阵阵掌声。

我总是在茶足饭饱之后,与外地的朋友讨论撒拉尔民歌,它不像藏族"拉伊"那样悠长辽阔,不像维吾尔族情歌般热情奔放,更不像科尔沁草原上的民歌那样豪爽粗犷。聆听撒拉尔民歌,就得从悠远的调子中渐渐深入其美妙境界,靠自己的悟性悟出道道。我跟朋友讲,你至少得身临其境认认真真地听三次。第一次就能听出一种辽远的忧伤和隐隐的痴情,第二次听出一种苍凉和悲伤,而第三次才能真正听到撒拉人那泉水般清澈见底的爱意,绸子般绵长柔软的情肠。它既不是旷野里声嘶力竭的拖腔,也不是吟花弄月才子佳人式的吟哦。它是原始的、荒凉的、野性的、辽阔的、雄奇的,它带有某种诵经般神秘色调的质朴哼唱,是内心剧烈涌动,出口成歌时又分外委婉无言的哼唱。又仿佛言犹未尽,只有千年万载的伫望,只有彻头彻尾的沉醉,只有长歌当哭的感怀,才能倾诉得干干净净。

撒拉人的民歌,始终如一只精灵在我的每一根神经里缓缓爬行,爬向我的血管,爬入我心灵里最柔韧的部分。像一张硕大的猩红色帐幔,在河流与炊烟，在乡间小巷和时间的碎光里，时时覆盖我，窒息我。那样凄凉、委婉和哀伤，迫使我掩面低首，号啕大哭。聆听民歌的人更是感思至深，腮边淌下串串泪来，孤独的心灵在翅膀的飞翔中真正找到了宽阔无边的天空，飞翔变得如此淋漓而酣畅。

撒拉人的民歌，伤痛和沉静的美。

（原载《民族文学》2019年第8期）

# 穿越乡村的时间

贾樟柯

在筹备文学季的时候，我们做了一些调研，首先就是在我们吕梁，有没有条件来做文学活动？这个条件不是指硬件和交通的条件，现在咱们高速公路很发达，住宿条件各方面都很好，这个条件指的是文学的条件，就是读者的条件。当时我完全是怀着一个对于故乡的记忆来决策的，因为在我从出生、懂事到初中、高中成长的过程里——我是二十一岁离开了吕梁，在二十一年的生活里面，文学一直伴随着我，是我非常重要的一个伙伴。每个年龄段当然有不同的阅读能力和经验，它在不断提升，但是在那个年代，文学一直是我非常重要的一个精神上的愉悦来源。同时，也是在老家，我写下了我的第一行诗，写出了我的第一个剧本。在那个年代，20世纪80年代、90年代，有像我这样的有文学需求和冲动的年轻人，我相信今天一定也有很多年轻人会与文学相伴。

文学是什么呢？我觉得文学首先就是我们每个人心事的一种表达，是我们生长的环境，我们的历史、传统，我们的家庭，我们居住的村庄、街道，我们周遭的亲戚朋友，我们自身的生命过程中遇到的非常多的问题，遇到的非常多的难忘时刻，它会让我们有某种心情、某种心事，文学就是这种心情的一个出口，它记录我们曾经经历过什么，特别是激励过我们心灵的那些事情。我觉得对于任何一个创作者来说，文学都是我们的起点。

我今天主要是从事电影工作，电影和文学的关系是什么呢？有的人问，电影是不是都是小说，改编的小说？电影史上有非常多精彩的电影，都是根据小说改编的。比如说张艺谋导演的《红高粱》，吴天明导演的《老井》，都是根据优秀的文学作品改编的。电影是一个叙事的艺术，它有故事的情节，人物的塑造，和文学是相通的。但是更主要的，我觉得不是直接地去改编这些作品，而是说即使你从事的是绘画工作、音乐工作，或者说即使你从事的是电影工作，你的思维方法，其实它也是文学性的方法。

文学首先作为一种思维方法、思维能力，存在于我们每个人的身上。充沛的阅读和频繁的写作，会提升我们思考的能力、思维的能力，只是未来的终端的出口不一样。而电影，比如说我们想要拍一段故事，或者说我们想拍某一种人，在酝酿的过程中，这个思维、思考的方法和文学是完全一致的。我在 1998 年拍我的第一个作品《小武》时，我就想拍一种新的人。为什么呢？因为时代在转变，社会在转型，过去传统的生活方式受到了挑战。市场经济大潮冲击而来，传统的人和人之间的关系、人际方法都发生了巨大的改变，身处在这样一个改变中的人们，对我来说都是新鲜的人。就好像鲁迅先生去写阿 Q，或者去写孔乙己一样，那是属于那个时代的一个人物。那么对于我来说，在我生活的时代，我观察到了这样一个人物，我想写一个在县城里面无所事事的人，他可能从事一个古老的职业，而这个古老的职业在变革里面受到了很大的挑战。一开始我想拍一个裁缝，或者拍一个厨师，大家知道裁缝也好、厨师也好，自古都有人吃饭穿衣。后来我拍了一个小偷，因为小偷他有很多道德的负担，但是同时它也是一个古老的职业，在这样的一个变革的时代里面，作为一个具体的人，他会经历什么？整个构思的过程，其实它都是一个文学性的思维过程。所以我觉得，对于阅读和写作来说，并不一定说，文学是指向文学的，文学它是指向一切的，它是我们人的一种光辉，我们人只有在能够表达自己，能够理解自己，能够把自己的生存处境讲述清楚的时候，我们的那种尊贵，人的那种光辉，它才能够发射出来。

我本人跟在座的很多同学一样，最初的阅读来自童年，我出生在一个教师家庭，我的父亲是汾阳的一个中学语文老师。我父亲有一个特点，他特别喜欢古典文学，小时候家里不是那么富有，但是书架上会有一些书，大部分是古典文学的，唐诗宋词、《红楼梦》《水浒传》，我父亲他当然是一个当时的"现代人"，但是他自己并不是很喜欢外国文学，他非常喜欢中国文学，特别是古典文学，所以在我小的时候，还不识字，他就开始教我背唐诗。其实那个时候，我父亲教我的那些唐诗，我一句都不知道它在讲什么，但是小孩子就能记住。它完全是靠音律、靠节奏、靠那种韵律，比如说"白日依山尽，黄河入海流"，比如说"行到水穷处，坐看云起时"。六七岁的孩子你怎么能理解这么深的诗意呢？我父亲教我这些唐诗，也不是为了展示。今天很多家庭教孩子背唐诗，最主要的是家庭聚会的时候，要给亲友读一下，看看孩子很聪明，会背很多唐诗。我父亲就是那样一点一滴地教我，那是我最初的文字接触，我虽然不懂其诗意，但是语言的节奏、韵律埋在我心里面。

比如说很小的时候，有首唐诗教给我，"夕阳无限好，只是近黄昏"。我是不理解这种诗意的，背会了它之后，它作为音节存在于我的记忆里。我记得我在上小学时，四五年级的某一天，那个时候"文革"刚结束不久，我父亲正值壮年，我想，我父亲那天一定是因为某件工作上的事情，或者说家庭里的事情，心情不是很愉悦。那个时候汾阳的城墙还残留着很大一截，那个城墙就在西门外，站在城墙上，对面就是长途汽车站。那天我父亲就带着我爬了城墙，我们两个人上了城墙。我父亲平时跟我的话还挺多的，他跟我在一起的时候，常常会告诉我这是什么、那是什么；但那天上了城墙之后，父亲很沉默，他的沉默让我觉得，这是一个特别的时刻，我从来就没有想过他一言不发。坐在这个土堆上——因为城墙的砖已经被拔了——坐在那个城墙上，看太阳在西边慢慢地往下降，我突然理解了那首诗，为什么要"驱车登古原"，我理解了我父亲。这就是阅读。我觉得，有时候你跟你自己读过的东西产生共鸣，不是在阅读的那一刹那，而是在很久以后。有一种文字，有那些文字的创造者，那些作家的一种精练的文字，它们会告诉我们此刻的心情是什么，他帮助我们理解自我，理解我们自己正在经历什么样的情感波动。那一句唐诗，让我在一个小孩子的内心，感受到了一种不一样的情感，而这个情感它具有一种陌生化的感觉，所谓诗意，就在这样的陌生化里面产生了。

在这个城墙的下面，就是长途汽车站。汽车站的声音是我小时候最迷恋的，因为它有高音喇叭。那条运输线是从太原到军部的公路，是那个年代唯一的一条通往黄河的公路，非常繁忙。汾阳汽车站的客运非常密集，站在城墙上，或者在县城里面，经常能听到广播的声音：开往吴城、大武、军渡、佳县方向的几号班车马上要发车了。那个声音对我的成长非常重要。这些地名对我来说，意味着远方。多年之后，我有一个好朋友是临县人，他以前是《中国新闻周刊》的主编，他也写小说。他跟我讲了一个故事，他说在他小的时候，他妈妈鼓励他，孩子你好好学习，这一学期你要是考好了，妈妈带你去大城市汾阳看一看。我们就笑，其实跟这个故事一样，我那个时候听到这些地名，我就在想，哪一天我能去远方，远方对我来说就是婆城、大武、军渡，这就是我心里面的远方。那个声音给我留下了很深的印象，我一直想描述那种声音，一直描述不出来。一直到上大学的时候，有一天我看沈从文先生的短篇小说，这个短篇小说叫作《连长》，《连长》里面讲，驻扎在山寨里面的军人，他每天去一个女人家里闲坐，黄昏时分，远处军营里面的军号吹起来，吹起来之后，在风里面，军号的声音像被撕碎的棉絮，那些棉絮一片一片地、断断续续地飘过来，我觉得这个词语太准确了，这不就是我当时听到的长途汽车站报站名的声音的感觉吗？我们每个人都有心情，每个人都有心事，但是文学会让我们把这种心情跟心事记录下来，它会让我们经历的情感历程留下痕迹，甚至会让我们的情感历程清晰化，它可能并不一定是一个完整的事件的记忆，也不一定是对一个人全方位立体的认识和理解，它甚至就是这样一个无法言说的、我们没有文学能力的人能感受到，但是表达不出来的这样一种诗意的时刻，诗意的片刻，所以在文学里面，我一直享受到的是，我自己的情感、我自己的情绪，怎么样遭遇到别的作家的文学作品，并且产生一种共鸣，它反过来会帮助我理解自我。

早期的这种阅读一直持续到我初中的时候，那个时候，我就开始读小说，大家知道，20世纪80年代是一个小说非常繁盛的年代，那个时候娱乐很少，除了看电影，可能就是打打台球，就没别的娱乐了。文学就是那个年代的娱乐。我觉得在当下，文字阅读或者说整个文学的阅读是被妖魔化的，大家一说读小说、读书就觉得好累，好像是一个很痛苦的事情，这个我是不能理解的。在我的成长过程中，阅读一直是一件很愉快的事情。我们先不说它能够带给我们什么样的视野上的开阔，对于社会、对人性有怎么样的一个新的理解和认识，即使是打发时间、消遣，阅读也是一个非常愉快的事情，对我来说，阅读跟打游戏或者打一场篮球的愉悦感是没有区别的。只要翻开几页书读下去、读进去，你就能进入到那个无限宽阔的世界。我们说，每读一本书就是认识一个新的朋友，每读一本书都是和一个伟大的头脑在交流，我们既可以跟几千年前的孔子交流，我们也可以跟当下的作家交流，我们既可以跟中国的作家交流，我们也可以和马尔克斯交流，你会进入到一个特别多朋友的环境里面，去做精神上的交往。而阅读本身，可能越是对于生活条件欠发达的地方就越重要，说直白一点就是穷人家的孩子更需要阅读。当然，每一个人都需要阅读。

拿我举例子。在一个小孩子的成长过程中，我对社会、对人的辨识能力是有限的，简单地说，我是没有反思精神、没有思考能力的，我觉得，我的转变是由一篇小说开始的，这篇小说就是我在初中的时候读到路遥先生的《人生》，那本小说当时非常风靡，说实话，他当时小说里写的世界，对一个初中生来说，有点遥远，但是小说就在同学之间传，而且那个年代有一个很有意思的情况，就是书它是有一种交通渠道的。虽然我们学校没有图书馆，但是你会发现每天有各种各样的书在同学们手里流通。

前天余华老师在讲阅读的时候，他有同样的经验，他说他的手上经常会过手没头没尾的书，已经翻烂了，开头的那几页已经丢了，后面的几页也丢了，他说丢了前面几页没关系，因为故事随时可以进入，没有后面几页很痛苦，因为一直在想结尾是什么。他开玩笑说，因为丢了后面的几页，培养了他作家的想象力，他一直在想，这个故事是怎么结束的，这个人物最后怎么样了。这样没头没尾的书，在我的初中年代就开始流传了。

《人生》的故事写的是陕北，和我们吕梁这边隔河相望，社会环境非常相似。特别是其中有一点，他写到男主角的命运，男主角是山村里面的年轻人，非常有才华，但是他是农村户口，他后来到晋城是通过借调来从事他喜欢的文字工作，因为他没有城市户口，他最后还得回到农村。就是这样一篇小说，他为什么对我的影响特别大呢？因为我在初中的时候，我们那个年代一个班的定员是四十五个同学，但是我们班差不多有六七十个同学，多出来的同学是哪里来的？都是从村子里借读的同学，这些借读的同学，他们来自农村。我本人是县城的，还是吃公粮的，他们都是从农村来的。那么小的孩子，最贪玩的时候，他们却非常地刻苦、非常地努力，可以说头悬梁、锥刺股，到下午下了课，点一个油灯，那个时候煤油灯还存在，或者点一支蜡烛，就在那里自习。我一开始对他们的刻苦特别不屑，我觉得在外面踢足球多好玩呀，去看录像多好玩，为什么要坐在这里去学习？但是看完《人生》，我明白一个道理，在那个年代，通过读书来改变命运，特别是通过读书从农村户口变成城市户口，是一个巨大的命运的转折。这里面存在着一种潜在的不合理，我以前从来没有想过，觉得世界就是这个样子。但是通过这篇小说，我理解了我们熟视无睹的、我们习以为常的事物里面，其实有很多值得我们去反思的东西。我觉得就是透过这样一篇小说，它带给一个孩子小小的、反思的能力。今天我们已经是逐渐地进入到"身份证年代"，这就是对过去的一个很大的进步，这个时代的改变，很多事情的改变，它虽然缓慢，但是它一定是从反思开始的。如果说社会上所存在的不足，或者说存在的不合理得不到理解和认识，这件事情没有办法改变，而文学艺术家就是具有这样一种超前的观察能力和超前的感受能力的人。

有一句关于文学的名言："文学就是人类的报信者。"作家是信使，这个时代发生了什么，是通过作家、艺术家，当然也包括导演，用他们的感受力和表述能力，第一时间传达给大家。这就是我们为什么需要文学——因为我们需要得到我们自己的消息，古人讲"不识庐山真面目，只缘身在此山中"，往往我们以为自己生活在这个环境里，我们了解一切，这个不一定的。往往我们身在其中，反而是无法从一个系统性的角度去观察生活发生了什么情况。但是写作者有这样的能力，我们要照顾好作家，聆听他们的声音，恰恰是在聆听我们自己的消息，这是文学对于每一个人都非常重要的一个作用。

文学还有另外一个作用，如果说路遥的《人生》带给我一种反思的能力，同样是诗歌，不同人的诗歌，它带给我一个多角度观察事物的能力。

今年吕梁文学季的主题叫"从乡村出发的写作"，为什么会起这个题目？因为正当其时，目前整个国家都在城市化，千万级的人口，城市越来越大，农村人口流失很严重，从乡村出发的写作，这个乡村的概念，其实是针对于城市而言的。我们讲到乡土文学，过去在民国年间或者说在古代，是没有这个概念的，因为整个中国就是一个乡村，整个世界就是一个乡村。就像贝多芬说的，世界就是一个田园。在贝多芬那个时代，世界是一个田园，无所谓城市和乡村。而近代工业化以后，一直到现在都快5G时代了，城市一直在发展。

前天格非老师说了一段话，他说在他们那一代人早期的经验里面，城市是陌生的，他们很不习惯城市，很不熟悉城市。而到了今天，乡村是一个很陌生的经验，人们很不了解乡村，很不关注乡村。但是乡村它是什么呢？首先它是一种建构我们中国人传统伦理的所在，我们的伦理，我们的人际关系，我们的生活习惯，所有的一切都带有一种乡村的记忆。

我举一个例子，我非常喜欢旅行，我们可以看到旅途里面有非常多的人，如果每个人都有一件行李的话，每个人都有一件什么样的行李呢？这个行李里装的是乡村，装的是故乡，乡村和故乡是可以携带的，它不仅是物理意义上的乡村，它更可能是心理意义、精神意义上的乡村，我们每一代人往上看二三代人，可能都是村里人，这种血液里的影响，带给我们观念，带给我们为人处世的方法，形成我们个体跟这个世界的关系、距离。所有这些东西，它在我们的内心深处。所以从乡村出发不仅仅是在讲乡村，而是由这个乡村原点扩散出来的整个的目前我们的精神环境。

同样是乡村经验，我的家庭里，我父亲是老师，我母亲是商场的售货员，我们家是没有土地的，但是我的姨妈，我的舅舅，我母亲那一边的亲戚都是村里的，都是农民。到麦收的时候，亲戚朋友都会去支援麦收。我记得我第一次割麦子就崩溃掉了，第一次割麦子就去了田间地头，我的表哥给了我一把镰刀，指着一望无际很漂亮的金黄的麦浪，就是诗歌里以及歌剧里经常歌颂的金色，他说："这一片属于你，你要把它割掉。"我一下子就昏倒了，真的是挥汗如雨，非常绝望。割了很长时间，一抬头只是一个小角，面对你的还是一片金黄色。所以金黄色太充裕，也是一件糟糕的事情。

就是在这样的一个体验里，我们能够读到不同的关于劳动的诗歌。我曾经读到过欧阳江河的一首诗，是写工人的，他说："整个玻璃工厂是一个巨大的眼珠／劳动是其中最黑的部分。"对这种劳作的辛苦，我们小时候有一句话，农民在做什么？是在修理地球。这是多绝望的一个词，修理，里面是一个地球，所以他说，劳动是其中最黑的部分，我们在过去听习惯了对劳动的讴歌，但是他对劳动本身的这种切肤之痛，有这样清晰的描述，我是很被打动的。后来，我又看到于坚的一首诗，于坚说："劳动使他高于地面，但工具比他更高。高举着锄头，犹如高举着劳动的旗帜。"我觉得也对，人的这种劳作生生不息，他站在地平线上去耕作的时候，我们是高于地平线的，它让我们显得高大，同样是对劳动，我觉得这两首诗都写得非常准确，因为它是事物的一体两面。

通过关于劳动的诗歌，我形成了一种多角度理解的习惯，任何一件事情有它的阴面、阳面，同样对劳动，你可以去讴歌它，它确实是一个非常伟大的人类生活的基本活动，你也可以去写它的疲惫，因为它确实消耗了我们的精力，我们所讲的农业革命，就是将人困在土地上，就是这样的一个多元化的、多角度的猜想。对于一个少年来说，我觉得我可以多角度地去理解事物，它教会我认识事物的时候，不是停留在一个面，不是停留在一个点，也就是说它让我们不固执。我们一直在讲视野，一直在讲宽阔的视野，这个视野是怎么来的？所谓的视野，就是不固定在一个固执的执念里面，去认为自己的观念就是世界的法则。不认为自己所理解的世界、所看到的世界，就是全部的世界。

余华有一篇小说叫《现实一种》，这个名字非常好。现实的一种，我们每个人只身处某一种现实。但是我们读了于坚的诗再读欧阳江河的诗，或者说读了欧阳江河的诗再读于坚的诗，我们就知道现实不止一种，我们了解的仅仅只是一种，但是它不止一种，我们可以从各个角度去理解同样一个事物。

作为一个读者，在我成长的过程中，一开始写的欲望是不强的，写作本身并没有那么强烈的诉求，但是通过长时间的阅读，再加上实际的生活感受，慢慢地会有一种写作的热情，你听到别人讲述他的个体体验、生命体验的时候，也会调度出你自己的一种生命体验。你也有埋在心里面的想法，即使是一个少年，少年不识愁滋味，那也是一种惆怅，也是会有想表达的时刻，通过阅读，阅读也是最初的写作训练，我们总是从读开始的，通过阅读，到高中的时候，我开始慢慢地转到写作。

我刚才讲，我在老家写下了第一行诗，而且写作也是很轻松的事情，读写都是很轻松的事情，不是单位领导逼你写材料，你抽了两包烟写不出来，那是考验你的写作能力。文学创作它是文学能力，是一种文学的畅快，一种文学的自由。

应该是高一的时候，夏天，有一天下了大雨。汾阳很奇怪，一到夏天下午两三点，有时候会下雨，下几分钟就停了，天就放晴了，太阳就出来了。有一场雨后，孩子淘气，我们汾阳中学旁边是汾阳县教育局，我们一个班的同学就跑到教育局，爬到楼顶去了，楼顶上有一本朦胧诗选，可能是被人落下的书，被雨刚打湿。那是我第一次读朦胧诗，我打开那本朦胧诗选之后，就被里面的诗句所吸引："卑鄙是卑鄙者的通行证，高尚是高尚者的墓志铭。"包括顾城的、舒婷的，早期的朦胧诗诗人的作品都在里面。朦胧诗的得名，就是因为公众看不懂，对于一个高一的学生来说，也看不懂，但是就觉得特别美，你会因为它的不确定性，因为它没有直白地告诉你一个道理，它带给我丰富的联想，我那时候就变成一个朦胧诗的爱好者、新诗的爱好者。我觉得对于这个小孩子来说，那时候已经是少年了。

对于一个成长青春期的孩子来说，它让我开始对不确定性感兴趣，对"一言难尽"感兴趣，这个世界很多事情，当你无法描述的时候，可能你描述它的无法描述，本身就已经接近这个事物的状态。我们过去的教育，总是黑白分明，总是一清二楚，我们在中学学语文都要划分段落，都要总结中心思想，朦胧诗是很难这样去处理的，但是它写出了当下的一个感受，新诗的产生就是因为生活变化了，生活变化需要新的语言去描写出来，这样就有了新诗。读完这些诗之后，有一天我们上课，老师没有来，当时外面刮很大的风，我们班一共二三十个男生，男孩子就聚在一起聊天，我们就说我们成立一个诗社吧，然后就成立了一个叫"沙派"的诗社，因为当时外面在刮沙尘暴，男孩子觉得风沙是很浪漫、也很硬的东西，我们就开始写诗，每个人趴在那儿写了二十多首诗，有充沛的想要表达的愿望，我们二十多个写诗的同学里面，大部分没有谈过恋爱，但是那些诗里面大部分是情诗，可见那个年纪对爱情的憧憬有多强烈，所以诗也是我们想象的生活的一种可能性。

写完这些诗之后我们就要刻蜡版，那个时候还没有电脑，也没有打印机，我们是用那种蜡纸，拿一个铁笔，就是跟钢笔一样，前面是一个铁的尖，刻在蜡纸上油印，印出来之后装订，装订好之后发现参差不齐，又跑到汾阳的北大照相馆，那里有裁照片的刀，我们一本一本切好，我们那本诗集大概印数是六七十本，同学每人一本发下去，我们用这种方法出了两本诗集。那些诗歌的质量一塌糊涂，我连一行诗都记不住了，但是它是一个开始。我觉得对于写作来说，对于创作来说，我们的起步并不是指向于发布的，可能是指向我们的一种生理的需要——写作的冲动，它是一种生理需要。当我们一吐为快把它写出来的时候，它是一种释放，所以写作是很愉悦、很轻松的事情。

因为高中写了那么多歪诗，我的数学特别差，物理也很差，所以我后来选择读了文科，读了文科之后，我还是经常偷偷看小说写诗，所以就偏科发展，结果高考就没有考上，高考没有考上之后，那年夏天我读了另一本书，那一次的旅程对我来说至关重要，因为那一个年代我还没有去过太原，所以长途汽车站高音喇叭里面的娄城、大武、方山、柳林、临县，这些地名对我还是非常有吸引力的远方。我高考结束之后，就一个人离开家，坐了一辆长途汽车，就在我们汾阳汽车站。我坐在车里面看汾阳县城在移动，逐渐地远离，熟悉的人一闪而过，逐渐地变成田野，向西而行。自汾阳而上，向吕梁而去，这样的一个旅行，这个旅程给我非常大的一种开阔。

很显然，我知道我考不上大学，考完我自己都没有去估分，我的志愿填的却是好大学，第一志愿北京大学，第二志愿什么什么大学，我填的全部都是好大学。我父亲很开心，说我儿子很有理想，其实我知道，我填什么都考不上，我就还不如填一个北京大学。这样我坐了那辆车。之前我也旅行过，比如说我中学的时候跳霹雳舞跳得特别好，因为跳霹雳舞跳得好，我们那儿有一个歌舞团找我去演出，我跟着人家演出旅行过；我父亲也会带我去太原旅行。一个人旅行要学会怎么去买票，没有人提醒你要看着，每一站别坐过了。结果我们坐的那个长途汽车它没有站，随时招手随时就停，如果读书是通过文字来理解世界的话，这种行走就是我们亲自用身体去触碰这个世界。车走着走着就停下来了，停下来之后上来一对母子，他们坐在车的引擎盖的那个地方，车继续往前面开，开着开着，突然那个孩子给人感觉有一点智障，那个孩子说，我要喝健力宝，我要喝健力宝。然后他妈就说，我给你拿健力宝。他们的声音足以让整个车厢听到，然后她就把健力宝打开，打开之后，旁边有一个大叔说你中奖了，打开瓶盖中奖了，然后那个母亲就不知道怎么中奖，讨论半天，旁边一个人说，我给你五十块钱，你卖给我，然后另外一个人说一百，然后有人花很高的价钱把健力宝罐买了。当他交易成功之后，那个有点傻的孩子，就是喝健力宝的那个人突然就变正常了，说："停！"那辆车就停了，一帮人就下去了。最后买健力宝的那个人开始号啕大哭，因为他中圈套了。在这样的一个旅途里面，我看到这样的一个骗局。

　　车再往前行，我们到了一个大镇，那个时候的道路不是高速公路，是国道，旁边都是住宅，上来一个怀孕的妇女，很安静，家人搀着她，她捂着肚子坐在前面，车往前走，大概开到临县就下来了，我觉得这是一个新的生命要诞生了，一个孩子要出生了，这个母亲是在迎接她的新生儿。我顿时觉得非常圣洁，车又在往前开，上来一群人，他们都戴着黑纱，可能刚参加某一个亲戚的葬礼，他们要回到自己住的地方。这一路就像一个电影，一个人物出场再退场，另外一个人物出场再退场。我们都在一辆行驶的车上，这就是我们的生活，这就是我们自己，从那个时候开始，我感觉到某种开阔。这种开阔是什么呢？就是你开始意识到存在他者，存在他人，这些他者和他人你不跟他说一句话，但是这些他者和他人是和自己有关的，至少我们在同一辆车上，我们在往同一个方向驶去。

　　当你内心深处融入到这样一个人群里面，你认为你是人群里面的一个，你又能够观察到存在一个东西叫人群的时候，相应来说，人会有一种相对的开阔。多少年之后,我把这段经历写成了一篇散文,这篇散文叫《高考之后,放虎归山》。前天我还在碛口朗诵了其中的一个片段,因为这是我至关重要的旅程,也可以说,这个旅程的本身就是我电影的事件。多少年之后,我可以拍电影,有能力拍电影,用电影的方法去写作的时候,我觉得我不管写什么样的故事,我都在写那一辆开往吕梁的长途汽车,电影中的人物会换,就像窗口的这个位置可能一会儿是一个孕妇坐在那儿,一会儿是一个奔丧的人坐在那儿,一会儿是一个上学的少年坐在那儿,具体的人在变,但是那个车厢,我始终坐在那个车厢里面,它是我离不开的一种归属,离不开的一种精神世界,它成为我。

我觉得写作是这样的,创作是这样的,忠于自己的世界很重要,因为忠于自己的世界意味着它是忠于你自己,每个人都有自己的出生环境,都有自己的成长过程,这个世界,不一定像我的一样。我出生在山西吕梁汾阳,我一直在拍山西,拍吕梁的故事就是忠于自己的世界。而你真的感兴趣什么,你在意什么样的人,如果你的精神世界里面,都是苏格拉底,都是尼采这样的人,这就是你的精神世界,你要忠于你的世界。如果你的世界是土地上的这样一些人,你也要忠于这个世界。只有忠于这个世界,我们才有所谓的真知。

我们讲真知灼见,真知是怎么来的?真知来自真实的自我,整个阅读的过程也好、写作的过程也好,它是形成一个真实的、结实的自我的一个过程。我们今天所讲的迷失、浮躁,这些时代的症候,可能只有通过形成一个清晰的、坚强的自我,你才能够抵御它,因为你知道了你是谁、从哪儿来、要到哪儿去。拿我自己举例子来说,我在读北京电影学院的时候,其实也是在一个自我形成的阶段,因为进入北京电影学院,看电影一下子变得非常丰富,电影史上所有精彩的电影同时出现在你面前。那个时候我自己写的剧本,大部分是类型电影,我写过武侠片、写过警匪片,写过离奇古怪的故事，不是说这些故事不好。那个时代拍电影，那个年代的电影，银幕世界基本上是那样的一个世界，你天然地觉得要塑造、要写那样的世界才是电影。但是1997年春节我回家，回了汾阳，那一年汾阳从县升到了县级市，变成了汾阳市，相对应的就是经济开始发展，我们那个主街道，两条街道是明代的建筑，我小的时候就在那儿玩，突然就拆掉了，整个世事变迁突然出现在我面前，之后我就写了一个剧本叫作《小武》，那个时代对我来说我不吐不快，更重要的是，我正在经历的事情，我们正在经历的事情，我们正在经历那样的一个巨大的改变，给所有人的生活带来了影响。为什么我自己没有心思再写古代了？我筹备一个古装片已经有十年时间，我没有拍。为什么呢？因为我一直觉得，当下的感受更重要，往往你内心真正有故事的时候，那是属于你自己的故事，说得严重一点，那才是性命攸关的事情，我们要先把性命攸关的这些事情讲出来，才能够让我们自我得到一种解放。

　　阅读和写作也会塑造我们的观察。最近几年，我在阅读里面，除了文学阅读之外，也开始大量地看地方志，我家里有汾阳县志，还有汾阳出的县志通讯，它会带给我非常多的信息，形成我的一种理解。比如说，过去我第一次知道洗衣机，是在我上小学的时候，那时候有一部纪录片叫《祖国风貌》，介绍上海生产出来的洗衣机，那绝对是一个天外来物，衣服不是我妈每天用搓衣板在洗吗，怎么还会有一个机器能帮助我们把衣服洗出来？我一直觉得洗衣机是20世纪80年代的产物，但是我看汾阳县志的时候了解到，汾阳第一代洗衣机是1921年有的，是汾阳医院从美国买回来的。它让我去了解这一段历史，包括我读的中学，汾阳中学是怎么来的，它跟赔款有什么关系，这些都特别有意思。我觉得阅读自我，就包括阅读地方志，理解我们生活的这个土地发生过什么非常重要的事。

　　最后我想要讲我父亲的一个故事，这也是我觉得写作非常重要的原因,或许也是我变成一个表达者的很重要的一个家庭原因。我父亲是一个不折不扣的才子,在我生长过程中,我们汾阳县,只要是我见过的人,跟我说过话的人,他都会有一句话:"你父亲特别有才。"我父亲写作特别厉害,但是我父亲没有给我们留下只言片语,有一段时间他一直在写日记,我非常渴望了解那些日记,但是那些日记被我父亲烧掉。大家都理解原因,他变成了一个不写作的人,是因为害怕,他变成了一个不愿意把文字留给这个世界的人。但是他让我们意识到写作有多重要,对我来说,我只能猜想我父亲的经历、我父亲的精神,没有文字,我不知道他具体经历了什么,小到一个个体的家庭,大到一个国家,我们十四亿人口这样的一个中国,我们经历了什么。它是需要文学的,它需要文学在,可能我们会留下一本历史书,这本历史书会写很多数据,比如我们写吕梁的GDP,2018年发展到了全省第几,它是一个数字,我们无法从中感受这个时代。但是文学不一样,电影不一样,它是细节,它是真实的细节,它是个案,它是个体的经验。只有这些,才能够让我们理解,我们经历过什么。为什么我说,我们经历过什么这么重要呢?因为所谓的记忆,就是我们的根。一个没有记忆的,一个写不出我们心情的民族,是没有根的民族。中华民族之所以生生不息到今天,是因为我们无论在如何极端的环境里,都有顽强的写作,都有顽强的艺术创造,把我们的记忆留下来,让我们的根更加扎实。脚下的土地,你踩的泥巴也要生花,写作让我们的精神经历有迹可循。让我们的后人,让我们一代一代的人,变成一个有根的人,而不是一个无根的人。

谢谢大家。

(原载《十月》2019年第4期)

# 寻豚记

罗张琴

一

　　头部钝圆钝圆，上下颌几乎一样长的弧线天然上扬，小牙齿密密排着，两只小眼睛，被肥嘟嘟的肉儿一挤，挂在大脸两边……每分每秒都保持微笑的江豚多可爱呀，然而，发现猎物后的江豚却堪称凶猛：往前冲，快速转体，用尾鳍击水、搅动，惊散鱼群，再迅速接近、咬住、吞咽。如果集体发现鱼群，就分开游动将猎物包围，协力在水面激起数十厘米高的涌浪，将数十至上百条鱼迫出水面，一片银光闪闪。

　　江豚宝宝在母体中生长的时候是个慢性子的小霸王，一座母体宫殿只能住它一个，优哉游哉待足十二个月后，它才伸个懒腰决定出来。先露尾巴，再出身体，最后是头部。娩出后，小霸王奋力向上游动，母豚则腹面向上，身体朝孩子相反方向远冲，用力拉断脐带。小霸王借力浮出水面，向着生命的天空展颜欢笑。江豚与人类一样，有很强的母性，经常带孩子欢快地出水觅食。驮带时，仔豚的头、颈、腹部紧贴母豚背部，活像我们人类的母亲背娃。托带时，母豚常用鳍肢或尾叶托着仔豚的下颌，帮助它出水呼吸。

仔豚吃奶非常困难，它必须跟妈妈保持同样的速度，等妈妈把肚皮翻上来，才能吃几口。因为需要用肺呼吸，它每隔一分钟左右还要浮出水面透透气，不然会被憋死。也就是说，好不容易蹭着母亲的奶头的它，没吃两口呢，又得暂停让自己浮出水呼吸，真是一点也不尽兴。

过去，长江一直是江豚的"快乐老家"，长期以来，那绵延数千里的长江里到底生活着多少江豚，恐怕谁也无法数清。但是到了20世纪80年代，长江大开发，航运不断使水体严重破坏，几乎没有什么鱼了。"饥饿的江豚""江豚倒在迷魂阵旁""江豚被螺旋桨打死打伤""江豚困死乱采沙石的大坑中"……各种悲怆的呼声悄然埋没了许多江豚的身影。现在，全世界仅剩下一千头左右的江豚了。创造一个物种，要几百万年光阴，毁灭一个物种，却只需要几十年时间。

"世界吻我以痛，而我报之以歌"，江豚选择把航运少、鱼类资源丰富的鄱阳湖当成最后的"避难所"。无论遭遇什么伤害，无论境遇再怎么不堪，这些精灵，从始至终保持微笑，笑着繁衍、笑着生活、笑着涉险、笑着赴难，一如既往在水中安静悬浮或翻腾转动，没心没肺对人类亲近友好、喷水嬉戏。这番气量胸襟，难怪没有天敌，难怪可以在地球上存活两千五百万年之久，并一路走到食物链的高处。

二

宋代诗人孔武仲在《江豚诗》中写道："黑者江豚，白者白鱀。状异名殊，同宅大水。"黑不溜秋的江豚，人称"江猪"，这非猪非鱼的江猪，对大风感觉敏锐,每当刮大风前、江面顺风起浪时,会朝着起风的方向"顶风"出水,这就是江豚拜风,曾是渔民最重要的水上预警,渔民据此就知道,大风要来了,不能出湖捕鱼,以免发生意外;而"白者"白鱀豚在阳光照耀下,闪闪发光,招人怜爱,加上本性善良,但凡看见有人不幸落水,会围在一起救人,湖区渔民奉之若神灵,称它们为"长江女神"。可惜的是,白鱀豚多年前已被宣告功能性灭绝,江豚成了长江里硕果仅存的哺乳类动物。

同事发过来一张江豚流泪的照片。照片拍摄于2011年。那一年,长江中下游地区连续干旱,水位持续下降,科学人员对救助的江豚进行体检时,江豚眼睛里缓缓流下一滴眼泪。那一滴眼泪,写满凄凉、无助。

在网上搜集资料时,我用五笔字根输入词组,想打出"江豚",显示的却是"满月"两个字。月上中天,皎皎其华。一轮满月,仿佛自盘古开天辟地起的一个永恒存在,万籁俱静的夜晚,与之对望,人似乎可瞬间回溯到自己最深最远的故乡,使情感得到极大慰藉。可紧随慰藉而来的,却是一种关于生命的荒凉感。这荒凉之感,生生使人从心底深处升腾起无名的哀恸。

月凉如水。生命来源于水中。江豚和人类共享同一条江河。"满月"是江豚的隐喻吗?那一刻,太阳陷入乌云的包围圈,世界很快暗淡下来。

在我有限的认知里,余干康山大堤有个江豚湾,听说是江豚出没最频繁的地方。我满怀希望去往那里。然而,却失望而归。在信江、抚河、鄱阳湖三水合流的美丽江豚湾,我守了五六个小时,也没能瞧见一只江豚的身影。余干的朋友安慰我,也许江豚怕热,都躲在水底贪凉呢,又或者夏季是丰水期,一湖清水流过几千平方公里,江豚贪玩,满世界旅游去了也说不定。多来几次,肯定能见到的。

## 三

没料到,我与江豚会以这样的方式初见。

也是5月的一天,斜风、细雨,我随省水政总队去巡江巡湖。一头江豚静静地泡在水里,尾巴被细线缠绕了好多圈,脸上微笑依旧,眼睛却再也不能睁开。它的身上沾满血迹,有许多伤口,腹部上的一处血洞尤其淋漓、触目。

难以想象,这头江豚之前经历了怎样的挣扎、承受了怎样的痛苦,是血洞在替死去的它"开口说话":"再过三两个月我就可以当上母亲了,是那些滚钩阻断了我所有关于未来的想象,而我腹中那个已经殒失的豚儿本来只需很短的时间就能和人类的孩子一样,学会所有本领,跟我哭、对我笑、满江湖里调皮捣蛋。"

我多想此时此刻有一场大雪纷纷扬扬啊。纷纷扬扬的大雪,一直下到江豚内部,将所有伤痛填满。

之后一段时间,我几乎每天早晨都会遇到同一辆车、同一个人。

车在沿江快速道的江边辅路靠右停着。副驾驶那一侧敞开的车门与路边一小排树形成一个曲尺形的天然屏障,如此,屏障与车身夹着的那一小块天地,就是一个隐匿又开阔的舞台了。

舞曲从车内扬出并向外盘旋。盘旋之声仿佛一根无形的柱子。一个壮硕健美的男子,面朝赣江、攀着柱子不停耸动双肩、扭动身体、抖动双腿,仿佛一条蛇在苏醒。他光着膀子、赤着双脚、只着一条湿漉漉的泳裤站在那里,旁若无人,兀自舞着,似乎心里正奔涌着一条江的荷尔蒙。起初,我自然是被这白晃晃的一身给吓着了,我使劲摁亮电动车最高速的那个挡,从他的车旁落荒而逃。但我很快发现,我不过是在自己吓唬自己,每天,那个男子只倾心于自己的舞台,连眼都不曾睁开过。

当速度归于平稳,好奇心便占了上风。以后路过,我都忍不住去打量他的样子、想象他的故事、揣测他的命运。

流线型的身体,发达的肌肉,光滑富有弹性的皮肤,还有灵活无比的腿部,他的样子多像白鱀豚淇淇呀。淇淇是一部名叫《豚殇》的纪录片中的主人公,于1980年被渔民误捕。铁钩在它的颈背部钩成了两个直径四厘米、深八厘米、内部连通的洞,送往中科院水生所时已经半昏迷。专家想尽办法总算是将它抢救过来了。

伤好后的淇淇被移至离水生所六公里的研究基地生活。说是基地,其实就是一片鱼池,但生性活泼的淇淇很喜欢这片鱼池。它对声音特别敏感,有人来了就无比兴奋,在靠近人的水中快速游动、翻腾,甚至用尾鳍不停拍水。它痴迷玩具,尤其是救生圈,最喜欢把身体趴在救生圈上,或者钻来钻去,玩疯了连饭也不吃。

四年后,淇淇进入青春期。春夏两季,开始发情——局部皮肤充血变成桃红色,身体直立水中,一边激烈晃动脑袋,一边发出吱吱叫声,生殖器伸出体外,贴着墙壁运动。

必须给淇淇寻找伴侣。

母豚珍珍初到水生所时,淇淇非常紧张,紧张得都不吃东西。它们你看我,我看你,头对头好像互相观察。珍珍很勇敢,主动接近淇淇。两三天后,它们慢慢熟悉。后来,当发情期的淇淇表现激动时,珍珍会迅速游到它身边,用自己的身体与它摩擦,直到淇淇平静。正当珍珍接近性成熟、就要和朝夕相伴的淇淇完婚时,一场突如其来的肺炎结束了它年轻的生命。

珍珍死后的那些日子里,淇淇在水中孤独地游着,发出凄惨的叫声。研究人员察看从池底的水监器捕捉到的声音图谱,发现这种声音是淇淇过去从来没发出过的。这也许是豚类特有的悲鸣吧。

淇淇在鱼池里孤独终老。它开始出现一些孤独环境下高等生物所表现出来的一些严重的心理问题：总是长时间地贴着池塘壁游泳、任何异样的事情都会使它异常兴奋、食欲不振，以及各种疾病等等。每年的发情期，淇淇尤其饱受煎熬。它不停地将身体与水池边的水泥壁摩擦，然后一个滚儿又翻回到水里。一贯腹部朝下的它此时仰面朝天，粉红色的生殖器，坚挺地在下腹部不断向上延抻，二寸，四寸，六寸直到一尺多。它很快又在水泥墙上蹭开了，接着又一个滚翻回到水里，它的生殖器比刚才伸出来的还要长，充血的颜色也更浓了。

生殖器是用来生小白鱀豚的，但这却是淇淇永不能实现的愿望。研究所的工作人员再也无法从长江里帮淇淇找到伴侣，甚至从整个地球都无法帮淇淇找到伴侣。

淇淇的肤色越发深重，皱纹也多了起来，显得老态龙钟。它的牙齿已经快磨光了，捕捉食物的能力明显变得呆钝。在它弥留之际，工作人员为了让它可以吃到鱼，在将鱼投入水中之前先将鳃挖掉，让鱼慢悠悠地游，即使如此，它还是常常"心有余而力不足"。2002年7月14日早上8点25分，淇淇"沉睡"池底，用永恒的微笑与世界告别。

冰雪消融的早春／圆梦时刻到来了／今天我梦见我要回家了／别了，我深爱的"妈妈"／再见了，岸上的伯伯们／此刻，我终于看见了宽阔的长江／虽然我不知道这条大江的前方是否旋涡密布／但是，我会继续追寻我们曾经拥有过的天堂和梦想／好好地活下去！

这是片尾，豚类的心声。

努力让某一物种得以延续的意义，并非为了规避什么，也不在于为它辩护，更不是为了寻求永生，而是为了努力证明，它的存在对世界赋予了怎样的意义。这只是白鱀豚的消失吗？只是江豚的危机吗？当环境被破坏，人类能独善其身吗？自然的生态系统，一种生灵消亡，人类就少了一种依存，从而更加脆弱。

我捕捉到了盘旋之声、大蛇之舞背后一个人的孤独。

是的，难以言说的孤独。

（原刊《散文》2019年第9期）

# 师 友

鲁若迪基

## 长者风范

　　山里的老人到了古稀之年，都希望在冬天里离开人世。究其原因，冬天农忙已结束，人都闲暇下来；年猪已杀，粮食已归仓，吃的不愁；再者，对一些实行火葬的民族而言，冬天对死者遗体的停放，起到较好的防腐作用。所以，如果在一年四季里做个选择的话，老人们大都希望在冬天里告别人世。冬天里过世的人，用当地土话来说是"会死"的人。"翻译"过来就是懂得在恰当的时间死的人。

　　当然，那是很久以前的事了。

　　如今的山里，年轻人大都外出打工，很少有闲暇的人；吃的只要有钱都可以买到，不必等地里的收获；防腐的东西有的还用上了冰柜。其实，生老病死乃人之常情，什么时候死，个人无法选择。"会"和"不会"都是命中注定的事。可是，"观念"这东西就是有点怪，它会不由自主地留存在脑海里，一旦发生对应的事，它就自然地跳出来。所以，在北京刺骨的寒风中惊悉李世宗先生无疾而终时，我自然地想起山里老人希望选择死亡时间的事来，禁不住悲叹道：这位有着长者风范的知识分子楷模就这样走了！这老先生真会选择死的时间啊！

我是在北京参加中国作家协会第九次代表大会期间，得知李世宗先生仙逝的。所以，当中国作协主席铁凝主持某次全体会议时说，从中国作家协会第八次代表大会以来，陈忠实、雷抒雁、韩作荣、陈映真等多位中国作家协会会员离开了我们，提议参会代表全体起立——向去世的作家们默哀。在我站起来低下头那一刻，我想到了刚以九十一岁高龄离世的李世宗先生。铁凝主席提到的作家，陈忠实先生来泸沽湖采风时我曾陪同过，雷抒雁、韩作荣两位先生我在鲁迅文学院高研班学习时给我们上过课，对我的创作还给过很多关心帮助。我的脑海里一一闪过他们的画面。这些画面电影一样闪过后，眼前浮现出李世宗先生的面容来。我遗憾没能亲自送老先生最后一程，只能在遥远的北京默哀送他驾鹤西去。

李世宗先生的作品我很早就在一些报刊上拜读过，但一直未曾谋面，真正见到他，是我到丽江市文联工作以后。由于工作关系，单位逢年过节都要慰问一下离退休干部。最初几年，市文联要慰问的离退休干部只有两位：一位是李世宗先生，他是1926年出生，1948年参加工作的，是离休干部；另一位是牛相奎先生，是退休干部。他们都是丽江的文化名人。无论从本单位角度看望离退休人员，还是从全市角度看望德高望重的文艺名家，他们都是漏不掉的人。每年市里组织慰问文艺界人士，只要不出差，我都会尽量参加，以表达对老文艺家的敬意。我曾陪同市领导慰问过李世宗先生，也曾单独带单位的同事前去拜望过他。

第一次拜见李世宗先生是2011年中秋节来临的时候。也就是在那次的慰问中，我才知道老先生住在古城五一街文生巷。我们在老医院下了车，出大门往北少许，左侧现出方国瑜先生故居，右侧有一条小石板路，尽头现一别致的纳西庭院，那就是李世宗先生次子李群育先生的家，老先生当时就住在那里。看到那么一个所在，我心想那一片将来可都是名人故居啊。

我们去时小门是开着的，进得庭院，我们被迎进李世宗先生简朴的书房。闻着翰墨的香味，我们围坐在他的四周，向他表达敬意。我说，您老教书育人近四十年，在永胜就当了二十年老师，桃李满天下，是地道的教育家；到丽江市文联任副主席后又与和心友、和在瑞、杨承烈等志同道合的诗友发起创办"玉泉诗社"，为丽江的文艺事业做出了突出贡献；离休后继续发挥余热，为丽江的文化立市呕心沥血，非常了不起。老先生谦逊地说他还做得不够。我接着问老先生平时做些什么，他说看书，写点文章。老先生话不多，不时叫我们吃水果，他还想把水果拿给我们吃，我们都慌张起来，急忙说自己动手，纷纷站起来把手伸向果盘。老先生看到大家都不拘束地在吃水果，露出欣慰的笑容。阳光照进院子，弥漫着祥和。如果有什么不那么和谐的话，那就是四周不时传来刺耳的敲击声，那是邻居们把房屋租出去了，承租人正在装修。我问李群育先生是否打算把房子租出去，他摇了摇头。也许古城就因为还有这一些文化人居住，还有这样的坚守，商业味里还弥散着些许文化气息的吧？！

看着古老的书桌，书桌上摆满古旧的书，还有那些卷轴的书画，再看看这个戴着鸭舌帽，脖子上围着围脖，脸上有着时光斑点的老人，仿佛历史老人就坐在身旁。他是那么宽厚，那么渊博，那么谦逊，那么洞察一切，那么平和，我心生无限的敬意。我觉得不能打扰老先生太久，送上祝福就与老先生告别。临走问他有什么困难尽管吩咐。他说现在各方面都很好，没有什么困难。看我们要走了，老先生还准备站起来送我们，被我们劝住了。李群育先生执意送我们到了路边。

那之后我还拜望过几次李世宗先生。有年老先生快要出院时，我们才知道他住院了，急忙跑去看望他。那天上午约十点来钟，我同单位的同事推开九楼老先生住着的病房，就见老先生的次子，曾任丽江报社社长、总编辑，后又任市人大副巡视员的李群育先生在陪他。李群育先生也是丽江的文化名人，他见我们进来，就起来同我们握手。李老先生坐在床旁的一个沙发上，怀里盖着一床毛毯，正在输液，鼻孔里塞着插管，可能是氧气管。床上坐着个女的，我猜想她可能是老先生的孙女之类。看到老先生旁边的茶几上放着2013年3月19日的《光明日报》，上有中华诗词研究院副院长蔡世平的文章《文学性缺失：当下诗词之弊》，我很吃惊。见他在住院间隙还不忘看报学习，活到老学到老，就指的这个吧！

我问老先生睡得好不好，他说好。问他吃得怎么样，他说不能吃太多的东西。我指了下茶几上的报纸，说您老在住院时还看书学习不简单哪。他笑一笑，没有说什么。看到我在给他竖大拇指，他有点羞怯的感觉。看到老先生脸上有着孩子般的羞怯，我心里非常惊讶：一个老人要有多高的境界，才会有这种孩子般的羞怯？我对眼前的这个老人除了感佩，再无其他。

我们去的时候是星期五，听说下星期一就要出院了，我为老先生康复出院高兴。我想着第二天是星期六，之后就是星期天，也就是过了那两天，老先生就可以回到他温馨的院子里，看着满园春色，写诗作文，心里说不出的欣慰。

那是我唯一一次看望住院的老先生。其余去的几次，老先生都是精神矍铄，身体健康。让我惊喜的是，有两次我还在第一时间拜读了他的近作。第一次的诗作中有《"九一八"闻警感赋二首》，诗云："报警声中热血腾，江头一曲叩心灵。高粱大豆香飘拂，破浪冲霾义勇兴。"另一首云："郁郁神州情激切，中华儿女气轩昂。野心亡我非今日，万目睽睽任尔狂。"这些诗对我们不忘国耻,奋发图强,具有很好的警示和激励作用。我随即把稿件转给编辑,叫他们尽快发表。我说属于他们这些老人的岁月,一天就是一天。这组诗后来发表在《丽江》2015年第1期上。第二次看到的近作比第一次多,有二十来首诗。在这组题为《感时感事杂咏》的诗里,有首诗乃有感于朱自清"但得夕阳无限好,何须惆怅近黄昏"之句而作的,诗云:"民扬正气国扬魂,今日天涯真比邻。老迈常怀先哲句:何须惆怅近黄昏。"还有两首云:"韶华岁月去如流,方启朦胧已白头。任是月圆花正好,襟怀浩瀚不忘忧。""一梦飞扬华夏魂,无边春色暖寒林。艰难创业呕心血,万缕千丝在惠民。"这些用古体写下的豪迈诗句,看后觉得一点也不"古",而是一种久违了的"新",是一种大境界、大胸怀、大气魄,是对我们实现"两个一百年",努力谱写中国梦发出的时代强音,是最动人的吟唱。默诵着这些发自肺腑的诗句,想到老先生那么大年纪了,还才思敏捷,我拿着诗稿的手在冒汗。我想,只因他心里有爱,才有抒不完的情的吧?确实,只要心里有爱,笔下就会有诗。这也可以作为李世宗先生鲐背之年还笔耕不辍的诠释。在我认识的人里,如果有谁做到了生命不息,学习不止的话,我确定李世宗先生是第一个。

我慕名李世宗先生很久,相识不过六七年,但他践行着的博学、审问、慎思、明辨、笃行的知识分子古老传统,让我在边疆也能感受到一颗博大的心脏在自己身边有力跳动。我坚定地认为他是知识分子的楷模。这是因为,知识分子的忧国忧民情怀,知识分子的担当道义精神,都在他身上完美无缺地体现着。这种情怀和精神也深深地感染着我,激励着我前行。

我有时会莫名地想起一些问题,诸如死人与季节的问题,四季与人生的问题。不一而足。四季与人生有关吗?从日子一天天过去,从日子日积月累,一年年过去,从一年分四季,人生在四季里飞度,人生似乎与四季紧密相连。一个人的一生，如果能像四季一样，有美妙的少年春天，有成长的青年夏天，有收获的中年秋天，有思索的老年冬天，应该说是圆满的。从这点看，李世宗先生的一生是圆满的。

斯人已逝，精神永存。李世宗先生曾出版古诗词集《雪麓吟》《草虫吟》《草虫续吟》《李商隐诗选译》，散文集《雪麓文萃》等。在我的书桌上还经常摆放着他的《读诗随笔——丽江诗选读》，它对我了解明代丽江木氏诗人群的作品、清代丽江诗人的作品、现代丽江诗人的作品，提供了很好的帮助，受益匪浅。他的作品将会成为一代知识分子的文化记忆，永留丽江大地！

作为长者风范的知识分子楷模，李世宗先生是我们学习的榜样。

愿李世宗先生一路走好！

## 一个人的文联

每次看到独脚舞者，我会莫名地想起胡延平。几年前，参加东川举办的第十五届国际诗歌节，采风途中看到红土地上兀立着的一棵巨树时，我也莫名地想起胡延平来。我禁不住向苍茫的远山瞭望，仿佛看到一个雕塑一样的男人，眼睛直视前方，内心燃烧着执着的信念，眉宇间流露着果敢和坚毅，仿佛没有什么力量能阻挡他向前的步伐。他的侧影，在猎猎的风中隐隐现出一种孤独和卓绝，让人感到一种悲壮。那一刻，不知为什么，我有些感动，眼里有些酸涩。

我想，之所以有那样的感觉，并非因为他的婚姻家庭，毋庸置疑，他有美满的婚姻和幸福的家庭。我的那种感觉，可能来自他的单位和工作。胡延平在永胜县文联工作，是永胜县文联主席。这个单位就他一人，一个人就是一个单位。

"文联"是什么单位？除了圈内人，很多人不知道"文联""作协"这样的机构。在计划经济时代，人们只知道吃粮找粮食局，吃肉要找供销社。改革开放后，物质上的匮乏有了极大改观，人们的希望又有了变化，于是，知道了修路要找交通局，住房要找住建局，吃水要找水务局。但是，人们依然不知道"文联"是什么单位。

其实，稍懂中国革命历史的人都知道，毛泽东主席曾说过，笔杆子枪杆子，革命就靠这两杆子。文联这样的机构，在新中国成立前就存在并发挥着独特的作用。现在对文艺家，依然发挥着"团结引领、联络协调、服务管理、自律维权"这样的职能。所以，尽管机构改革不断在进行，但是每次改革，这样的机构都保留了下来。

然而，由于人们的认识不同，到了地方，这样的机构就有了不同的境遇。有的县份，机构独立，经费独立，人员编制有好几个；有的县就只有那么一两个人，还经常被派去做其他工作。胡延平所在县显然属于后者。

我最初是在《玉龙山》文学杂志上知道胡延平的。作为初学者，当年在《玉龙山》发表作品也会让自己高兴几天，拿到刊物，首先在目录里找自己的名字，再翻到刊有自己作品的页码，看看有无改动，完整地看上一遍。接下来的时间里，我会把同期刊物上其他作者的作品陆续看完。在这样一个过程中，我在《玉龙山》看到了胡延平的小说《太阳》，选自《东风》的散文诗《盗火者之歌》，散文《怀念好胃口》《同窗异路》《空山秋雨》等。从那些真诚的文字里，我记住了他的名字。

虽说记住了名字，但我一直没有机会认识他。只知道我的临县有这么一个同我一样在文学道路上摸索的人。我曾读着他的作品想象过他的模样。后来在一次笔会上当朋友把他介绍给我时，似乎和我想象的差不多，出乎我意料的是，他比我想象的高得多。这个有着一头乌黑头发，说话不紧不慢，还有点腼腆的高个子男子，让我一见如故。

我到丽江文联工作后，同胡延平因工作关系，联系多起来。得知单位里就他一人时，我给他开玩笑说，你这样的单位，步调一致，有令必行，有禁必止，真正能做到高度统一。你是自己的领导，也是自己的工作人员。你指挥你自己。他无可奈何地笑笑说，虽然是一个人，但做的事情一样也没有少。

他说得没错，对此，我是非常清楚的。他编刊物、办培训、搞活动，工作一样没有少干，而且非常出色。

对编刊物，胡延平情有独钟，他还在乡下当老师时，就是当时油印刊物《东风》的编辑。让他引以为豪的是，那时永胜很有影响的文学社团如"星巷"等，他们办的刊物，没有再坚持下来，只有"东风"文学社的《东风》延续到现在，成为永胜文艺界的一个传奇。

永胜文联有本刊物《永胜文艺》，曾经有段时期，随着原来县文联专职副主席、著名作家陈洪金调丽江工作而一度停办。胡延平在那个特殊时期挺身而出，找有关领导反映情况，积极争取经费，终于，让停刊一年多的《永胜文艺》顺利复刊。要知道，那时候他还没有到文联工作。几年后他就任文联主席，编刊物自然成了他乐此不疲的事。每每发现一个年轻作者，他更是高兴异常，好像寻宝人找到了珠宝。

为了培养文学新人，他办文学培训班，请来名家授课，不断提高年轻作者的文学素养。在他的精心安排下，云南省作协《边疆文学》编辑部还在永胜举办了文学创作实践活动，邀请了潘灵、宋家宏、朱曦等名家授课，得到了广泛的好评。

他不遗余力组织文学活动，举办了"著名作家永胜行"等活动。邀请了雷平阳、胡性能、王祥夫、李元胜、张执浩等十多位著名作家到永胜采风，游程海，逛清水古镇，进永胜瓷厂，上他留山，瞻仰毛氏宗祠，让他们用优美的文笔抒写永胜。那次活动，原来还邀请了著名作家阿来和次仁罗布，因他们临时有事没有成行。那次活动的优秀作品，最后以专刊形式在《永胜文艺》推出，让《永胜文艺》又火了一把。

此外，胡延平还要做扶贫工作。一次省里通知一名基层文联干部去浙江学习，我想让他去学习的同时放松一下，就打电话给他，没有想到他正在扶贫点工作，脱不开身。他说他很想去，但实在走不了。通话时，我能感到他的疲惫。挂断电话，我沉默了好一会儿，才平复自己的复杂心情。

胡延平组织的几次活动，我都尽量去给他鼓劲助阵。接到胡延平的电话邀请时，我开玩笑说，那么多作家来丽江，我作为丽江文联的一员，你不邀请我也应该来啊，你邀请了我更要来。

作为市级文联，我们人员编制等比县级好些，但也面临经费等很多困难和问题。有时候，工作上遇到困难和问题，我都会想起胡延平。想想他，一个人把工作做得那么出色，我们就没有理由和借口不把工作做好了。

一个人的文联，真的很不容易！

一个人的文联，如同荒原上一棵枝繁叶茂的树，也可以成为文坛上一道别致的风景！

## 班 主 任

宁蒗县的老领导阿苏大岭思考问题时爱眨眼睛，很多棘手问题在他眼睛眨来眨去时得到了妥善解决，所以，他在宁蒗各族群众中有着很高的威望。在他任宁蒗县委书记时，曾对宁蒗的贫困原因进行了深入思考：都是爹妈生的人，都是有手有脚的人，都是吃饭的人，咋其他地方老百姓就没有宁蒗的贫困？是土地原因？技术因素？还是资金问题？好像都有原因，但都不是全部。他思来想去，结果"眨"出结论：根源在人的素质上，关键是教育问题。于是提出了"治穷先治愚，经济开发和智力开发相结合"的发展思路。有了思路，就有了出路，也就有了行动。那以后，在他的主导下，县里开始实施"三三五八"工程，用"木材"换"人才"的办法群体引进江苏海安教师到宁蒗创办宁海中学，从周边地区通过上调工资待遇、解决家属就业、子女"农转非"等方式吸引优秀教师到宁蒗工作。这样，很多家属还在农村盘田种地的优秀教师，便从大理、丽江、永胜这些美丽富饶的地方携家带口拥向宁蒗。

柯炳玉老师就是其中之一。他来自与宁蒗山水相连的永胜，这块被深厚边屯文化滋养的土地，自古人杰地灵，物产丰富，是滇西北的"鱼米之乡"。永胜人因聪明能干，被誉为丽江的"犹太人"。他去宁蒗工作，除了考虑家属之外，更重要的是那里更缺教师，更能发挥自己的作用。他一家五口从永胜翻过塔尔波惹山，经战河、跑马坪、新营盘、石膏梁子，一路颠簸来到了宁蒗县城。他被分配到宁蒗民族中学任教，师母被分配到学校做后勤工作，当炊事员。几个孩子在附近学校上学。

宁蒗民族中学是当时的新建学校，属宁蒗两所高级中学之一。学校修建在县城东南面的一个高坡上，四周是农民的庄稼地，学校还没有围墙，放牲口的经常吆喝着牛马从操场上过，跑操时不小心还会踩上牛屎马粪。很多学生当时还住在木板搭建的板板房里。我所在班是宁蒗民族中学高三班，1983年入的校，我们之前招录了两届，每届一个班五十名学生。学校的老师除了少数本地的外，大部分都是外地引进的优秀教师，那些永胜来的口音越发明显，其次就是大理来的、丽江来的，一听他们说话就知道谁是哪个地方来的人了。

柯炳玉老师教化学。我对化学有种天然的对抗反应，怎么听也听不懂，怎么学也学不进去。我总希望着时间早点过去，盼望着文理早日分科，那样我就不用再听化学、物理之类的让我一听就有点昏瞌睡的课了。

确实,我对化学的迟钝是不可理喻的,我现在回想,除了想到$H_2O$代表水,$CO_2$代表二氧化碳之外,我想不起什么了。如果还有什么残留在脑海里的话,那就是摩尔。因为我的柯炳玉老师总是苦口婆心地讲到它,记忆深刻。而他讲到"摩尔"的时候,我总想到"猫儿",耳朵边还响着猫儿的叫声。这样的结果可想而知,以至于我到现在也想不起来"摩尔"它最终代表的是什么。

柯炳玉老师皮肤白皙,国字脸,头发黑亮,总是理着个平头,头发似乎永远就那么几寸,干干净净,精精神神。他的衣服也总是整整洁洁,正正规规,从不邋遢。严肃的衣着,由于有张和善的、总是微笑着的脸,使他总是让我们感到亲切。他不像我们学校那几位刚从学校毕业分配来的年轻老师,那几个老师年龄比我们大不了几岁的样子,黄不溜秋的胡须,长长的头发,花里胡哨的衣服,多少让我们感到他们是老师中的"另类"。他们年轻气盛,有时还同我们怄气,用蹩脚的宁蒗普通话来一句:"格是不服气?走,去操场上干一架去!"

当然,没有人同他们干架去。之所以让他们想同我们干架是因为班上一些同学总是在这些年轻老师上课时捣蛋,有时趁老师在黑板上写字,还会用粉笔头捉弄一下他们,使得他们有时会用拳头捶着讲桌:你们怎么这样不听话?他们越气,大家越在下面窃笑。可是,柯老师上课就不一样了。他站在黑板前,用目光一扫,他的目光就会洞穿你的心思,让你不敢有什么小动作,让大家都安静下来。"不怒而威"应该就是这个效果。

可能因为大家敬重的原因吧,在我们的原班主任不知何故而不当了之后,柯炳玉老师来接任我们的班主任了。知道了这个信息后,我的心就"咯噔"了一下。你想想看,哪个老师会喜欢他任课那门成绩不好的同学呢?我化学那么差,能不"咯噔"吗?

柯炳玉老师来当我们班主任后，我们见面的机会多起来。其他任课老师，除了上课时见见外，很难见到。柯老师的身影却无处不在，他会出现在我们的寝室里，出现在上自习的教室里，出现在操场上。有时谁病了，他还领着去看病。他就像我们的家长一样管理着我们。当然，他最关心的是我们的学习，哪位同学哪门课差了他都非常清楚。对我这位化学很差的同学，他也下了点功夫，单独给我作讲解，可是，我还是没有什么进步。柯老师很纳闷：他觉得这么耐心细致的讲解，怎么就听不懂呢？是块石头都该开化了，咋就听不进去呢？他说是不是因为他的永胜腔我听不懂？我说不是，这和永胜腔没有关系。我说这句话时还用了永胜腔，马上觉得不妥后，又改口宁蒗话说是自己基础差，听不懂的。他说他给我补基础，我说不用补，反正文理要分科，一分科我的成绩就会上去的。他见我态度坚决，无奈地摇了摇头。

那时候，老师们都有一小块菜地。周末，老师们有时会请一些同学去帮忙挖一下菜地什么的。一旦哪几个同学被请去了，他们都会心知肚明，露出一排整齐的白牙，喜滋滋地笑。因为大家都知道，这是老师要借此机会给去的学生打牙祭，改善一下生活了。有天柯老师请几位同学去帮忙挖一下菜地时，还喊了我。我蒙了下，知道确实没有错后，高兴得还跺了跺脚。当然，我那双胶鞋怎么跺也不会发出多高的声响。我们没有用多少时间就把菜地整理好了。我们洗了手，师母就摆好了满满一桌子菜，都是些色香味俱全的美味，有的菜我们平时见都没有见过。面对那些可口的食物，我们的筷子都不知道伸向哪里了。

师母是个非常善良的人，对学生也非常好，她在食堂打饭菜时，只要她在的窗口，学生自然会排成长长的队，因为她打饭打菜分量都很足，学生吃得也饱。而有些窗口的炊事员，舀一勺饭菜还摇三摇，就没有多少东西了，学生们在背后不停地诅咒着，说不定他们的耳朵也会经常发烫。

高二文理分班后，我的成绩一下子升上去了不少，班上的排名也在往前靠，柯老师非常高兴。他每次见到我都希望我能把英语、数学再提高一下。每次听到他的鼓励，心里都很温暖，自己也着实努力了一下。高考时除了英语、数学拉了分，其他几门课都还不错。而英语和数学比我预想的要好一点。我把那提高的"一点"归结为柯老师的大力鼓励。当时填报志愿是在不知道分数的情况下进行的。后来，比我分数低的去上了大学，我被一所粮食学校录取时，柯老师深深为我惋惜，不住地叹气。我说能有学上，能找到份工作，有碗米饭吃就很满足了。确实，对山里来的我们而言，在那个年代没有比找到一份工作更幸福的事了。话虽那样说，我的遗憾也无可弥补地留在了那个岁月。每想到它，柯老师那种惋惜的表情，不住的叹气声，历历在目。而这种情感，我在当时的一些亲人身上同样感觉过。

在宁蒗民族中学的三年，我们处世不深，知道的太少，都觉得班主任是学校里最牛的官了，他把我们一个班的学生都管理得服服帖帖，就像一个大家庭一样。后来才知道"班主任"不是什么官，在学校里连中层管理人员都不算，心里很为班主任这种职业打抱不平。近几年自己在单位办文学培训班之类，有时也做些类似于"班主任"的工作，才知道班主任是个非常不省心的差事，不到学业结束，你都不知道会发生什么，一颗心总是悬着的。

有人说爱自己孩子的是人，爱别人孩子的是神。孟子"老吾老以及人之老，幼吾幼以及人之幼"，说的也是同样的道理。想想我们的班主任柯老师，他把我们每个孩子都当作自己孩子牵挂，真的不容易。

我们班当时有位同学吴龙富，其实化学也不怎么好，柯老师当班主任后就一下好起来，是不是当了课代表，我记不得了，但是，后来参加工作后居然有一天，要请李智义、和学东我们几个同学去柯老师家帮他说媒。我们执拗不过，只得前去。到了柯老师家，他们一家都不知道我们是来做什么的。他们家热情地招待我们，我们又享受了师母的一桌美味，这次我们还喝了不少酒。后来我们把李智义同学灌醉后，由他把来意说了出来。

没有想到，我们居然成功了！吴同学成了我们班最赚的一位，他把我们的班主任，变成了他的老岳父，也就是永胜话说的"爹"。我有时想，当年他是不是为了多看我们的那位小师妹，经常去问柯老师化学题？他的化学是不是因为有爱的催化剂而发生了质的变化？这个他自己心里应该是最清楚的，但这家伙从来没有向我们袒露过。哪怕是那么一丁点，都没有。

（原载《民族文学》2019年第9期）

## 绿皮火车

羌人六

不会游泳的人
想趁水不注意
游到河那边去
　　　——自言自语

一

20世纪末,川西北群山深处的断裂带,随着日升日落、季节和农事辗转的断裂带,祖祖辈辈跟庄稼生死相依的断裂带,是我童年和少年时代的根据地。生活循环往复,日子循环往复,看似千篇一律、毫无变化。那时,我已经明了:一个人的脑袋和嘴,能把个体从混淆的人群里面区分开来。脑袋是通过思想,嘴是通过语言,而不是凭靠它吃下的食物。"叫唤的鸟儿不长肉",母亲总是如此意味深长地教育我少说话、多做事,不在人前胡说八道，尤其是家里的事。仿佛，我是家里一面摇摇欲坠的围墙，随时可能把一个家庭的败落和耻辱暴露在外，让人一览无余。后来到镇上学校念书，我学到一种更为简洁的书面表述："祸从口出。"再后来，遇见自我，遇见诗歌，遇见散文，遇见小说，遇见杰克·伦敦，遇见凯鲁亚克，遇见堂吉诃德，遇见海明威，遇见库切，遇见勒·克莱齐奥，遇见艾丽丝·门罗，遇见歌德，遇见赫塔·米勒——这个深刻而勇敢的罗马尼亚女人，一针见血地指出："每一句话语都坐着别人的眼睛。"

是的，每一句话语都坐着别人的眼睛。如同前几天，多难的四川盆地某个边远地带，一场突发的森林大火意外卷走三十个年轻的生命，这句充满智识和陌生脸孔的话语，也在我的眼睛里久久燃烧。止不住泪流。

岁月漫漫，我习惯让自己躺在面包之外，一遍遍陷入回忆，在往事中刷新最初忽略的真实，咀嚼它们，巩固它们，而我就是它们留下的全部。当然，人，永远去不了的地方就是过去。回忆，不是为了抵达，而是为了梳理。

已在断裂带的空气中化作齑粉的那些年，虽涉世尚浅，但我已经通过历练，熟练掌握了一套非常顽固且相对靠谱的经验。大人们总是教我，见了人就要打招呼，在断裂带，打招呼，就是"喊人"。喊人是一种贯穿古今的礼貌行为，意味着把形形色色的人区分开来，固着在记忆的岩层之中。嘴是一种工具，家长们的言传身教像工厂流水线上的模具，塑造着我的潜意识，让我以为，世界上会喊人的小孩才是好孩子，才会受到人们的重视。我在类似的塑造过程中逐渐变得聪明起来。事实上，我不想成为好孩子，否则，不会隔三岔五地挨揍，也不会和院子里的几个小伙伴浓缩成村里人尤其是附近一些邻居的眼中钉、肉中刺。不过，千真万确，大多数时候，我是个名副其实的好孩子，嘴巴甜，会喊人，也喜欢喊人。总而言之，如此矛盾交织，都是为了我的小算盘。我总是能够尝到些甜头，几颗水果糖、一袋奶油饼干、一截甘蔗，最少也能得到一个笑脸，或者诸如"这孩子嘴巴甜""这孩子真懂事"之类的表扬。只是，这些行为，和母亲口口声声的"叫唤的鸟儿不长肉"似乎有些矛盾。因分不清说话和喧闹的区别，我的嘴常常陷入两难境地。

父亲曾三番五次地问我："你的脑袋长哪儿去了？"

蚂蚁经常搬家，脑袋却不会。我觉得父亲的问题有些奇怪，并且，明显不是出于提醒、关心，而是质疑。于是我很认真地看了看父亲的眼睛，又摸了摸自己的脑袋，确定它还在。

"你的脑袋长哪儿去了？"这个不是问题的问题，有时出现在挨打之前，有时出现在挨打之后。有时，是经由母亲之口说出。母亲说出和父亲一样的话，我一点儿不感到惊讶。有一次，我正好撞见他们两个紧紧抱成一团，站在弥散着油烟味的灶屋中央，在那盏只有十多瓦的灯泡的眼皮子底下接吻。我想，父亲跟母亲接吻的时候，把这个问题也传染给了母亲。我一点儿都不感到惊讶。

"你的脑袋长哪儿去了？"

这个问题，如影随形，像在我的脑袋里面扎了根一样。不是问题的问题，变成了一个真正的问题。无论何时、何地、何种天气，我能随时看见这句话打开抽屉那般打开父亲阴郁而锋利的嘴唇——有着浓烈烟酒味的嘴唇，跑到我面前，提醒我夹着尾巴做人。在家里，我莫名其妙地害怕父亲，像老鼠害怕猫。并且，常常陷入莫名其妙的困惑与恐惧，感觉自己并非活在空气的栅栏里，而是活在父亲的疑问句、否定句中，如同断裂带那些死后肉和骨头会全部化成水流走的野生鱼，它们活在家门前那条潺潺流淌的河水的皮肤下面。

实话实说，我不知道我的脑袋长哪儿去了。我清楚的是，我已经无法忍受继续在家里待下去。我彻底厌倦了这种日复一日、枯燥至极的时光。我想逃离，想变成鱼，沿着家门前的大河顺流而下。那些年，我不止一次

317

在河边遇见渴望变成鱼的女人,她们变成鱼的方式异常简单明了。我也永远不会忘记,一个阴冷的日子,当父老乡亲把被大伯揍得遍体鳞伤的伯娘从河边拉回岸边的时候,大伯仍在一边幸灾乐祸地吆喝:"大河没盖盖子!"好像巴不得伯娘死给我们看。

在断裂带,"大河没盖盖子"并非纯客观表述,而是一种诅咒,只是相对委婉。对于外人,本地人可能更愿意用赤裸裸的"去死吧"表达情绪,而对于家人,"大河没盖盖子"的使用频率则更高。这就是冰与火,语言的微妙之处像一列穿过死亡的火车,满载冷漠。

"大河没盖盖子"和"你的脑袋长哪儿去了"之间没有必然的联系,又仿佛一脉相承。至少,缔造这些嘴唇的当事人的血液是相似的。多年来,这些令我不寒而栗的话语,并没有化作空气,而是肉一样长进了我的身体。我一直带着它们。我也想对它们说:"大河没盖盖子"和"你的脑袋长哪儿去了"。

## 二

一晃多年过去,新世纪业已过完十八岁生日。现在是 2019 年。

阳光绚烂、春风摇曳的午后,我起身离开烟味弥漫的书房。我离开书房时也带着一股烟味。写作、读书、发呆的时候,我会抽很多烟,好像巴不得被烟带走。

对我来说,抽烟不仅是为了解闷,或当作一种嗜好。抽烟会让我想起父亲,这个"想"不是一个完整的动词,而是一种尝试,再次靠近父亲的尝试。他们说我越来越像父亲,尤其是抽烟喝酒的时候。我知道,其实就是这样,一个人很难真正拥有死亡,他总是会通过某些行为习惯把自己嫁接到儿女们身上,继续活下去,继续见证。"你想你父亲吗?想他的时候你的心会不会痛？"偶尔，在家和妻子说到父亲，她总是这样问我。我什么都没说，我不会告诉她，我们现在仍然经常见面，甚至比过去还要频繁，在梦里面。当然，和父亲联系在一起的，多半是他的好，但我也没有忘记他给予我的那些小小灾难、疼痛和恐惧。只是不必再去较真。毕竟，这个人再也不属于我们，他什么都看不见了。

走向客厅，出门，步入电梯。在上上下下护送人们进进出出的电梯里，我不由自主地想起一位诗人朋友。下楼，走出小区。我比较过眼下这座城市和断裂带，区别主要在于城市拥有无数形形色色、各种各样的门，而断裂带没有这么多的门。我细细数过，从家门走到小区大门外，至少要穿过六道门。我越来越觉得，城市生活就是一种"门的游戏"，人们不断在一道道门之间辗转、穿行，进进出出。

漫无目地走在绵阳园艺山光滑而又寂寥的柏油路上。路在我面前延伸。我已经这样走过无数次，如果不出意外，我还要这样走无数次。几乎每天，我都这样出门走走，像墙上机械的钟摆一样，兜一个大同小异的圈子，然后，蜗牛般回到属于自己的那一小块角落，回到家人中间。

"人生就是不停地兜圈子？"

常常，我看到的现实，是事物后面的现实，而生活里处处充满象征。希腊诗人卡瓦菲斯有一首名为《城市》的诗，他近乎斩钉截铁地写道："既然你已经在这里，在这个小小的角落里浪费了你的生命，你也就已经在世界上的任何一个地方毁掉了它。"

我在这座叫作绵阳的内陆城市已经整整生活了七年。最开始的五年，我租住在园艺山下一个叫三里村的地方，不想上班，不愿上班，孤注一掷，几乎把全部的精力与热情，都投入到一项恋爱般的事业之中——写作。这是我保持多年的习惯，或者说生活。两年前，我搬到现在的小区。一瞬间的事，又恍如隔世。七年之前，我从未想过自己会生活在这座城市的某个角落,如同我已经忘记,当初为何那样强烈地渴望离开出生地,离开断裂带,成为一个"无根者":既不喜欢城市,也难以回到故乡。

我走在城市的皮肤上,我走在春天的栅栏中,移动,仿佛仅仅是为了荒废掉生命中的一小块时间,如同年复一年的写作,仅仅是出于对语言的依赖。有时我的脑袋里会装着另一幅图像,仿佛还有一个我在慢慢地走,走在过去、未来、宇宙、星辰、云朵、自然、断裂带、岁月、房贷、稿费、书籍和文字的间隙里。

用心看而不是用眼睛。其实,所有的事物都在走向自我,而不是走向动态、琐碎和充满细节的生活。

园艺山下是绵阳主城区,繁华、喧嚣。目光望向那高楼林立的当口,一列从成都开往江油方向的绿皮火车,忽然不期而至,锁定了我的视线。

"绿皮火车!"我差点尖叫起来。

在大地上呼啸而过的绿皮火车,像一个很久很久没有碰面的熟人,忽然闯入记忆,闯入我的生活。在这个春天的午后,我遇见了绿皮火车。我本该无数次遇见它,但这一次,却仿佛是真正的久别重逢。于绵阳这座城市,绿皮火车,可能仅仅是这个午后的一道风景、一个过客、一种出行的交通工具。于我,绿皮火车则是一段长长的记忆。此时此刻,我感到脑门上有一扇尘封已久的窗子,被这列呼啸而来又呼啸而去的绿皮火车慢慢打开。

"过去的一个个瞬间,如果我在当时就已参透,便不会鲜明而又焕然一新地穿过我的当下。"赫塔·米勒的声音在阳光下闪烁,眼前,斑驳的铁轨上,滑动着正在开枝散叶的春天,滑动着绿皮火车,滑动着岁月中场景渐渐淡化的过往,滑动着我越来越清晰的记忆。于是,朝着生命的纵深处,目光被呼啸而来又呼啸而去的绿皮火车延伸、拉长。

于是,岁月照在脑门上。

# 三

　　2004年，闪烁着燥热和淡淡离愁别绪的8月，家门前的鹅卵石在河风发红的眼眶里晃动的8月，核桃的绿色外套又将涂黑手指的8月，父辈们的腰椎间盘突出和咳嗽离泥土又近了几厘米的8月，我终于可以从容告别父母，走出村子，走出断裂带，走出这片我十七岁之前从未离开过的土地，从一片天空抵达另一片天空，从一种森林抵达另一种森林。我以不错的成绩考上了江油一所重点中学，快开学了。

　　记不清是母亲陪着还是我独自到的江油和学校，中考前长达半年的失眠和焦虑倒是历历在目，大年初二骑着自行车摸进学校、翻窗钻进冷飕飕的教室复习功课的情形倒是历历在目，为了专心学习把一个女同学递来的滚烫情书在坑坑洼洼的篮球场边缘还到她手中的那种心痛倒是历历在目，中考后我连续睡了一个星期然后等到一张录取通知书的百感交集倒是历历在目。

　　在生活的皮肤下，填充命运的所有细节，都是成长不可或缺的叶绿素，也是沉重的多面体。这方面，我从不缺少经验。上小学的时候，有一年8月，开学头一天——我之所以记得如此清楚，是因为我的学费还没着落，没有半点儿影子。生怕"天亮了还把尿撒在裤子上"、交不起学费耽搁我读书的母亲，带着我坐在公路边卖菜墩，希望抓住这最后一根稻草。菜墩是父亲披星戴月，走很远很远的路，从深山老林背回，然后用锯子锯出来的。我和母亲在公路边卖菜墩是为了把学费的影子叫醒，装进荷包。那个公路边不是普通的公路边，而是本地乘客上下车之地，相当于今天的候车点，只是，周边除了围着一些等着看笑话的树，一块有着惨绿色苔丝的水潭，一条弯弯曲曲、灰尘扑扑的公路，再没别的了。学费一百多块钱，一个菜墩五块到十块价格不等。那天，不知怎么回事，运气有点儿背，我和母亲从早上一直等到太阳都落山了，竟然没有卖掉一个菜墩。我望着面前母亲码得整整齐齐的菜墩，它们越来越像一个个"退堂鼓"。事已至此，我做了最坏的打算，大不了退学。但是，很快，从菜墩的那些一层层散开的纹路里，我看到了重复，于是轻轻松松想清了一件事：如果不读书，再过些年，坐在这里卖菜墩的，就是我的孩子、我的媳妇。幸好，就在我和母亲准备向生活妥协之时，一辆车停在了路边，下来一个人，走向我们面前正在准备回家睡觉的菜墩。母亲也许跟这个陌生的过路人说过"娃儿明天开学，不卖了这些菜墩就交不起学费"之类的话，这个或许仅仅打算买一个菜墩的外地人，二话没说就让我和母亲把所有菜墩都搬到他的车上，然后付钱，然后开车走人，一溜烟儿消失在夜晚的边缘。整个过程，不到五分钟时间。

鲜艳的高中录取通知书，每一粒汉字都是无底洞，洞里蓄满了父亲和母亲的汗珠。它们一分钱一分钱地挨在一起，抱作一团，如同每年秋收时节，本地庄稼人总是会把金黄的玉米一撮撮拴在一根结实的篾条上面，然后瀑布般挂在墙边，不吃也不卖，而是等到翻年后的春天，把它们取下来，让它们重新钻进土地，让泥土怀孕，生下更多儿女。他们将这种方式称之为"留家把子"。在家里，我读书也是为家里"留家把子"，是天大的事。

穷困潦倒的日子里，生活总是充满相似。高中开学前，为了凑够我读书的学费，父亲和母亲卖光了家里的粮食。我记得的是，为了荷包里能有几块零花钱，我曾悄悄偷过家里的玉米，不到十斤的样子，装进蛇皮口袋一阵风似的驮到镇上卖掉。我的自作聪明后来变成了一个笑话，因为断裂带没有人这样卖粮食，也不会这样卖粮食。然而，录取通知书收到后差不多两个月时间，父亲和母亲卖光了家里的粮食，这是多么奢侈的一件事。我内疚不已。

录取通知书是一道门槛。我迈过它的时候，其实也把一个家带入到一道更高的门槛，一个需要把我们家庭一年的所有收入用来"留家把子"的门槛。

"愁得掉眉毛。"母亲的口头禅，被她锁进了抽屉，但我能从她精心伪装的笑脸上看到她矛盾的内心。

2004年，父亲不再用他惯有的否定句对我指指点点。那时，父亲给我最深的印象就是深沉，即便是当着录取通知书的面，他依然面不改色，没有半点儿喜悦，没有多余表情。他只是不再反对我。那些日子，父亲只会说两句话。一句是没喝酒的时候说的："放心去念，老子就是去垫车滚子，就是把骨头车成纽扣，也要把你供到毕业。"另一句则是他喝得二麻二麻的时候说的："老子有的是钱！"像在自言自语，又像是在为我打气。

8月，我把一沓带着父母和粮食的体温的血汗钱递给学校的时候，浑身都在颤抖。在颤抖中，我开始了自己的高中学习生活。

江油，距离出生地四十多公里，当时在我看来已经是远得不能再远的城市。绿皮火车绵延不绝的轰鸣一度让我迷惘，世界太大了，哪里才是远方？母亲说她和父亲成完家，刚刚住进我们那个院子，家门前的流水声曾一度让她失眠。在绿皮火车流水般的轰鸣中，我也遭遇了同样的情况。但是，我告诉自己，背后是厚厚的铜墙铁壁，没有别的出路。所以，必须适应、融入这里。

学校宿舍后面，平原辽阔的皮肤上，驻扎着火车的必经之地。晃眼一看，数排延伸的铁轨仿佛是大地裸露的肋骨，远远地来，远远地去。趴在窗前，几乎随时可以看见轰隆隆的绿皮火车，在油画般的风景之中来往如梭。

在江油读书的日子，我才知道这座川西之城是李白故里，处处流淌着诗人的痕迹。在断裂带，李白是课本上的李白，是抽象的李白，是活在诗句中的李白；在江油，李白走出了课本，走出了诗歌，变得具体起来，以他的名、字或号命名的街道、公园、茶楼、酒店、饭馆随处可见。处处都在纪念李白，纪念这位伟大的诗人。

在李白的树荫下，在对断裂带和过往的回忆中，我渐渐蜕变，变得多愁善感。我开始写诗，用一些天马行空的句子，在廉价的日记本上释放内心的喜怒哀乐。

2004年～2007年，有无数个夜晚，异地求学的我听着窗外绿皮火车隆隆驶过的声音，数着它们一列列穿过幽暗和辽阔。那些穿过夜晚的绿皮火车，为我带来灵感和远方的气息。我不再为失眠所苦，那些钢铁互相摩擦的声音，早已变成摇篮曲，糖纸般包裹着我的睡眠。

## 四

我离开断裂带到江油上学不久，20世纪80年代从东北某部队退伍回家务农的父亲，已经二十多年没出过远门的父亲，跟几个村里人结伴坐班车到江油，又自江油火车站坐一列绿皮火车到山西挖煤去了。

我从未想过，学校宿舍背后那些强悍、喧哗又梦幻的铁轨，会如此狠心地把我的父亲拉到山西挖煤。

父亲去山西挖煤的事，是母亲后来在电话里告诉我的。母亲怕我有思想负担，安慰我说，那边挖煤来钱快也安全，你的生活费、学费，今后再也不用犯愁了。

母亲蜻蜓点水，把父亲出远门挖煤的事只说了一遍，并且说得十分委婉。"挖煤"在她口中变成了"挣钱"，她愿意说父亲出门挣钱去了，不愿意说父亲在外面挖煤。

"千万不要跟外人说。"

这句话，母亲倒是再三强调，好像我还是从前那样嘴巴老是关不严。在母亲眼里，我的年龄似乎永远停留在个位数上，只是，不用再去回答"你的脑袋长哪儿去了"或与之类似的问题。

丰富多彩的校园生活是一场看不见的洪水，在我的世界猛涨，很快淹没了母亲的消息，淹没了远在山西挖煤的父亲的消息。除了伸手要生活费，我很少往家里打电话，他们似乎也忙，几乎从不给我打电话。我沉溺在自己的世界中。在校园里听到绿皮火车的轰鸣，我也不会想起在外地挖煤的父亲，更不会想起仍在庄稼地里操劳的母亲。

唯一的一次崩溃纯属偶然。学校报栏里，我看到一则关于山西矿难的报道。瞬间，我的记忆被唤醒，终于想起自己还有父亲，那个在山西挖煤的父亲。我一下子崩溃了，蹲在地上抱头痛哭。哭过后冲向电话亭，又哭着跟远在他乡的父亲反复说着一句话："爸，你回来吧，你不回来，我就不读这个书了！"

好像我真是他们的希望所在，我读书不是为了自己，而是为了家里。

2007年，我读高三，春节时，父亲终于回来了。差不多两年时间，他没有回过老家。和出发一样，回四川的时候，父亲也是坐的绿皮火车。

父亲回来了，又变回了断裂带的农民。生活似乎恢复了原形。在山西下了两年煤窑，父亲其实并没挣到多少钱，家里依然拮据，母亲很不满意。

过了两三年，我才知道，父亲的命，能够完好无损、安然无恙地归来，已是万幸。

"刚下去没多久就塌方了，矿里黑漆漆一片，到处都在滚石头，一块砸在我旁边一个工友的脑袋上，命当场就没了。井下的人都吓惨了，鬼哭狼嚎，纷纷抱住脑袋往外跑。"一个傍晚，父亲一边喝着他自己泡的梅子酒，一边跟我们讲述他在山西最后一次下井挖煤的情形，"眨眼人都跑

325

完了,就老子没跑,我一点儿也不害怕,哎,老子想的是,老天爷不收好人呢!"

讲到这里,父亲忽然停下,不说了。他看了看一脸好奇的我们,又慢悠悠抿了一口梅子酒,这才接着刚才的话说了起来:"死的那个工友平时跟我关系不错,我不忍心丢下他,就跟他说了句,兄弟,我把你带出去,然后,我用手把他刨了出来,指甲都抠翻了。人弄出来也没顾那么多,扛在肩膀上头也不回地往外走……"

"后来呢?"我问父亲。

"后来我就回来了。"父亲告诉我。

坐绿皮火车回到老家的父亲,天生的热心肠。我毫不惊讶他会那么做。当我的意识从父亲转向断裂带,转向那些远走他乡的人们,我看见的是,跨入新世纪,世界有点儿不一样了,断裂带有点儿不一样了,外出打工,开始在本地变得流行,成了大势所趋;我看见的是,断裂带古老的生活方式在崩溃,作为传统的农耕文明在崩溃,我以为可以像田园诗一样原封不动的记忆在崩溃;我看见的是,越来越多的断裂带人远走他乡,留下年幼的孩子、病恹恹的老人、憔悴的妇女,还有荒芜的庄稼地。

而并不遥远的大山之外,我正在耐心等着我的绿皮火车,慢慢开来。

## 五

第一次坐绿皮火车,是 2007 年 6 月,高三毕业,我收到大学录取通知书不久。因为沉迷写诗,我成绩一落千丈,好在个子高、体育好,临时抱佛脚,成了艺体生,最终考上省里一所体育学院。

头一回到成都却不是因为读书,而是因为诗歌。毕业前夕,省里一家报刊搞了个征文大赛,我整理了一组诗作投过去,想碰碰运气。说实话,我心里没底，毕竟才写了三年，甚至都没有在校刊上发表过作品。出乎意料的是，我接到了主办方打来的电话，要我去成都参加颁奖仪式，却不愿透露获奖等级，说是要现场揭晓。工作人员还告诉我，如果不来，将被视为弃权。"将被视为弃权"，似乎也意味着，在得到和失去之间，尚有一个巨大的空间，需要细节去填充。只有细节，能够完成当下，把过去和现在连在一起。

"去，还是不去？"这是个问题。我在这个问题中间两头摆。

高中三年，我从未到过比江油更远的地方，自然没去过成都，但我知道，那儿肯定比江油面积大得多，比江油人口多得多。

"菜籽落了海！"仅有的一次，在断裂带家中，我鼓起勇气把我写的那些诗歌递给父亲，请他欣赏，他却烫手似的一掌推开，说了这句话。"菜籽落了海"，这句话就像一个巴掌狠狠拍在我脸上。父亲的话是有道理的，诗歌本来就是无用的，不能当饭吃，也不能当酒喝、当烟抽。母亲也反对我写诗，说我"穷折腾"，还担心我"写成神经病"。

犹豫再三，我还是给父亲打了电话，拐弯抹角地说起获奖的事。父亲在电话那边沉默了半天，我以为他又要说"菜籽落了海"，然而他说的却是："你自己决定，要是钻进传销上当受骗，以后就别给老子回来！"

那几年，断裂带出门打工的人越来越多，在外打工也不满足，还想一夜暴富，大概就是因为这个信了传销。因此，父亲最爱说的就是这些事。传销并不遥远，父亲这边的家族里就有例子。钱没挣到不说，荷包反而更空了，还好最终他们没有继续走远，就像去山西挖煤的父亲，坐着绿皮火车出发，又坐着绿皮火车归来。

有时候就是这样，因为一件事，许多记忆、语言或者早已远去的场景会突然在脑海浮现。父亲并没有给我指明方向，我只能自己寻找方向。我想起小学的数学老师，多年来都和他绑在一起的一句话突然在我的脑袋里面亮了出来："要知道梨子的滋味，就得自己尝一尝。"这句话，大概是为了鼓励我们在数学难题面前勤于思考、寻找答案才说的。时隔多年，这句话却给了我另一种勇气：我决定买火车票，去成都走一趟。

为了有个照应，我约上既是老乡又是同学的张扬陪同。6月下旬的一天早上，我们出发了。我们都是第一次坐绿皮火车，第一次去成都，兴奋也是第一次，因为绿皮火车的脑袋前面是一段长长的空白，或者说，一段长长的冒险。

第一次坐绿皮火车去成都，第一次坐绿皮火车离开成都，我和张扬花掉了一整天时间。我带回了我的诗歌为我赢得的奖品，一台笔记本电脑。

在绿皮火车快速穿过辽阔平原和丘陵地带把我们引向归途的间隙，我想起小时候在断裂带那条河里练习游泳的情形：先是憋气，将脑袋置于水的皮肤之下，在浅水边潜水，从几秒到几十秒；后来学会狗爬，在水面上露出脑袋，尽量保持平衡，直到这种技能得心应手；再后来，心里会想着"趁水不注意"的时候，一口气游到对岸，然后再游回来。

"趁水不注意"，并非黑色幽默，而是一种真实无比的心理状态。

那天，在返程的绿皮火车上，我忽然理解了水。水和人不一样，它有独立的信仰，永远不会说谎，不会自欺欺人。这就是为什么断裂带的一些人会说，河里的鱼儿死后没有尸骨，而是变成了水，作为水的一部分流走了。

# 六

那一年，距我第一次坐绿皮火车，时间又过了一个多月，到了我大学开学的日子。

母亲陪我一起，坐着绿皮火车到成都就读的学校报到。她不是不放心我，而是不放心我荷包里那沉甸甸的学费。

绿皮火车在母亲的脸上呼啸着，跟我一个多月前的经历重叠在一起，而窗外被速度扯碎的风景，有一种不能抚摸的遗憾。

在靠近车窗的位置，母亲告诉我："你不知道，你写诗得了那台笔记本电脑，把你父亲高兴坏了，娃儿似的抱在怀里在村里转了一圈，见人就说这是你写诗的奖品。"

和6月份第一次坐绿皮火车类似，我头一次知道父亲在为我骄傲，为他的儿子骄傲，为留在我血液里的那个他骄傲。淤积在我心头多年的耿耿于怀，在那一刻烟消云散。内敛的父亲使我意识到，人可以默默无闻地活着。

在火车上，命运如此动情，我因此痛下决心，扔掉了身上还有大半包没抽的烟，真心实意地暗暗发誓，今后努力学习、好好生活，再也不要"这样堕落"。而多年以后，我依然烟不离手，并且大言不惭："腊肉和新鲜肉，谁保存得更久？"

那一天，母亲忘记了她过去的言辞："叫唤的鸟儿不长肉。"一路上，她都在不停地跟我说话，说了很多很多，仿佛要把整个绿皮火车填满。

母亲讲述了一段和我们都有关的往事：20世纪80年代初，母亲尚是黄花大闺女，为了与当时还在东北某部队里的男朋友也就是我父亲"串联"，趁外婆不注意，一分不少地偷走了家里四百多块钱——这是当时家里的全部积蓄，出走了。她跑到江油，买好车票坐上一列火车，去了东北。

"把你外婆气惨了，我那时候胆子大呢！"

母亲一边说，一边望着窗外的平原，像望着自己那时的胆子。顿了顿，她有些尴尬地跟我坦白："我从东北坐火车回来的时候，肚子里的你，

329

已经一个多月了。"

比我想象中还要源远流长的绿皮火车在我的脸上呼啸着,我的回忆跟母亲的回忆重叠在一起。我没有说话,我的眼睛已经落在窗子外面,我看见了广阔而又陌生的平原,看见了更远处起起伏伏的绿色丘陵。思想。沉默。

两年后,立秋后的一天清晨,父亲从断裂带老家门前高高的核桃树上打核桃时意外坠落,在医院昏迷整整一个星期,最终,舍下了他的呼吸,不再坚持。此后每年,最终没有被我们狠心砍掉的核桃树在父亲的死亡上面,依然枝繁叶茂,依然结出许多核桃,如同那些依然在绿皮火车上远行或者归来的乡亲父老。

世事如烟,一个遥远的声音随绿皮火车呼啸而来:"过去的一个个瞬间,如果我在当时就已参透,便不会鲜明而又焕然一新地穿过我的当下。"

我已经多年没有坐过绿皮火车,但绿皮火车上还有很多的人、很多的脸、很多的语言、很多的相遇、很多的故事。因为,时光一直在生长,就像绿皮火车一直在往前跑。我们片刻不留。我唯一想知道的是,绿皮火车在那长长的旅途中,在那总是给风景留下些许不经意划伤的旅途中,是否也带着我儿时在断裂带学游泳的那种"趁水不注意"的天真?就像眼下,我以为自己早已抵达了远方,其实,只是穿过了一段回忆。

(原载《人民文学》2019年第10期)

# 长短句子

胡竹峰

## 桃花源记

常德气息朗然,瓦肆勾栏楼舍树木河道街巷城郭,入眼舒朗豁然,像一世家公子或贵妇人,繁华里有淡定。不愧朗州古名。

身在常德,心蹑蹑想去桃花源。写桃花源一痴,造桃花源一痴,游桃花源也是一痴。世上本没有桃花源,痴人自找自扰自得。

车出城,行经处,一路坦然。人说大道多歧,我谓大道坦然。间或有斜坡,车过如流水,缓缓涌上再轻轻伏下去。7月里,阳光晴正,白日青天增了夏阳之焰,汗浆浩浩荡荡,吞没人身。

到得桃花源,方寸间变了景致,入眼皆山。每座山都是绿的,深深浅浅,浓浓淡淡,有章法无章法。烈日如焰,照见五蕴皆空,一切亮亮堂堂,一时通脱。

常德常怀大德,地貌亦有德,谦虚之德。那些山俯身趴在地上,没有山头,像顽童自高处丢下的土疙瘩,见风而长,生根拔高。满山都是树,看不见石头,鼻底隐隐嗅出水汽。须臾见得水,碧汪汪一团凝在那里,似乎一动不动。瞥见枯叶漂浮其中,慢慢悠悠,悟出原来静水深流。

汀洲如长横一点,近看,中有不少桃树。花期早过,枝头绢帛绣成桃红点点,红得东边一簇,西边几朵。远望得意,平添三分桃花意思。有诗意也有做小孩时的心意情意,一步步走,步步是自然之境心头之境。桃花源到底心境。到底,拾得很大的一个喜悦,拾得一心繁花,芳草鲜美。

入景愈来愈深,是旧时村庄模样。顺河走,水往下,人朝上。前几天下过雨,河流如酒酿,并不清澈。桃花源酒酿甚美,有三月旖旎风月,入嘴滋味是浅的。饮罢三五盏,意犹未尽。追忆之际兀自泛起桃花春意。

源垄有狗,一条狗叫了,跟着另一狗叫了。远远的犬吠声遥遥传来,经山林,回荡岭头。东边有犬吠,西边有犬吠,南边有犬吠,北边有犬吠。人如坠雾里,不知东西南北。路边有南瓜,秧条伸在竹架上,秆叶葳蕤一绿,中有黄花数朵,有花含而待发,有花半开半收,有花盛如喇叭。风吹着,花叶不响,仿佛旧时天气。记得故家瓦屋外有瓜蔓,一个小孩子,自顾看着南瓜花,美人蕉静静的。

登得高处,目下沅江阔然,武陵人自能捕鱼为业。山风吹来,鼓荡衣裳,汗水须臾消失。临空独立,入了陶渊明的诗境:舟遥遥以轻飏,风飘飘而吹衣。愣愣良久,同行人走出眼底,方才出神。

出神入境,是人间境饮食境,擂茶在焉。八仙桌上,杯碟林立,但见腊肉笋子、红豆火锅、糖油粑粑、水饺、艾叶蛋、小粽子、小馒头、玉米、西瓜、麻辣肉、小鱼、盐菜、洋姜、豆豉、芋头丝、酸荄果、酸豆角、拌木耳、拌黄瓜、锅巴、绿豆……眼花缭乱。

桃源如一梦,闲坐吃擂茶。擂茶似茶非茶,似粥非粥。可惜未识得擂。据说是以茶叶、老姜、芝麻、米,加盐放钵里,以硬木棒擂成细末,开水冲过即成。

擂茶入口咸香甘甜，风情里有土味。

吃过擂茶，去了秦人古洞。如文章所说，山有小口，仿佛若有光。初极狭，才通人。洞有山水，极浅的一洼洼，鞋底染湿。遇同行者，戏问何年何月何人，故作大惊，拱手作揖，相与一笑，扶路下山。一坡古木芭蕉无数，更有亭台数座方竹一畦，浓荫蔽日遮眼，惶惶天色向晚。出得林中，一头的光，几朵白云，日影正好。四围山色中，一人残照里。

是夜，宿源内。清晨醒来，人有空茫感，绿荫打窗，恍惚不知今夕何夕，亦如前人不知秦汉无论魏晋。起床吃了一碗牛肉米粉，饱腹别过。那是2019年夏日的一天。

## 永州八记

**湘江源记**

车身摇晃，人也摇晃。车极大，山更大，于是映得车小了。下得车来，站在山水间，显得人越发小了，天地芥子。到得湘江源，雨忽忽密密集集迎头兜面泼下来，伞面砰砰如鼓点，又锵然作金石声。溪水暴涨，两岸杂草顺水势而倾。那路就在水边，水往下流，人却一步步朝上走。四野多松竹，雨中草木洗得翠亮，依旧欣欣向荣，仿佛春日。竹林下，笋衣零落，新旧不一。山回路转，移步向前，一瀑布自山顶袭然而下，水流鼓荡如白练。愣愣立在那里，心头欢喜，终是到了一次湘江源。于是下山，鞋袜尽湿，农人生有炭火，烘而干之。饮姜茶两杯，饭毕而去。

**文庙记**

文庙在宁远，"宁远"二字有文气，文庙里却无文气。文气依附于人，那是文人，文人有武气如何？古书记载，孔子长九尺有六寸，力能举关，精于骑射。子夏问于孔子曰："居父母之仇如之何？"夫子曰："寝苫枕干，不仕，弗与共天下也。遇诸市朝，不反兵而斗！"文人无武气则已，有则掷地有声。宁远文庙无文气，却有旧气。旧气不旧，在晚清民国之间。旧气中有凛然，到底正大。我三十岁后，最爱正大。

## 九嶷山记

九嶷山如天降泥丸而成，磊落轩昂。《晋书》说索靖体磊落而壮丽，姿光润以粲粲。九嶷山之形壮丽，雨后山石光润、草木粲粲。人烟与林雾一体，让人疑惑那雾亦人力所为，恍惚如坐云间。九嶷山是舜帝陵之所在，其中何绍基《谕祭文》，端庄肃穆。《孟子》说舜往于田，号泣于旻天。圣人哭，世情在焉，这是孟子的世情。

## 柳子庙记

柳子者，柳宗元也。柳宗元《永州八记》独步唐宋，后人感念其文，立庙为记。柳子庙在潇水之西的愚溪北岸。古街窄窄的像衣带，黑瓦青墙如旧时水墨，庙在街腰，仿佛一颗纽扣。进得庙门，眼里并无好风致，好风致在心里，一肚子柳子文章。《柳河东集》我读过，妙处在河东狮吼。狮子吼我听过，有一股庄严，柳宗元文章庄严，山水小品亦有正声。佛经称狮子吼则百兽伏，也指"如来正声"。拾级而上，入得后院，见苏轼荔子碑，大楷错落起伏如山脉连绵，以手书空，随行人催了三次，恍惚中匆匆走出庙门。出庙门三五丈，一溪横陈，是为愚溪。溪流不语，岸边一丛芙蓉开得正好。

## 饮食记

永州七日饮食，以零陵柳子街百家宴第一。百家宴，又称柳子宴，每年重阳节在柳子街设席摆宴。乡民自备饮食,八方吃客相会于此。菜有血鸭、螺、柳子大三鲜、龙青扣肉、小石潭清水鱼之类。我所好并非一款款美食,心喜在酒肉杂陈之世俗气,猜拳行令之富足气。世俗气与富足气是人生好底色,俗眼看不得也。坐街宴饮,耳目都是烟火人声。人声鼎沸,酒气与茶香喧天。食客里有胡竹峰,也仿佛有苏轼与张岱、李渔。席终人散,到底是晚秋,月残风冷,街巷里断断续续传出一缕箫音。听客里有胡竹峰,也仿佛有苏轼与张岱、李渔。街头一挑篮子的妇人,扁担两头倒挂有活禽,目不视人,径直独去。

## 虫鸣与竹影记

出柳子庙,沿街逆水而行,见钴鉧潭与潭西小丘,也看了小丘西边的小石潭。景色并不见佳,唐朝或者也这样。雨后路湿,染了一脚污泥,到底欢喜。欢喜在见到柳家景色,山、石、水、沙皆无主,且送至柳宗元府上。景色欠佳,暮色甚好,晦暝像唐人诗文集。暮色中竹枝摇动,虫鸣自竹林起,忽左忽右。秋虫唧唧往往凄凄切切,永州的秋虫却有朴素气,中有深情。同行者提前离去了,一人独行徐步,只为听听那虫鸣看看那竹影。街头众人宴饮正欢,饭菜香飘来,忽然失魂落魄。一刹那,空荡荡,柳宗元附体。

## 蕉 影 记

旧时候永州有八景,绿天蕉影是其一。怀素出家为僧,在寺旁种有万株芭蕉,以蕉叶为纸习字。芭蕉绿荫遮天,怀素将居室称为绿天庵。绿天庵遗址不存,蕉影依旧,料想前人与今人所见的芭蕉并无二致。坐在石阶上数芭蕉,一蕉又一蕉,数得百十棵,心里一岔,乱了,于是作罢。看芭蕉是痴,数芭蕉更痴。人有痴气好,人无痴不可与交,以其无真气也。芭蕉下处处有真气,《素问》上说恬淡虚无,真气从之。芭蕉深得恬淡虚无之境味。人隐在蕉影里，蕉影仿佛人影，人影忽作蕉影。恬淡虚无之气自腋下而生，如饮茶三碗。

## 潇 湘 记

六朝气象不一般，南朝柳恽"洞庭有归客，潇湘逢故人"一句近唐诗，有老杜的慷慨气。慷慨气辽阔，辽阔是大境界。潇湘也辽阔，水流浩荡，眼前一宽。船行在萍洲，潇水和湘水在此融汇。江流滔滔，雨后略有些浑浊。潇湘双绝，景色是赵孟頫、董其昌的山水。山水风月，本无常主，2018年秋日，安徽胡竹峰做了回潇湘主人。

中午在萍洲书院吃饭，近来饱受湿气，饮酒三杯驱寒。

## 瓦

我对瓦的描述要从天气开始。

雨是擦黑时开始下的，一根根水线从瓦楞间流下，汇成流苏一样的幕帘，人阻隔在漫漫山野。视野变浅，近物历历在目，远景在烟雾中迷蒙模糊。雨点落在青瓦片上，沙沙沙，沙沙沙，像风吹榆叶。雨意弥漫，雨水的冰凉从肌肤慢慢渗透至体内，不自觉打了个寒噤。

雨渐渐大了，落在瓦片上，击瓦之声和屋檐飞流的雨线连成一体。有风从瓦面上吹过，拖着长长的呜呜的声音。地上积水泛着天光，远方人家的屋顶，经过雨水的浸润，瓦片透着灰突突的亮光。一只淋湿的小黑猫无声无息地从瓦沟里穿过来，轻灵地从瓦当上跳下，钻进了灶台火口里。

父亲捡起一块瓦片，清理锄头上的泥土，瓦片与铁器刮出吱吱的声音切开雨线，传得很远。小时候，喜欢听雨，喜欢有雨的时候坐在厢房听着雨打瓦片的声音，那声音让人有些伤感又觉得很有诗意。尤其梅雨季，密密麻麻的雨声是天地合奏的音乐,蕴藏着缓慢的节奏,让人心情愉悦。雨停时,瓦沟里的残水从夜里滴到天明,那滴答滴答的声音更不知勾起了多少童年的情怀。

这是很多年前的往事了。往事像瓦片打在水面上,漂漂浮浮。瓦片打在水面上,荡起一圈圈涟漪,荡起的涟漪里偶尔钻出几尾小鱼,银色的身子划过水面,像少时的梦境。水面椭圆形,很小,映不出白云苍狗,但斜斜看去,可见农户青瓦顶的倒影,一幅江南人家的旖旎。瓦是有乡情的,瓦的乡情会糅进一个人的生命与灵魂,它总在细雨如麻的黄昏或者大雨倾盆的午后,纠缠住一些人。

雨中在乡下行走,总有一缕温暖的惆怅,温暖是乡村给的,惆怅是雨水给的。一个人打着伞站在雨中,雨丝飘落在农舍粼粼千瓣的瓦片上,总有些情怀被触动,总有一些心事被唤醒。烟雨湿答答的弥漫,无比温暖的惆怅就在心中涌动。这样的感觉来自瓦,瓦给人一种精神上的安慰与抚摸。

瓦上的乡情,是对过去岁月的迷恋。

每次回家,当大片大片的青瓦屋顶映入眼帘时,心里便多了一份熨帖与安妥。

常常是黄昏,汽车摇晃在山路上,窗外一座座瓦屋,炊烟四起。脸贴着窗,贪婪地看着,一轮又红又大的太阳投向山尖,淡淡的霞光慷慨地从薄云中流出,夕阳所照之处像涂抹了一层金黄色的乳液。山脊上那些松树的轮廓晶莹剔透,仿佛宝石和珊瑚的雕塑。山体沐浴在一片金黄当中,山边田畈上的人家,鱼鳞片一样的屋瓦被落日绚烂而美丽的残焰染成酡红色,呈现出一种动人心魄的面目。

我喜欢有青瓦点缀的山水。山水之中,风生水起,终究虚空。虚空的山水,需要青瓦落到实处。青瓦让山水变得动人,青瓦是山水的眉批。

瓦下的日子，喝茶吃饭，拌嘴怄气，悲欢离合，生生死死，一切笼罩在瓦的青气里，就有了不一样的感觉。

瓦，隔开风雨，挡着夜露，也遮住霜雪，但瓦下的人还可以感受到风雨、夜露、霜雪的气息，这是瓦的不一般。

夏天，住在瓦屋里，一方方小小的青瓦和绿色的爬山虎构成了一个古朴的氛围，有山野深处的清凉。夜里，一盏荧灯下靠在床头翻书，让人一下子回到了久远的从前，一些奇怪的念头蜂拥而至，甚至会觉得，屋顶上会跳下一个披风猎猎的侠客，会飘然飞出一个翩翩秀美的狐仙。

一块破瓦片，村外捡的，在口袋里。瓦片是灰色的。灰色旧，旧而无光，黑亮、白亮、黄亮、红亮、绿亮，就是没有灰亮。

青瓦灰色，灰是平民的颜色。灰色的瓦片是朴素的，朴素得像庄稼人。瓦又很粗粝，如粗粝的农家生活。瓦的颜色，就是千百年农耕岁月的灰暗，不见灿烂。

在灰色的瓦片下做梦，梦见灰色的树干下一群灰衣黑脸的先民在制瓦，他们身后有一大片瓦屋。瓦屋很老，几百年了，瓦看起来旧而破。一些沙土落在瓦上，一些叶片烂在瓦上，一些种子吹在瓦上。瓦上有草，瓦上有花，瓦上自有世界。

比草更多的是苔，背阴处青苔或浓或淡或浅，像发霉的铜器，幽深沁人。暮春，紫甸甸的梧桐花大朵大朵地落在瓦片上，啪嗒一下，啪嗒一下。大晴天，坐在屋子里，能听见花朵与瓦片接触时的声响，那种声响，幽幽的，有股凉意。那样的时光，我经常坐在天井下。在南方，白墙青瓦围拢而成的天井无数，下雨时雨水就会从屋檐流向天井，叫四水归堂。夜里，从那方窄窄的天空仰望，感觉月亮落下天际，耳畔蛙鸣忽长忽短……

从甲骨文的字形中，知道先民的屋脊上有高耸的装饰和奇形怪状的构件，但尚未有实物瓦的发掘出现。也可能有，但找不到一块全瓦，它们被岁月的车轮碾碎在地下。宁为玉碎,不为瓦全,有多少玉碎,更有多少瓦全?

很多年前,村小学翻建,挖出了大量的碎瓦片。都是大瓦,厚墩墩的瓦显示着当年寺庙年华的尊严与高贵。不过一百多年的光阴,这些瓦已经成了一片瓦砾。

楼台没有了,遗址还在,遗址没有了,不过一堆碎瓦。

瓦最早在西周初年出现,到了春秋时期,板瓦、筒瓦、瓦当,名目繁多,并刻有各种精美的图案。那时候,人造房子屋面也开始覆瓦。屋面覆瓦的房子到底不多见,以致《春秋》里将宋公、齐侯、卫侯会盟的地方写成"瓦屋",大概那样的建筑,具有地标性意义吧。直到战国,一般富户盖房子才用得起瓦。

秦汉时形成了制陶业,并在工艺上做了许多改进,如改用瓦榫头使瓦间相接更为吻合,取代瓦钉和瓦鼻。西汉制瓦工艺又取得明显的进步,使带有圆形瓦当的筒瓦,由三道工序简化成一道工序,从此汉瓦独霸天下。在汉朝,瓦开始全面地进入人们的生活。

很多年之后,我才明白来自当年乡下那个窑匠的底气。

印象最深的是窑匠装工具的黑包。到了人家,吃饭的时候黑包放在脚下,或者搁在高处,不轻易让人碰到它。

窑匠走在乡下的路上,一双双布鞋停了下来,一双双草鞋停了下来,一双双胶鞋停了下来,偶尔也有皮鞋停了下来,停下来和窑匠说话。在乡村,没有不认识窑匠的人,谁家屋顶的瓦片都留有窑匠的气息,留有窑匠的指纹。他制瓦的转轮,就是这个乡村的历史与细节。青色的民谣,灰色的民谣,褐色的民谣,细雨沥沥的民谣,风吹屋顶的民谣,交织成了遮风挡雨的温暖与素朴。

窑匠偶尔朝人丢了一根纸烟,带过滤嘴的,那人双手接下,认真地夹在耳朵上,然后从怀中掏出火柴,给窑匠点着了烟,一团青雾从嘴边飘过,仿佛青瓦的颜色。

做一次瓦不容易,要管村里人用几年,窑匠常常要在村庄住上几个月甚至从年头待到年尾。

做瓦的地方在大屋场的稻床上,不远处的小山坡则是窑场所在。新窑棚建成,冷冷清清长满野草的山坡一下子就有了生气,成为村人们一年的圣地。接下来就是挑瓦泥,瓦泥是细泥,不能有沙子。瓦泥挑回来,在稻床上摊开,放水搅泥,赶牛去踩,一头牛一天踩一凼瓦泥,再健壮的大牯牛也累到喘粗气,四腿发抖。瓦泥踩熟后,用泥弓将其切成一块块百来斤重的泥块,供窑匠使用。

做瓦开始了。先在地下立根木桩,装一个可以转动的圆盘。做瓦的模具有三种:瓦筒、瓦衣、瓦刀。瓦筒,是一个用铁丝穿销未封闭的圆台形木桶,筒上有个长把子。一个瓦筒一次可以做成四块瓦坯。瓦衣就是套在瓦筒子外面附着瓦泥的隔布。瓦刀则是一个长七寸、宽五寸的弧形铁片。

做瓦前,窑匠将瓦泥堆成一个二尺来高,近三尺长、五寸来宽的泥墙。窑匠用小泥弓将泥墙锯开一层皮,双手将泥皮捧起围向瓦筒子。用瓦刀蘸水在泥皮上刮抹,使之结实,再拿个与瓦坯高的度尺在瓦泥上划一圈,瓦便脱坯而成了。瓦坯不能直接见太阳,先要用草垫子披上,凉半干,然后薄阳小晒,再大太阳晒,晒干后将其分为四块,干瓦乃成。

瓦进窑了。

钢钎叉着大捆的柴火,塞进火红的窑洞。烈烈熊火噼里啪啦,半干的松枝被大火吞噬,发出哗哗剥剥的声音。窑匠已经很累了,躺在窑洞下的草丛里,闭着眼睛,偶尔爬起来看看火势。一夜没睡,眼睛里布满血丝,胡须仿佛一夜之间变长的,凌乱且肮脏。火候够了,在窑口围一个小水池,让清水慢慢渗入窑内,瓦慢慢从火红色变成了青灰。

瓦终于出窑了。打开窑口，淡淡的热气扑面而来，入眼是干净的瓦灰色。一块块瓦仰在地上，也有一块块瓦俯卧着弓起身体，像劳作时的农人。

瓦出窑后，窑匠倒在向阳的斜坡上，歪着身子，舒服地抽烟喝茶，或者无所事事地到处闲逛，在小巷口、电线杆下、苔痕暗绿的墙根。小巷的墙壁上，破败的标语泛着淡红，红得像水杯的茶垢。窑匠的兴致很好，大家都很忙，没空说话，窑匠只好抄着手在小路上东游西荡。窑匠的脸上干净了，精神得很，露出青渣渣的胡子楂。

不过这些都是旧事了，手艺也是旧事。制瓦者手艺还在，已无用地，空有一身手艺的手艺人，还算手艺人吗？窑洞多年前就废弃了，一场雨后坍塌了，长满野草。

窑匠郁郁寡欢，在乡村的太阳底下。

瓦紧密有序地排在屋顶，最后的收梢是云头纹的瓦当，探出半个身子，立在风中。

祖母在世的时候，将青瓦称为烟瓦，说是在柴窑里用烟呛出来的，所以才永远保留着青烟的颜色。可以推想，中国古代以木柴为主要燃料，青灰色便成了汉代的颜色、唐宋的颜色、元明清的颜色，成了中国水墨的颜色。这种颜色锁定了后人的审美趣味，预制了我们对中国文化的理解。似乎只有在青瓦的房子下，白墙之白才白得好看，黄墙之黄才熨帖，木桌子竹椅子陶壶瓷盅才得以与瓦安妥意合，一册诗词、一轴书画、一部经传才有风致。

瓦的古色古香，现在渐渐退隐了，隐到时间的深处，缩到岁月的背后，青灰色的眼睛迷茫而低沉，迷茫而低沉得仿佛过去的岁月。瓦的衰落，从一个侧面告诉我：那些和我们日常生活息息相关的东西，又能息息相关多少年呢？

一块瓦,带着匠心,也带着对岁月安详的期盼。金窝银窝,不如自家的草窝;金瓦银瓦,不如自家的泥瓦。这样的民谚里有一份百姓人家的满足与不争,乡村是生活在瓦片下的。这几年回乡,瓦迹稀落,旧日岁月散落如一地碎砾,再也拾不回来了。

## 石榴篇

剥开石榴,秋天的风从原野吹过。

### 之一

河南石榴,名满天下。汪曾祺说的。汪先生没口福,在北京吃河南石榴,粒小、色淡、味薄,文章里感慨盛名之下,其实难副。估计汪先生吃到的是"赝品"——冒牌货。我买的河南石榴就不错,外皮颜色红紫,打开后,榴籽艳若宝石。

名满天下的河南石榴,实则白马石榴。三国曹魏时洛阳白马寺前有大石榴,京师传说"白马石榴,一石如牛"。我在偃师吃过白马石榴,好吃。我在成都吃过会理石榴,西安吃过临潼石榴。这些石榴极大极甜,一掰两半,满瓢晶亮,至今难忘。我们安徽的怀远石榴,也是名品。

秋风起兮,石榴上市。街头巷尾到处是卖石榴的果农,挑担的,开车的。我喜欢挑担的果农,如果挑担里还有三五枝石榴树枝,越发好看,觉得有生机。

秋天的水果,口味浑厚一些,石榴、柚子、柿子都如此。春天的水果,口味单薄一些,樱桃、草莓之类轻轻浅浅。

石榴籽分白红两种。两种都好看,白石榴仿佛白娘子,红石榴好像红孩儿。吃起来,还是红石榴滋味更好,爽脆嫩甜,白石榴稍微寡淡一些。

在民间，白石榴被称为"大冰糖罐儿"。许仙娶了白娘子，掉进大冰糖罐里了。奈何法海多事，多情女偏逢薄命郎，弄得永镇雷峰塔下。

石榴之红分酒红、血红、玫瑰红。酒红如葡萄酒，红得艳；血红似血，红得烈；玫瑰红最好看，玫瑰红的石榴籽藏在萼筒里，风情万种的样子，欲说还休。

不是什么水果都红得风情万种，更不是什么水果都红得欲说还休。苹果红得风情万种，但欲拒还迎，格调低了。樱桃红得风情万种，但红得太嫩，止于风情，多了风雅。西瓜没能红出风情，倒是红出了滥情。亏得还有石榴红，又好看又好吃。

石榴常入画。见过徐渭的《石榴图》，边款是自题诗，记得"颗颗明珠走"一句。徐渭画的石榴，写意，"明珠走"三字更是写意，写心中意。画面中枝叶倒垂而下，一颗石榴成熟裂开，笔墨有道家气息，意境比他的《葡萄图》高。

小时候不喜欢石榴，粒小味寡，一嘴籽乱窜，得不出多少味道，远不如吃西瓜、苹果、梨子、哈密瓜痛快。现在年岁大些，才有了吃石榴的心境。

童年喝过一种石榴酒，清爽香甜。过年，父亲破例让我喝了三杯，现在想来，还觉得美味。

不管是红石榴还是白石榴，吃在嘴里，恍恍惚惚，一片冰心在玉壶。

## 之 二

前天晚上从郑州归来，一夜听"况且"。有人造句说："火车经过我家边上，况且况且况且况且……"还有人在文章中写道："京剧刚一开始，就听见'况且，况且'的锣鼓声。"

一夜况且多，旅人莫奈何。没休息好，今天上午就赖床。这是借口，其实即便休息好了，我也经常赖床。赖床又不是赖账，怕什么！

起床后去买菜，路边小摊有人卖石榴，选了三个。不知道是眼光太差，还是石榴向橘子学坏了，竟也金玉其外。回家后打开来吃，苦且涩，粒小核大。苦倒也罢了，反正没少吃苦，不在乎多吃个三五次。涩实在不好消受，吃了几口，只能扔掉。

石榴的味道，我喜欢的是甜酸。甜中有酸，甜非得盖过酸，酸也不能过于低眉顺眼，隐隐反抗才好，酸得"小荷才露尖尖角"，甜才能"立上头"。

小时候吃过各种水果，现在回想起来，似乎很少吃石榴。石榴在我家乡，不如桃、梨、枣、葡萄一样多见。

我家院子外，种过一棵石榴树，每年挂果，可惜生得小了，黑且瘦，没人想要吃，任它在秋风中老去。

石榴花开的季节，坐在院子里，能独得一份好心情。暑热初至，阳光如瀑，看蟪蛄在花叶间沙沙振羽，至有情味（古人把蝉分为四类，合称"四蝉"：蟪蛄，春末出现；黑蚱蝉，夏至开始出现；蛁蟟，数伏中后期出现；鸣蜩，夏末数伏开始出现）。

汉时石榴从西域传来中原，南北朝已经普遍栽植了，很多女子所穿的大红裙子上绣有石榴花。梁元帝萧绎《乌栖曲》中有"交龙成锦斗凤纹，芙蓉为带石榴裙"的句子。到了唐朝，人们将红色裙子一律通俗地称为石榴裙。唐玄宗下旨文官武将见了杨玉环一律行礼，众臣无奈，见到杨玉环身着石榴裙走来，纷纷下跪。这一拜，千百年来，多少英雄好汉成了"花边之臣"。

《会理州志》中有段记载有意思："榴，则名曰若榴，曰丹若，曰金罂，曰天浆，曰朱实，曰朱英，曰金英。"若榴如野兽之名；丹若是美人之名；金罂者，灿若罂粟？天浆、朱实、朱英、金英，殷实人家几姐妹。

会理石榴中最大的超过两斤重，那是石榴王。

## 之 三

躺在一树石榴下。石榴红了，惹得人食指大动。伸手摘一个，打开萼筒，亮晶晶一瓢。

今年雨水足，榴子更加丰腴，形似丹砂，颜若朝霞。取一粒入口，酸酸甜甜一阵火并，嘴里吵翻了天，忽忽甜打败了酸，一会儿酸战胜了甜，弄得人唇齿生津，慌忙咽下，嘴里终于获得了安宁。却是一梦。

我爱石榴，尤中意其花。韩愈说"五月榴花照眼明"，一照一明，境界出来了。杜牧诗云："似火山榴映小山，繁中能薄艳中闲。一朵佳人玉钗上，只疑烧却翠云鬟。"可谓神来之笔。

石榴花的红，红得不一般。更奇特的是红花瓣里的金黄，毛茸茸的花蕊，嫩而粉，像蛋黄。绿色的石榴外形如手雷，挂在树梢上，长大一点就变成了黄色，成熟时一片通红。累累垂垂，盈树盈枝，这时叶子也泛黄了，红红的石榴像红宝石在树间闪烁。

祖母说小孩子吃了石榴，长大后牙齿生不齐整，不让我们吃。

乡间婚嫁时，新房案头置放切开果皮、露出浆果的石榴。小时候每每看见那亮晶晶的石榴籽总忍不住暗吞口水。又怕长乱了牙齿，那就忍吧。忍着忍着，人就大了。

## 之 四

石榴皮厚而绵软，给人好文章之感。矢野龙溪说文章之上乘者，是"以金刚宝石为内容，以无色透明的水晶纸包之"。所指仿佛石榴。

好石榴粒大核小，肉质温美，双齿轻合间，有一股脆甜，微微的酸，蛩音犹在，入喉，心际清澈。吃石榴，独食为佳，吃出个慢条斯理，或者三两个好友云淡风轻地且啖天地间。

瓦房的庭院里，一丛竹，一棵柿，一树石榴。贫乏生活里的清供之物，不乏诗意。

青年多好色。我在弱冠之际发现了石榴之美，真是造化。石榴之美，美在金玉其外，宝石其中。说是惊艳亦可，尤其红籽石榴，拈一粒入口，唇齿的艳遇。吃出了一肚子的风情，倏而风情又变为风月，而且是好风月。

好文章不过一段好风月，好风月谈。好风月谈是我的行文诀，可惜没能做好。

我的欲望很小。秋雨时候，只望着什么人送石榴来，就满足了。

（原载《芙蓉》2019年第5期）

# 南海渔家

李焕才

## 大海老人

我们村有个大海老人,我们都叫他二叔公。二叔公多老了?说不准。他的头发和胡子都像盐巴一样洁白,那张脸铺着一层层褐色的老年斑,皱纹一浪浪的,像风吹水面腾起的水波……看上去,至少有五百岁了。

二叔公是我们村最懂海的人,所以叫他大海老人。

二叔公出生在海上。他母亲怀胎十一个月,没把他生出来,那天下海滩赶海,突然肚子一阵疼,他出来了。他在沙滩上呱呱叫,母亲却死了。村里的先生说二叔公是水命。他刚学会走路,便天天闹着要下村前那港湾泡海水,这一泡,泡出奇迹来了。他三岁便会潜水,四岁便会游泳,到了六岁,便可以躺在水上睡大觉。有一天早上,他躺在水上睡着了,海水退潮,把他浮走了,浮到什么地方去了不知道。下午海水又涨潮,他随潮水浮了回来,搁在村边红树林的一棵茂密的红树上。渔村人有这身水上本领不得了。他十岁时,捞虾捕鱼捉螃蟹信手拈来。人家下海滩打鱼都拿着渔网,他却空着手,只背一个鱼篓。鱼篓放在岸边,他一个猛扎钻进水里,在水下追逐鱼群。抓到一条鱼,嘴巴咬住,再抓到一条,左手捏着,又抓到一条,夹在左手的指缝,一直到两只手的指缝都夹满鱼了,才浮出水面。有一回,他在港湾里遇上一条大旗鱼。旗鱼跑得飞快,背脊的鱼翅露出水面,像撑着一面旗帜。那旗鱼有上百斤重。他扑过去,两只手抓住两边鱼翅,随那鱼而去。旗鱼驮着他在水里飞跑,忽沉忽浮,跑了百把米远,撞在岸边的一块大石头上。旗鱼撞死了,他却毫发未损。

二叔公十五岁就扬帆出海。村里人使的都是双帆渔船,他使的也是双帆渔船。他长一双"鱼眼",会看"鱼流",站在船头朝大海一望,就看见鱼群在哪儿,还知道是什么鱼、有多大。他的渔船做两种作业,根据当天鱼群活动情况选择放网或放钩,每次都捕到很多鱼。后来,渔船还没开出港,二叔公就预知哪一天鱼多,是哪一类鱼,游动在哪一片海面。村里人说二叔公听得懂水里的鱼说话,渔船出海,就跟着他。

二叔公不仅熟知鱼的行踪,还摸透了大海的性情,甚至也窥知了老天爷的脾气。他站在村前港湾边,朝大海看一会儿,又望着天空,就预知哪一天海上是晴天还是阴天或者要下雨,还知道是否要刮风,是刮东风、北风还是西风或南风,是轻风、狂风、阵风还是台风,又算出海浪掀得多高。但是,天有不测风云。二叔公却偏偏在大海里遭遇了台风。那天海面风平浪静,天色像姑娘的笑脸一样可人,二叔公的渔船正在放网。天气说变就变,黑云重重地压了下来,狂风马上扑到,巨浪随着腾起,大海好像要倾覆,只一瞬间,海上的渔船在狂风巨浪中全部翻沉。二叔公的渔船也沉没了,船上的人都落水。结果,全船人都回不来,只剩下二叔公。他抱着一根船桅在风中浪里漂泊了五天五夜,台风过去后,出海来的渔船才把他救起。当时,浸泡在海水里的二叔公皱巴巴的,像一条腌过的咸鱼。

二叔公不再使双帆渔船了。有人说，他怕大海了。其实不是，他离不开海了。他摇一只舢舨在海边来来去去。有时，那舢舨漫无目的地摇着，好像他傻了；有时，他却放鱼钩，他说，愿者上钩。奇怪的是，他再也没有放网了。

一直到二叔公好老了，舢舨摇不动了，他才不再出海去。

没出海的二叔公痴呆了，天天坐在村口那港湾边，有时半天没说一句话，有时嘀嘀咕咕自言自语。村里人不理会二叔公，进出村口或瞟他一眼，或随口叹一声：唉，人老了！到后来，大家都当他不存在了，径直走过。二叔公也不理会人家，静静的，像一块风化很严重的石头被抛置在港湾边。

二叔公突然很喜欢讲故事。看见有孩子走出村口，他脸上那波纹便舒展，伸手招呼：喂，过来听个故事呀！

二叔公专讲大海的故事，讲得离奇有趣，很好听。为什么二叔公懂得这么多大海的故事？村里人很诧异。后来大家终于想明白了，可能是当年他在海上遭遇了台风，漂泊五天五夜，去了海龙宫，见过海底世界，和海龙王说过话，所以他知道许多大海的事情。

我们都是在晚上听二叔公讲故事。

夜晚二叔公都睡在港湾的渔船上，只有睡在船上，他才睡得着。有月亮的晚上，我们就爬上船来，听他的故事。他耳不背眼不花，说话的声音仍洪亮，尤其笑声嘎嘎响。他那张没有牙齿的嘴张开，像一个深洞，故事从里面蹦出来，很古怪，云里雾里，让人听得懵懵懂懂，可很好听，扣人心弦。二叔公的故事总是把大海说成一个老人。这位大海老人好老好老，比他还老百年千年万年。我们听过后，无法复述他的故事情节，可心里总氤氲着故事的情景，慢慢回味，却发觉他给我们讲了许多事情。他说我们都是大海的子孙，只是这个老祖宗的辈分太高了，岁月已经磨掉了房系谱牒的字迹,不知不觉中,我们和大海疏远了。他还说,大海的年岁虽高,可头脑仍清醒,而且记性特好,过去的事它都记得。他又说,我们知道大海甚少,大海却知道我们的一切。他的故事极力夸赞大海。他说大海很了不起,那么浩瀚、那么渊博,可在我们面前总是呈现出一副与世无争的淳朴模样。他说大海好慈祥、好厚道,又很慷慨,我们吃的穿的住的用的都向大海要,从没为大海做点什么,可大海从不计较,也从不吝啬,照样给我们很多很多。他说大海太宽容了、太大度了,人们不时伤害它,甚至糟蹋它,可它依然一如既往地善待大家。每次讲到最后,他总不忘记提醒我们,大海能容忍,纳百川,敞开博大的胸襟面对世间的一切,可千万别欺负大海,大海也会发怒的。

## 渔 村

潮水涨到这里就打住,这里就是海边。海岸上种着一片高高低低的房屋,这里就是渔村。渔村里的房屋紧密地团结在一起,又尽量挤出一道道缝隙,那就是小巷。房屋都是黑色石块垒的,墙壁很厚,窗又少,也小,那是要抵御野蛮的台风侵袭。村中没地方让树木落脚,零零散散的酸梅树、苦楝树、榕树,还有椰子树,见缝插针挤身于房前屋后。它们努力展示自己存在的必要,很尽责,很勤快,日夜摇着海风,尽量给闷热的渔村摇出凉爽。簕竹却长得恣意,枝繁叶茂,一垛垛,手拉着手挺身站在村边。仙人掌也长得热闹,茁壮峥嵘,挨挨挤挤,得意地张扬着密麻的利刺,令人毛骨悚然。仙人掌和簕竹默契地间杂生长,密匝匝的,联手将渔村紧紧围住。

我们村之所以成为渔村,关键是村前有一个港口。海南岛像个巨大的卵,海岸线弯弯的,从远处一路顺过来,到了这里突然缺个口,凹了进来,海水也就涌了进来,变成一个海湾。海湾好,潮水来来去去,狂风巨浪却挡在外面,渔船就可以在里边安稳地停泊。一条小河从很远的地方跑了过来,不声不响,可急急匆匆,日日夜夜从我们村边跑过。小河其实是一个勤快的清道夫,把淤堵在港湾的泥沙都带走,清理出一条通畅的港道。有了港道,渔船就可以随时进出。海上风平浪静时,渔船就出海捕鱼,天气有变,就急忙跑回来躲风避浪,停泊在村前休养补给。这里也就成为一个很好的港口。有了港口,便有渔船,我们村自然也变成了渔村。

其实,我们村和大海联系得最紧密的是村边那片红树林。红树林连接村边的簕竹垛,绿绿的,从港口旁边一路铺过去,远远地铺下海滩去。海水涨大潮时,红树林淹没在水里,无影无踪,我们村和大海有明显的分界线;退潮了,从水里冒出来的红树林舒枝展叶,葳蕤在人的眼前,让人感觉我们这个渔村就是和大海气息相通、连成一体的。村里人说,这片红树林是我们村的风水林。这话一点不假,红树林日日夜夜守卫在村边,挡风挡浪。刮台风时,狂风卷着巨浪从海上凶猛地扑过来,扑在红树林上,很快就变得有气无力,我们村于是安然无恙。红树林里生长着许多小鱼、小虾、小蟹,还有黄鳝、泥虫和海螺,应该是大海要和我们亲近,特意将这些活物饲养在村旁。村里的孩子们喜欢这片红树林,经常钻进红树林里捞虾摸鱼捉螃蟹,这就是要和大海打交道。其实,渔村的孩子从小就亲近大海,我们几乎每天都跑下村前那港湾玩水。经常泡在海水里,熟悉大海的气息,触摸到大海的性情,尤其身上的细胞浸透了海腥味,身子骨也就壮实坚硬,能抵抗狂风巨浪。夜晚,我们还爬上停泊在港湾里的渔船睡觉。渔船浮在水上,海风摇着渔船,细浪拍打船边。渔船摇来晃去,我们也摇来晃去,天上的月亮和星星也摇来晃去,我们有了渔船漂泊在海上的感觉,以后出海去,就不再晕船。

渔村人和大海的交往方式就是靠海吃海。男人长大了,成为渔汉子,扬帆出海,踏风踢浪,从海上讨回生活。女人呢?渔村女人守在村里,守着老人和孩子,守住一个家,等男人从海上回来。于是,渔村人的日子也就有独特的风景。渔船归港时,整个村顿时变得饱满。那些男人风来浪去,都让海风海浪磨砺得强壮结实,身上有一股风浪的气势。他们踏进村来,精神抖擞,穿条短裤穿条背心,疙疙瘩瘩的肌肉黑里透红,走路一阵风,脚步声咚咚响,说话嗓门很大,声音噼里啪啦很响亮,让人感觉出他们在海上的日子热烈而又喧嚣,更让人感觉到他们给渔村带来了精气神。渔村女人闻到男人身上的大海气息,都变得温柔起来,说话轻声细语,动作也轻巧灵动。这就是她们知道怎样做渔村女人的体现。男人风里来浪里去,是铁打的;女人是水做的,柔情似水才是她们的本色。说来也是,女人守在村里,天天眺望大海,望不见自己的男人,海风把她们的心磨得很纤细,离别的日子把她们的性情揉得很柔软。平时在村里,她们都喜欢穿宽松的衬衫、宽脚的长裤,虽然心里逼仄,却要让身体在衣服里边恣意放松。男人回来了,女人们马上活泼起来,把蕴藏在心里的情绪尽情释放。她们个个漂亮,漂亮在崭新的穿着,漂亮在走路轻盈的步伐,漂亮在轻柔的说话声和爽朗的笑声,最动人的还是她们的神态。她们的脸上抹着清爽的笑意,这是充盈在心底的快乐自然流露。有的女人虽然刻意敛住笑容,神情静静的,可是眉目间抹着怡然自得的色彩,让人窥见幸福的细流在她的心头悄悄地流淌。这种景象,既是男人和女人的和谐,也是海上和岸上的完美吻合。

非常有意思,渔村亲近大海,却和山村疏离了。山村人叫我们渔村"海上人家",叫渔村人"水上人",言外之意是渔村人活在海上,和他们不一样。渔村人和山村人确实不同。渔村的男人像鱼一样粗犷任性,女人也像虾一样热情奔放。山村的男人却如山丘一样憨厚质朴,女人就像小溪一样清澈而拘谨。常常听见山村人说,渔村人身上有一股海水味,渔村总弥漫着浓郁的海腥味。那意思像是说渔村人是从海里爬上岸来的，渔村像是大海安置在岸边的一个窝。其实，我们嗅不出自己身上有海水味，也闻不到村里有海腥味。有趣的是，我们发觉山村人非常喜欢吃海腥味很重的海鲜，山村姑娘也想嫁到我们渔村来，而且，我们渔村人也喜欢吃山村人的瓜果蔬菜，只是渔村姑娘不怎么喜欢嫁到山村去，说是海里的鱼只能吃咸水，吃不了溪流湖泊里的淡水。的确，渔村人和山村人是有区别的。山村人面对波涛翻滚浩瀚无垠的大海，眼里散发出惊骇的寒光，不可思议地瞧着我们。要是让他们上到颠簸在风浪中的渔船，抑制不住的惊惧神色就呈现在他们的脸上，当他们瞥见我们依然神闲气定，那异样的目光就久久停留在我们身上。

## 滩　涂

　　海子说，"面朝大海，春暖花开"。要是这位诗人面朝海滩，他会有怎样的感觉呢？

　　大海涨潮时，海湾里碧水如烟，白茫茫一片。退潮了，海水不知跑到哪儿去了，大片的海滩袒露在我们村前，有港道，有沟壑，有浅滩，还有沙滩、泥滩、草地和红树林。

　　都说渔村的热闹是男人撑起的。渔船出海了，男人都去了，渔村被掏空了，瘪了下去。其实不然，渔村女人不是拿纸糊的，男人去了，她们眨眨眼，回过神来，便抖擞起精神，硬要闹出气氛来。渔村男人娶媳妇时喜欢说："嗨，买了把大锁啦！"意思是，男人要出海，娶个女人来守家，媳妇是男人家里的一把门锁。其实，渔村女人不仅是一把门锁，"男人出去赚一升米，女人在家也要打一捆柴"。女人们要下海滩赶海。男人做的是大海，她们就做小海。她们卷高裤脚，扛把锄头，拿把铁铲，拎个竹篮，走出村口，踩下海滩来。下海滩之所以叫赶海，就是赶在海水退潮的时候下海滩采海鲜。女人们把海鲜采回来，挑上镇去卖，挑回大米、稻谷、番薯和芋头，当然也买回油盐酱醋，又买回花布、毛巾、香油什么的，还要买回一截甘蔗或几粒糖块，给那嘴馋的孩子……男人不在家的时候，渔村人的日子也就不会落寞孤寂。

滩涂是渔村的一片大田。山村人种田要翻土，要施肥，要灌溉，要下种，海滩却用不着那样费力。潮水来来去去，就是给海滩翻耕、培土、施肥、播种。还有那条从很远地方跑过来的小河，带来山上的气息，带来田野的养分，又送来淡水，把海滩滋润得水质肥美、咸淡适宜，也就生长万物，尤其盛产鱼、虾、蟹，还有沙虫、泥虫、黄鳝和海螺。海湾外边的许多鱼、虾、蟹也屁颠屁颠随着涨潮的海水上滩来，不肯随潮水退离。

赶海是很强的体力劳动，其实也是一场智力角斗。这些海上的精灵待在海滩，不是傻等着让人来抓捕，它们机智得很，使出浑身解数与赶海的人捉迷藏。那些鱼游在浅滩、港道、沟壑里，警惕性很高，远远看见有人走过来，或者听见有水响声，一转身，逃之夭夭。那些虾躲在沙土里，机敏地露出一双眼睛，或者支起两条长长的触须，根本见不着它们。八爪横行的螃蟹很霸道，也很诡谲，躲在沟壑边，藏在浅滩的水下，钻进石缝里，迷在泥浆中，跑进红树林，还爬上草地、泥滩来挖很深的洞穴，躲到里边去。黄鳝更狡猾，钻在沙滩、泥滩、草地、港道、浅滩的洞穴里，很隐蔽，来去无踪。沙虫钻在沙滩中，泥虫钻在泥滩或草地里，在半尺深的地下蛰伏，悄无声息。海螺藏得更稳当，不同的种类分别埋在水滩、沙滩、泥滩或草地的泥土中，毫无动静……可是，道高一尺，魔高一丈。赶海的人练就自己的魔法，以破解这些精灵的道法。捕鱼捞虾捉蟹的都是男人。捕鱼人抓一张渔网奔跑在浅滩中，踩得水花纷飞，渔网突然撒出去，把鱼罩在水里。捞虾的人用不着找虾，抓一张有耙齿的网兜推在水里，耙齿触动沙土，虾就弹起,乖乖落入网兜。猫叔是我们村的"蟹王",我们喜欢看他捉螃蟹。螃蟹躲在浅滩或者水道的沙土里,猫叔下水踩,踩到了,就弯腰蹲下,伸手一抓,把螃蟹逮住。躲在水边泥浆里的螃蟹,只露出两根火柴梗一样的眼睛。猫叔不找螃蟹的眼睛,而是找螃蟹的爪痕,沿着爪痕寻过去,螃蟹束手就擒。要是螃蟹躲进红树林里,那简直是作茧自缚。猫叔走进树林里,伸手在红树的气根下一捞,便手到擒来。螃蟹躲在泥滩、草地的深洞里,只是制造一点抓捕困难,猫叔拿锄头挖,硬是把它挖出来。沙虫、泥虫和海螺,就交给女人来对付。赶海的女人都是火眼金睛,分散在沙滩、泥滩、草地上,朝地面瞧一下,锄头或者铁铲挖下去,就把它们挖了出来。这些家伙尽管藏得隐蔽,可总还是会在地面上留下些许痕迹,女人们把那痕迹叫"眼"。其实不是沙虫、泥虫或海螺的"眼",而是女人们眼尖,找到了它们暗藏的蛛丝马迹。

  海滩上的人都很忙碌,来来去去走动着,可是男人有男人的疆域,女人有女人的领地,男人和女人不在一块儿赶海。龙根哥和大英姐却常常在不知不觉中走到一起来。龙根哥在海滩上药鳝,提个竹篓,抓把鳝叉,一双泥腿走来走去寻寻觅觅的。黄鳝躲在沙滩、泥滩、水滩或者港道边的洞穴里,轻易不出来。黄鳝穴不好找。海滩上的洞穴很多,密密麻麻的,鳝穴不起眼,又不好辨认,见个小穴,伸手去摸,穴口圆圆滑滑又有黏腻腻涎液的便是。可是,黄鳝滑溜溜地在里边钻,也拿它没办法。龙根哥配好鳝药,抓一小撮抹在穴口,不一会儿,鳝鱼便傻乎乎地伸出个头来,抓鳝叉猛地扎下去,便将鳝鱼头夹住。大英姐喜欢单独行动,一个人在一片沙滩上挖海螺。沙滩上有珠白螺、红口螺、流水螺,珠白螺滑滑亮亮白白的,像女人的肌肤;红口螺圆圆的,口唇肉红肉红,很好看;流水螺很有趣,薄薄的螺壳,薄得透明,锄头一挖,水就从螺嘴冒出来。大英姐在哪一块儿沙滩上挖螺,龙根哥就到哪一块儿沙滩来寻鳝穴,总是离她不很远。大英姐瞧见龙根哥走了过来，提着一双泥手直起腰，嫣然一笑说，龙根，你说这药鳝的人干吗呀？跑来跑去的，真像个疯子。龙根哥也笑了，他说，挖螺人拱个屁股朝天，呆呆地低下头挖个不停，才像个傻瓜呢！两人都笑得很孟浪。大英姐说，真奇怪，海滩上干吗总是男人药鳝女人挖螺呀？龙根哥说，也真是怪呀，世间上，干吗分男人和女人呢？大英姐剜他一眼，说，不分男人和女人，你哪来媳妇？接着哧哧地笑。大英姐不等龙根哥答话，又问，这黄鳝没爪，你说，它怎么挖了那样深的洞穴，躲进里边去呀？龙根哥忍着没笑，问回去，大英，螺也不长爪，它怎么能躲进沙土里呀？大英姐抓一把沙土掷龙根哥，龙根哥哈哈笑，拖着鳝叉跑开了。

海滩上赶海很辛苦，可是赶海的人都乐呵。见他们乐呵，我们也跟着乐呵。可是，我又禁不住想，是不是人们用自己的经验和智慧征服了海滩上的生物，从而在心里生出莫名的快感？那么，海滩变成了一个角斗场？人的聪明让那些海上生物遭殃？海滩是渔村人的海滩，也是这些海上生物的海滩，为什么不能和睦相处？

也许我这是在乱想。

## 渔 船

二叔公在他的故事里说，大海是鱼的世界，陆地是人的世界，两个世界本该和平共处、互不侵袭、相安无事，可是人要吃鱼，就造出了渔船。

我们渔村人就专门骚扰大海。

村里人依然使双帆渔船。双帆渔船好。双帆渔船其实只是单桅，船桅立在船中央，从船桅顶端拉一根粗铁线斜斜地拴在船头上，叫扎头。主帆挂在船桅上，三角形的头帆就挂在扎头上。那三角形头帆吃风不多，可变动灵便，作用很大，让双帆渔船转动很灵活，有一个好的舵手操帆掌舵，可以顺风、逆风、侧风、横风行驶，适用于各种海上作业。可是，现在海上的捕捞业发展迅速，海面上出现大量的大机船和大铁船。大机船和大铁船里边有机器疙瘩，使用更轻便，转动更灵活，在海上纵横驰骋。

为什么我们村人没造大机船和大铁船？可能是造这两种船投资很大，村里人没这么多钱。也可能是因为二叔公。二叔公说，造大机船、大铁船不是发展，海上的鱼都被捞去，少了，才造更大的船，跑更远，放更多渔网。

自从二叔公不再使双帆渔船出海后，村里最出色的渔夫是二叔公的儿子阿海。阿海也操一艘双帆渔船。他不说没钱造大机船或大铁船，而说这两种船不好，靠个机器欺负大海算什么能耐！他说，打鱼就要挨近海水，与海风海浪抗争，使双帆渔船才是真正在做海。

阿海的双帆渔船在海上放四指流刺网。海上捕捞作业大体分四类：放网、放钩、拖网、灯光。我们渔村人有顺口溜：放钩当叫花，放网如设卡，灯光是欺诈，拖网像扫帚。就是说，放钩钓鱼很被动，像乞丐一样，眼巴巴等着鱼来吃钩；放网不那么被动，网在水里拉开，像设个拦路卡，只要鱼跑过，就逮住；灯光就是骗鱼，夜晚在海上点亮灯，把鱼招引过来，就将鱼网住；拖网很霸道，一张大网张开个大口在水下拖过去，大鱼小鱼统统扫进网里。

按二叔公的话说，打鱼算放钩最厚道，捕捉躲在海底的鱼，如红鱼、麻鱼、鲨鱼、鳗鱼、刺鱼、石斑鱼、猫公鱼等等。这些鱼懒，平时都躲着不动，尤其爱躲在有泥浆或者泥沙夹杂着螺壳的海底。因为活动范围小，它们经常缺食，所以很贪吃，于是就要吃鱼钩。鱼因贪吃而上钩，属咎由自取，怪不得谁。阿海却反对二叔公的说法，他说，弱肉强食是森林法则，大鱼吃小鱼是海洋法则，打鱼人的目的就是捕鱼，用不着管鱼怎么样，也不要管用什么办法捕捞。捕到鱼，显示出打鱼人的能耐就行，放钩捕捉那些零零散散傻待在海底的鱼不算有能耐，只有在风中浪里放流刺网、追捕四处活动的鱼群，和大海斗智斗勇，斗赢了大海才是打鱼人的本事。二叔公也不同意阿海的看法，他说，打鱼人不能和大海斗，要尊重大海，其实，谁也斗不赢大海。二叔公说阿海不是一个好渔夫。

阿海的双帆渔船奔驰在波峰浪谷中。放四指流刺网要捕捉马鲛鱼、鲳鱼、带鱼、刀鱼、甲鱼等鱼类的鱼群。鱼群随潮水游走，来来去去没个固定处所，又因季节、天气、潮汐的变化而变化。阿海的双帆渔船要寻找鱼群的去向，只好在海上奔来跑去。发现了鱼群的行踪后，又要在风大浪大水流湍急处放网，将鱼群截住，让鱼群在匆匆忙忙中往渔网上撞。其实，阿海的双帆渔船疲于奔命，也不仅是为了寻找鱼群，还要躲开别的渔船。海上的渔船多了，水下的渔网就很多，尤其渔船大了，渔网更多，水下到处是渔网，躲不开，就无法放网。渔网放在水下，随潮水流动，要是渔网和渔网相撞，便互相纠缠卷在一块儿，不仅打不到鱼，渔网也很难收回船来。让阿海最恼火的是，要避开那些大机船和大铁船。大机船大多放灯捕鱼，几十盏强光的大灯集中在一起，亮了半边天，四面八方的鱼都傻乎乎跑过来，特别是那些不懂事的小鱼小虾来得更迅速，热闹在灯光下，渔网突然将它们围住、收拢，一条也跑不了。这一带没有了小鱼小虾，连鱼苗也猎杀光了，鱼群就不游过来，放流刺网就捕不到鱼。阿海尤其憎恨大铁船。大铁船很霸道，拖网的网纲拿铁索做，一路拖过来，别说鱼、虾、蟹都给捞光了，其他渔船放在海里的渔网也被拖断、压沉。阿海望见大铁船，火气就袭上心头：大海是大家的啊，都让这些铁家伙糟蹋坏啦！

海上的渔船越来越多、越来越大，渔网越来越长，鱼却越来越少。阿海的双帆渔船很少出海。出海打不到鱼，还经常损失渔网，出海干吗？但是，渔村人的衣食住行都来自大海，不出海，吃啥？阿海还是要出海去。阿海行船使舵的技术一流，又有一身捕鱼本领，他硬要从大海的身上挖下一块肉。阿海等到风狂浪大或者天寒地冻海上渔船很少的时候，开船出去。他要和大海搏斗。大海当然也不客气。浪涛像狂奔的群魔，横冲直撞，野蛮地扑过来，连续冲撞阿海的双帆渔船。阿海并不紧张，可他的渔船紧张。双帆渔船惊慌失措，左躲右避，跌跌撞撞穿行在群魔的缝隙中。船上的渔工们没有阿海胆大，心里着慌，望着大海发呆。阿海喝道，呆啥，打鱼人惊怕大海不成？放网啊！风在呼啸，浪在狂吼。寒冷中风如刀浪像剑，飞舞的浪花似箭镞。海浪不时蹿上船来，撞在甲板上，哗啦一声撞个粉身碎骨，四溅纷飞，泼在船上人的身上，不一会儿，大家都成了落汤鸡。海水很粗粝，像裹着玻璃碴，扎进人的肉里，麻辣刺疼。阿海的双帆渔船在风浪中继续放网。渔船像一只机敏的小山羊，一忽儿蹦跳在山头似的波峰上，一忽儿跌落深深的浪谷，船上的人就像颠簸在簸箕上的谷子。掌舵的阿海瞧见放网的渔工们咬住牙在发抖，大声喊道，大家抖擞精神再坚持一会儿，鱼都是来自艰难处，钱都是来自辛苦中……

阿海真是有能耐，每次出海都打到不少鱼。可是，在一个风雨交加的夜晚，大海突然发怒，巨浪将阿海的双帆渔船撞向一片礁石，船翻了，沉没了，全船人葬身海底。

打鱼人本来就生活在风口浪尖，出海死于风浪中是经常发生的事，渔村人没有太悲伤。

阿海死后，二叔公就痴呆了，天天坐在村口港湾边，有时半天不说一句话，有时嘀嘀咕咕自言自语。有人听见二叔公在说，人要吃鱼，鱼也要吃人呢！打鱼人的命都捏在海龙王的手中，可他偏去抢劫海龙王……

## 台 风

台风很吓人。

台风来之前，天地死一样安静。安静中，天的脸色开始变化，变得凝重、阴沉，接着是云块儿急匆匆地奔跑，惊恐地迅速集结。这时，风凝固了，天地间没一丝风，空气很黏、很重，化不开，沉闷得让人喘不过气来。大海一动不动，好像停止了呼吸，海浪全塌了下去，没有一条鱼游动，像一摊死水。云块儿在不声不响中越积越厚，压了下来，天色变黑了。突然，台风露出了狰狞的面目，哗啦啦吼叫着，黑云急切漫卷，横冲直撞，整个天地被摇得颤颤巍巍的。这个时候再朝海上望去，海面好像在倾斜，巨浪像一座座山飞奔，坍塌，又耸起，浪花飞扬，浪声轰鸣。风越来越凶猛，以虐待一切的势态狂奔，所到之处摧枯拉朽。我们村前那海滩上水烟翻滚，港道浊浪滔滔，村边的红树林、簕竹垛以及仙人掌一会儿被狂风压下去，一会儿又被掀起来，跌宕起伏，好像这些植物在村边也翻腾着浪涛。村里人以及猪、鸡、狗都惊慌失色地躲在屋里，门窗关得严严实实。狂风继续发飙，像一群疯癫了的魔鬼怒吼着一阵一阵扑下来，扑向渔村，扑在那屋顶上，掀瓴破瓦，推墙倒垣，仿佛要将整个渔村压瘪、掀翻、撞个粉碎……台风还不罢休，很快招来暴雨、响雷还有闪电。雨助风势，雷壮风威，在闪电的强光中，风声、雨声、雷声轰响，整个世界好像处在分崩离析中。一片喧嚣声中，河水在暴涨，潮水也扑过来，咆哮的洪水和疯狂的海水纠缠在一起，汹涌澎湃，翻滚奔腾，浩浩荡荡淹向田野、冲进渔村，向四面八方泛滥，要将一切夷为平地……

猖獗了一天、两天或者三天，台风疲惫了，悄然走了。

村里人松了口气，抬腿走出家门，眼睛顿时都瞪得很大，到处是一片破败的景象。巷里散落着石头、瓦砾，还有树枝和树叶。有的房屋不见了屋顶，只剩下光秃秃的墙头；有的房屋倒塌了，石块、瓦片、桁、椽乱在一起；有的树木连根拔起，栽倒在路边；没有刮倒的树木也枝断叶落东歪西斜的，像激战后的伤残士兵。村边的簕竹和仙人掌被狂风恶浪撕得七零八落,只有旁边那红树林依然在海滩上摇着一大片绿色。其实,整个海滩全变样了,原来的港道已经改道,有的草地变成了水滩,有的浅滩却变成了沙墩,原来的沙丘也变成了水潭……

台风已经去了,它的阴影依然在人们的心里蠕动。这些天,村里人都紧张兮兮地说台风。说台风的凶猛,说台风的残暴。说完村里的台风,又支起耳朵听消息灵通的人历数台风在各地的罪恶行径。一惊一乍中,有人说,台风里共有多少艘船在海上沉没,死了多少人;有人说,多少个港口被巨浪冲垮,多少艘渔船被撞坏;又有人说,多少个村庄被山洪淹没,多少间房屋坍塌;还有人说,多少片森林被狂风摧毁,多少条公路被洪水冲断……

每年渔村都要经历一两场台风,有时甚至三四场。渔村人对台风破坏的景象以及带来的灾难已经习以为常,但是对台风的恐惧却挥之不去。人们年年说台风,可越说越不清楚、越说越神秘。于是大家不禁要问,为什么有台风?它从哪里来?更没人说得清楚。说不清楚就认定它是恶魔。的确,平时它无影无踪,不知躲在什么地方,可说到就到,急急地来,又匆匆地走。渔村人于是猜测,它可能来自海上,海龙王派来的,因为每次它来,大海都波澜汹涌激浪滔天,给它壮威助势。渔村人又怀疑它来自天上,老天爷派来的,每次它的到来都有乌云、暴雨、雷电默契地配合。

二叔公说,台风大多是来自大海,他不同意人家说台风是恶魔。他说,台风到来未必都是做坏事,虽然破坏了很多东西,但同时也带来了很多的好处。每次台风过后,都天高气爽空气清新,尤其是,天不再闷热,地不再干旱,好像世界换了新面貌。

二叔公该死,居然为台风说话。村里人不再听二叔公说台风,只有痴呆的老人才说台风的好。

二叔公不再说台风了,只有和孩子们讲大海的故事时,才牵涉到台风。他说，台风既不是恶魔也不是天使，是大海老人和老天爷对人世间的一种态度。有时，刮台风是大海在发怒。人们对大海糟蹋得太甚，大海老人无法忍受，就与老天爷合作，刮一场台风，让波涛翻滚，释放心中的怒气。有时，刮台风是老天爷要惩罚人。人间做了太多恶事，老天爷就叫大海老人配合，刮一场台风惩戒。有时，刮台风是老天爷要清扫世界。二叔公说，他看天气预测台风，其实是在观察大海老人和老天爷的脸色。看见大海老人的脸色铁青，又看见老天爷的脸色阴沉，就知道它们在生气，要发作了。老天爷深吸一口气，憋住，那时候，天地和大海都平静得让人心慌，那是台风的预兆。突然，老天爷全身一抖，猛哈气，那就是台风。接着，老天爷歇斯底里地吼叫，那就是风声、雨声、雷声和浪涛声。

二叔公的故事让我们知道了台风，知道了大海老人和老天爷。但是，台风太凶猛太吓人，我们还是不希望它出现。

二叔公说，大海老人和老天爷都很善良，无意伤害人世间。可是，它们不容许被蔑视，更不容忍被欺负，必须刮台风警醒人们。

二叔公又说，要是没有台风，大海早被糟蹋烂了。

（原载《人民文学》2019年第10期）

# 一只燕子在离去

连 亭

一

尽管已在北方生活多年，但我仍记得南方那些茂盛而青葱的日子。在崇山峻岭之间，在河流溪岸上，草木如同人的毛发般繁茂，覆盖我同样繁茂的青春。在苍茫的村庄里，巫术从未失传，而信仰如同斑驳的木石法器一样，和鬼神有着牵扯不清的关系。与此同时，铁轨和高速路撕开大地的肌肤，电视天线在隔壁市镇的上空有序地织网，村庄的轨迹在不知不觉中缓慢改变。没有人能断言，大山中的子民会被时代抛弃，相反，文明、政治、科技随着有形或无形的运输线次第抵达。即使如此，繁衍生息千年的村庄，依然对神鬼保持敬畏。谷物掌管于土地公公，吃喝由灶神赐予，钱财需要先祖和财神福佑，生育、死亡、春种、秋收，无不与一场场神秘的祭祀相关。即便是劳作，也带有仪式的光环。正因为如此，母亲的病接受的多是草药的治疗，而医院意味着濒死的病人才会前去。

母亲痊愈的过程，一如软绵绵黏糊糊的草药：迁延、迟缓。她的病，缠绕我整个青春岁月。那几年，上中学的我，被迫尽己所能地承担原本属于她的活计。以前她健康鲜亮，像一匹精力旺盛的马，四蹄生风，奔走不停，几乎包揽全部的家务和地里的农活，农闲时还到工地帮父亲和水泥、搬砖头。她生病之后，成天像老母牛般静卧，湿答答的眼睛很容易就会流出泪水。

我看得出父亲比以前更焦虑、更疲累，为了多进些收益，他抢包更多建筑活，还承包别家的田地耕种。相比于工地，我更愿意待在田地里，尽管那些田地因荒置太久，缺少肥力，牢牢地板结在一起，把父亲的脾气弄得更暴躁；尽管我和我家的牛被贫瘠的土地弄得腰酸腿痛、精疲力竭。然而处在静物画般的田野中劳作，远比面对能腐蚀人皮肤的水泥强。水汪汪的稻田之外，野玫瑰在河岸以及土坡层层叠叠地开放，风中始终充溢着花香，嗡嗡成阵的蜜蜂，翩跹起舞的蝴蝶，鼓噪不息的蛙鸣，哞哞叫的牛，不甘寂寞的蟋蟀，啰里啰唆的布谷，蜕皮的蛇和脱壳的蝉……春天的一切，和我一样忙碌。我沐浴在阳光中，奋力地挥舞锄头，当汗水渗出皮肤时，我能闻到自己身上的少女味。我想起电影《香水》，似乎对格雷诺耶有了多一点的理解。

我记得有个过路的游客拿照相机对准过我以及我家的老牛，面对镜头的愣怔和害羞依然能令今日的我惭愧。我身上满是泥巴，多么丑啊。尽管如此，田野仍比家里让人舒服。家中时常飘荡母亲的叹息，就连总在窗台上发懒的老花猫也知道她内心的焦急。当她的眼神无力地飘向我时，我总是急忙躲开，跑到院子里假装晒太阳。

在院子里，我看见我和父亲合力挂在门角用以辟邪的桃叶已经干枯了。它们在风中瑟瑟抖动，发出沙沙的声响，然后脱落，随风盘旋着掠过墙头，开始自由的旅程。

我童年时就喜欢追随风中的枯叶和纸片，不是因为淘气，而是没有可供游戏的玩具。我有很多说不出的心事，我已经是一个十几岁的少女，这个少女讨厌自己脏兮兮、粗糙的样子。幸好个子小，这足以让人对我的实际年龄迷惑。而对飞翔的枯叶和纸片的持续热爱，则是因为贪恋它们的轻盈。

母亲独自进行瘦的蜕变，我和父亲都帮不上忙。我希望她赶快好起来，这样我就不那么忙碌了。或许，我还可以沉醉到某本喜爱的书里，而不是在放学后、周末以及假期自我强迫式地尾随父亲。

我撕掉黄历上的日子，计算母亲生病的时间。那时，黑燕子在窗户外飞来飞去，不知不觉间，木门开始潮湿，空气中的水分在南方漫天铺地地延展。回南天不折不扣地来了，这并不利于母亲的病。

我记得窗外的树上曾有几只喜鹊光顾，它们欢快地啼叫，从这一棵树到那一棵树。叫声惊动父亲，他在院子中同样欢快地呼喊以示回应。于是，在夜晚昏暗的灯光中，父亲频繁地对母亲重复"喜上梅梢"的民间传说。而我，尽力分担着他们体力上的负担，与那些被潮湿附着的粗瓷碗、旧农具、硬土坯打交道。

在那些被潮湿包围的日子里，时间前进得缓慢而柔软。纷飞的雨压低了树木，熟悉的小路在雨中歪歪扭扭地伸向远方。偶尔有车驶过，溅起雨水和泥浆，被波及的路人，便朝着扬长而去的车愤怒地咒骂。

那些喜欢咒骂的青年有的是我的朋友。有时我会背着父亲偷偷跟他们出去玩。我混在他们中间，沿着河流漫无目的地游荡，有时只是胡乱地到处走，有时钓鱼并在河滩上烧烤，有时躺在河滩的细沙上，用帽檐盖住脸，或者无聊地望着河流上空翻飞的水鸟。

这时，河流一端的桐岭镇正在如火如荼地改变，走在河边耳朵能听到木材厂尖厉的声音。远处的铁路不时驶过一列火车，看上去就像黑乎乎的长蛇，蛇腹中是为某些地址奔走的人。我们对着镇子和火车大声喊叫，声音响荡在河流的上空，成为我短暂青春一抹最亮丽的色调。

相比我一成不变的劳作，镇子却在日新月异。记忆中的街道已不复存在，它消失于推土机、挖掘机的铁臂。我至今记得它的轮廓线，对旧日的它似乎比今日的它还熟悉。但变化中的它是我青春无法回避的部分，我和一伙同龄人在那里多次释放压在体内的热情：KTV、MP3、奶油蛋糕、泡泡糖、冰激凌，甚至啤酒，安抚着我们体内持续的升温。我离开村庄后，生命中很少再有这样飞扬的经历，成人的日子都是千篇一律的。

插秧时，我的狐朋狗友们会来帮忙。父亲接受他们进入水田干活，却禁止他们接近我，他坚信他的女儿成绩优异，不会嫁给打工仔或者混小子。我记得有个高瘦的小伙子坚持得最久。他话不多，来时只是默默干活，活干完了就安静地离开。也许是这一点，让父亲不那么激烈地排斥他。

和父亲的迟钝不同的是，母亲对我在河边晃荡的日子了如指掌。也许生病使得她异常敏感，也许是她平日交好的三姑六婆充当她忠实的眼线。这些女人，像地皮上的草茎般结盟在一起，在枝枝蔓蔓的交织中熟悉大地细微的纹理，谁也无法忽视她们在村庄拥有的权利。母亲轻而易举地比我先知道高瘦个子喜欢我的事。对此，她是默许的，因此她没有向父亲告密。以我今天的辨识力来判断，母亲应该是希望这个朴实憨厚的小伙子能分担父亲的担子，她就是以这种方式来表达一个妻子对丈夫的关心的。

我的人生最终回到父亲设定的轨道。读书，考大学，进大城市，一日日离他们越来越远。然而有趣的是，我在大城市中记住的人，还没有山间地头的多。如今我回乡探亲偶尔能碰见那个高瘦的插秧人，他娶了一个打工妹，有了一个五岁的儿子。巍峨的南岭山脉为他保持一以贯之的朴实，繁重的工地杂务又使他面庞染上超过实际年龄的风霜。迎面相遇时，他还能对我报以善意的问候。相比之下，我是个硬心肠的人，除了他的外号，连他的名字都没记住。我只知道，在21世纪初叶，他和别的男孩一样高考落榜，成了工地的水泥工。他曾和父亲在一个工地干过活，也正因此，父亲坚信他比我更了解这个高瘦的人。

我想和他把酒言欢，谈谈庄稼，以及我们共同失去的岁月，但他留下一个羞赧的笑容和因赶工而远去的背影后，就消失在薄雾中。

## 二

随着铁轨和高速路的深入，镇子开始扩张。土夯实的瓦房、20世纪50年代初期盖的砖瓦房被推倒，钢筋水泥砖砌的楼房雨后春笋般涌现。父亲是应时而起的建筑工，他的大部分收入来源于替老板砌砖或装修。雨季工期往往延误，他就拉上母亲去帮忙，现在这个角色由我顶替。

在工地，我总是低头干活，因为过大的安全帽压得脖子酸痛。午间休息时，我又避开那些浑身汗味的叔伯们。而实际上，在工地作业期间，人是没有性别区分的。机器把人完美地改造成螺丝钉或者碎砖石，这些在田地里捣腾大半辈子的人，在面对金属机器时，只剩下"土"的属性，而且是正由黄变黑的土。

工友多半是我的乡亲，熟人搭伙容易拉活。不单单固定在一个工地，而是哪里有活就背着工具往哪去。但无论在哪个工地，各人的分工是相似的，只有身体因生病而罢工时，包工头才会另找人顶替。当乡亲们在满是尘土的工地忙忙碌碌时，我时常怀疑他们是行走的土砖，或者移动的泥雕。土砖和泥雕多半已婚，但也有不少年轻人，虽年轻，但都长着泥土般一窍不通的脑袋，所以被命运安排到这低处的尘埃之中。

我缩在角落吃饭时，一条狗时常不怀好意地靠近我（这或许是我的假想，实际上它或许只是例行公事地履行巡逻和看守的义务）。我假装不害怕，唯恐水泥瓦匠们嘲笑我。但我仍清晰地听见自己身体里的惊叫。我被两条狗咬过，一条是健康的狗，一条是身怀疯病的狗。第一次被好狗咬后，外公和母亲轮流带我去注射过狂犬疫苗。就在疫苗接种结束后不到半年，那条疯狗咬了我。早已对奔波于医院厌烦的母亲，怀着刚注射过的侥幸心理，没再花钱让我打疫苗针。当邻村有两个人因狂犬病发作狂吠一日一夜而死后，我偷偷查了资料，惊恐地得知疫苗是每次被咬都要注射的。这时，已离我被咬过去了几年。但是，所查阅的资料还告诉我，狂犬病毒的潜伏期可长达十七年，谁也无法控制沉睡的恶魔哪一天会突然醒来。并且，有人说被狗咬过的人都会长得瘦，而我正好从来都没胖过，无论我食量如何惊人。我不能确定，那条疯狗是否已通过流血的伤口，把危险埋入我的体内。也许只有时间成为废墟，或者等到我寿终正寝的那一天，这件事才有明确的答案。

我能不害怕工地的这条狗吗？它会不会唤醒我体内的魔鬼？当我和父亲偷偷捡拾工地的废铁拿去卖给收破烂的人时，毫不相干的狗吠几乎使我内心的恐惧决堤而出。

一个贵州姐姐和我搭手干活。她是个肥胖的女人，宽肩阔背，肤色黑不溜秋，站在她面前我就像一根豆芽菜。她对我很照顾，似乎也捕捉到我对狗的恐惧，时常帮我把狗喝退。她常对我说："丫头，你得多吃肉，不多吃哪有力气干活。"我的确比很多农村姑娘和女人都要瘦，这在工地属于被嫌弃的身板。干苦活的人嘛，要壮实，才耐得住脏、累，才能挣更多的钱。

贵州姐姐嫁给了隔壁村的阿张，刚生完孩子不久，就来工地干活。她说贵州女人没有坐月子的习惯。我纳闷她为何总有使不完的力气，对男人又温柔得细致入微。难道她像云贵高原一样，既厚实，又能为南方充当江河的源头？

干活时我们不怎么说话，因为蒙着口罩，更因为说话浪费力气。我们都穿着灰蓝色制服，如今已被泥浆染得无法辨认。我们互相配合着把水泥浆和砖块装上吊机，她比我力气大，我比她灵巧。我们一天要负责码好三四车砖块，搅拌三十个工人所需的水泥浆。砖块是长方体的，表面粗粝，中间有两个圆孔，吊机的把子插入圆孔，砖块就能随着吊机抬升。水泥浆是软糯的，按一定的沙子、水泥比例配好，装在吊桶里，也由吊机起重。有时我会故意偷懒，但贵州姐姐并不责怪我。她始终懂得赶工的必要，因为太阳不等人。实际上，工地上的每个人都是赶着的，市镇也是赶着的，只不过人是赶着挣钱，市镇是赶着现代化。

贵州姐姐后来子宫长了瘤子。她双手按住左腹，跟我说那里面堵得慌，总觉着有什么东西压迫，好像塞进了石子，又好像坠着一块生锈的铁。干活时，她变得小心翼翼，但仍会感到隐隐的难受。她男人带她去新建的医院检查，并在那里做了两次切除手术。第一次手术后半年，她又出现在工地。但命运并不奖励她的坚强，她又一次上了手术台。那之后，她就不来工地了。她的病，让我想起家中的母亲，并在我心中埋下提心吊胆的种子。

她的男人，变得和父亲一样焦虑、贪工，却比父亲更沉默。女人的病让他既无可奈何又无计可施，只有拼命地干活才让他踏实片刻。他在吃饭的间歇时常叹气，脑海里出现女人给他拿饭盒和夹菜的样子，那曾经是他在工地享用的"寻常"。也许是同病相怜，父亲和他走得越来越近，教他技术以及生钱的门道。总之，父亲愿意对这个比他年轻却同样不幸的男人倾囊相授。

我无法忘记，盛夏的一个午后，对街楼面的三个装修工，站在三楼的支架上进行电焊作业时，由于漏电从三楼摔下街巷的地面，当场死亡。当时，只是一个电焊工的接线漏电，他先被电倒，离他最近的那个工人很快被流通的电波及，第三个不明所以的人赶来搭救，也触电倒下，不到几分钟，三个活生生的人全死了。在菜市卖肉的楼主急匆匆地赶回家，切断楼中所有电源，三具血肉模糊的尸体才得以处理。

这一事件震动了整个桐岭镇，尤其是隔着几十米距离目击事故现场的我们。但我们没有停下手中的活前去观看，只在傍晚收工时赶去那些哭得死去活来的家属身边帮忙。

那天是我们工地发钱的日子，惨剧的阴影笼罩了以往领钱的快乐，工友们手中拿着薄薄的一沓钱时，面庞有种欲言又止的忧愁。父亲从工钱中拿出三千块钱，给三个受难家庭每个借一千。说是借，实际上等于送，彼此都清楚多年内都无力偿还，"借"字只不过是维护受难家庭自尊的善意。而我更是明白，以家里的情况和母亲的病，父亲拿出这些钱是下了多大的决心。父亲是个矛盾的人，身上有着奇怪的执拗和善良，他经常对我这个女儿毫不留情面，却时常温和地帮助有困难的乡亲。

## 三

如今我的一些朋友已经死去，有的早夭于疾病，有的死于自杀。自杀者的眼神往往不是不甘的，而是谦逊的，这令我疑惑，我不知道他们是否真的已经被命运驯服。

我依然记得那些一起在河边晃荡的日子，在开满野玫瑰的河岸，在布谷声声的春天。这些年我从乡村到都市，从农工变成白领，从一个起早贪黑奔忙随时要看人脸色的职工变成一个自由撰稿人，我都没放弃过人生的希望，也没忘记那些与工地相关的生活。那些河边的人影只剩下模糊的影像,但说过的一些话依然激荡在我心头:我们对翻飞的水鸟喊出的豪言壮语,对驰骋的火车啸出的理想呼声。我就是从那里开始梦想的涂鸦的。那些年岁,我们没有绝望,都是身怀梦想种子的土坯。

去年深秋,我收到好友沉水而死的消息。在自沉之前,他把自己关在一个小屋里写了将近七年的诗歌,最终没有度过七年之痒而跳入江中。得知消息的第一时间,我脑中蹦出他在河中游泳的影子。我们在河边晃荡的夏天,他曾多次从桥上跳入水中翻腾,像一条矫健的鲤鱼。鱼怎么会死于水中呢?我一直以为他一定是我们当中最先到达彼岸的人,他怎么能死于本该乘风破浪的水域呢?

整理他的遗稿时,关于春花和洪水的两首绝笔诗,透露他的自杀行为酝酿已久。

### 春·花

寂寞的蓝色藏在石头里面
水流过在永生中安息的眼睛

夜晚是雾
已经向你张开

我犹豫的脚步在暮色中走走停停
落花时节沉重而可爱的晚霞一点点抱紧我
给我一个绯红色的、燃烧的吻……

(花已落尽,等待来生)

## 蹚过洪水回家

蹚过洪水回家
你顺手拾起一把褪色的紫花
它们曾是沉睡
仍在死去中的蓝迷失于秋天架下的
时间

树木由灰变黑
而空气变深
事物们开始进入一种短暂
停顿,然后告别
人们走在往日的大街
你想象一种预感:
"这是最后一个秋日,你将死去
字母会穿过最初的雨,充满秋光的旧教室"
在祖母为你留下的习字本上
拼写柔情,错误,痛楚和遗忘

　　他在这两首诗中想象了自己的死亡。我不知他怀着多大的绝望和痛楚,因为那时我正在长江边上的一个省城为生活奔忙。就在他死去那个秋天的上一个秋天,我从上海回故乡,与他在一个公园边上的马路见过面,那时他还谈起他姐姐在引导他买房。而2017年的秋天,他已和我生死永隔。我们曾是游荡在河边掏心掏肺的朋友,也是一起在工地搬过砖头的伙伴,更是人生之路上的战友,现在他死了,他的母亲为此哭得死去活来，我能安慰这个可怜的母亲什么呢？我和其他几位朋友想整理出版他的诗稿。诗稿我们早已整理完毕，如今他故去逾年，仍没有出版社愿意出版，他们说诗集会让出版社亏损，有精彩情节的小说才是他们所钟情的。

我至今无法确认他的死亡是否与诗歌有关，我能理解的一点是他对死亡考量了很久，久远到我们这些挚友没离开广西之前。他所拥抱的水，曾经对我们来说，是美丽而柔情的，如今成了一场决绝的流亡。早在2015年夏天，我就因他写过一篇文章《没有靠岸的人》。我的本意是，他是一个从此岸执着游向彼岸的人，是一个仍然怀着最初的纯真寻求彼岸的人，尽管世上的许多人包括我已消失在苍茫的人群中。我料想不到他最终会淹死自己，再也不上岸。事发之后，回想当年的文题，竟惊诧于这隐秘的对应，以至于我怀疑自己是死亡的同谋者。也许从此岸到彼岸的水域实在太绝望，也许死亡已将他送往真正的天堂，也许死亡比这个人世更甜美。我不得而知。在他面前，我总是无知的。那些年我们在雁山的荒野晃荡时，他就经常取笑我。死生亦大矣，死去何所道托体同山阿，哪一个才是真命题，死去的人总是比我们更为了解。因为死亡是透明而清亮的，只有我们这些活着的人还在沉浊的人世纷纷扰扰。

很长一段时间，我总能在秋声中想起他。没有想到，多年后，当我回忆他时，他在河边的身影构成了记忆中最透亮的画面。我总能在记忆的河流看到他意气风发的脸庞，那时他说要是考不上大学，就去开一家书店。开书店？我们哑然失笑。对乡村来说，这是不着边的玩意儿。但是谁说得准呢，也许以后就时兴了。镇上原来没有木材厂、砖厂，以及浓烟滚滚的烟囱，现在不都在市镇生根发芽了？朋友在工地午间暂歇时看书的样子，依然是我喜欢的样子，但他老是咳嗽。我能感受到他在奋力忍受工业烟尘。

他说他更喜欢以前的村庄。的确，他的遗稿是一派田园牧歌，没有任何工业社会的撕裂感。他笔下的村庄，早已消失于一场人为安排的集体拆迁。他歌咏的世界，已被雾霾笼罩。我在他的遗稿中攀爬行走，跨过漫长的时光轴重现往日时光，终于明白他说的那个世界的确很美。我提醒自己不要陷入盲目的怀旧，现在自有它的好处，比如新建的医院治好了母亲的病，比如新修的高速路让出行更便捷。但对我的朋友而言，天就该是蓝色的，云就该是白色的，空气就该是满含花香的，不然何以安置他被烟尘腐蚀的肺。

我让记忆一次次返回河边，返回理想之光还耀眼的岁月。在美术课上，他的画最好，村庄的草木、房屋、池塘、孩童成为完美的静物。但他没考上好的大学，也没开成书店。他成了工业场地的一块土砖。他对那些高速运转的机器感到无所适从，画纸才是他施展本领的最佳场所。他也没能保护好他的肺，咳嗽时他猛烈地按住胸腔，感觉里面是烧着的煤炉。我疑心他是因为自己的病不会好了，怕拖累父母，才走了那条路。

村庄拆迁多年，和我的关系渐渐疏离，只有我的父母还留在那里。而我所在的北方城市，天空始终像一块灰黄的大幕布，并且锈迹斑斑。很多东西都会加速人的死亡，比如雾霾，比如无序的人群中突然有人发疯失控，比如车辆无章变道……我时常警告自己不要去想"死"这个字眼，因为在这里，生命如此脆弱。当我因生病失去过几次工作时，周边的一切似乎都对我抱有恶意，处处不顺心，情感无所依。这时候，我会想起朋友，想起他的静物画。

其实，我曾多次在城市的深夜迷路，因为没有月亮和北斗星我无法辨认方向。我从小习成的生存之道是农耕式的，这导致我在大城市比别人走得更辛苦。而且，城市的噪音令我失眠。难以合眼的日子，我关闭手机和微信，把自己完整地放在文字里，用静谧和虔诚的方式和这个世界交往。远离了尘世的喧嚣，竟感到一种前所未有的平和。这时候，我会想起朋友,想起他的静物画。

  我不由得立马买机票奔赴家乡,来到夏日的小河旁。遗憾的是,它不再澄澈,并且吞噬我的朋友。我不禁伤心落泪,不知道作为个体的人,如何与时间、与世界达成和解。我发了疯似的对着河面呼喊,对着崇山峻岭呼喊,对着消失的巫神呼喊。突然,我看到一只黑燕子的剪影轻盈地掠过河面,向南岭山脉飞去。我注视着它,又一次热泪盈眶。

  相传燕子是春天的使者,每年4至7月从海岛归来,或在屋檐下营巢,或栖息于田间山地,繁殖结束后,幼鸟跟随成鸟,在第一次寒潮到来之前离去。

  看着浩浩汤汤的河水,耳边似乎响起朋友经常呢喃的一句诗:"莺莺燕燕春春,花花柳柳真真,事事丰丰韵韵。"

(原载《民族文学》2019年第5期)

# 古陂的舞者

朝 颜

## 一

黑夜苍茫如幕,黑夜是被香火和舞者点亮的。

举狮而舞的男子,手持香火的男子,形成了一条长龙,逶迤在丘陵之间。像燃烧的火焰,一路穿过圩镇和村落,经过田畴与河流,攀上那高高的青山,又反身向下,激越地冲向祖先的祠堂。数不清他们的人数,也看不清他们的脸膛,只看见被火光映照的红,像斑斓的花朵,热烈地盛开在天空之下,大地之上。

这是正月十五元宵夜,热闹了三天的谢氏蓆狮队,正举行最后的"赶龙"仪式。锣鼓有节奏地喧响,爆竹不停歇地炸开,仿佛铁了心要在这个夜晚,喊醒天上的星辰、山间的草木、地里的虫豸、水中的游鱼。

那么多的人,那么多的香火,奔跑在双龙与蓆狮的后面,奋力地追撵着,晃动着,呐喊着,吆喝着,构成雄浑的、高声部的交响,声势直透苍穹。

他们，要用最嘹亮的喊声，宣泄头年的苦、头年的累，喊出来年的盼望、来年的憧憬。

年复一年，这热烈而欢喜的仪式，成为照进信丰县古陂镇谢氏一脉生命里的亮光。

年复一年，舞狮的人来了又去，去了又添。他们说，天上的星星有多亮，地上的香火就有多旺。

这其中，有一个名叫谢达光的男子，先是长龙后面一条活蹦乱跳的小尾巴，后来是蓆狮舞中的狮尾、狮身、狮头，举着蓆狮粗犷起舞。再后来，他是一名熟练的乐队鼓手，指挥着小廻廻为狮子洗脸、擦背……但是现在，他再也打不动那面鼓了。

从镇上去往谢达光的家，需要经过一条窄窄的巷道，然后是一块水泥大面积剥蚀的、长满铁马鞭草的空坪。除了几只母鸡在草地上啄食，四周阒寂无声。这挨挨挤挤的房子，这紧紧闭锁的大门，人都去了哪里？

不消说，村镇深巷中，空旷旧屋里，留下来的，多是激不起欢声笑语和大风大浪的老弱病残了。

这是一幢附着在两层红砖屋旁的低矮水泥砖简易建筑，门楣上，钉一块"光荣之家"的牌匾。推开一扇漆着蓝漆的空心铁门，屋子里静得一丝儿声音都没有，就像时间停止了游动，万物屏住了呼吸。

县文化馆副馆长刘荣生一边推动里屋的木门，一边一迭声地喊着。谢达光不吱应，连一声咳嗽或一句嗯哼都没有。黄昏的光线吝啬地铺在靠墙的一张矮床上，适应了很久，我才看清谢达光的那张脸。苍白，眼神空洞无物，眼仁茫然地对着爬满灰斑的天花板。

2017年，谢达光中风瘫痪了，左半边的身体再也不听使唤。从此，他每天每夜的大部分光阴，都与这张床连在一起。天气炎热，他身上搭着一条薄的被单，仅穿着平脚裤衩，大半条腿露在外面。行动不便，终日与枯寂的床为伍,作为男人的体面和尊严,已顾及不了太多。

我退出里屋。刘荣生与同行的几个男人在张罗着为谢达光穿戴。一边穿,一边大声地与他拉家常。原来,谢达光的耳朵,不是太灵光了。

穿上了衬衫、长裤和拖鞋的谢达光,被抱到一张轮椅上,推到外屋,推到我的面前。刘荣生懂他,递上一支香烟,为他点燃。虽然他的嘴角略微歪斜颤抖,但叼着烟的姿势仍旧有点帅。从他坐着的高度和仍不失粗壮的胳膊望过去,可以想见他年轻时的样子,必定是魁梧高大,孔武有力。

一提到蓆狮,谢达光就哭。用那只可以活动的手,掩住面,嗷嗷地哭。肩头耸动,胸腔一起一伏,仿佛里面装着太多想倒又倒不掉的东西。

1936年9月出生的谢达光,在哭1936年6月出生的谢达祥。那是他的堂哥——此前全世界唯一一个蓆狮舞国家级传承人。2019年5月的一个夜晚,谢达祥悄没声地突然就去世了,连一句遗言都没有留下。离去时,身边没有一个人。在这之前,他一向行动自如,当年正月还组织和指导了每年如期举行的蓆狮舞活动。

他们,是血浓于水的堂兄弟,也是共同见证并推动蓆狮舞一直走到今天的人。他们从小感情甚笃,堂哥曾同他一起奔跑在古陂的村道上,一同从一条小尾巴变成一个中坚的舞者。他们的屋子,仅隔着小半块晒坪,日日声息相闻。他们一同老去,一同为族里的后生示范一个舞者该有的样子。现在,谢达祥的照片和事迹挂在墙上,微张的嘴,像有太多的话还没有说出。

岁月多么无情,岁月将太多没有活够的人封缄成一段历史。

与其说谢达光在哭堂哥,毋宁说他在哭自己,哭一去不复返的时间,哭一望而见的不远处的未来。藏在一个耄耋老人胸腔里的,是一种覆顶而至的恐慌,像被一双无形之手扼住了命运的咽喉。

我来晚了。但是如果我现在不来,只会更晚。

## 二

我们的谈话时断时续。中风以后的谢达光,记忆力大为减退,像一张八十多年的大网被一阵风刮破,露出了大洞。有的丝线断裂了,有的被揉成了一团。很多事情,很多细节,他都想不真切了。

况且,谢达祥是他的禁区,不能提及,一提,又是遏止不住的哭。疾病摧毁了一个人的身体和大脑,也摧毁了一个人的刚强与意志。

我需要艰难地捋出一根一根的线条,将它们慢慢接驳在一起,以重新找到那个进入蓆狮舞的口子。

他还记得小时候的自己,那么顽皮,那么贪玩,跟着蓆狮队伍凑热闹、放鞭炮、捡爆竹、喊号子。玩着玩着,就玩出兴趣和热爱来了。十岁,谢达光和常哥谢达祥一起,开始跟着叔叔谢德超学习蓆狮的制作和表演,从力量要求最低的龙尾开始舞起。缘分既起,便是一生。

在这个家族中,谢达光不是最开始舞狮的一个,也不会是最后的一个。他的六个儿子,每年都加入进来,孙子渐渐长大,也成为队伍中的一员。"这是古代的老辈人传下来的,要一代一代传下去。"他反复地强调着同一句话。

他说的那个古代到底是哪一年?老辈人又是谁?以他现在的身体状况,自然是无法说清了。

只知道,几百年前,谢氏一脉便开始生存在信丰县古陂镇这片土地上。他们曾经是客,后来为主,许多的人和事都已消亡散佚,唯有祖先的香火和信仰,像粗壮有力的老树根,深深地扎进宗族的血脉里。

时间是一条不停流淌的河。时间怎样在无意义的流动中创造意义,进入几百年前的某一个节点,点燃了一群人头脑中灵光一现的火花,创造出全世界绝无仅有的蓆狮,还有独特的舞步、腾跃的节奏,及与之相关的一切内涵?

问村里的谢氏后人,没有人能准确无误地说出蓆狮产生的具体时间,只说是清康熙年间,笼统而概括。然而事件的缘由却在几百年的口耳相授中,指向完整而清晰。

那就是,庆祝谢氏宗祠的落成。

世界上,再没有一个族群比客家人更谙熟并铭记传承着宗祠的全部意义。他们从中原出发,或避祸,或逃难,或择水草丰茂处生存,扶老携幼寻至中国南方,看到高低起伏的丘陵,看到这里山水拥翠,物产富饶,堪称宝地,来了,便在此生根发芽、开枝散叶了。这样艰难而漫长的迁徙,在中国历史上历经了一千多年之久。

一千多年啊,多少屋宇朽了烂了,但祖先和姓氏的源流从来没有被遗忘。他们携带着中原的火种和基因,以宗祠这样顽强的形式,在南方播下种子。他们在宗祠里祭祀祖先,延修族谱,庆祝节日,商议大事,操办族人的生老病死。他们以家族的庞大、人丁的兴旺为荣,更以族风的享誉和家声的广震为傲。

古陂,便是这样一个宗祠密布,姓氏和宗族文化根深叶茂的客家古镇。

江西南部,一条亘古悠长的桃江河将方圆两千八百多平方公里的信丰县一分为二。位于河东片区的古陂镇,其人类居住的痕迹可以上溯至三国时期。只是有史载的建圩和命名,则在清康熙年间。清代,应是古陂圩商贸最为发达的时期。这里是赣县、于都、兴国、信丰四县人去往广东的必经之路,这里的古陂河曾经营造过繁华的码头文化,这里大量盛产的竹、木、煤、豆等货物曾经被运往更远更大的城市,为当地带来了巨大的经济繁荣。

在赣南，多年来流传着"头唐江二古陂三筠岭四营前"四大名镇的说法。山水之明秀，田畴之肥沃，物产之丰富，交通之便利，在赢得商业兴盛和经济发达的同时，孕育了崇文尚武、民淳俗厚的文化氛围，也孕育了国家级非物质文化遗产蓆狮、犁狮。

普天之下，再没有一种舞蹈，和姓氏关联如此紧密的了。

在蓆狮、犁狮的表演队伍中，我们看到两面大小和样式如此接近的旗帜。红色的绸布作底，黄色的隶书体大字"蓆"与"犁"分别在各自的地盘上张扬地舒展着筋骨。可以想见，他们都曾是古陂圩中掌握了政治、经济、文化话语权的旺族。因为，只有人丁旺盛、实力雄厚、精诚团结的姓氏，才能够在乡间亮出这样一面鲜明的旗帜。

的确，古陂镇的二百七十个自然村中，居住有六十多个姓氏的客家子民。其中，谢氏、黎氏为人口数量最多的两大姓氏。在古陂方言里，蓆与谢同音，犁与黎同音。那分明是他们姓氏中独有的文化符号和彰显的家族底气。

直到今天，谢氏的后人，仍对祖先的荣光如数家珍。在《谢氏族谱》中，记载着这样的一件事：生于明崇祯年间的谢国琦，曾"捐坪坝建圩、捐基建宗祠"。古陂史上曾有规模较小的老圩，他捐建的圩即为拓展意义上的古陂新圩。至清代同治年间，谢金璞再次捐地建圩，使古陂新圩得以扩大。也就是说，如今正在使用的古陂镇圩场，大部分由谢氏肇始。

一颗种子的落地，是一种生命的偶然。但，土壤的肥沃、气候环境的适宜，却对一棵树的枝叶参天、根系发达，构成了一种必然。

## 三

从谢达光老人的屋子出来，左拐，复前行十几步路，便是一个小型的谢氏祠堂（为谢氏宝树堂的一个厅）。隔着一块空坪，祠堂的正对面，就是已故传承人谢达祥的家。几十年的时间，这对血缘和感情都无比亲近的老哥俩，紧紧地倚靠在祠堂边上生活，守护着祖宗的香火，并与之共存共荣。

谢达光担任过广播站站长，是个乡村文化人，但是如果要他完整地表述出香火的全部意义，也许并不容易，但他自有终身恪守的信仰和规矩，比如尊敬祖宗、抚育儿女、和睦家庭、延续血脉，还有，对土地无法割舍的眷恋。

当兵退伍后，他曾经在县民政局上过班，有转为商品粮户口的机会，但他拒绝了。六个儿子一个女儿的大家庭离不开他，那春夏秋冬季季都需要下大力气耕作的土地也离不开他。他索性调回到古陂电管站，守着自己的妻儿，挨着族里的祠堂过下半辈子。

祠堂大门的钥匙，就保存在谢达光家里。这时候，谢达光的妻子正好回来，攥着钥匙走在前面，为我们开门。她比谢达光还大一岁，今年虚岁八十五了，身体却比他硬朗，动作灵活，耳聪目明。中风的谢达光，多亏了她的悉心照顾。是的，重情重义、相扶相携，这也是客家人恪守的传统之一。她说，他们没有办过结婚证，一辈子倒也圆圆满满地过来了。对于蓆狮舞，她懂得的并不多。因为，那是男人们的事。许多年来，女人们只是远远地观望，并欣赏着自己的男人在香火中舞动的姿态。她们是男人身后永远的支持者，闻着香火和时间的气味，在祠堂里为舞狮归来的人摆好点心：米果、烫皮、酒水……

一股南方的潮湿幽闭气息扑面而来，整个厅堂空旷、冷寂。一只竹制的蓆狮狮头架子挂在墙上，看不到完整的狮身。按照习俗，表演过后，他们要把所有的龙身（草把）和狮蓆送到河边烧掉，寓意着"龙归大海""狮返大山"。看样子，从正月到现在，这只狮头已经孤单地沉寂了多时。

但是祠堂自有它热闹的时候。正月里，男人们终于赋闲下来，外出经商的回到了祖屋，耕田种菜的收起了农具，念书上进的放下了书包。他们齐齐聚拢在这里，捧来金黄干燥的稻草，结实耐燃的线香，在能工巧匠的带领下，扎制狮蓆，擦亮灯笼，抻平旗帜。他们身上冒出的热气与心灵弥散的热度，在春寒仍未消隐的时节，在祖先魂灵无处不在的场域里，聚成一团稍触即燃的火。

这里面，必然曾经有过谢达祥老人。他不仅是参与者，更是领头羊。当他发起号令，身边必围拢着一群族人，各司其职，井然有序。有的在帽子的竹片上裹紧稻草，有的在芋头或番薯上插好线香，有的为灯架蒙上一层粉红色的布……他像训练一群学生娃娃那样手把手地训练着他们，必要时，亲身示范。有时候他顶着狮子，有时候他披上背板，有时候他举着香火，有时候他跳将起来，一招一式，一板一眼。他要把动作、节奏，甚至眼神一一传递下去，就像当初谢德超老人教他时一样。

2019年的春天，谢达祥屈指一算，自己已经虚岁八十有四了。客家人素有"七十三、八十四，阎王不叫自己去"的说法，意味着当老人们到达这个门槛时，有可能遭遇生命的大限。那个强烈的预感把谢达祥紧紧攫住了，时日无多，他对此深信不疑。

忙完这年正月的狮蓆活动后，一整个春天，谢达祥都在着急地寻找并确定一个新的传承人。找一个好的传承人其实并不是件容易的事，除了对狮蓆技艺的熟练操习，还需要为人处世圆融，协调能力超强，在族里有极高的威信。最好，经济实力也不弱。很多时候，传承人需要奉献的，不仅仅是精力，还有金钱。这个角色，极其类似于过去的族长。

留给谢达祥的时间如此紧迫，他把心中物色好的几个对象掂量了又掂量，比较了又比较，他和最贴心的堂弟谢达光商议了又商议。虽然谢达祥有好几个儿子，正当年富力强，但他并不看好他们，不愿意把这么重要的担子交给他们。他还请来县文化馆的刘荣生副馆长，召集氏族会议，家家户户投票。最后，他们选中了1970年出生的谢达章。有很多年，谢达章都担任着狮蓆中的大廻廻角色，演技娴熟，值得信赖。而且，他在族里的号召力也是有口皆碑的。

完成了这桩最重要的事，谢达祥感到功德圆满，身体里那根绷着的弦松懈了下来。他离开的那天晚上，恰逢与之朝夕相处的儿子外出看病，留下他一人在家。没有人会想到，就在那个夜晚，不迟也不早，他突然在桌角一磕，歪倒在地上，再也没有醒来。

第二天，谢达祥的孙子过来喊他吃饭，没听见应声，闯进屋去，看见他躺在地上，安详而平静，仿佛一条龙，重新归于大海。

## 四

将时针往回拨至清康熙年间，我看到最初的舞者，其背影由模糊渐至清晰。为着谢氏宗祠的落成，他们舞着自己研制的香火狮，身披草蓆，遍插香火，从下屋厅、四方厅，到老屋里厅、新屋厅，从正月十三到正月十五，大庆三天三夜，隆重而热烈。

其实，舞狮与香火龙在信丰县古已有之。是捐建祠堂的谢国琦领着谢姓的文人工匠们，将狮与龙聚合在一起，由单一到繁复，由小打小闹到盛大庄严，为一种古老的舞蹈赋予了新的意义和形式。

竹与木，薯或芋，稻草及香火，每一种材料，每一件道具，都与他们的生活息息相连。尤其是草蓆的加入，简直是神来之思。从生到死，从呱呱坠地被草蓆托起的小小一团，到最后一口气息被一张草蓆收走，每一个人，一辈子都离不开草蓆的容纳与安抚。草蓆，最贴近人的肉体、灵魂和梦境，最近距离地见证着人一生的幸福或孤单。

他们把蒻喊成"qia"，把谢也念成"qia"，两个如今已无法用普通话翻译的入声字，一种在方言体系中如此一致的音色，接通了舞蹈和姓氏之间的文化内涵与外延，使得那星星点点的香火，每一支都闪耀着家族的荣光。

有很多年，生活在古陂镇的黎姓村民，是作为观赏者的身份出现在狮蒻舞现场的。在娱乐方式普遍稀缺的年代，谢氏每年春节的狮蒻舞活动，不啻为一场极具吸引力的盛典。诱惑着全镇各姓人等，闻着锣声鼓声蜂拥而至，一路追随，观看热闹，并评头论足，津津乐道。

黎氏与谢氏在古陂同属旺姓。两姓隔河而居，又相互交融，村落毗邻交错，农田阡陌相接，男女婚姻互通，生活鸡犬相闻，构成了你中有我，我中有你，一派怡然的生活情境。

高处的政治和杀戮离南方总是遥远，乡村有乡村的生态，民间有民间的秩序。古陂河缓缓流淌，农耕文明与商贸文化缓缓流淌，人的世代接续也像这古陂河缓缓流淌。

然而，在这平静的表象之下，内里其实不乏暗流涌动。无比看重家族势力的客家人，从来没有停止过姓氏之间的明争暗斗。经济实力，文化底蕴，名声地位，势力强弱，人丁多寡……无不是男人们暗里较劲的因素。

假以时日，总有一些矛盾要从水底浮上水面，总有一些冲突要被导火索瞬间引燃。

那是清光绪年间的一个春节，狮蒻舞像往年一样如期上演，观看的人们也像往年一样纷至沓来。居住在李树下的黎声亮、黎有德等黎姓男子裹挟在人群之中。看热闹，人与人之间难免相互推搡，以争夺一个最佳的观看位置。口角不可避免地发生了，这一次，是和谢姓的男子。"就兴你看，不许我们看？""这是我们谢家的活动，有本事你们自己搞啊。"有时候，话会越说越难听，小小的摩擦可以升级为姓氏的争斗。

一场争吵，让黎声亮和黎有德窝了一肚子的不甘，也启发了他们创造的欲望和念头。极具巧合意味的是，这两个人，恰好是黎姓中威望极高和活动能力极强者。其中，黎声亮生于1884年前后，念过书，有文化，在黎姓中是个"地保"式的人物。黎有德生于1887年，打过屠，做过厨子，学过丧葬礼仪，经常一人自发为村里筑田坎，修水渠，办公益，积攒了很好的声誉和口碑。加之，二人都是舞龙能手，对这项民间艺术从内心深处怀抱兴趣和热情。

这时候，距离狮蔗的发明已经两百余年了。两百年的光阴，狮蔗已经深刻地渗入到古陂人的生活之中。此时，要开拓，要创新，要获得村民的认可和欢迎，要形成一种势均力敌的局面，其实是一件很艰难的事情。

但是想法既已萌生，黎声亮和黎有德攒足了劲，要创造一种和狮蔗截然不同的新狮。不约而同地，当他们将舌头顶住上腭，口腔里立即滑出祖辈相传的姓氏——黎。他们还由此联想到了一种伴随一生的农具——犁。无论在普通话还是在客家方言中，黎与犁都拥有同一种读音。只不过，普通话中的"lí"，在当地人的口中，发出来的音是"léi"。

从小见多了"扮故事"的场景，他们灵感浮现：何不把犁搬上表演的舞台？一切由犁生发，延伸开去，便有了牛和犁田的人。他们扶了一辈子的犁，赶了一辈子的牛，对这些再熟悉不过了。牛，是农耕文明中最卖力的功臣，是农民与土地较力时最忠实的伙伴。有牛，就有红红火火的农业生产；有牛，就有年年月月的丰衣足食。

一样的竹与木，稻草和香火，这些乡村随处可见的事物，又一次作为原材料进入了舞蹈。一样的舞和逗、追与赶，他们设计的表演角色，编排的舞蹈动作和程式，与男人在农田里赶着牛犁田的场景何其相似。一个大廻廻在前面执草引牛，一个小廻廻在后面扶犁赶牛，一头大牛摇晃着脑袋负重前行，一头小乳牛追着大牛四处奔跑，企图喝上一口奶。那妙趣横生的动作,那诙谐幽默的场景,引得旁观者捧腹大笑。

整个的表演,其实就是一幅生动活泼的扶犁春耕图,乡土气息扑面而来。他们将这种全新发明的舞蹈,命名为犁狮。那时候,他们只代表黎姓的一小部分力量,并没有太过庞大的野心,他们完全没有想到,犁狮舞会一代一代久远地传承下去,一直传到今天。

## 五

走进一家商店门面,就看见墙的正中央,张贴着黎氏祖宗的牌位。大红纸做底,黑色的毛笔字墨痕依旧新鲜,上书:"……列列之祖位。"牌位下方,蛇皮袋包装的粮食整齐地码成了小山。古老与现代,精神信仰和物质追求如此奇特又如此和谐地共居一室。

这是犁狮第六代传承人黎忠春的家。

再往里,有一间小的餐厅兼会客室,一个露天的小庭院,还有一排作厨房等用度的平房。镶有瓷砖的现代新式厨房里,砌的却是状貌笨拙而硕大的土灶。灶头上,专门设计有插香的炉台,香烛的梗茬仍在,上墙被熏出了黑黑的一片。显然,这是一户殷实小康之家。1967年出生的黎忠春,其日常身份,是一位农资生意人。种子、化肥、农药、粮食生意,一条龙地做,而且,得心应手,顺风顺水。

泡茶,引座,寒暄,吩咐妻子端来水果和瓜子,黎忠春熟练而大方地做着这一切,正如他有条不紊地把握着整个黎明村的事务那样。如果把宗族、姓氏、村庄比作一艘大船,当它载着纷繁复杂的人和事向时间的深处驶去时,一位深谙风向与气候的高明舵手何其重要。

2016年,八十多岁的犁狮传承人黎忠英老人去世。一副沉甸甸的担子,落到了黎忠春的肩上。他是黎忠英的堂弟,黎忠英亲自物色的接班人，也是犁狮舞中最中坚的力量与核心技术的掌握者。从五六岁开始跟着队伍凑热闹，到十岁正式随堂哥学习犁狮舞，到现在已有四十余年光景了。

像割稻子一样，人也是一茬一茬地被光阴收割，又一茬一茬地长出新的来。

为村庄命名的黎姓祖上，心中想必是住着诗意和亮光的。黎明村，黎姓人世代居住繁衍的地方，将二者联系在一起，是如此贴切又如此暗含生机。现在，黎明村已成为拥有三千八百多人口的大村，数量居古陂镇之首。

谈到自己的姓氏，黎忠春脸上充满了骄傲的神色。他说："在过去，国民党和大地主都不敢欺负我们黎姓人，因为我们人多，在古陂势力大，而且非常团结，打起架来，基本没有吃亏的，就和电影《黄飞鸿》里演的差不多。"

人多，团结，这便构成了犁狮舞团队组建的基本要素。一场表演，少则三十几人，多则四五十人，通常是，人数越多越好。在松散的乡村日常秩序中，若没有广泛的动员和参与，自觉和自愿，是无论如何也组织不起来的。

但是每年正月，犁狮舞一上演，黎明村几乎倾村而动，家家户户在期盼和激动中度过几乎无眠的三天三夜。他们先是挨家挨户发出拜帖，上书："恭喜发财，犁狮来拜年。"收到拜帖的人家便插好蜡烛，准备好鞭炮，迎接犁狮的到来。于他们而言，犁狮进门，便是吉祥、如意、财运、幸福、收成、平安等一切吉兆的进门。

在乡村，曾经是富裕之家才能拥有一头牛。黎忠春回忆起1982年分产到户时的情形，全生产队只有四五头牛，得七八户人家共用一头。轮不上的，只能用锄头挖地。养一头牛，是多数农民梦寐以求的理想。有牛，就意味着五谷丰登、丰衣足食。牛，是力量的象征，也是富贵的象征。

耕牛舞动,昭示着粗犷而原始的生命力,于春天破土而发。

古陂人的方言中,习惯将舞狮说成是"打"。敬拜过土地公之后,他们从河的下游出发,一路往河的上游"打"过去,从一个屋场"打"到另一个屋场,所到之处,无不鞭炮齐鸣,锣鼓喧天,人声鼎沸。

这便是古陂民俗意义上的"打上水龙",向上,向好,向着更高处和洁净的源头处。然后,他们把狮身上扎过的稻草烧掉,将剩余的香火一抢而光,插到自家的土灶上,敬奉着他们的"灶公公、灶奶奶、灶'帕帕'(祖爷爷、祖奶奶的意思)"。

一年一年,这些于年代久远中悄然形成的古朴信仰和约定民俗,在黎姓男子的头脑中镌进了深刻的认同与信赖。需要外出打工的年轻人,奔赴异地求学的年轻人,总是千方百计在家待到正月十五,接受完一场犁狮的洗礼再踏上新的征途。他们觉得,一年不"打",全身便不得劲。

1988年出生的黎小龙,是黎忠春的侄子,他在深圳经营着一家资产几千万元的公司,在全国多地购置有房产。按说,他完全可以脱离这些老家的习俗,过着自己潇洒自在的生活。但是每年春节,他都会从深圳赶回来,参加犁狮表演。他用现身说法和族人们分享着一个事实:"有一年太忙,没有回来'打'犁狮,赚钱都好像不那么顺利了。"此后,无论再忙,他总是按时归来,融进犁狮舞的队列中,"打"得兴高采烈,摇头摆尾。

黎忠春的儿子亦如是,他在九江学院上大学,依然愿意遵循着氏族的习惯和信仰,每年春节,全身心地投入到"打"犁狮的大事件中。关于犁狮祛邪除恶,迎福添吉的象征意义,并没有因着时代发展的日新月异,在年轻人心中被摒弃被抗拒。一股来自血脉中的力量,借着香火狮的舞动汩汩流传。

这,也是蓆狮、犁狮代代传承至今最根本的基础所在。一代一代的传承人,都牢牢地记着一句话:"无论如何,也不能在我手上失传。失传了不光自己没面子,就连祖宗的面子都丢了。"

## 六

黎忠春驾驶着一辆皮卡车,突突突地将我领到了他们引以为豪的黎氏宗祠。

青砖的高墙,气派的飞檐,上书"黎氏宗祠"四个苍劲有力的魏碑体大字。宗祠左右,一边是村小学,一边是村委会,崭新与古老并行为邻,更加突显着这座建筑存留下来的难得与珍贵。推开红漆的木门进去,一股夏日难得的幽凉之气扑面而来。一个大天井将祠堂隔出两进的宽阔场所,天井里,绿色的苔痕,暗生的野草给祠堂染上了陈旧和沧桑的味道。若关起门来,这里分明是一座坚固的城堡。

这是古陂镇唯一完好存留的一座清代古建筑,现在,挂上了犁狮传习所的牌子。黎忠春说,有一年中央电视台的记者来采访,非常感慨地对他们说:"这是非常有价值的历史文物啊,你们一定要保护好。"

其实,这还用说吗?黎姓人,把这座宗祠当做宝贝一样看护着。因为,这是他们家族能力、实力的彰显,也是姓氏荣誉,人丁兴旺的象征。这里的一砖一瓦、一椽一柱、一张祖上的画像、一面斑驳的石灰墙,无不见证着岁月经过的光和影。

几位老人坐在天井边纳凉,问他们,有"打"过犁狮吗?无不喜笑颜开:"嘿,'打'过,当然'打'过,不'打'犁狮哪叫过年?"

祠堂最里面的一个角落里,摆着犁狮道具的骨架,一大一小两头牛,一张犁,形状依然栩栩如生。黎忠春扶起犁,挥起鞭子,眉毛就扬了起来,脸上的神韵也出来了。他又钻进小牛的肚子,抬起小牛,蹲着马步,左右摇摆,小牛的嘴巴随着步态一张一翕,憨态可掬。

大牛太重,一个人是舞不动的,需要两个人,一人舞狮头,一人舞狮尾,默契配合。即便如此,也不能坚持太久,一般舞上三五分钟就得换人。尤其是香火燃起后,烟熏得厉害,眼睛也很难受。后来,他们竟然创造性地戴上了潜水镜。

如果再往前追溯,最初的犁狮,其实是武狮。黎姓素有尚武的风气,民国时期,便出了两位武术高手黎垂文和黎垂金,他们练习武术,带了一帮徒弟,个个有硬功夫,一个人对付七八个人不在话下。他们还懂得跌打损伤医术,经常外出行医,颇讲江湖义气。那时候,他们这些会武功的人舞狮兴起之时,会做一些高难度的动作,比如翻筋斗、跳台、跳架,引得众人齐声喝彩。随着习武之人渐渐老去、谢世,炫技再无可能。

黎忠春最擅长的,是扮大廻廻,这个角色,他已经担任十多年了。只因其步骤最复杂,动作难度最大,能学会的人也最少。有好几年,黎忠春一个人扮完全场,几个小时下来,体力消耗极大,辛苦异常。幸好,在他的慢慢教习下,已经培养出了好几个熟练的大廻廻。"像黎小明、黎承志、吴小林,他们都会。"黎忠春提起他们的名字,如数家珍。

我不由注意到,这里面,还有吴姓人氏。"是的,我们早就把这家人当成自己人了。不能让他们感到委屈,否则,就显得我们小气,看不起别人了。"黎忠春解释道。整个黎明村,吴姓仅有一户,是知识青年上山下乡时落户于此的。落户之后,最大的问题是进入,从观念到习俗,从所处的境遇到身份的体认。而黎姓人每遇大事小情,必邀请吴家一起参加,这是他们大气和友善的表现,也是他们族风和家风的体现。不仅如此,少量散居在村落中的陈姓、黄姓、谢姓、刘姓,也一样能收到拜帖,一样有人参与犁狮表演,一样认同着犁狮的文化内涵。遇到婚丧嫁娶等事情时,一样请村里的黎姓理事会来做主。

黎忠春是黎明村理事会的常务副会长,也是理事会实实在在的主事人。哪个屋场有人老了,哪个屋场要娶新媳妇了,哪个屋场要办满月酒了,主人就把钱交到黎忠春手上,由他去张罗所有事情。甚至,哪个家庭发生纠纷无法调和了,也请他去调解。他们信赖着他,依靠着他。而他,也竭尽所能,调动人马,安排事务,把家家户户的红白喜事办得妥妥帖帖,圆圆满满。

以心换心,以情易情,用恒久的付出赢得大众的理解和支持,乡村人的情感和操守如此朴素如此简单。所以,当黎忠春需要召集犁狮表演时,全村上下的青壮年男丁,没有不积极响应的。

现在,蓆狮、犁狮被列入国家级非遗项目,成为政府保护的民间艺术,经常受邀参加各种庆典与活动。表演的时间,往往不是村民们举家团聚的春节期间。打工的、上学的青壮年男子都奔赴了外地,长年留在黎明村的,多是老弱病残。仅小部分在当地做生意或从事农耕者,很难组建起一个表演团队。

但是,只要黎忠春一个电话,在县城的、在外省的男人们便掐准时间赶回家来。他们常说:"大哥,你讲了怎样就怎样哇。一句话,支持。"就连在深圳经营管理着偌大一个公司的黎小龙,也随叫随到。比如今年6月中旬信丰阁非遗进景区,他便回来"打"了两天犁狮。而今年4月小江镇客家围屋的庆祝活动,黎小龙因为身在香港,赶不回来,还一再表达了歉意与遗憾。

当初逗一时意气的黎声亮和黎有德一定不会想到,他们发明的犁狮舞,会从李树下出发,吸引整个黎氏家族加入其中,迅速蔓延至和黎姓有关的各个村落,最后,成为由黎明村主导的盛事。

一场黄昏的暴雨突然而至,如果不是天井上水流如注,在黎氏宗祠里几乎感觉不到天气的骤变。一个祠堂,几乎就是一个小小的江湖和小小的堡垒。

## 七

然而，当历史的风浪汹涌来袭之时，这座小小的堡垒分明又成了一只飘摇无措的小舟。它连自己何去何从尚不知晓，又如何护佑躲在小舟里的人们。1966年，一场"破四旧"运动席卷全国，将固有的文化传统、伦理秩序破坏殆尽，古陂的蓆狮、犁狮也未能幸免。

一场急风暴雨般的运动，首当其冲的是大量珍贵文物，被砸，被抢，被毁，满目疮痍。多数文物，永无复原的可能。1966年8月25日，《江西日报》以《大破"四旧"，大立"四新"，革命小将造反有理》为题，报道从南昌地区开始的破"四旧"、立"四新"运动。肆虐的火焰被迅速点燃，蔓延至全省各地。长达几个月的运动，传统文化、历史遗产、文物古迹、风俗习惯无不受到巨大冲击，大批珍贵典籍、古玩、书画被烧毁、捣烂，许多街巷和"老字号"名牌商店、工厂、学校被强行改名。

古陂的老人们，眼睁睁地看着祠堂被毁坏，祖宗的牌位被砸掉，蓆狮、犁狮被扔出来，烧毁。他们摇头，叹息，流泪，内心也像被烈火焚烧，疼痛愈演愈烈，但也只能悄悄地背过身去，强行咽下从胸腔里翻涌上来的苦和痛。

浩劫来临，香是不能点了，祖宗也不能祭拜了，蓆狮、犁狮更不能舞了。整个正月，村庄里静悄悄的。时间喑哑了，文化基因和传承也喑哑了。昔日的喜庆和热闹不见了，人们缩在屋子里，像每天黎明准时唱白的雄鸡被阉割了声音。

他们心里想不通啊，老祖宗传下来的东西，难道都错了？过年过节难道不应该热热闹闹，欢欢喜喜？然而洪水以冲垮一切的气势封缄了他们的唇舌。他们只能像房前屋后的树木一样，不发出声音，不喊出委屈，只默默地等待天明,只在想象中举着蓆狮、犁狮,绕着村庄、河流,跨着马步、侧步,合着锣声、鼓声,欢快地舞动:"咚隆咚咚,的的隆咚咚,的咚咚咚……"

十年,是时代的困局,也是文化的困局。

一段无法绕过的历史导致的文化断层,造成了多少无可挽回的损失。幸而,老人们还在,蓆狮、犁狮的制作方法与表演步骤也还记得。待得天空呈现蔚蓝与安详之时,谢氏和黎氏的男丁们,开始小心翼翼地修葺了祠堂,挂上了祖位,搬出了竹木、稻草、薯芋和香火,扎制蓆狮、犁狮。召集人马,重新拾起这门古老的手艺。

但是显然,从头开始的气氛已经大不如前了。钱,是个很俗的问题,但又是无比现实的问题。每表演一场,所需的费用都不是小数。

在这场运动中,许多人和家庭的命运也发生了不可逆转的更改。富的,也许变穷了;生意人,也许缩回了土地;说话主事的,也许受到了冲击。人在尘世中翻滚,有时,真像一颗泥丸。或者越滚越大,或者越滚越小。

村民们遵守着祖上的契约,无论贫富,每一家收到拜帖的,都备好一个红包,数额由自己依能力决定。当蓆狮、犁狮进入家门,连转三圈,停下,向主人大声诵出祝语,主人便一迭声地应和着,一手将红包塞到提包人手中。有许多年,蓆狮、犁狮依赖着这种众筹的方式勉强维系着。

直到2004年,文化部、财政部联合发出《实施中国民族民间文化保护工程的通知》和详细的实施方案,民间文化开始获得了前所未有的重视。许多置身其中的人感到了紧迫性。再不加以保护,那么多珍贵的宝物,就要永远失传了。2006年,信丰县非遗保护工作启动,对蓆狮、犁狮的挖掘、记录和保护也被列上了日程。

几百年了,黎姓与谢姓隔河相望,各自舞着自己发明的香火狮,各自依靠宗族的力量传承着古老的习俗，甚至因参与者和观看者的多寡，吆喝声和呼喊声的大小明争暗斗。后来，蓆狮、犁狮合二为一，进入了同一项非遗保护名录，在同一把大伞下获得庇护和晴空。就像两条分支的河流，最终归入了同一条大江。形式和意义的高度接近，地域和信仰的无限融合，成就了今天的国家级非遗项目蓆狮、犁狮。

自然，今天再没有身怀绝技的人参与舞狮了，但他们仍旧愿意举着笨重拙朴的蓆狮、犁狮，在春寒料峭中大汗淋漓。

立了项目，自然有和非遗有关的会议一次一次地开。有的外行人，甚至提出来改良，把狮子做得轻盈一点，让表演者轻松一点。一个省里的专家开口说话："你看到的是笨重的木头，我看到的是文化。"

时间不停地流淌，总有一些物事，是无可替代的，它载着精神的浆汁，喂哺一代又一代后人。

## 八

真正懂得蓆狮、犁狮的人，不多。县文化馆的刘荣生，是一个。

他的嘴角，时常浮现一种带点拽和痞的意味，整个言谈举止，似乎未被多年的机关经历同化。但是当他说起蓆狮、犁狮，却是那样满含深情。他仿佛握着一条河流的来龙和去脉，细节与全部，随时都可以把某一段展开来给你看，甚至包括河床中有几块石头、几只鱼虾，河边有几棵灌木、几丛杂草。

这些，都需要时日，需要年长月久的零距离进入。2009年，他因工作关系，开始与蓆狮、犁狮结下不解之缘。为了完整记录这古老的瑰宝，美术专业出身的他，丢下画笔，改攻摄影。拍着拍着，他常常觉得，自己也成了蓆狮、犁狮队伍中的一个，舞之蹈之。

十年，他见证了两个姓氏的相互认同，握手言和。当他进入古陂，就像走在亲人中间一样。他可以熟练地为谢达光穿好衣服，也可以豪爽地和黎忠春喝酒吹牛。他熟悉他们内心的隐秘、委屈、诉求，还有祖宗口口相授的技艺，也熟悉谢氏和黎氏宗族内发生的一桩桩生老病死。

这些年，刘荣生痛心疾首地看着几个技术最好的蓆狮、犁狮传承人去世了，先是1943年出生的黎钦仁，再是1929年出生的黎忠英，然后是1945年出生的谢达三。今年，1936年出生的谢达祥也去了。每去世一个人，落寞的情绪都要包围他很长一段时间。虽然生死乃自然规律，但是对于一种古老文化的传承，其损失不言而喻。每一个身处其中的人，都难免由此滋生焦虑。

翻开文化部2015年公布的统计数据，全国已有二百五十多位国家级非遗传承人相继去世，占总人数的一成以上，后继乏人已成最大问题。

其实，刘荣生又如何不是面临着同样的问题呢？懂的人太少，能够调度好这支队伍的人太少，深爱着蓆狮、犁狮的人，更是稀有。如果有一天他撂下挑子，在管理部门，很难找到另一个如此合适的人选了。朋友们都称他为"孤独的非遗人"，是褒奖，也是叹惋。

是的，受经济大潮普遍冲刷的乡村，年轻人无一例外地奔赴城市，去寻找远离泥土气息的生活。一些坚固的东西正在慢慢松动，一盆需要众人拾柴燃起的火焰正在慢慢黯淡。最近这些年，政府的组织和资金补贴，成为蓆狮、犁狮舞的主要动力。电视、手机、网络，各种新媒体的加入，人们欢度春节方式的巨大改变，已经不可逆转，从前那种狮子出动，万人空巷的场面，再难重现。谁也不愿意看到这样的现状，但是，谁又都无可奈何。

环境的改变、观念的更新之下，没有可观的物质回报，还有几个人愿意沉下心来，默默地研习一门古老的手艺？培养一个优秀的传承人需要漫长的时日，更何况蓆狮、犁狮是一种群体性的传承项目，需要培养的传承人，不是一两个，而是一大群。留在乡村的青壮年男子，还能数出多少个呢？

现在，问题一日一日地摆在面前，需要费尽心力去想办法解决。谢达祥去世，谢达光瘫痪，新选出的传承人谢达章，则常年在广东跑货运，对蓆狮的传承，难免造成影响。乡村原本固守的沉静生活方式，早已被打破。

因为懂得，所以热爱。因为热爱，所以理解。他理解乡村人的处境，知道生活加诸每一个人每一个家庭的现实困境。他只能为项目争取注入更多的资金，然后，一趟一趟地往古陂镇跑，熟悉更多的男人，交换更多的感情。

我在一家名叫如意餐馆的地方，见到了谢达祥的孙子谢书海。三十三岁的他，身材敦实，面相憨厚，已做了多年的餐馆老板了。其时，正好他父亲也在，你一言我一语地谈起蓆狮。他们父子，都颇以谢达祥为豪。毕竟，谁都清楚，有能耐的人才能担当起传承重任啊。"中央电视台都上过好多次了。"说起这事，他们就觉得光荣。

从小，他们就被谢达祥要求和带领着参加蓆狮表演。谢书海的舞狮史，已有十来年了。因着身体结实，个头略矮，他常被安排舞狮尾。他的想法和很多人一样，相信正月沾一沾狮子气，把香火插进自家的灶神上，将为全家人带来一年的好运。只是当我问谢书海，是否有想法担当起传承人的责任时，他的目光中透露出茫然来，似乎这个问题太过遥远而不在他考虑的范围。那么，十年，二十年，三十年以后，该由谁来挑起这个大梁？

夜色深浓，此刻星光四起。没有人给我一个确切的答案，但是天空中似乎到处充满了应答。

我们去和谢达光告别，这一次，他没有哭泣。我知道，年迈的他，还会守在祠堂边，安静地等待下一次的演出，下一次的热闹。那时候，他一定会让老伴将他的轮椅推出空坪，亲眼看着年轻人扎制狮子，排练动作，也看着他那帮乐队的老伙计，敲响他再熟悉不过的鼓点。

没错，一切还和从前一样，两面锣一面鼓，一把唢呐两个钹。当乐声响起，他仿佛重新回到了年轻的光景，重新挥舞着手臂，在天地间跳跃腾挪，纵横起舞……

（原载《人民文学》2019年第11期）

# 父亲送我雪豹皮

铁穆尔

## 雪 豹 皮

我父亲赛姆道今年八十六岁,他生于1934年。不久前,父母把那张珍藏多年的雪豹皮送给了我,这张雪豹皮的来历并没有什么传奇或惊险故事,这只是祁连山牧人中的一桩寻常琐事。1980年起雪豹成为我们国家一级保护动物,而这个雪豹皮是六十七年前,也就是1953年,我父亲从一个农民手中用两袋面粉换来的。那是在鄂金尼部落原乡——祁连山南麓黑河上游的群山里。我所知道的雪豹皮的来历就是这些。

如今,地球上雪豹的数量急剧减少,由于非法捕猎屠杀等各种人为的原因,雪豹已成为濒危物种。雪豹处于高地亚洲生态食物链的顶端。目前,中国的雪豹数量约占全世界的40%左右,占数量第一。据说国际上正在实施一个保护雪豹的行动计划。

看着这张缺了尾巴的雪豹皮,我常想,这是一头什么样的雪豹呢?

它是怎样死去的？又是一个什么样的人杀死这头雪豹剥下了它的皮？

灰白的毛色上是黑色的斑点，脊背和体侧及四肢外缘是不规则的黑环，黑环内有灰白色，有的黑环中还有几个小黑点。头部的黑斑小而细密，从肩膀开始，黑斑形成三条线直至尾根，身体后部的黑环边宽而大，雪豹那著名的尾巴怎么没有了呢？

一切都悉数写在雪豹皮难以破解的图案上，雪豹皮上的每一根灰白的毛都是一个悠长的故事。那是部落已经消失的岁月。灰白色的毛丛中蕴藏着祁连山雪线以上和雪线以下的故事，那是对祁连山南麓的群山悬崖中山神和幽灵们的回忆，那是对我父亲在群山旷野中的游牧生涯的见证。雪豹皮凝聚着我们部落的原乡鄂金尼河谷的混交林和灌木丛的信息，还有旷野和山岭上的好汉们对偷猎者和屠杀者痛心疾首的蔑视。雪豹皮带着我所不知道的秘密。

雪豹皮，历经残酷暴力的美？这是一个高贵优雅的雪山之王——在高地亚洲的那些美不胜收的回忆，那是早已烟消云散的神圣雪豹王国的回忆。尧熬尔人把雪豹叫做"额尔乌斯"，他们认为雪豹就是山神或是属于山神的。牧人对于雪豹、虎和狼，有一种爱、恨、崇敬或恐惧交织的复杂感情，那是一种说不清的感情。

我清楚地记得：四十多年前的一天，父亲第一次让我看这张雪豹皮时，我为这只活着时未曾谋面的山林勇士或雪山之王欲哭无泪。那时候，接踵而来的人和事像毒蛇或蜜蜂日夜蜇噬着我的心，我瘦骨嶙峋柔顺腼腆的外表下暗藏着的狂野之心暗暗发誓要以雪豹为楷模——像雪豹从悬崖上纵身一跃奔向彼岸世界，远远离开我不想见到的一切……

那时，父亲给我讲了一个古老的传说：据说在极为遥远的另一座雪山那边，有一头很神奇的雪豹或是雪豹之王，如果有谁能得到这头雪豹的皮，那么你只要端坐在雪豹皮上念一句咒语，这张雪豹皮就能载着你飞起来，你想去哪里它就能载着你飞到哪里。那不仅仅是纵身一跃，而是真正的自由飞翔。

如果我眼前这张残缺的雪豹皮能飞起来，它能载着我飞往那个人与人、人与雪豹、人与所有野兽和生灵和平共处的国度中吗？

我静静地看着这张雪豹皮。雪豹那一双空洞的眼睛仿佛把一切都看在眼里，在人类主宰的世界上雪豹又是多么脆弱呵，就像人的灵魂一样脆弱，在这脆弱无力背后又有多少悲悯、无奈和茫然呵！雪豹皮那灰白色的毛色和黑斑好像预示着某种不祥的谶语，那难以形容的颜色和奇妙的花纹似乎是对世界的质疑。仿佛在质问：这世上有过真正的和平吗？

## 山中的雪豹没有食物

父亲和母亲说，他们小时候在鄂金尼河谷的群山里放牧时，美丽绝伦的雪豹常常袭击他们的山羊和绵羊。他们常常为每个被雪豹咬死的牲畜难过好长时间。那是 20 世纪的 30 年代和 40 年代之际。一面是在雪山悬崖间奔驰的美神雪豹，一面是贫穷的牧人赖以生存的山羊和绵羊。

那时神州大地上人口已经很多，黑河上游群山中农夫的耕地扩张到了的牧人的群山草原上，牧人便把牧场扩张到了雪豹的领土上。以盘羊、岩羊、鹿和獐子等为主食的雪豹，食物来源渐渐稀少。雪豹王国崩溃了。没有了盘羊和鹿等动物，雪豹只能捕食雪鸡、马鸡、虹雉、高原兔、旱獭和鼠类等小动物。雪豹实在饿得难以忍受便下山袭击人家的牲畜，这对雪豹来说是最危险最无奈的办法。雪豹实在找不到食物也会吃植物聊以充饥。

雪豹吃牧人的山羊往往都要挑选最肥的，雪豹下山到人家的畜群边，往往躺在裸岩上或是草丛中，悠闲地甩着粗长有力的尾巴。山羊往往会好奇地围上去观看，雪豹静静地观看着一个个傻兮兮乐呵呵的山羊，最后雪豹会选中最肥的一只扑上去。雪豹从容地按倒山羊，其他山羊全都呼的一声作鸟兽散。雪豹直接用嘴从山羊脖子上的大血管里吮吸新鲜血液，一直到吸不出血，咩咩叫着挣扎的山羊声音渐渐变弱变小最后消失。雪豹再小心翼翼地剖开肚皮，轻轻吃掉山羊肚子上的大网膜，大网膜全是白花花的油。最后抛下山羊尸体从容地返回自己栖身的地方或是到山野间白云下游逛。

父亲说他在长满混交林的莱纳贺山谷放牧，山谷的阴坡长满了高山柳等灌木，阳坡全是各种牧草。羊群散布在山的两边吃草。突然他看见阴坡上吃草的羊受惊后在奔跑，他知道有什么事发生了，跑过去时，看见一头雪豹压着一只羊，雪豹看见他后丢下羊跑了。他走过去一看，羊已经死了。羊脖子被咬开后吸了血，肚子也被剖开，羊肚子上的大网膜不见了，羊的其他部位完好如初。

牧人们搬到冬窝子时，我母亲家的黑帐篷就在黑河边的红色悬崖下。雪豹常常沿着山脊下山后，藏身在黑河边那些红色岩石峭壁的缝隙里，等待牧人的牲畜走近。

那时我母亲才十来岁，有天她放牧到中午回家喝茶，她刚端起茶碗时，忽听见羊群惊吓后奔跑的声音。外祖母让她赶快去看羊群，她放下碗奔跑着到羊群边时，看见一头华丽的雪豹扑倒了一只山羊，母亲一边哭一边喊，朝雪豹方向扔着石子和木棍。雪豹缓缓扔下山羊，站起身望着她，暴怒的雪豹弓起了腰，尾巴变得又粗又大，黄灿灿的眼睛瞪着她。母亲喊着哭着，朝雪豹扔着石子。雪豹似乎知道她是小孩子，好像有点不屑于理睬她。过了一会儿，雪豹掉头走向远处。原来被雪豹扑倒的是他们家那只名叫朝胡尔的母山羊，母山羊朝胡尔被母亲扶回家，在脖子的伤口上用花椒和小米敷，过了一段时间母山羊朝胡尔还是死了。母山羊朝胡尔的遗孤小山羊由我母亲和外祖母用别的山羊奶喂养。几天后的一个夜里，雪豹又从他们家的木栅栏里钻进羊圈，把一只羯羊拖出去吸了血，那只羯羊死了。后来，他们在木栅栏羊圈旁边堆起干羊粪，天一黑就煨上烟火，有烟火雪豹就不再随意进入羊圈袭击羊了。

我父亲和母亲说过的雪豹袭击畜群的故事数不胜数。那时，他们只要看见秃鹫在成群地飞来盘旋，跑过去一看，十有八九会有雪豹咬死羊的事。有时喜鹊飞来急促地喳喳叫个不停，畜群里也会有雪豹或狼袭击的事发生。

父亲他们说起雪豹时，也会说起山林的另一类勇士——狼。有一次父亲说同部落的牧人万岱告诉他，他小时候有一次放羊，曾看见一只狼咬着山羊的脖子，用尾巴拍打着山羊的屁股，牵着山羊翻过一座山梁，他看见后连忙追，他翻过山梁时，看见狼还在牵着山羊走，他大喊时，狼放开山羊跑了。这只狼是想把山羊往自己的窝里牵，因为它还有嗷嗷待哺的一窝小狼崽。我父亲说万岱这样叙述的时候，表情是复杂的，但是可以看出，他是对那只神奇的母狼满怀着歉疚、敬佩和感叹的复杂感情。

部落里的老猎人阿巴努努是我母亲的外祖父，阿巴努努曾对他们说过，他在年轻时在山上狩猎，有一次看见一只母狼在山上行走，母狼仿佛背着什么，他很奇怪便朝母狼开枪，母狼丢下什么跑了。他过去一看，原来是一个羊肚子，羊肚子还在动，他抓起羊肚子从口子里一看，羊肚子里有几只小狼崽。原来母狼是在这个羊肚子里装着自己的孩子，然后用嘴咬着羊肚子背在身上赶路呢。这是一个什么样的母狼呢？阿巴努努在后来的岁月里是否偶尔也会懊悔和歉疚呢？

1945年春，在鄂金尼部落的原乡，在祁连山南麓黑河上游群山中，我父亲和绰罗斯氏族的索南才让在查卡山的库肖尔阳坡放羊。时间正是农历四月，也就是萨格尔达瓦月，禁止狩猎和杀生的一个月。他看见一只雪豹冲入羊群掀翻了一只羊，他边跑边喊，那个雪豹丢下羊匆匆走了，雪豹走了一阵后放慢奔跑速度，走了一阵索性坐在那里看着他，后来才缓缓走了。那只被扑倒的羊身上沾了草，没有什么伤。相传在萨格尔达瓦月，野兽是咬不死牲畜的，因为人和野兽都被神灵禁止杀生。父亲坚信这个大自然中的神秘法则。

鄂金尼河谷的秋天，金黄鲜红的混交林仿佛在燃烧。汉人农民过八月十五，山上放牧的尧熬尔人传统上是不过八月十五的，尧熬尔人到八月十五要煨桑点酥油灯念诵六字真言，据说那是纪念古代被屠杀或阵亡的勇士。我父亲一边追赶着奔驰的马匹，一边气喘吁吁地念诵着跟着祖母学会的六字真言。羊群吃草时他整天瞪着眼睛望着四周，一刻也不敢放松，稍不留神雪豹、熊和狼就会来袭击羊群。

## 彼岸世界在哪里

在有雪豹和狼的鄂金尼山谷里，我父亲和绰罗斯氏族的索南才让给别人放羊，先是给父亲的三舅久格西放羊，食物由三舅母卓玛做好给他们。一起放羊干活的还有我父亲的大舅道吉申，由道吉申带着他们俩放羊。道吉申每天只给他们俩每人两个油炸果子，两个孩子根本吃不饱。我父亲眼睛有了病，大舅道吉申硬是没有让他回家或想法治疗，一直挨到后来就没法治了，父亲的一只眼睛便终生带有白翳。

我父亲和索南才让放了几年羊，后来又和克烈氏族的赛恩白勒一起放羊，这样又过去了几年。

在雪豹出没的保尔塞的山谷里，父亲和赛恩白勒赶着羊群去饮水，看到一队穿着红褐色袈裟念着经的尼姑在泉水边扎下营，共十二个人。这些尼姑要依次在一百零八个泉水边闭关修行，这是藏传佛教的一个重要的修行内容。

这些尼姑们持续不断地念着经,柔曼的声音是那么娴熟、虔诚而又专注。这声音让两个贫穷的牧童如醉如痴,他们俩停下脚步静静地听。十二个神奇的尼姑的绝妙声音是那么庄严、悦耳又欢快,在这个声音中又有一种牧童从没有体验过的温暖和慈悲。在这个高贵而智慧的声音中他们似乎看到了那梦一般美妙的彼岸世界。呵!彼岸世界!对这些贫穷的牧童来说是多么美好而又遥远呵,遍尝人间疾苦的牧童们忘情地听着这些声音,想象着那遥远的世界。

他们俩每天赶着羊群去饮水时都能看到她们,听她们念经。约有五六天了那些尼姑才走,两个牧童目送着尼姑们远去,她们赶着六头驮牛,驮着她们的白布帐篷、灶具和食物。她们的身影随着念经的声音渐渐消失在山谷口。

两个牧童看见老猎人阿巴努努念着经走在山梁上,他念经的声音非常清晰。他的前方草丛中有一张已经部分腐烂变形的野兽皮,他走过去拾了起来,他常常把这样的东西都收集起来烧毁。他看见草丛中的牛粪也会掀翻,他担心牛粪会压住青草的生长。他是一个敬畏天地的传统老人。

物品极度匮乏的群山草原上,盐和茶更是紧缺。在黑河上游的艾合龙山谷口有一种盐,这一种所谓的盐也就是土石混合含盐的块状物。有时,我父亲赶着驮牛去驮盐。他把驮来的这些土石块状物交给祖母,祖母把这些土石块状物用水泡一夜,到天明时就会凝结成可以食用的盐粒。在附近加黑塔尔家放羊的瘸腿奶奶对我父亲说,他没有找到好的盐,她说另外有个地方有更好的盐。

邻居阿乌老胡和万岱的继母成亲后,生了一个儿子叫古热道尔吉,那一次古热道尔吉和几个人去驮盐,他们向西过了黑河,到了古洛达坂的对面一个很陡峭的悬崖上挖盐，结果悬崖坍塌压死了古热道尔吉，同伴们连他的尸体也没能挖出来。

　　黑河上游两岸的群山中。在寒冷，饥饿和各种困厄中，这些牧人的孩子从早到晚拼命干活放牧驱赶牲畜。黑河的支流鄂金尼河谷或黑河谷地的风很大，每当狂风过后，部落里那些牧人的孩子们就跑到黑河边的胡杨木中去拾被风吹折的胡杨残枝，背上回到破烂的黑帐篷里当柴烧，用来取暖和做熟简单的食物。有时他们总是整夜围坐在悬崖下的篝火边，听借宿的路人讲故事。牧童们所知道的族人和世界的往事都是在篝火边听到的。疲惫的孩子们幻想着那些故事中的人和事，还有故事中遥远的彼岸世界。孩子们一边听一边遐想，常常在篝火旁边睡着。渐渐地孩子们长大了。有的人年纪轻轻就死了，索南才让溺死在黑河水中，赛恩白勒死于悬崖。我父亲赛姆道和另一些人活了下来，活着的人们又各自奔赴不同的命运之路。

　　牧场上没有烧柴也要去远处驮。我父亲赶着驮牛，到偏远的达贺纳山谷的林中驮柴。再赶着驮柴的牦牛到高地的夏牧场。走的路都是悬崖高山。

　　我父亲年轻时常常赶着驮牛翻山越岭。在我的记忆中，只有他拼命干活和放牧的身影。在他自己和别人的讲述中我知道，他从能走路会说话起就开始放牧，他还跟着自己的三舅妈学会了种地。他的一生就是赶着驮辎重的牦牛往返祁连山南北，一次次参与为了争夺草场引发的大规模械斗……

　　父母的讲述一次次地上溯到了20世纪中叶。1958年，医生尧敖尔·艾木奇集结一些人在黑河西岸修建白塔。远望白塔洁白耀眼。黑河两岸的牧民和农民都去帮忙。我父亲也骑着马渡过黑河为建白塔送了一些柏枝。念经的有吐蕃特人、尧敖尔人和蒙古人。我父亲看见人群中有他认识的高僧尧敖尔·九斯康老人。过了一段时间，刚刚建成的白塔突然坍塌。当时在鄂金尼寺院的遗址上空，出现了一团怪异的青色麻花般的云，细看像是青蛙，云朵翻滚着渐渐消失。那一段时间有人还听见半夜里喜鹊和乌鸦的叫声。族人认为是某种动荡的预兆。

这些逸事都来自我父母的讲述，是否和真相完全相符，如今已难以考证。那一年，因甘肃省和青海省划分边界，又引起了一场两省交界处人们的大搬迁。

## 会飞的雪豹皮

当年，大舅白马罗布曾对我说，他亲眼看到，1958年祁连山南麓的巴斯图和苏日托莱一带成群的野牛大规模向西迁移的情景。野牦牛群一直向西，可能到了昆仑山、可可西里和藏北一带。

时间进入21世纪后，我也常听人说成群的麻雀落满西去的火车在迁移。还看见一群迁移的旱獭出现在公路边，有人打死了一些旱獭。成群的白蝴蝶向东飞，像飘浮的云朵。曾经在祁连山的雪山中生息的雪豹如今也极为罕见。

1983年的暑假，我在夏营地娃娃山的三座青山放羊，灌木丛边是黑乎乎的狗熊粪便和狗熊爪印。我听到从对面山坡的灌木丛中传来小雪豹的叫声，有点像是猫叫，也有点像是孩子在呼唤。这个声音伴随着山谷里轰鸣的雪水河声音。我没有见到雪豹。后来有一次我大姐放羊时，迎面撞见一只小雪豹，小雪豹猛然看见她后马上弓起身，睁圆眼睛瞪着她，小雪豹尾巴一下子变得粗了起来。大姐连忙把雨衣朝小雪豹扔了过去，小雪豹掉过头像箭一般消失在灌木丛中。

又是一个盛夏。夏日塔拉小屋内外弥漫着柏树、蒲公英、野玫瑰和异叶青兰的芳香。山坡上的杜鹃和飞过天空的黄鸭的声音从窗外传来。我把雪豹皮铺开在地板上，凝视着雪豹皮灰白的毛色和黑色的斑点，丢了尾巴的雪豹皮仿佛在哭泣和呼唤……

这张残缺的雪豹皮是一个总结或结束吗？意味着一个时间的终结和另一个时间的开始吗？雪豹皮可怕的沉寂如影随形伴随着我。

傍晚，一轮圆月走出云海照着夏日塔拉的群山，斡尔朵河的涛声震动着大地。我以发颤的声音模仿雪豹的声音时，那些古老的部落，那些曾被洗劫一空的牧人的幽灵们，那些雪山和旷野上早已绝迹的野兽们向我蜂拥而来……

黑夜深沉，凝视着缺了尾巴的雪豹皮，我想找一些词来叙述这张雪豹皮，雪豹皮却像是这个世界的最后一些语词。我仿佛走进了一个迷宫。雪豹皮上那不祥的灰白色和黑斑好像预示大地上的灾难将在某一天降临。恍惚间，狂风大作，眼前的雪豹皮和我家那座黑帐篷被一阵狂风吹得破烂不堪，风吹着这些碎片很快消失在远处。绿色的草原上蠕动着一辆辆铲车和挖掘机。接着雪山和草原都消失了，只见满世界都是水泥、沥青、铁丝网、高楼和废墟……

我累得要命，眼睛酸痛，我盖着雪豹皮入睡，似睡非睡中，眼前不断出现似梦非梦的幻觉。大地在颤抖，远远传来的喊杀声一阵紧似一阵。据说是地球上爆发战争了，到处是炮火在轰炸，到处都是残垣断壁。烈火燃烧，洪水咆哮，各种武器在呼啸。

地球上的战争之声响彻苍天和大地，并且已经浸入我的灵魂。战争此起彼伏，接着又开始了人的神经系统的战争、人的语词的战争……

忽而这张残缺但神奇的雪豹皮载着我飞了起来，在高空向下俯瞰，地球暗淡无光，草原夷为沙漠。奴隶在呻吟和哭泣，魑魅魍魉在举行盛宴。雪豹皮驮着我在满目疮痍的陆地和海洋上空悲伤欲绝地飘荡着。我心里想,这样在白云间永恒地漂泊可能就是我唯一的出路……

"永别了,地球……"

忽然,我仿佛听见遥远的地方,在远离大海的雪山那边一头雪豹在鸣叫。我侧耳倾听,这个圆润而嘹亮的声音要比1983年我在夏牧场娃娃山的三座青山听到的大得多。仿佛是从地球的五脏六腑传来的一个声音。

梦中传来爱人轻轻的声音:其实地球上还有许多你没有看到的美好存在着。雪豹也死不了,它只是暂时抛下了骨架和肉体,消失了而已……

(原载《民族文学》2019年第11期)

# 优雅的土地

徐晓华

幸好是雨天，路面湿滑，车开得慢，才瞄到了坎上的樱桃，一枝枝红果艳了绿叶。

端阳关里，本地樱桃早过了季，没想到瓦屋桥的正红。说红不确切，是亮黄含了浅红，恰如密叶捧了彩珠子。恩施方言称水果熟透叫红了，不论桃、李，还是枣、柿，都这样叫，未必是果实的本色，图个喜气。

馋虫爬出来，就顾不得雨大，抓把伞撑开，往那树下去。一只土狗冲下场坝坎，朝我吠几声，龇牙咧嘴扑过来，到身前两三步停住，蹬直前腿，盯住我看。我也瞪住它看，一身白毛没杂色，却被雨水淋得裹在皮上，半截身子染了泥，糊得像花狗。常进村入户，见得多了，咬人的狗不叫，叫得凶的不咬人，那是知会主人家迎客。并不害怕，若无其事走上场坝，它就放低了叫声，摇着尾巴一步步退到檐下，闹醒了坐在阶檐上打盹的老伯。我上前打招呼，老人家，享清福哦。老伯揉了一把眼睛，爽快地搭白，现在生活好，是享福呢，这位客哪里来的，眼生哦。我说，路过的，看您家樱桃红得好,想买点。老伯说,莫讲买的话,不怕雨淋只管摘,哪个过路的没香过嘴。不等我说谢,头一歪,靠在木椅上又睡了。那口气,像是别人家的樱桃。狗见我们说话,就垂了耳朵,懒散地躺在老伯坐的椅子旁,眯起了眼睛。

时序在夏收和夏种的缝上。从三步岩的雨雾中爬上瓦屋桥,眼前豁然开朗,对峙的高山搂一平坝,有条小河曲折中分,两边的农田直抵山脚。洋芋花开得旺,套种的苞谷苗已抽条,而粗壮的莴苣成了林。到过许多村庄,真不记得哪里的田土打整得这样利索。几个做农活的人,披蓑戴笠打花伞,掏水沟,起苕垄,扯辣椒秧。雨直风斜,雨具起伏,田野就活泛起来。

老伯累了吧,挽的裤脚都没放下,趴在椅子上就能入睡。难得一场夏雨送凉爽,一觉神仙瞌睡,被我这好吃佬搅了。大雨动了屋檐水,哗哗泼在檐下的青石上,溅碎的雨点直往身上蹦,老伯还能安睡,心底倒是宽绰。

雨下得更响了。樱桃树繁茂的枝叶在空中搭了一架雨篷,站在树下,雨点滴在身上显得稀落。树蔸悬在公路坎上,看样子是修路人故意把路肩往外挪了几尺,要不然,樱桃树只怕早就祭了灶神。场坝铺了水泥地坪,雨水渗不下去,侧根也长不开,只靠主根往深处吸营养,这样都能挂果,地也太肥了。土碗粗的树干上,树皮皴裂,叠起褐色的圈,一如老伯额头的皱纹。踮脚可及的垂枝上没剩几颗樱桃,不知被好些人摘过了。仰头望,高枝的密叶间,一层红果子。忍不住给老伯说,我上树摘啊。老伯没睡熟,头也不抬地答应,去哟,雨天树皮滑溜溜,要稳当些。我索性就放下雨伞,拉开架势爬上树杈。五十几的人爬低蹿高,老伯一定偷着笑话我。不过,猴子样能爬上溜滑的树,还算手脚麻利,若不是农家子弟,哪有这个本事。踩在树杈上,稳住身子,把柔软的枝条拉拢来,挑色鲜粒大的摘一把，和雨水塞嘴里，还没舍得嚼，记忆中的清香就暖了肺腑。

这是家樱桃，十几年没吃过了。土家人把本地樱桃分两种：带苦味、颗粒小的叫野樱桃，多长在山边；酸甜酸甜、颗粒有小指头大的是家樱桃，长在屋边地脚。颜色也不同，野的暗红少光泽，家的黄中泛红、鲜艳夺目，所谓"樱桃樊素口"，说的就是家樱桃。近年在城郊多见引进的外地高产品种，树矮、籽粒大、味道甜，卖相好。只是甜过了，腻而无香，失了樱桃的魂儿。

樱桃好吃树难栽。那是说的过去，农家门口长一两棵樱桃就当了宝树，单是花季摇曳的一团粉白，已逗人看。及至挂果，还在叶间青涩，就被人惦记着，出去做事，绕路也要去看看红了没。倘若不好意思开口讨，站在树下痴望几回，也有滋有味。现在种樱桃讲规模化，一园一坡一岭，花开是花海，采果是论筐论件，饱眼福还行，尝过的人就摇头说，不好吃。地力就那么大，几十棵挤一起争阳光雨露，靠商品肥催熟，失了樱桃原味，不全是品种的关系。

这树上的果挂得厚，没多大工夫，我拿的塑料袋要装满了。摘过的枝丫，绿肥红瘦，雨里凌乱着。就喊老人家，吃饱了，摘够了，树上没剩几颗也。老伯爱搭理不搭理，闷声说，樱桃红了是吃的，你不吃，雀儿也要吃呢，快去换衣服，湿尽了。跳下树来，才察觉自己的狼狈样，浑身滴水，树皮上的一层黑末子沾得身上斑斑点点。提着袋子，我还在犹豫，总要给钱才好，这样走了不像话。老伯看穿了我的心思，直催我，快走快走，几张钱挂树枝上，当不得樱桃看，别感冒了，我没空陪你看医生。

本想与老伯叙叙家常，顺便打听龙娃儿家还有多远。却被老伯打趣的一句话，送了客。扭头看那樱桃树，只一会儿工夫，我弄乱的枝条，被五月顺滑的雨丝梳直了，碧绿的叶上滚动着雨珠子，留在树梢的几颗樱桃，越发红艳可爱。经我一闹腾，不知老伯还能安睡吗。

白狗伸个懒腰爬起来，一声不吭随我走下坎，围着车转了半圈，我启车后，它才慢悠悠地往回走。

　　上车觉得冷，才想到瓦屋桥是高山。望着袋子里水灵灵的樱桃，我还真想不通，送到家门口的钱也不要？有人嫌麻烦，嫌苦嫌累，还有人嫌钱。若是熟人，有情分在，去你家摘樱桃，来我家摘杨桃，大家尝个新鲜，不要钱也罢了。可一面不相识，对一个路人如此大方，真没搞懂老伯。

　　还没见到龙娃儿，我就欠下了瓦屋桥的人情。

　　和龙娃儿交道，缘于去年我在朋友圈卖我的长篇散文集《那条叫清江的河》。他听朋友介绍，写的是清江河边土家风情，便加了微友，五十元买了一本。隔几天，发来信息说书好看。这份鼓励我倒是很在乎。闲来翻看他发的圈，多晒农耕趣事，隔三岔五，会发一首诗歌，写耕作体验，写瓦屋桥田园之美，也写儿女情长。如这首《村庄的画笔》：

　　　　我不允许镰刀和锄头生锈

　　　　它们是我最信手的画笔

　　　　画个幺妹桃花就红了

　　　　画个汉子麦子就黄了

　　　　落笔秋天那富足的金黄就撑破了村庄

　　　　让我整个腊月在苞谷酒里酣畅

　　　　醒来就到了春耕

　　　　捧一把泥土

　　　　给镰刀淬火

　　　　给锄头抛光

　　我不懂诗歌，每篇读了点赞。撇开诗歌好坏，关注，是应有的尊重。

聊天时他说，喜欢读诗写诗，已经二十几年了，偶尔也投寄几篇出去给刊物，除了本地的《恩施报》，还没上过大刊，狗肉上不得正席吧，您闲空了指点一二。我并不会写诗，哪里敢装样儿。倒是羡慕他，种几亩田，读几本书，写一点文字，过着许多人梦想的耕读生活。就约了去瓦屋桥，我要看看是怎样的一方水土，养育了如此风雅的农人。

选在端午节后去，也是有考虑的，这时候农事正盛，精彩尽在地里长着。按龙娃儿发的定位，没走冤枉路，径直把车靠在他家门前。他正骑摩托车往地里送南瓜秧。几句寒暄后，他有些歉意地说，您在边近转会儿，老婆还在田里等我，阵雨下透了田，要抢着把苗子栽下去，最多半小时活路，做完就回来陪您。我赶忙催他下地去，夏种一日长三寸，耽搁不得。

雨停风住，云消雾散，山峦如黛，蝉声四起。我坐在龙娃儿家阶檐上喝茶，对面人家一个十三四岁的男娃儿吸引了我的注意，单薄的身子，瘦削的脸，架副眼镜，背一篓子洋芋从田里回来，步子轻快。我起身问他，得有七八十斤，背得动吗。他停下步，大方地答应，叔叔好，背得动，莫看我人瘦，气力可不瘦。跟在他身后拿着锄头的中年妇女跟着说，您家稀客，到屋里喝茶，这是我儿子，放月假回来，硬要来帮我背洋芋。

一个人坐着也无趣，就走过公路，随他们母子进屋聊白。娃儿叫李赵未，在本乡沙地初中读书，年级前三名的学生，马上就要中考，多次测试的成绩有望考上恩施州一中。这节骨眼上，学生都在复习备考，家长更紧张，放下农活去陪读的也不少，哪还舍得让孩子做活路。我问娃儿的母亲，不怕耽误他学习吗。她还没回答，娃儿抢着说，做活路舒服，出一身汗，只当锻炼身体。说完去泡了杯热茶恭敬地递给我。我不由点点头，对他母亲说，娃儿好懂事。娃儿母亲说，他从小就勤快，上学回来书包一放，先做家务事，放牛、打猪草、割牛草，很多活路都会做，给您说，瓦屋桥的娃儿不当秀才养，想把书读好大人会拼命供，万一读书差把火，有个好身板，有副好心肠，回来种田怕么子呢，十几亿人，没人种田，光读书也不饱肚子。

不少专家学者谈及耕读，旁征博引，子曰诗云，搬一大堆道理，听得人却还在云雾里。哪有这位农家妇女三言两语，说得简明，悟得透彻。看来，要接地气，脚要站在泥土里，身要立在禾苗间。

娃儿毫不拘谨。说对门的龙叔叔提起过我，知道我写的书，问我能不能签名送他一本。娃儿的请求不能拒绝，车上取来，签上名字递给他。他走到我面前，深深地鞠一个躬，庄重地谢了，双手接过去，边翻看边说，太幸运了，怎么也想不到能得到作家亲笔签名的书。说话间，眼底温润如玉。我心底也温润如玉。不只是为自己的书有人读而高兴，是被这孩子对文化的尊重和渴求浸润了。

娃儿的母亲说，难得作家到家里来，快把作文拿出来请师傅把脉，争取再涨几分，考州一中才有把握。娃儿进屋拿了一个作文本给我，我认真看了几篇。字写得端正清秀，文字根基沉稳，构思不乏新奇，感恩之心注于笔端，于初中生里已算翘楚。其中有篇《梨树颂》，我读后拿手机拍下这样一段：

我爱她春天的洁白如玉，更爱她深秋的一树金黄；花绽放的无限希望，经过倒春寒的严酷考验，仲夏的酷暑煎熬，初秋的寒霜洗礼，结出累累硕果，馈赠种树的人；不以美丽为傲，不惧岁月艰辛，把香甜的果实奉献给人间，这就是梨树的品德。

透过纸背，我依稀看到了瓦屋桥美好的明天。难怪娃儿取名叫李赵未。

正要夸娃儿几句，他母亲倒夸上了龙娃儿的儿子。要说听话，赵或煜才是瓦屋桥的榜样,高考考了676分,加民族分有686分,当年恩施州的理科状元呢,可以上清华,没填志愿,读了北京的航空航天大学,毕业后留在京城工作。过年回来,遇到我们这些挖泥刨土的,一口一个您,礼貌得很;在家几天,不学有些年轻人,手机焊巴掌上舍不得放,也不东跑西逛,不去劈柴挑水,就去择菜扫地,农活家务,样样捡得起,哪个晓得他是搞网络的工程师。听到最后,我才问明白那名字,是荀彧的彧、李煜的煜。龙娃儿给儿子取名,真是费了些心思,他想在儿子身上寄托什么吧。

初见龙娃儿时,他满面红光,我以为是爱喝一口小酒染了色,原来是心里滋润。这样一个小山村,能把娃儿送到北京读书、就业,是了不得的事,固然靠娃儿争气、努力,做父母的睡过几个整觉呢,筹学费、愁用度的日子恨不得从身上长出钱粮,一路煎熬过来,终于可以松口气了,喜色挂在脸上,人之常情。

一杯热茶没喝完,龙娃儿夫妻回了。那母子二人留我们吃夜饭,龙娃儿说,还是过我屋里吃吧,晓得徐老师要来,我媳妇昨晚就备了下酒菜,一会你们也过来给徐老师敬杯酒。

紧挨公路是龙娃儿修的新屋,三间平房只修起了一层。第二层准备倒板时,儿子要去北京上学,咬牙就把修屋的事搁下了。两口子扑在田里,当时正时兴种白肋烟,还有反季节蔬菜,后来又喂藏香猪,发展老林洋芋,盼到儿子大学毕业,日子才慢慢宽裕起来。

我不解地问他,愁钱时就没外出打工?龙娃儿说,您不了解我们瓦屋桥,来的时候注意没,一坪一坝可有半分荒田?庄稼长势好不好?地方清不清爽?一个问引出他三个问。我老老实实回答,田种上了边,庄稼长得精神,让人过一路就喜欢这地方。龙娃儿显然满意我的答案,递支烟给我,谈起打工的话题。责任制下户后,一拨又一拨外出务工潮也撞开了山门,边近村子的劳力流出去的很多,瓦屋桥人在观望里守着家园,可把一件事看得很明白，土地是农民的命根子，有田种，把田种好，就活得有尊严。这地方呢，也值得守，田肥水活，种什么得什么，卖菜喂猪，并不比打工收入低，还能拿现钱，这还只算眼前账。想长远要算后人的账，打工去了，丢下老的小的在家里，爷爷奶奶隔代管孙娃，爱多罚少，由着娃儿性子来，书不一定读得好，脾气肯定惯坏了。田种不好误一年，人育不好误几代人的阳春，这个亏吃不起。妈肚子里落地，若当了农民，一辈子不就要伺候好两块田吗，一块是责任田，挣口粮挣钱花；一块是子孙田，后人品行端正，舍得做，肯上进就是大丰收。说到底，要种好这两块田，光靠各人能耐还不行，得靠天地风调雨顺，更得靠国家长治久安。

龙娃儿说得真在理。看来，他儿子考得理科状元，不仅靠聪颖和勤奋，更得益于这片土地深厚的文化给养。

来陪客的老刘插话，您莫瞧不起这小地方，二十几户人家，博士出了两个，读一流大学的有七个。说着，就赵家一个李家一个地数了出来。

听老刘口音，是恩施城里人。攀谈中得知，他两岁时，一家三代下乡落户到瓦屋桥，到1982年他十二岁回城，恍惚就是十年。来的第二年，正值壮年的父亲去坡上烧火土，被滚石砸在头部，惨烈地留在瓦屋桥的山坡上了。父亲走时，奶奶年岁已大，下不得地，只有母亲带着五兄弟中的老大挣工分，城里人不会种田，要养活饿老虎一样的一家人，难呢。缺衣少食的日子里，幸得瓦屋桥人心慈，队长总会给母亲安排一些好做的活路，记硬劳动力的工分。断粮的日子，有人送篓子红薯，有人送几个南瓜，靠大家接济，一家人满一碗浅一碗地往前撑。回城后，他当过兵，当过工人，没几年又逢改制，铁饭碗丢了，吃饭都成问题。好在一家人沾了瓦屋桥人的乐观，母亲把跟农妇们学的做腌菜、做腊货的技术传给他，白天搭车上瓦屋桥购蔬菜、猪肉，晚上加工，母亲和妹妹当街支摊子卖，时间长了，刘家香肠做出了些名气，谋了生计还稍有盈余。等孩子们大了，他

417

在街坊们的诧异中，把香肠加工厂搬到了瓦屋桥。没想赚好多钱，方便乡亲们做买卖，生意还算红火。

父亲遭遇横祸，埋骨山野，是老刘心中镇不住的痛，瓦屋桥就该是他的伤心地。可他回来了，还把产业搬过来做，把晚年的依靠托付于这方山水，不只怀旧这样简单吧。一脸沧桑的老刘说，父亲意外葬身瓦屋桥，那是他的命，不该有怨；我家老小三代七口人来，少了父亲，回城时却是四代同堂十一口人，瓦屋桥啊，是块生养之地呢。

这块土地蕴藏的一些东西，慢慢透了出来。原只是想和龙娃儿见一面，来后的所见所闻，不断刷新着我对村庄的认知，对新时代农民的认知。我这个泥巴土块里走出来的农家子弟，进城工作了三十几年，对村庄的解读，还停留在记忆和粗浅的经验中。谈及农村，冒出来的是两个字，苦和累；谈到农民，想到的是两个词，勤劳、朴实。这原本不错，裤腰带一系就下田，鸡子上笼还回不了屋，少不了苦，少不了累，只是我到瓦屋桥后，没听到一声抱怨。勤劳朴实是农民的本色，瓦屋桥人没有丢，可他们身上，另有一种独特的气韵。

龙娃儿的媳妇喊捡桌子吃饭了。盘子端上来，龙娃儿得意地一盘盘介绍，藏香猪肉是自家宰杀的，竹荪是早上去老屋竹林里捡的，干炸的白漂鱼是在河里捞的，黄花是田坎上摘的，香肠是老刘送的，都是瓦屋桥的出产。我开玩笑问，嫂子这么能干贤惠，可是瓦屋桥的出产？龙娃儿抿了一口酒，望着他媳妇笑嘻嘻地说，虽然不是瓦屋桥的土产，却没少受瓦屋桥的教化。吃了一口菜，继续说，她嫁给我时，是湖北农学院毕业的小女生，哪里会做农活做家务，追她时，问我凭什么娶她，我说理由简单，不是嫁给我，是嫁给这好山好水，她硬是被我"骗"回来种田了。嫂子柔顺地望着龙娃儿，小声说，现在说这些，准我后悔吗。

美味助谈兴。龙娃儿不无感慨地说，要是当年我也出去打工，只看又是哪门样。没说下文，他的手机响了。看一眼就用自嘲的语气说，儿子打的儿子打的，又要给我上课了。就按了免提。老爸，您又在喝酒？不是我想喝酒，是来了稀客，不喝几杯像话吗，我这个酒量你晓得。您量大呢，两杯下去您就成了瓦屋桥的神仙，经常教训我少说话，多做事，听妈妈说，您现在酒话多得很，酒多伤身，日子好过更要把身体搞好哦。你操心把工作搞好，钱我们有用的，粮食种一年要吃三年，还有卖的，你担心我们做什么。还不是想您健康长寿啊，不然哪里有气力带孙娃，等您有孙娃了，要送回来滚几年泥巴，沾一身瓦屋桥的灵气。那你早点把儿媳妇带回来，我准备个大红包，不说了，你妈妈在边上，你跟她说几句。

　　那边还没表态，龙娃儿赶紧就把手机递给嫂子了。嫂子拿过电话，欠身对我们说，您们先吃，我和娃儿说几句就来。一脸笑着走了出去。

　　哈哈，前三十年父管子，后三十年子管父，儿子大了，不放心他老子，怕我说错话，怕我耍嘴皮子，怕我发牛脾气，每回打电话都要敲打敲打，养了这样的儿子，您说我是有福气还是该发脾气。龙娃儿对儿子的叮嘱，心里是乐呵的，无非要外人明白他们父子融洽。我就顺他的话说，养这样争气的儿子，我宁愿他天天管着。您也这么看，那管得对，今天喝几杯明天开始限量，喝好不喝醉，哈哈。老刘，两兄弟干了。

　　嚼着香酥的鱼儿，我真不信是屋后小河里捞的。这回，嫂子说话了，为护渔，他可是拉下了脸。十多年前吧，有一天他下河洗澡，发现石桥下的潭里漂着一层死鱼。沿河看，树蔸下草蓬里岩壳中，都浮着翻白肚的鱼苗。有人放了鱼饵精。上岸追几里地，闹鱼的人早走得没影子。回来气呼呼的，反复说，河里没得鱼了，还叫河吗。吃饭时，菜也不夹，喝几口闷酒，又跑到河边坐了半夜。第二天田里也不去，在屋里做了十几块木牌子，写上：禁止在耍龙河电鱼闹鱼，违者罚款五千；禁止倾倒垃圾，违者巡河一个月。把牌子分段立在岸边。又跑街上印了几十份宣传单，挨家挨户发，拍着胸脯表态,谁抓到电鱼闹鱼的,五千块钱就到手哒,是我亲娘亲老子也得挨罚,哪个敢随便倒垃圾,他就去做巡河官。河边的眼睛多了,还真没有人敢下河瞎搞。河里的鱼儿命也大,第二年桃花口里,水草返青,从河边过路,看到好多小鱼儿又在花水上漂滩。要说呢,也不是怕罚款,多数人还是晓得"好吃婆娘要留种",只是要有人出头来管这个事,有个主心骨,什么事就好办了。

  这顿饭,吃得我不知饱足。不说细嫩的藏香猪肉,喷香的竹荪,就是汤里下的青菜,也格外好吃。几杯酒下肚,龙娃儿点着菜蔬说,香菜、芮麻菜、小豌豆、大豌豆、蒜苗、葱,都是几十年留下来的老品种,看起疤疤癞癞,味道就是正,娶个学农学的媳妇没亏吧,她选育出来的种子,别处想买都买不到。现在种田,要搞明白一个事,高产不如优质,同样是洋芋,我的老林洋芋卖八块一斤,普通品种才卖一块,差价不是产量能补上的。我就问他,有没老林洋芋卖,我买百把斤带回去。龙娃儿说,今年的卖不得,答应给周围团转的农户留种子,明年坪里的田一半都种老林洋芋,量大了才好销,不然生意人来拉一趟不划算。嫂子补充到,想好吃一要品种好,还要肥当家,底肥要青草粪和火土,追肥要浇稀粪,缺了农家肥,根不壮苗不齐,坐果也不实沉。种田,不是赶急的事,好些人恨不得早上种晚上收,长得太快哪里是好事,太阳也少晒几天,营养味道自然差了。怀个娃,要十月怀胎,种田,也得悠着点。

  刚放筷子,龙娃儿就要带我去河边,顺便去下个竹渔笼子,明天才有鲜鱼吃。他那性子还真是急如陡水,说走就起身了。好在嫂子稳成,当了堤坝,让一河水乖乖地流。

  一条长满了车前草、婆婆针、地米菜的土埂,穿过龙娃儿家菜园子,通往小河。地里原没有土埂,耕作时捡的石块、拔的树根、扯的杂草都扔一块儿,年久就堆起来了,正好做了下地的路。土埂伴着一条土沟,沟里的水声沙沙作响，却看不到流水，茂密的野草做了盖子。小沟往上钻到山脚，让人怀疑，谁把满山的葱绿打泼了，滴露成泉，轻悄地走过农田，漫过草根，路过洗衣石，在饮水坑里喂过牛羊鸡犬，才顺着缓坡流下河。这样的水沟，隔二三百米就有一条，像是大山伸到田畴中的经络，又像是人工修筑的灌渠。小沟渠之间，连片的田里长着青幽幽的热白菜、地黄瓜、豆类，这些作物的叶片像一只只挥动的小手，不停地在微风里与我打招呼。在这样的地里多站一会儿，也会强烈地感受到一股快乐生长的气息。大自然在瓦屋桥精巧布下的这些小沟，雨季排水，免了土地涝渍；旱季润土，催生种子发芽；若是月夜里，泉水声裹了蛙声和埂上的虫鸣，是怎样穿过贴地的夜岚，安抚着吊脚楼里的鼾声呢。不知今夜，我有没有耳福。

　　龙娃儿边走，边指着两边大山胸前的小山头说，您数数，是几个？我转前转后数，不多不少圆溜溜的一边五个，错落有致地对望着。中间一条河，两边五只卒子，您看出来没，这地形叫五卒对弈，传说那些卒子五百年一转身，河东跑河西，右岸跑左岸。龙娃儿讲得神秘。我便问，好端端的它们过河干吗？龙娃儿一笑，您是装作不懂了，一边是阴山一边是阳山，太阳晒多了的想阴凉，晒少了的想暖和，山神公平，让它们分享日月星辉。我又问他，你不是说对弈吗，对弈总有胜负，没了输赢，它们下了个千年平局吗。龙娃儿把脸转一边，放慢了语速说，看您也是个心气不宁的人，山包包都是瓦屋桥的子弟，何必争个胜负，犁田打耙累了，下盘棋就为歇口气。

　　我再次望着他，不相信这个看起来浮躁、内心却深厚沉静的人，是土生土长的农民。这份平实的心态，比起故作高深，不知雅了多少。我种我收，我耕我食，敬天地崇自然睦四邻，这是多少代人从土里刨出来的从容和淡雅啊。

　　说话间到了河坎。不到五米宽的河床，沙石底托着一面素净的水。河道曲折处，水声格外婉转，翻过大石块又忽然落下的清脆，漫过平整石头的舒缓，撞上石壁的回响，小沟的细流从河堤飞溅而下的飘逸。那时，恰有三只羽毛纯白的鸭子往上游，一只引路，两只紧随，踏波拨浪，成优美的三角形，鸭蹼踩起的细碎波纹，晃动着嵌在水底的山影。这图景，古人的工笔山水中多见，仔细比，眼前少了几分垂柳的古意，多了一派庄稼的生机。画里是神仙游的幻境，河边是庄稼人住的凡尘。

顺着河坎走几步，我见到了龙娃儿新立的木牌，上面写着：鱼可钓、可网，切莫电、毒，违者罚款五千！牌子由单一的警示，加了可钓鱼、可下网的明示，而且明示在前，警示在后，摆明了告诉村里人，耍龙河的鱼群又回来了。临水而居，早打渔晚摸虾，是千年养成的习惯，也是繁重劳作后难得的闲适，真要不许人打鱼，村里好多人会憋坏。

龙娃儿带我顺河堤走，讲起打鱼下网的乐趣。一个人在河里忙，一群人在岸上看，几十双目光往水里睃，网还没离水，眼睛尖的人就咋呼起来，逮到了，有十几条呢。等收网上岸，鱼篓子就被大家篷住了，伸手进去摸一把，很快松了手，啧啧地叹，哎呀，活蹦乱跳的，今晚可以放量喝，醉了有酸辣鱼汤醒酒。打鱼人就喊，反正鱼不多也不少，熬一大锅汤，一人分一碗够了，想喝一杯的我也不请，自己跟我走。鱼提回去，先拣一条丢给闻腥而来的猫，看它叼到楼索上斯斯文文地吃，狗在下面伸长脖子望，还示威似的蹦老高，怎么够得着呢。打鱼人大声吼，厌相，望嘴吗，等哈鱼骨头都归你啃。逗了猫儿、狗儿，才得意地喊媳妇，快搞几个菜，他们吃大户来哒。晴天在院坝坐，雨天在火铺围，一壶烧酒，几样园子里的菜蔬，一钵酸辣椒煎鱼汤，瓦屋桥的夜晚就在酒香和《六口茶》的野调里，一醉到公鸡打鸣。

小河的堤是水泥和石块砌的，固堤好，和土坎相比，鱼儿未必喜欢。土坎长树，也长草，正午太阳辣，鱼群就伏在树荫下的水潭里歇凉。水草中蚊虫飞来跳去，泥里蚯蚓、土蚕爬出来，做了上好的鱼食。可泥巴岸经不住大水泡，遇到连阴雨土块泡软了，岸边的农田一方一方地垮塌，也揪心。施工时倒是想了办法，河道的上半截保留原貌，只在下半截做了堤坝。给鱼儿留一条熟路，产卵季节鱼群就逆水而上，回到无拘束的源头。那里水量小，水头高，涨水泄得快，不危及岸边的田地。人和鱼，都欢喜。

夜幕降临，一阵凉风顺河而来，藏在草丛中的虫子一只接一只地吟唱起来。龙娃儿把竹渔笼放在一处花水上，压上几块石头，满是自信地说，明早来取，保管不得打空手。回去的路上，龙娃儿不住嘴地和扛着农具回家的邻居开玩笑，我目送着他们有些怠倦地走进树丛中的屋里。民居中有吊脚楼，也有平房，与公路的距离大致能分出来，沿公路平房占了十之八九，往河边山边去，吊脚楼就密了。看房子的新旧，更好区分，旧的肯定是吊脚楼。本地人爱住吊脚楼，上层住人下层做牲口圈，冬暖夏凉，通风透气，有益于人畜健康，也便于农事。但土木结构的吊脚楼三五十年过后，木头会朽，要翻修，就要砍山上的树做椽子，做柱头，装板壁，一栋吊脚楼修好，要砍半亩山林。经了滥伐的几十年，光秃秃的山让人看厌了也看怕了，就一棵棵蓄着，舍不得砍，临时要一点材料，也只砍不成林的杂木，这还得先去批手续。近二十年的看护，林子密得钻不进去人，吊脚楼却逐渐稀落了。现在修的吊脚楼，半真半假，里面是水泥砖，外面用一层木头包着，这样省木料，外观也是吊脚楼的模样。

居住习惯的改变，让青山更青，绿野更阔，只是土家人祖居的吊脚楼，在鄂西，在瓦屋桥，几十年后，还能看到多少呢。龙娃儿不无担忧。

留得青山在，不愁没柴烧。我想到了这句古话。

山里的夜来得快，早宿的鸟儿归了林，咕咕嘎嘎的叫声与小河的流水呼应着。抬头看天上，薄云里走出了不少的星星，它们眨巴着小眼睛，越来越明亮，走着走着就快擦着峰巅了，走着走着就走到了吊脚楼顶。坝子人家的炊烟也约好了一样，从高矮不一的烟囱里飘了出来，疏落的灯光一注注穿过树影，光晕像片片祥云，笼罩着瓦屋桥。

嫂子累了一天，早睡下了。我和龙娃儿坐在阶檐上纳凉。不时就有三两个散步的邻居和他说话，我也搭不上腔，一个人想想心事。半天时间不算长，我却无意间走进了改革开放后瓦屋桥四十年来的折折叠叠。关于土地、关于乡村振兴这些常常思考的时代命题，在这个不足百人的村子里，有些疑问得到了印证，有些困惑还没有答案。同样是种田，同样是守着土地讨生活，瓦屋桥人和鄂西许多村庄一样，走在乡村转型的路上，面对生存和发展遇到的艰难困苦也大同小异，祖辈传下来的勤劳善良坚忍的秉性撑持着岁月。而这个村庄独有的一份优雅，与中国五千年农耕文明的博大精深，又有怎样的一脉相承。

本来第二天准备回城，突然不想走了，就给在聊微信的龙娃儿说，明早不回了，还想转转、看看。他说，不走好呢，我组织的户外徒步队有五十多人后天要来瓦屋桥，您不怕走路的话，干脆一起去山里，好风景呢。我摇摇头说，不去看了，恩施人看山景，那是湘西人吃辣椒，不稀奇的，明早你带我去看几户农家。龙娃儿说，要得，您来瓦屋桥，还不知道那桥的长相，明早就一路看看吧。

真有一座桥啊，我说村子怎么取这个名字。

等我起床，嫂子早把鲜鱼汤熬好了。龙娃儿说，乡里安静，您难得来一回，也体会哈睡到自然醒有多舒服，所以没叫醒您。看手机，已经八点四十。早餐很随意，就着一碟青辣椒，喝一碗鱼汤，吃了四个带皮煮的老林洋芋就饱了。

放下筷子，龙娃儿带我沿公路往瓦屋桥去。路面和田地交界的一窄溜荒地上，盛开着三四种鲜花，露水点在花瓣上，在晨风里颤。看上去就不是自然生长的野花，我问，是哪个好雅兴，在公路边种花。龙娃儿说，我撒的花种，开了的有胭脂扣、十样景、波斯菊、金钱菊，在网上买了三百多块钱的种子呢，过路的人，散步的人，看了花开，闻了花香，精神足些。我说，这是在给瓦屋桥做嫁衣吧。龙娃儿一笑，说，舍不得嫁出去呢，我想着，瓦屋桥原生态的农耕生活，很多城里人喜欢的。一家人来玩几天，吃带露水的菜，躺床上看星星，可以劈柴挑水，推磨舂米，让娃儿们明白在农村劳动是哪门回事。现在还不敢搞，怕民居民宿太火爆了，生态保护跟不上，反而变得俗里俗气。也出去考察过，很多美丽的村庄，现在是人多为患啊，这不是我们想要的。要让来的人，在泥巴土块里，找到主人的感觉，这才是俗入大雅。我笑他，你也就是个普通种田人，一天考虑的蛮多蛮远哦。他说，我可是村民代表大会的代表哦，大伙儿选了我，做件事总要谋个长远，用时新的话说，就是要把干净安宁的瓦屋桥，留给后人们。

他的想法做法，不知为何，让我想到了本地樱桃。那绰约风姿、艳丽可口，都是这片土地的自然赐予。这片土地能有今天的肥硕，是多少代人垦荒劈野、刀耕火种、施肥灌溉才有的啊。农民之于土地，土地之于农民，相爱相守、相敬如宾的深情厚爱从远古到今天，到未来，这是何等让人羡慕又激动万分。就是有这些爱着土地、守着土地的中国农村最基层的村民代表，才让农民富、农村美、农业强，由党的大政方针变为千村万户的实干，而龙娃儿这样的群体，是巨笔撰写美好明天的最圆润的笔锋。

穿过一片荒地，看到瓦屋桥了。瓦屋没了，桥还在。二人合抱的十二根枕木，洪水冲走了六根，还有六根静卧在五米见宽的河上。很难想象，清朝中期，没有载重工具，怎么把这些参天大树运来，又如何凌河铺设呢。桥上原来建有一丈二八高的三间瓦屋，早已坍塌，成了岸边杂草中堆积的木渣碎瓦。桥楼合建，鄂西这样的风雨桥不少，桥面通行，瓦屋躲雨纳凉，还可看景。时间久远，瓦屋桥本身就成了当地人爱看的景致。遇暴雨天气，犁田的牵牛扛犁，播种的肩筐荷锄，飞跑桥上来避雨，脚下洪水滔滔，桥上乡音叙话，也有放牛娃在桥面抓石子，斗草虫。若骄阳似火，过路的人就栏杆上坐了，河风扑面来，汗收燥去，便望着还在田里忙的人喊，来歇凉，晒煳了不好看。那些热闹场景和闲暇时光，一去不回头了吧。

我试着从枕木上走过去，轻微的晃动都没有，足见当年这桥建得扎实。紧挨瓦屋桥，后来建了一座公路拱桥，极其简单地跨河而过，有车过有人行。过了多少次洪水，公路桥安然无恙，过桥的人安然无恙。当年走过瓦屋桥的人，有些老去了，碎木块一样变为尘土，归于土地；更多的人还在过公路桥赶路。站在公路桥上，会看见瓦屋桥空阔的天，也看得见一天天朽了的枕木。瓦屋桥总归是垮了，垮得他们心里难受。还好，公路桥能把他们顺畅地送到每一个目的地，风雨无阻，风雨也无阻可挡。而这座公路桥，是没有名字的，正如公路上许多座同样无名的桥，冬去春来，只把去远方的人送走，把回瓦屋桥的人接回来。

龙娃儿说，原想凑钱重建瓦屋桥的，后来想清楚了，不如让它就这样。记得瓦屋桥的人，看到枕木，会找到过去的日子。若重建，无非是今日的繁华，谁还会想起过去隔河涨水、胆战心惊的日子。

重建未必好。我跟龙娃儿想一块去了。

数字有时候很巧合，在瓦屋桥也不例外。比如说七十。今年是祖国七十华诞，而村头八十二岁的毛家善老爷爷，1949年满十二岁，还扶不住犁头，就出了私塾，随父亲下田，至今不多不少，正是七十年。他的耕种时光，紧随着共和国建设和发展的历程。这耦合的七十年，听起来比任何一项极限挑战更令人震撼。那些挑战者，天赋异禀，孜孜以求，以破纪录为荣；而老爷爷只是八亿农民中的一员，他们默默耕耘，从挣扎于温饱线而走上致富路，汗滴禾下土，一锄一锄在土地之上代代相传。

我们上门拜访时，老爷爷正在阶檐上给大蒜扎把，蒜香弥漫在农家院坝。我拿起一把大蒜端详，是老品种的独头蒜，紫红色的皮，七个扎一把，地上扎好的一堆，我数了有六十二把。问老爷爷，卖多少钱一把。老爷爷说，大行大市卖五块一把，我的要卖八块，识货的不嫌贵。我说我认得，是最香的独头蒜，早年我哥也上街卖过，我买十把。老爷爷说，上门来买，我也不少价，但你可以随便选。老爷爷认真的劲头把我逗乐了。

说起种田，老爷爷兴致来了。他说，新中国成立前，我的爷爷也是种田的好把式，种出的苞谷秆可以当扁担抬水，可越种越穷，肚子都吃不饱，为么子，他种的是地主的田，交租后剩下的哪里够吃呢。我这辈子前半截种的是大集体的田，后半截种的是自己的责任田，各人种各人收各人得，以前还交公粮，现在国家不白要我们的一颗粮食，还有好多补贴，这个农民，我当得大样。这样种田，哪个会种厌，下辈子都还想种。讲着，把手里的大蒜放下，撩起小臂说，这位同志，你和我比一比，哪个手膀子结实？昨天我挑稀粪淋辣椒，一担六七十斤，挑到门口田里不用换肩，按我现在的身体，再种五年一点问题没得。我能吃呢，一顿吃两碗米饭，喝二两半白酒，还离不得喝茶，一年要喝十斤茶叶，便宜的茶我不喝哦，买的六十块钱一斤的炒青。

老爷爷健谈，几十年的苦辣酸甜，开了头，一口气想倒出来。问到一年田里的收入，老爷爷一样样地给我算，今年才来几个月，不好算，就说去年的，辣椒卖了五千块，包菜两千块，贝母和魔芋，价钱不好没舍得挖，还有大蒜、葱、茄子这些小菜卖了三千有余，苞谷洋芋卖了六千五，还有些细账记不起来，反正隔两万差不了好多。还有呢，我们老两口满八十岁后，政府每月给我们按人头补贴一百五十三块，一年也是三千多啊，这还没算清，还有林地补贴、种子补贴，喂头肥猪都有补贴，又不交一分钱的税，就我们两个老人吃也吃不完，用也用不尽。

坐在一边洗衣服的老婆婆说，你净挑好日子说，几十年的苦，不晓得诉。老爷爷说，苦日子都烂掉了，还翻出来晒太阳吗，种田是力气活，哪有不苦的，跟你们说，我耕过的牛老死了五头，用坏的犁铧没得五十副也差不多，背烂的背篓那也有一百几十个了。我顺他指的方向看去，山墙下一堆缺角的犁铧，犁柄上粘的泥巴干了，却没有掉，灰黄色。那堆犁铧生了褐色的锈，像一颗颗老年斑，点在铧面上。泥巴却没有生锈，一代又一代人的汗水渍过，怎么会生锈呢。

讲得起劲时，老爷爷的孙儿开台双排座回来了。老爷爷问他，这么早就回来了，卖了几个钱？孙儿答道，打端阳货的人多，莴苣俏，一块二一斤，总共七千斤被一个菜贩子打去了，一起得了八千多块吧，要有空零卖，卖一块六一斤没问题。我说，差价这么大，不晓得自己卖，多几千块呢。他笑笑说，这个您就不懂了，菜生意是个链子，牵着一串人，光想自己赚饱，别人还活不活。再说，我耽搁不起，田里还有上万斤莴苣要砍了，多挨一天，损失还大些。说完，从皮包里数了几百块钱，递给老爷爷说，这是帮您卖的葱果钱，您数好，这些客，得罪了，没时间陪您们，我去砍莴苣了，明天一早要送进城。

老爷爷接过钱，没数就递给老奶奶，你收好哦，得计划下年的肥料钱。老奶奶把钱揣身上后说，你只管把田种好，钱安排不好，你找我上法庭就是。两老也太风趣了，加起来总有一百六七十岁了，还像年轻人样打嘴巴官司。

坐了半天，没看见老爷爷的儿子。我问老奶奶，老奶奶把手往门口的葡萄园指，他像条牛啊，只晓得做，蒸笼样的，也不回来躲阴，六十几了还不心疼个人。问去听来我才搞明白，老爷爷一家四代同堂，大的重孙十二岁了在读初一，老的三代人都在种田，分家立户，各种各的。老爷爷说，三代人种田，种法不一样哦，我是老办法种粮食蔬菜，靠体力；儿子不相信种粮食，种的水果和药材，靠技术；孙儿是赶市场，什么走俏种什么，靠脑壳。我就问，那您们比没比，哪个收入高。老爷爷脱口而出，那还用比，一代比一代书读得多些，挣钱肯定也要多些哟，我孙儿一年少说也挣这个数。把两根手指一摇。我说，二十万吗。老爷爷说，是的，我们瓦屋桥有这个收入的人家，不是几家呢。我说，也是，您们瓦屋桥地方，田土好，水又方便，是个种田的好地方。老爷爷摇了头说，你来的时候看了没，我坐的这个屋场，叫老鹰争黄鸡。两边的山形像两只凶猛的老鹰，中间的田土像一只找食吃的鸡，按风水来说，这个地势凶险哦，哪个敢坐呢。我说，您都住几十年了，一家人幸福得很呢。老爷爷说，那是共产党镇得住邪啊，不然，我只怕早被老鹰叼走了，哈哈哈！

从老爷爷家出来，我特意看了两边的山形，的确像一对老鹰雄踞巉岩之上，苍劲的翅膀，拍击山风流云，隐隐挟搏击之势，守护着阳光下的瓦屋桥。

沿河堤回龙娃儿家，一路闲扯。他说，刚去的毛家善老爷爷的族上，有位老人叫毛传清，新中国成立前就在瓦屋桥教私塾，新中国成立后又教了几十年，附近村子他的学生起码过了千人，我爷爷、父亲、我，三代人他都教过。记得最清楚的是我有次逃学，被他抓住了打板子，问我么事不好好读书，我说，家里穷，只想回去帮大人种田。他把抽我的竹板子放下，要我记牢一句话，只耕不读，苦日子没得头。现在想想，瓦屋桥人走到今天，耕和读，都没荒废，与老人家苦口婆心的教诲是分不开的，现在种田，有知识的与缺知识的，收成不一样，内心的快活也不一样。我说，你是扛着锄头吟诗，难怪快活的。

扯白去了，该过桥时走过了。好在河上小桥多，往下游不远处就有一座。快到那座桥边，靠右手有一栋吊脚楼，传统的钥匙头，正屋的基脚建在土坎上，显得比周边的吊脚楼高大、敞亮，屋顶的土瓦盖得平整，装的板壁周方四正，看上去气宇不凡。

我对龙娃儿说，这吊脚楼有看头。龙娃儿说，要得，那就去看看，反正吃午饭还有会儿。走进场坝，走上台阶，每走一步，想见到主人家的心就越迫切，那份素净和安宁，跟我第一次看《红楼梦》，读到妙玉住的栊翠庵后的感觉是一样的，不免猜想，屋里住着怎样一位脱俗的神仙呢。

大门和厢房门都开着，屋内没多少家具，却整齐洁净，摆放规矩。主人家还没出来，龙娃儿就喊，二姐，在午休吗，来客了。哦，来哒，来哒，我把后檐沟扫一哈，这几天下雨冲下来蛮多渣滓。一个中年妇女边搭话，边不紧不慢地从灶屋后走出来。

她走出耳门，太阳迎面照在她脸上。我看清了，是一位眼窝深陷的盲人。

你们找椅子坐啊，我去烧茶，这大热天，肯定热恼火了。二姐转身进了灶屋。我用眼神询问龙娃儿，意思是烧水，她能行吗。龙娃儿说，没事，她能做的家务事多呢，切的洋芋丝跟头发丝一样细。过几分钟，二姐就提着热水瓶、拿着放好茶叶的茶杯出来，摆在木桌上。然后熟练地摘开瓶塞，往茶杯里倒水，倒到八分，停住了，再倒下一杯。龙娃儿晓得我惊奇，解释说，二姐倒茶，你看她手势，大拇指放在杯沿，靠拇指感觉水温来掌握杯子里水位的高低，我曾看过她倒十杯茶，都是八分杯，没有哪杯满哪杯浅。

不是亲眼所见，我真不相信二姐是个盲人。都说盲人眼睛看不见，心里亮堂，看了二姐，才觉得她全身上下都长着明亮的眼睛，做事拿捏得分毫不差，完全靠习惯和记忆，不然哪有那么准。

二姐叫廖德兰，两岁上因营养不良，导致双目失明。父母在的时候，跟父母生活；父母走了，跟弟弟一起生活。这几年弟弟一家人送娃在城里读书，过年才回来，平常她一个人在家。时间长了，砍猪草、喂猪、做饭、洗衣、打扫院子，这些家务事做得很熟套。吃的蔬菜，靠邻居们送，有时也买。需要时，就打手机。她那记性真是好，上百个号码，从不会拨错。闲下来,爱打开收音机听故事,听歌。

我问二姐,都喜欢听什么歌呢,自己会不会唱?她说,广播里播什么我就听什么,听熟了,就跟着唱,反正各人唱各人听,唱得好坏也不晓得。我说,欢迎二姐唱一首吧。

二姐沉默了半分钟,才说,我就唱一首自己作词的歌吧,歌名叫《党在我心中》。

我以为她唱的不是土家民歌,就是流行曲,真没想到是唱给党的颂歌。

说唱她就唱开了:

我记不清
是从哪年哪月哪一天
党就像天空的太阳在我心中升起
我围绕着心中的太阳充满了生活的信心和希望
啊,太阳,我心中的太阳
光辉的热量燃起我生命的火光

我记不清
是从哪年哪月哪一天
党就像慈祥的母亲在我心中深爱着
我高唱着母亲那治国爱民的崇高理念和情怀
啊,母亲,我深爱的母亲
爱民的情怀充满我无限的敬重

泪水,从她的眼洞唱了出来;泪水,从我的眼底听了出来;龙娃儿早就忍不住在一边啜泣。这是我这辈子听到的最优美的歌曲，这也是五音不全的我，听得最认真、唯恐漏掉一个词的歌曲，这分明又不是歌曲，是我长到五十三岁听到的最深情的告白。我真不相信是她自己作的歌词，一个一天书没读过的盲人，怎么会作出这么严谨的歌词呢。

二姐唱完，拿纸巾擦了眼泪，对我说，我不会谱曲，就是心里想的一个调子，一句句哼下来的，歌词是一天想几句，好多个日子才想出来。我想求您帮个忙，给我找一个作曲的，谱个正正规规的曲子。我说，好听极了，不需要再谱曲啊，你如果坚持要，我一定找一个恩施最好的作曲家，给你谱好。

先谢谢您了，您知不知道，我为什么作这样一首歌词，是党，救了我的命啊。

那是在2004年夏天，市里的义务医疗队下乡给农民免费检查身体，邻居们把我送去检查，医生发现我肚子里长了肌瘤，说有可能是恶性的，必须马上住院诊断治疗。乡亲们第二天就把我送到城里卫计委的医院住下，做手术取下来四斤多重的一个瘤子，手术做完，到康复出院，我一分钱都没有交啊。不是党的政策好，我早就不在世上了，我怎能不感激党啊。可我能做什么呢，一个废人，我就想把心里的感激唱出来，没机会唱给外人听也不要紧，中央电视台不是有个节目，爱要大声唱出来吗。现在想通了，好好地活着就是对党和社会的感恩，我就每天跟着广播里做保健操，把身体养好，少给政府和身边的人找麻烦。

感恩，是一个民族优秀的品质；而在瓦屋桥，我所遇见的每一个人，还有二姐这样一个盲人，时刻记住的是对社会、对伟大祖国、对共产党真诚的感恩。二姐说，她是一个不知道白天和黑夜的人，不知道太阳和月亮的人，可知道共产党的恩情，知道乡亲们的人情。

我懂了，二姐的世界里，分明没有黑夜，只有万丈光芒。

稍微调整情绪,二姐说,她还在 2006 年 4 月 25 日,作了一首歌,那天,她领到了第一笔五保金,歌名就叫《2006 年 4 月 25 号》:

> 今天,是 2006 年 4 月 25 号
>
> 是我生来有了属于自己的百元的钱
>
> 我捧着这不易的钱
>
> 想笑又想哭
>
> 真不知道说什么好
>
> 感动的心仿佛在蓝天下高唱
>
> 高唱英明伟大的党
>
> 高唱给我爱心的亲人朋友
>
> 啊,党啊,共产党
>
> 在我生命的感悟里
>
> 你给我的胜过爹娘
>
> ……

我几次打断她,让她重复地唱,好把歌词完整地记下来,把唱的录下来。我想让更多的人,听到二姐的歌声。

一个心怀温暖的人,最能感知世间的温暖;一颗善良纯粹的心,最能感知岁月的花好月圆。

二姐唱得太投入,浑身都在哆嗦。我问龙娃儿,以前听过二姐唱歌吗?龙娃儿说,这也是第一次,只晓得二姐聪明,要是读过书,说不定真是一位顶尖的词作家。我说,二姐作的歌词最真,最美,最善良,真善美占全了,是不是顶尖的?龙娃儿说,是,真的是。

我和二姐继续拉家常。她说,这辈子最遗憾的是不知道花是怎么美

的,听电视、听广播,大家都说花最美,还把漂亮的女子比作花,您给我说说,花到底是哪样美的啊?

真把我问住了。说最美好的,太空洞了;说五彩缤纷的,她也不识别颜色。我一下子无法给她准确的答案。

她说,每天早上洗漱过后,第一件事就是去摸花。场坝前,她要弟弟给她栽了几种花,有大朵的苔花,有金钱菊,有一株月季。那个月季不好惹,刺扎手呢,摸一次,手指要被扎几下;苔花大一些,有巴掌大,花朵多,开的时间长;金钱菊,薄薄的几片,瘦得很。

我问她,摸那些花儿有什么感觉。她说,柔软,花瓣软乎乎的哦。

问我的话,她自己说出了答案。可以想到,她摸花时,心存的爱怜和美好,通过手指,一一传递到那些花瓣上;那些花儿也把生命的美丽,通过她的手指,美到她心里去了。龙娃儿说,二姐,你这么喜欢花,我空了多给你种些,你四季都可以摸。

种吧,为二姐,也为瓦屋桥这片优雅的土地。

(原载《民族文学》2019 年第 11 期)